达菲
诗歌文体研究

周洁 —— 著

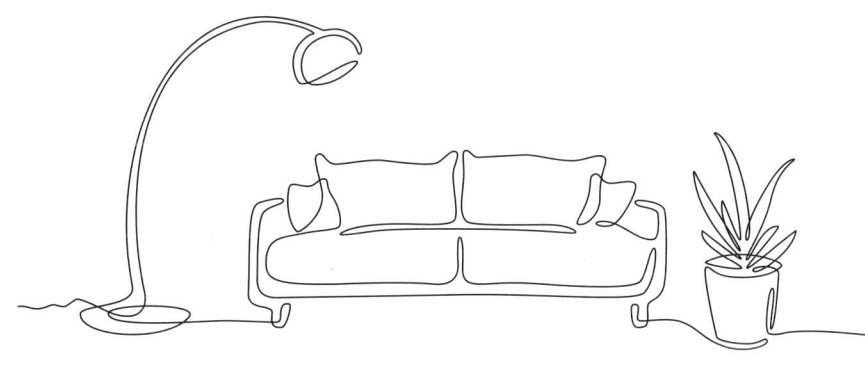

厦门大学出版社
XIAMEN UNIVERSITY PRESS
国家一级出版社
全国百佳图书出版单位

图书在版编目(CIP)数据

达菲诗歌文体研究 / 周洁著. -- 厦门：厦门大学出版社，2024.6
（外国文学与理论研究丛书）
ISBN 978-7-5615-9367-7

Ⅰ.①达… Ⅱ.①周… Ⅲ.①达菲-诗歌-文体-研究 Ⅳ.①I561.072

中国国家版本馆CIP数据核字(2024)第089949号

责任编辑　王扬帆
责任校对　白　虹
美术编辑　李夏凌
技术编辑　许克华

出版发行　厦门大学出版社
社　　址　厦门市软件园二期望海路39号
邮政编码　361008
总　　机　0592-2181111　0592-2181406(传真)
营销中心　0592-2184458　0592-2181365
网　　址　http://www.xmupress.com
邮　　箱　xmup@xmupress.com
印　　刷　厦门集大印刷有限公司

开本　720 mm×1 020 mm　1/16
印张　17
字数　306 千字
版次　2024 年 6 月第 1 版
印次　2024 年 6 月第 1 次印刷
定价　79.00 元

本书如有印装质量问题请直接寄承印厂调换

厦门大学出版社
微信二维码

厦门大学出版社
微博二维码

序

今年教师节，周洁教授告诉我，她的《达菲诗歌文体研究》一书即将出版。这是她顺利完成的首个国家社科基金项目，据说专家的鉴定意见为良好。随后她又花了一年多的时间修改书稿。看到她多年努力的成果问世，我颇感欣慰。

提笔之际，我不由想起周洁在学术路上的不懈追求。尽管周洁在2006年就已晋升教授，但她2008年还申请上海外国语大学的同等学力博士学位，决心在兼顾工作和家庭的同时，努力提高学术水平。她不仅是最早完成课程学习任务的学员之一，而且是最早达到论文发表和科研获奖等严格要求的学员之一，从而顺利进入博士论文写作阶段。2010年起，我担任她的博士学位论文导师。

周洁的博士论文初稿为《达菲诗歌女性主义文体学研究》。这个课题在当时较为新颖，研究起来并不容易。我建议她从女性意识、女性身份、颠覆男权与女性书写艺术等角度展开研究。她认真采纳了我的建议，克服种种困难，于2011年底完成论文写作，并顺利通过答辩。那一年她还申请到了教育部人文社科项目"达菲诗歌女性主义研究"（2015年结题）。2017年她申请的国家社科基金项目"达菲诗歌文体研究"成功获批，如今终于完成了这项研究。

近几年来，周洁在勤奋治学的同时，积极参加国内外学术交流活动。我经常在各类外国文学研讨会上看到她的身影，也知道她在中国逻辑学会文体学专业委员会和山东省外国文学学会担任常务理事。不仅如此，她近几年还在《中国人民大学学报》《英美文学研究论丛》《中国莎士比亚研究》《天津外国语大学学报》等书刊上发表与达菲研究或文体学相关的学术论文。其中《女性主义文体学的理论基础及文评实践》一文还被人大复印资料《文艺理论》全文转载。所有这些足以证明她在达菲诗歌研究和文体学理论研究领域取得的成绩。

《达菲诗歌文体研究》一书是周洁获批立项后不断深入探索、集中探讨达菲诗歌创作艺术的研究成果。与她的博士论文相比较,这部著作不再是主题研究,而是转向了达菲诗歌的创作体裁和文体研究。周洁研究的诗人卡罗尔·安·达菲是英国第一位女性桂冠诗人(2009—2019),一位女同性恋者,在当代英国诗坛占据重要地位。由于达菲创作了多种体裁的诗歌作品,因此这部著作以多维文体视域入手,结合狭义的"文体"和广义的"文体"、文本主义文体学和语境主义文体学、文体学理论和文学批评、修辞学和叙事学理论,探索达菲诗歌创作体裁、风格及二者与主题之间的联系,分析桂冠诗人身份对达菲诗歌创作的影响,并揭示达菲作品的艺术内涵和社会价值。

《达菲诗歌文体研究》以达菲诗歌的历时性顺序为依据,不仅从文体视域探讨达菲的创作语境,而且从体裁视域探讨达菲早期诗集《站立的裸女》《出卖曼哈顿》《他国》《悲伤时刻》中的戏剧独白诗。更重要的是,周洁在采用多维视角时表现得非常成功,如她从女性主义文体学视域探讨达菲的《世界之妻》,从认知文体学视域探讨自由体诗集《女性福音书》,从形式文体学视域探讨达菲的十四行诗和准十四行诗,从功能与多模态文学视域出发探讨达菲的艺格符换诗。当然,周洁的著作还有其他不少可圈可点之处,如通过审视20世纪英国历史文化和诗歌发展的语境,详细解读和阐释达菲各种诗歌中的体裁和文体创新,包括早期戏剧独白诗中的多重话语声音、动物独白与寓言的结合、反讽策略,以及不同艺格符换诗的挽歌、叙事、颠覆、启发功能及多模态表征等。

就总体而言,《达菲诗歌文体研究》具有三个创新之处。首先,从研究方法上看,这部著作融合文体学的语境分析理论、体裁分析理论、女性主义文体学理论、认知文体学理论、形式文体学理论、叙事学理论、修辞学理论、艺格符换诗的功能分类及多模态理论,根据诗歌作品的特点,选择恰当的方法进行分析,按照所研究诗歌的创作时间先后和诗歌体裁的不同,全面探讨达菲最具代表性的诗歌创作体裁与文体特征,这是研究方法上的创新。其次,学界已有对达菲戏剧独白诗、自由体诗和十四行诗的研究成果,并为本研究提供了借鉴,而学界对其艺格符换诗的研究相对较少,因此该书对其艺格符换诗的跨艺术诗学研究是创新之二。最后,由于语境分析与女性主义文体学理论关注社会历史文化语境及意识形态问题,本研究不同于以往拘泥于文本分析的文体研究,而是在分析诗歌创作体裁与文体特征的同时发掘诗歌形式对于诗歌主题的艺术表征。值得一提的是,书中图片生动逼真,有助于读者理解作品。

我认为,《达菲诗歌文体研究》无论是对达菲研究,还是对当代英语诗歌及文体学研究都是一种贡献,对从事相关研究的学者具有一定的参考价值。此刻,我不禁想起十年前为周洁的第一部专著《卡罗尔·安·达菲诗歌女性主义研究》(2013)作序的情景,真可谓"十年磨一剑"。我希望周洁教授能以不懈追求和严谨治学的精神在学术道路上继续前行。

李维屏

于上海外国语大学

2023 年 9 月 20 日

目 录

绪 论 / 001 /
 第一节 达菲写诗五十年 / 002 /
 第二节 国内外学界评价 / 004 /
 第三节 文体研究多维化与本书思路 / 008 /

第一章 从文体视域看达菲诗歌创作语境 / 010 /
 第一节 社会历史语境 / 011 /
 第二节 文化思潮语境 / 014 /
 第三节 英国诗歌传统 / 020 /
 第四节 英国诗歌发展趋向 / 026 /

第二章 致敬传统与文体创新
    ——从体裁视域看达菲早期戏剧独白诗 / 030 /
 第一节 达菲早期戏剧独白诗体裁研究 / 031 /
 第二节 多重话语声音与戏剧性的加强 / 033 /
 第三节 动物独白与寓言的结合 / 045 /
 第四节 反讽策略与戏剧独白讽刺诗 / 054 /

第三章 戏仿经典与幽默艺术
    ——从女性主义文体学视域看《世界之妻》 / 072 /
 第一节 女性主义文体学理论及文评实践 / 073 /
 第二节 从女性文体学视域看《世界之妻》的读者接受 / 075 /
 第三节 后现代女性主义戏仿 / 086 /
 第四节 女性主体与幽默艺术 / 096 /

I

第四章 原型、隐喻与情感
——从认知文体学视域看《女性福音书》 / 106 /

第一节 叙事模式、主题与人物的《圣经》原型 / 106 /
第二节 《地图-女人》：女性身体、空间感知与情感迷失 / 113 /
第三节 女性身体寓言与客体身份隐喻 / 124 /
第四节 戏仿史诗《斯坦福德女中的笑声》的隐喻叙事与女性共同体 / 134 /
第五节 永久的连接：从连接图示看母女情 / 143 /

第五章 规则与偏离
——从形式文体学视域看达菲的十四行诗 / 154 /

第一节 早期三体十四行：承继但丁、彼特拉克与莎士比亚 / 155 /
第二节 戏剧独白诗集《世界之妻》中以女性为主体的十四行诗 / 163 /
第三节 《狂喜》的十四行组诗印象 / 173 /
第四节 获封桂冠：十四行诗的公共主题书写 / 185 /

第六章 跨艺术创作与文体创新
——从功能与多模态视域看达菲的艺格符换诗 / 198 /

第一节 艺格符换的功能分类 / 199 /
第二节 《1941年坐在地铁站的女人》：失落的挽歌 / 202 /
第三节 《圣母罚孩子》的叙事艺术改写、戏仿与不可靠叙述 / 208 /
第四节 《丽达》：创意、颠覆与启发 / 216 /
第五节 《倒下的士兵》多模态解读一图三咏的反战反挽歌 / 226 /

结　语 / 235 /
参考文献 / 238 /
后　记 / 261 /

绪　论

卡罗尔·安·达菲（Carol Ann Duffy，1955—　）是英国历史上第一位作为同性恋者和第一位出生于苏格兰并获英国桂冠诗人（2009—2019）封号的女性诗人，在当代英国诗坛占据重要地位，其作品获得多种诗歌奖项，高居英国图书畅销榜，被列入英国学校教学大纲。这足以证明其诗歌的经典化。

关于达菲诗歌语言的艺术性，牛津大学诗歌教授杰弗里·希尔爵士（Geoffrey Hill，1932—2016）曾发表诋毁性的评论（Flood，2012；Dowson，2016）。而福布斯（Forbes，2002：22）用"达菲体"（Duffyesque）一词专指达菲诗歌创作的艺术风格，指出戏剧独白诗、性别和城市书写是其代表性风格。戏剧独白诗是一种体裁，而性别和城市书写则是依据书写的题材表现出的突出特征，所以福布斯的"达菲体"包含了"style"的两层含义——体裁和风格（胡壮麟，2000：1）。而道森也试图定义"达菲体"，并用"阅读达菲体"（"Reading the Duffyesque"，Dowson，2016：26）的小节标题，引用达菲关于诗歌是"人性的音乐"（"the music of being human"，Dowson，2016：30）的话语①分析其创

---

① "the music of being human"可以直译为"生而为人的音乐"，但是，这涉及达菲的诗歌观。道森引用达菲在其编辑的诗集《过时：诗选》（*Out of Fashion: An Anthology of Poems*，2004）前言里的话，"诗歌是感情的装束，是文字为记忆与欲望量身定做的文学形式。好诗源于紧张生活的白天或夜晚，却独立于这些而存在。出生、工作、爱情和死亡本是混乱的事件；但在诗歌里，它们装扮一新……无论我们打扮得多么时髦，我们在人性的本质上是相同的"（Duffy，2004：xi-xii）。这体现了达菲的诗歌观，并指出这种人性的音乐无法准确地翻译成文字，正如史密斯所指出的，达菲关于人性的观点以文字和事物的直接对应为基础（Smith，2008：104）。温特森（Winterson，2009）也认为达菲诗歌的精湛技艺、戏剧性和人性书写使她成为我们最钦佩的当代诗人。在《斯科菲尔德夫人的普通中等教育证书》一诗中，达菲恳求"解释诗歌/如何致力于人性"（达菲，2018：15）。可以说，"人性的音乐"与瑞恰慈在总结艾略特诗歌的技巧时说的一样，是"观念的音乐"（蒋洪新，2001：131）。为此，本书将不拘泥于形式研究，而是探讨达菲的诗歌如何通过文体表现"人性的音乐"。达菲的"人性的音乐"体现了对于弗罗斯特所说的"意义之音"（the sound of sense）的"敏感和热爱"（焦鹏帅，2020：49），满足了弗罗斯特所说的成为一个诗人的先决条件。

作特点。但是,"有些诗人会同时追逐两种迥然不同的风格"(文德勒,2019:2);"一个诗人哪怕所有诗作都用单一可见的一种风格写成,每首诗的策略却可以如此不同"(同上:4)。达菲的诗歌并未局限于戏剧独白诗一种体裁,为此,本书从多维文体视域入手,探索其诗歌创作体裁形式与创作风格及二者与主题之间的内在联系,分析桂冠诗人身份对达菲创作的影响,揭示其作品的艺术内涵和社会价值。

第一节 达菲写诗五十年

自 20 世纪 70 年代出版诗集《肉身风标及其他诗歌》(*Fleshweathercock and Other Poems*,1973)以后,达菲不断有诗集问世。80 年代,她陆续出版《倒数第五首歌》(*Fifth Last Song*,1982)、《站立的裸女》(*Standing Female Nude*,1985)、《发声》(*Thrown Voices*,1986)和《出卖曼哈顿》[①](*Selling Manhattan*,1987)。1983 年她曾经获得全国诗歌比赛大奖。90 年代,达菲先后出版《他国》[②](*The Other Country*,1990)、《悲伤时刻》[③](*Mean Time*,1993)、《威廉和前首相》(*William and the Ex-Prime Minister*,1992)、《诗选》(*Selected Poems*,1992)、《三文诗选》(*The Salmon Carol Ann Duffy: Selected and New*,1996)、《小册子》(*The Pamphlet*,1998)、《世界之妻》[④](*The World's Wife*,1999)和儿童诗歌《与午夜相遇》[⑤](*Meeting Midnight*,

---

① 《出卖曼哈顿》是该书名的首译(张剑,2002:366),其他译者译为《出售曼哈顿》。本书只对有不同汉译的题名做注,若无注释,则为采用约定俗成的译文或由笔者自译。

② 又译《另一个国家》(张剑,2002:366)、《另一个国度》(达菲,2013:81;达菲著,杨金才、李菊花析,2014a:15)。鉴于该诗集是社会边缘人群等"他者"的戏剧性独白,本书使用"他国"一词,与"他者"结构相似,令人联想到"他者",有助于突出该诗集的主题。

③ 又译《平凡的时间》(张剑,2002:366)、《平均时间》(达菲,2013:81)、《卑鄙时刻》(金茨,2014a:15)、《残忍的时间》(达菲,2014:5)。鉴于该诗集中的同名诗歌《悲伤时刻》("Mean Time")表达了因失去爱情而感到的悲伤,故选择此译文(达菲著,杨金才、李菊花,2014a:15)。

④ 又译《世上的妻子》(达菲著,2014:5)和《野兽派太太》(达菲著,陈黎、张芬龄译,2017)。笔者采用了其他译者普遍采用的译法《世界之妻》。

⑤ 又译《午夜相遇》(达菲,杨金才、李菊花析,2014b:13)。鉴于诗集中同名诗歌的内容是"与午夜相遇",故笔者自译为《与午夜相遇》。

1999)等。其中,《站立的裸女》获得苏格兰艺术委员会图书奖,《出卖曼哈顿》先后获得毛姆奖、乔蒙德利奖(Cholmondeley Award,1992),《悲伤时刻》获得前进奖(Forward Prize)和惠特布莱德诗歌奖(Whitbread Award),《世界之妻》获得艾略特奖。达菲还编辑出版了不少诗集,如《我不会因为情人节感谢你》(*I Wouldn't Thank You for a Valentine*,1992)、《为死亡驻足》(*Stopping for Death*,1996)和《时间的消息:迎接 21 世纪》(*Time's Tidings:Greeting the 21st Century*,1999)等。1995 年她被授予大英帝国勋章,并于 1999 年获得英国桂冠诗人提名,但因性取向问题未能获封。

21 世纪头十年,达菲的诗歌作品更受关注和喜爱。她创作了大量儿童诗歌,而《女性福音书》①(*Feminine Gospels*,2002)和《狂喜》②(*Rapture*,2005)则继续吸引着成年读者,其中《狂喜》又获得艾略特奖(2005)。她还编辑出版诗集,如《手拉手》(*Hand in Hand*,2001)、《过时:诗选》(*Out of Fashion:An Anthology of Poems*,2004)和《回应》(*Answering Back*,2007)等。2000 年,她获得国家科学艺术基金(National Endowment for Science,Technology and the Arts),2002 年又获得大英帝国司令勋章。2009 年 5 月 1 日,达菲被封为桂冠诗人,成为 21 世纪英国第一位桂冠诗人,结束了 341 年来由男性诗人主宰桂冠诗人称号的英国历史,使女性诗人得以与男性桂冠诗人齐名。

获封桂冠诗人的十年任期内(2009—2019),达菲既能选择恰当的诗歌创作题材,对公共事件迅速作出反应,履行桂冠诗人的职责,又不违背个人的创作意志,先后创作了以政治、和平、环保、体育、圣诞、儿童等为主题的诗歌。其间,她的一些诗歌一经创作便见诸网络或报刊。其中较多的是圣诞诗歌和基于公共事件创作的诗歌,如突出气候变化、物种灭绝、银行危机和阿富汗战争等问题的《圣诞节的十二天》(*The Twelve Days of Christmas*,2009),充满环保意识的《斯克罗吉太太——一首圣诞诗》(*Mrs. Scrooge:A Christmas Poem*,2009),反战诗集《圣诞停火》(*The Christmas Truce*,2011)、《温塞斯拉斯守护神:一首圣诞诗》(*Wenceslas:A Christmas Poem*,2012)以及《多萝西华兹华斯的圣诞生日》(*Dorothy Wordsworth's Christmas Birthday*,2014)等。

---

① 又译《女性福音》(达菲著,杨金才、李菊花析,2014b:13)。
② 又译《痴迷》(达菲著,陈育虹译,2010)。笔者采用了其他译者普遍使用的译法,原因是在该诗集的最后一首诗中,诗人引用了勃朗宁的诗行"那最初完美无心的狂喜"(达菲著,陈育虹译,2010:151),或译为"那美妙的、无心的狂喜"(达菲著,李晖译,2018:102),因此选择"狂喜"的译法与诗集的标题呼应,突出了诗集的互文性特点。

2010年,其诗集《蜜蜂》(*The Bees*)和《爱情诗》(*Love Poems*)出版。《爱情诗》收录了《出卖曼哈顿》《他国》《新诗选集》《悲伤时刻》《世界之妻》《女性福音书》《狂喜》《蜜蜂》里的爱情诗总计35首。后来又出版《诗集》(*Collected Poems*,2015)和任期内最后的诗集《真诚》(*Sincerity*,2018)。由于父母的先后去世,达菲后期的诗集中有些怀旧的挽歌。《真诚》里还有一些非常有力的政治诗歌,其中的情感书写也体现了一定的公共性。

达菲在桂冠诗人十年任期内,还编辑了许多诗集,包括收录世界各地不同时代月亮相关诗歌的《致月亮:月亮诗集》(*To the Moon:An Anthology of Lunar Poems*,2009)和纪念女王钻石禧年她组织60位诗人为女王在位每年写一首诗编撰而成的《禧年诗词:60位诗人为60年而作》(*Jubilee Lines:60 Poets for 60 Years*,2012)。直至2020年,其诗歌仍被编入苏格兰国家等级考试教材(Cunningham,2020)。

2020年新冠疫情全球暴发,作为曼彻斯特城市大学曼彻斯特写作学院的创意总监,达菲召集世界各地诗人创作新诗:"在变革和世界哀痛的时代,我们需要诗歌的声音。诗歌是为给予世界而生的,现在似乎是给予的时候了。"(Duffy,2020)诗人们将诗歌上传到网站上,形成了在线诗集。她自己也创作了六首形式各异的诗歌。六首诗歌从简短的三行诗、六行诗、十行诗,到三节诗、七节诗,乃至不规则的片段组成的诗歌,充分体现了"达菲体"的诗歌创作艺术,表现了诗人面对公共事件的伦理关怀(梁晓冬,2023)和疫情期间情感体验的艺术呈现。

第二节　国内外学界评价

总体而言,国内外对达菲诗歌的研究涉及主题、语言和文体等方面。国外达菲诗歌研究多聚焦其创作主题。其中有三部专著,第一部认为她受拉金影响,主题是后现代的,包括女性主义、男子气、身份政治、神话、爱情、高雅文化与大众文化界限的模糊等,探索性别、身份、异化、欲望和失落等问题,并积极参与政治(Rees-Jones,1999);第二部指出达菲从经济等角度为同性恋者、移民、儿童、女性等边缘人群言说(Aydin,2010),故被称为"人民的桂冠诗人"(Bryant,2011:172);第三部涉及其诗歌的创作背景、诗歌中的爱情、失落和欲望主题、诗歌与公共空间和儿童诗歌(Dowson,2016)。论文成果则比较了她与勃朗宁对裸体艺术的态度(DiMarco,1998),关注移民、种族、民族等社会问题的(Kinnahan,2009),以及儿童诗歌的黑暗主题(Whitley,2007),符合"新文学人文主义",一种"拯救文学学术研究,文学的人类意义、文学的趣味性和吸引力……但也拯救文本的'人性力量'或相关性的讨论"的批判话语(Mousley,2013:2)。也有研究认为其诗歌创作通过人物面对虚伪、丑陋、残酷的生活重构世界并为解决现实问题提供方案,包含非自然生态诗学(Mhana,etc.,2019)和女性被"观看"的"玩偶"形象的改写(Nori,2020:71-86)等。

国内达菲诗歌研究亦以主题研究居多。张剑(达菲,2002;达菲,2013;达菲,2015)、傅浩(2003)、刘敏霞(2011)、杨金才等(2014;2015)、远洋(2014;2015;2016;2019)、黄福海(2017)、陈黎、张芬龄(2017)等陆续翻译了达菲的诗歌。相关研究论文以女性主义视角为主(刘须明,2003;蒋智敏,2012;梁晓冬,2012;2018a;2018b:159;周洁,2013a;张剑,2015;周洁,2017),也发现了其诗歌中的民族性(何宁,2012;周洁,2013b),反战诗中的社会正义感、空间与身份建构及共同体意识(梁晓冬,2010;2012;2018b;2022),本土意识(葛卿言,2013),回归故园情结(吴晓梅,2016),生态意识(周洁,2013c;2014),世界主义意识(周洁等,2018)和后殖民解读(李昀等,2019)。

在达菲诗歌文体研究方面,国外学者认为她把言语和思想从浮夸的语言中拯救出来,使之更加精确(O'Brien,1993);肯定了其对经典故事的改写(Neil,1994;Smith,2003;Dowson & Entwistle,2005),肯定了《站立的裸女》《出卖曼哈顿》《他国》等诗集里的语言实验和语境意义(Kinnahan,2004),其早期传统的诗歌运用声音、韵律和隐喻实现陌生化(Schmidt,1998),其诗歌语言的口语化,日常语言形式、不标准的英语的使用(Rees-Jones,1999),《世界之妻》中的幽默(Pettingell,2000),对语言本质的关注、隐喻的使用、惯用词"something"的不同变体及其所受维特根斯坦语言哲学的影响(Michelis & Rowland,2003)等语言特征;发现了她对勃朗宁和艾略特戏剧独白诗的继承,使用超现实主义技巧及戏剧独白诗进行女性主义创作,诗歌中的多重声音和"表演诗"特点,围绕复杂的语言功能与哲学问题及自我构建问题进行诗歌创作,采用无名的、无性别的叙述者(Rees-Jones,1999)等特点;探讨了其戏剧独白诗中人物叙述角度与读者的关系(Jeffries,2000)、其诗歌中抒情声音及其对重复和双关语的关注(Reynolds,2006)和《狂喜》中发自肺腑的灼热和痛苦(Paterson,2009)等诗歌体裁与文体特征。

有些学者对于达菲的个别诗歌展开文体研究,如,加巴关注到三位学者从不同角度分析《精神病患者》一诗,包括:(1)格雷格森(Gregson,1996)在后现代主义和女性主义理论的批评视角下关注的巴赫金的对话效应;(2)丽斯-琼斯(Rees-Jones)关注的他者和性别差异表征及其如何通过戏剧独白得以调节;(3)罗兰德(Rowland,2003)将其诗歌与伊恩·麦克尤恩(Ian McEwan)和布雷特·伊斯顿·埃利斯(Brett Easton Ellis)的小说中男性欲望、父权制和男性权力书写进行的比较。加巴认为戏剧独白诗在达菲早期诗歌中居多,可能是因为她注意到语言可以作为一种政治工具用以表达微妙的政治诉求(Garba,2006)。

《我们时代的诗人》("Poet for Our Times")较引人瞩目。塞米诺从韩礼德的语境研究框架出发,对《我们时代的诗人》使用的两种主要语言变体(包括叙述者的口语语域、报纸标题语域)和最后两行进行系统分析,突出展示了达菲以一种典型的诗意形式真实地传达非文学特征,并在诗中的两个非文学语域与其所处的诗歌框架之间突出强调张力(Semino,2002)。布莱恩特通过援引福勒(Fowler)关于"标题语言破坏文学风格"的观点,分析了《我们时代的诗人》一诗使用标题语言的风险,包括达菲的媒体话语被指"正在贬低诗歌话语的地位","可以对诗歌话语注入一些粗犷风格语言"等论断,阐明如下观点:达菲创作的六行诗节通过轻快的五行打油诗节奏(抑扬抑格)使偶数诗行变得轻快活泼,该诗的点睛之笔——"一闪而过的裸露艺术的底线"(The instant tits and bottom line of art)开创了将抑扬格五步格和小报的风趣完美融合的先河。布莱恩特还认为,达菲采用小报风格意在讽刺。她在肯定该诗"对小报新闻痴迷的戏仿"、对一个"视此类事物有新闻价值"的社会提出的质疑以及格雷格森关于达菲"用一种简单直接的风格来抨击简化"(Gregson,1996:104)的观点之后,进一步提出:比起诗歌和媒体语言的二元论概念或单向模式的改编,该诗风格更为复杂,因为该诗以其标志性的脏话而闻名,其措辞常类似于《每日镜报》的"简单粗暴"(Bryant,2011:171)。

研究发现,诗集《世界之妻》中的《小红帽》和《西西弗斯夫人》更偏重抒情和叙事表达传统而非戏剧表达传统(Roche-Jacques,2016);达菲通过戏剧独白诗的形式给予《站立的裸女》中的女模特以言说的机会,颠倒了关键术语的预期顺序——使模特高于艺术家,身体高于心灵,触觉高于视觉,投射高于描绘,感官高于精神——有效地解构了艺术的神话(Brown,2020)。

福布斯创造"达菲体"一词时隐含着性别和城市的意味,称达菲是"城市缪斯"(Forbes,2002:22)。她不仅在主题和叙述者上突破了女性诗歌的传统,还因混杂的文体风格和戏仿等手法有所创新和突破(Bryant,2011)。道森(Dowson,2016)对"达菲体"诗歌的分析较全面,认为其诗利用当代文化和文学遗产的方式非常独特;独特的混合技巧为其持续不断的形式主义和先锋主义的实践增加了惯性,使她无法固定在任何一个流派。作为自20世纪80年代以来一个善于倾听和成长的诗人,达菲复兴了抒情诗,将边缘的语言和观点移到中心,并恢复了诗歌作为公共话语的功能。同时,她的诗歌深刻地分享往往属于禁忌的或极端的、穿越时空或人物的人类经验。她将情感的真实转化为文学形式,口语化的语言模式、混乱的语法、陌生化编织的符号和迷人的音效构成了福布斯说的"诗意的独立"。

中国学者也关注了达菲诗歌的创作体裁和语言特点。达菲诗歌汉译副文本中对其诗有如下评价:"以力量、坦率和心理描写见长"(张剑,2002:366),"进入人物的内心深处""采用日常用语,短小细腻,格律清晰,通俗易懂,风趣幽默","诗歌题材大胆新颖,形式和声音多元,体现了诗歌'大众性、民主和公共话语'的一面","继承英国诗歌写实传统的一面",并注意到"语言的不可靠性和复杂性","细腻感人,闪烁着智慧之光","喜欢用些简单的词,但用复杂的方式表现出来","音乐节奏感强"(杨金才、李菊花,2014a:15-16)。

很多中国学者关注达菲的戏剧独白诗,或探讨其中的女性主义思想(刘须明,2003);或把她当作当代戏剧独白诗的写作典范(沈月,2009);或认为她在"叙事性强""经常表现社会和政治舆论"的诗歌中,通过对童年的回忆,"把感情表达的直接性和极富表现力的结构结合起来",认为"她最出名的作品是从下层或远离权力中心的角度写的戏剧独白诗"(李琳瑛,2009:16-18);或认为,她以真实的体验作为诗歌创作基石,因受维特根斯坦语言哲学影响而在诗歌中着意表现出社会意识形态对语言意义生成所起的作用(周庭华,2012);或认为其诗歌是身体语言的革命(刘岩,马建军,张欣,2012),具有重体验、轻讲述的诗歌美学,并受维特根斯坦语用观的影响(付晶晶,2015);或从认知隐喻视阈挖掘"达菲体"的三个典型特征(即"雅俗并置""语法含混""语言陌生化"),发掘文学话语生产、消费和流通过程中认知的作用,揭示其语言更隐蔽的张力和复杂性,从而了解其诗歌实践与语言派先锋诗学的不同(付晶晶,2019);或关注其诗歌对经典的改写(曾巍,2018;2019;王冬菊,2021)。

可以说,国内外对达菲获封桂冠诗人后的诗歌及其文体研究较少。除了前面提及的道森关于达菲诗歌的论述,曼娜等(Mhana, etc., 2019)发现了她创作主题的变化,认为成为英国桂冠诗人之前,其作品集中于性别、女性身份、爱、性和欲望等主题。达菲使用文学语言描述女性对于她们的边缘化的反应,灵巧地刻画了许多符合刻板印象的女性形象。自20世纪80年代以来,她表现出对英国文化中日益增长的复调性的敏感,引领着诗歌创作的主流趋势,拓展了艺术的想象力和语言边界。

获封桂冠诗人后,达菲更注重公众话题。她仅为皇室成员创作两首诗歌,并因此受到批评,更多诗歌以政治、和平、环境、文化等为主题,流露真情实感,直抒个人观点,表达现实关怀,深受大众称赞;诗歌随时见诸报纸网络,体裁也更加多样化。她创作《政治》("Politics",2009)和《最后的军号》("Last Post",2009)等诗歌,编辑并参与创作诗集《1914:诗歌记忆》(2013),表现出改写一战历史的愿望(Lowe,2014);《英语》编者认为她为纪念女王登基60周年编辑出版的《禧年诗行:60位诗人为60年而作》具有历史性(2012);她利用宗教和世俗诗歌传统来创新圣诞诗歌,避免了圣诞诗歌的陈词滥调,表现出对圣诞精神的怀念和对生活物质化的批判,印证了诗歌引发政治风暴的可能性(Wilkinson,2014);其部分诗歌表达了对宗教信仰的怀念(Blair,2016)并通过女同性恋十四行诗颠覆传统十四行诗(Seiler-Garman,2017)。

总之,国内外达菲诗歌文体研究的对象较分散,涉及改写、幽默、口语化、隐喻、表演性、多重声音,尚未进行系统研究;从诗歌体裁上看,对其戏剧独白诗研究较多,对其十四行诗研究较少,亦较少关注其诗歌与视觉艺术的关系及跨艺术创新,更少有涉足其获封桂冠诗人前后诗歌创作风格的异同,故本书选取多维文体视域,系统、全面地诠释达菲诗歌文体的特点及其创作艺术。

第三节　文体研究多维化与本书思路

英语诗歌文体研究已从单一的形式研究走向多维化。国外形式主义文体学家(Jakobson,1960;Leech,1969;Widdowson,1992;Short,1996等)关注诗歌语音、词汇、语法等层面的语言变异和体裁分析。随着文体学流派的发展,功能(Halliday,1971;Benson,1995)、语境(Verdonk,1993)、认知(Verdonk,2008;Tsur,1992)、话语分析(Carter,2008)和多模态(Robertson,2015)也被融入诗歌研究。中国文论界早有人关注英诗形式(聂珍钊,2007)、意象(黎志敏,2008a)和体例(郭勇,2013)。后来有学者从作者相关信息和诗歌结构形式入手(刘世生,1996;2002;2016),对诗歌进行功能文体学分析(戴凡,2002;吴显友,2005;廖楚燕,2005)、语用分析(罗益民,2003;2004)、认知分析(李鑫华,1999;黎志敏,2008b;熊沐清,2012;李文萍,2014);同时,在前景化和变异分析基础上融入了功能文体学和语用学理论,融合形式文体学与功能文体学(于学勇,2007;王湘云,2010);并融入了多模态视角(王改娣、杨立学,2013)。

基于国内外英语诗歌文体研究现状,本书将采取多维文体视域进行达菲诗歌文体研究。总体思路是先做语境分析,根据她在各创作时期最突出的诗歌体裁安排章节,针对不同体裁选用不同的文体视域展开研究。当然,要将狭义的"文体"和广义的"文体"相结合,将文本主义文体学与语境主义文体学结合,将功能文体学的方法融入女性主义文体学及多模态分析,将文体学理论与文学批评、修辞学和叙事学理论相结合,并适当吸收中国文学文体研究成果。

中国文学文体研究学者认为,"狭义的文体,主要指将文体等同于文学体裁、类型或体制"(陈剑晖,2020:69)。从狭义的"文体"意义上看,达菲的早期诗歌创作以戏剧独白诗为主,但她诗歌体裁丰富多样,先后创作了十四行诗、清单诗、三行体、塞什蒂纳、歌谣体等。由于研究时间和篇幅所限,本书不能面面俱到,主要选择其创作最多的戏剧独白诗、十四行诗、艺格符换诗以及能体现其思维风格的自由体诗进行分析。鉴于这些诗歌体裁特点不一,所选用文体学理论各异,在分析中与将其他视角交叉融合。

文体"包含作家特定的语体、风格、心理结构、思维方式与文化人格,等等。此外,文体还是笔调、气韵、味道、氛围等的呈现"(陈剑晖,2020:70)。这是广义的"文体"。本书综合文体学理论中的体裁分析理论、女性主义文体学、认知文体学理论、形式文体学、多模态文体学等文体学理论,从语境分析、诗歌体裁、性别书写、认知思维、形式变异、多模态等视角对达菲50年的诗歌创作进行文体分析。具体思路和方法是:将文体学的语境理论与文学批评的创作背景分析相结合,运用文献阅读法考察达菲的创作语境;根据体裁分析理论分类分析达菲的诗歌创作体裁,力求在回顾诗歌传统的基础上发现达菲在各诗歌体裁创作中的创新,在此过程中将注意其早期戏剧独白诗的戏剧性及其与寓言和讽刺诗的结合,并对个别诗集,如《世界之妻》(戏剧独白诗集)、《女性福音书》(自由体诗集)和《狂喜》(十四行诗集)做集中分析;在具体诗歌分析中根据形式文体学理论分析诗歌中的语音、词汇、句法、语相等特点;根据诗集的特点先后运用体裁理论分析达菲早期戏剧独白诗,用女性主义文体学理论分析其女性主义诗歌(《世界之妻》),根据认知文体学理论挖掘其情感表达(《女性福音书》),根据形式文体学理论分析其十四行诗,根据跨艺术诗学、艺格符换诗的功能分类和多模态等相关理论分析其艺格符换艺术。本书通过对个别诗集的重点分析、章节的安排,结合诗歌体裁和诗集的出版时间顺序,体现诗人在诗歌创作过程中对诗歌体裁的运用在不同阶段的流变。

第一章　从文体视域看达菲诗歌创作语境

语境文体学是一个十分宽泛的概念,主要指那些自20世纪70年代末80年代初以来突出强调文体和语境互动关系的文体学研究派别。它的真正兴盛伴随着20世纪90年代以来人们对话语和社会历史/文化语境关系的日益关注……今天的文体学研究都是"语境化"了的。(刘世生,2016:108)

语境文体学认为,语境是文本分析的重要因素(Bradford,1997)。作为一位关注社会问题的诗人,达菲在很多诗歌里描述了社会问题,表达了她的观点、态度和感受。她曾说,诗歌不是生活之外的东西,诗歌就在生活的中心。[①] 鉴于此,本书将探讨达菲诗歌的创作语境。米尔斯的语篇模式认为(如图1-1)[②]:"文本的生产语境包括前语篇、文学传统、文学趋向、作者归属(性别、种族、民族、社会阶层等)和社会历史因素等。其中,文学传统制约作品的形式、体裁及语言选择,直接影响文本类型;文学趋向影响文学作品的风格及作家写作;作者的性别、种族、政治、阶级和民族归属也影响作品创作,作品中总有体现作家归属的内容;社会历史因素对文学作品创作的影响包括经济、社会和文化背景等。"而王珂认为,"对文体的研究,应该研究人的自然属性……然后研究人的社会属性,特别是人的文化性"(2001:6)。功能文体学则将文化语境列入语言的语境研究。基于上述关于语境和文体研究的观点,现回顾达菲诗歌创作的社会历史语境、文化思潮语境、英国的诗歌传统和诗歌创作倾向等因素,以便理解其诗歌。

[①] "Poetry isn't something outside of life; it is at the center of life. We turn to poetry to help us understand or cope with our most intense experience."(Winterson,2009)

[②] 刘世生(2016:110)称该模型为语篇模式,周洁(2020a:147)称之为女性主义语篇模式,原模式见Mills,1995:31。

第一章　从文体视域看达菲诗歌创作语境

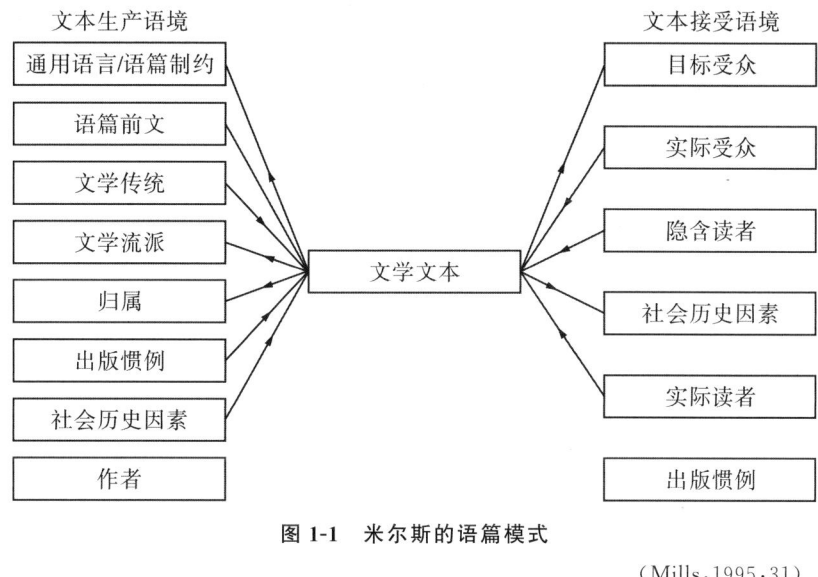

图 1-1　米尔斯的语篇模式

(Mills,1995:31)

第一节　社会历史语境

社会历史语境包罗万象,可涉及社会的各个方面,从不同角度影响文学作品的解读。根据伍德(Wood,2001)记录的达菲出生后45年间(1955—2000)的政治历史背景和品宁顿(Pinnington,2003)记录的达菲生活的各历史时期大事记,特整理如下。

达菲出生在第二次世界大战结束十年之后的1955年,当时英国刚结束旷日持久的经济大萧条。英美两国首脑英国会晤具有里程碑意义。1963年美国总统约翰·肯尼迪(John F. Kennedy,1917—1963)访问英国,与英国首相哈罗德·麦克米伦(Harold Macmillan,1894—1986)会晤,英国经济开始繁荣(易萍,1963)。

随着经济的繁荣,20世纪50年代,大量人口从印度和加勒比地区移民英国,他们定居在伦敦、伯明翰、曼彻斯特和格拉斯哥等城市,英国从此出现了多元文化、多族群和全球化现象,同时出现了种族间的不相容和歧视现象。移民的流入既是英国对外殖民的结果,也源于公共交通行业对廉价劳动力的需求。80年代,托克斯泰斯(Toxteth)、利物浦(Liverpool)、汉斯沃斯(Handsworth)

和伯明翰(Birmingham)的种族关系非常紧张。据英国国家统计局的统计数据,截至 2005 年 6 月底,英国人口为 6021 万。英国《金融时报》强调,2004 年至 2005 年英国人口增长中近 2/3 来自外来移民,净移民增至 23.5 万人,增长 41%。这种人口的多元化现象及相关问题在达菲的多首诗歌里有所体现。

在教育方面,英国工党 1951 年质疑文法、技术、现代中学三轨制,建议代之以综合中学(comprehensive school)。1957 年伦敦第一所综合中学开始招生,1964 年,工党 1965 年 7 月颁布通告,要求当局制定详细计划建立综合中学。英国教育部对综合中学的阐述如下:面向所有兴趣、能力、背景迥异的学生进行混编以便学生互相学习,形成互相理解的学校共同体。工党 1974 年重新上台后又颁布《综合中学设置促进法》,强迫地方加速中学综合化。到 1979 年保守党再次执政时,综合中学成定局(曹雪芹,2011)。达菲对于综合中学所带来的问题有所感悟,创作了诗歌《综合中学》("Comprehensive")。

20 世纪 60 年代,世界政局不稳。对越战争和美、苏与古巴之间爆发的古巴导弹危机(Cuban Missile Crisis)提醒人们世界面临毁灭的威胁。英美关系密切,交流频繁,直至海湾战争和科索沃危机。面对诸多战事,热爱和平的达菲创作了一些反战诗歌。

英国国内问题不断。20 世纪 60 年代结束时发生了两件大事:沼泽谋杀案和北爱问题。70 年代,英国经济萧条,矿工罢工,政府不得不采取每周 3 天工作制。1984 年矿工罢工证明了工会的无力。1982 年英国伦敦南部布里克斯顿(Brixton)及其他 30 个城市发生了 20 世纪第一场大暴乱。这些都为诗人创作提供了前文本。例如,《世界之妻》里的《魔鬼之妻》("The Devil's Wife")就是基于沼泽谋杀案写成的。

灾难是达菲诗歌关注的一个方面。1966 年 10 月 21 日威尔士阿伯凡矿渣山倒塌,原因是政府自 1869 年始在此地开采煤矿,到 20 世纪 60 年代已发现危险却一直没有解决。在这场本可避免的灾难中 144 人丧生,女王与菲利普亲王在灾难后第 8 天曾赴现场与幸存者交谈。2017 年 6 月,格伦费尔火灾共造成 72 人死亡,之后伦敦消防队因未及时组织疏散而引起人们的愤怒并遭到指责(Jonathan,2018)。达菲将格伦费尔大火(Grenfell fire)与 1966 年的阿伯凡悲剧(Aberfan tragedy)联系在一起,创作了诗歌《不列颠尼亚》("Britannia"),收录在诗集《真诚》中,表现了对这起灾难事件的关注。其作品对灾难事件的映射还有:《利物浦》(2012)对 1989 年利物浦球迷踩踏事件的哲思;《野兽太太》提及 1997 年 8 月因车祸死亡的戴安娜王妃;《高声》("Loud",Duffy,2002)中的美国"9·11"恐怖袭击和 2001 年巴基斯坦西南部奎达市发生的公共汽车爆炸事件;《伯明翰》(2011)对2005年温森格林(Winson Green)骚乱受害者的同情。此外,当伊拉克危机面临全球反对声浪,英国等国领导人宣布支持美国政府的对伊政策,并称不应该容忍萨达姆·侯赛因继续违反联合国决议时,达菲组织了十七位诗人创作反战诗歌,并将自己创作的《大问》("Big Ask")收录在诗集《蜜蜂》里。

达菲经历了几次政府换届。首先是1979年撒切尔夫人出任英国首相,开始作为保守党领袖执政。她倾向于靠市场的力量来调控经济。英国从战后集体主义向自由市场经济转变,包括对英国铁路的放松管制、对市场个人主义的颂扬。传统家庭价值观回归,异性恋家庭被认为是社会和市场的主要单位;高涨的民族主义引发了关于移民和遣返的争论(Kinnahan,1998)。1982年,因福克兰群岛(阿根廷称马尔维纳斯群岛,或"马岛")被占领,英国对阿根廷宣战。1983年保守党势力增强,强权外交情绪蔓延,经济复苏。关于欧洲政策的纷争致使撒切尔夫人于1990年底辞职。之后,约翰·梅杰、布莱尔相继成为英国首相。1998年《贝尔法斯特协议》(Good Friday's Agreement)签署,英爱两地恢复了和平。1999年世袭贵族不再有权加入英国上议院。《2002年英国海外领土法案》取消了《1981年英国国籍法案》使用的称呼"英国属地"(British dependent territory)。戴维·卡梅伦2005年成为英国保守党领袖,2010年5月11日起成为英国首相。2015年5月英国保守党赢得大选,独立执政。2016年7月13日,特雷莎·梅就任英国首相。达菲在其政治诗歌中对一些首相在任期间的不合理政策有所批判。

经济生活是达菲诗歌涉及的一个方面。在《女性福音书》里的《购物女》一诗中提及的"先令"便反映了1971—1980年的英国币制改革。1973年达菲的《肉身风标及其他诗歌》出版时,英国进入欧洲共同市场。1989—1990年,苏格兰、英格兰和威尔士先后开始征收人头税。1993年伊丽莎白二世成为大英帝国第一个缴纳收入税的王室成员;欧盟成立。2002年,欧洲十二国开始使用欧元,英国除外。英国脱欧问题同样引起了达菲的关注。2015年5月英国保守党赢得大选,独立执政。卡梅伦领导的保守党面临"苏独"与"脱欧"两大棘手难题。2016年全民公投,决定脱欧。退欧公投结束9个月后,英国政府计划在2017年3月底启动为期两年的正式退欧进程,定于2019年3月29日正式脱欧。达菲于2016年6月18—25日通过发起"岸间之旅"("Shore to Shore" Tour)诗歌朗读显示反脱欧被写入《脱欧与文学——批评与文化反应》(Varty,2018)。达菲在诗集中表达了反脱欧情绪。

作为球迷,达菲关注体育。2005年7月6日,英国申奥成功,伦敦成为

2012年奥运会主办城市。2005年到2012年,英国面临资金不足、失业率上升的问题。频繁的大规模联合罢工让英国经济每况愈下,英政府不得不采取"紧缩办奥运"的方式,包括射箭、排球、水球在内的部分奥运会和残奥会运动队的经费大幅压缩,比例高达50%,甚至更多。达菲为此创作诗歌《翻译英国的,2012》("Translating the British, 2012")加以批判。2010年贝克汉姆由于在比赛中跟腱断裂而无缘南非世界杯,达菲创作诗歌《阿喀琉斯》("Achilles")和《衬衫》("Shirt"),表明她对于体育比赛"不以成败论英雄"的态度。达菲还为2012年7月26日伦敦奥运会期间泰晤士河上空的"诗雨"创作诗歌《伊顿庄园》("Eton Manor")(Alison, 2012)。

苏格兰是达菲的出生地,她因此被称为苏格兰诗人(张剑,2002),其诗歌也表现了苏格兰的民族性(何宁,2012:57-64)和对苏格兰的眷恋(吴晓梅,2016)。1977年,一直以苏格兰脱离联合王国为最高纲领的苏格兰民族党打出了"北海油田属于苏格兰"的竞选口号;高失业率和高通胀困扰英国经济,苏格兰200年来第一次召开地方议会,并举行独立公投,但多数苏格兰人在真正面临选择时却投否决票。2013年3月21日,苏格兰政府首席部长萨蒙德宣布,苏格兰将于2014年9月18日举行独立公投,以决定苏格兰是否脱离英国独立。

作为一位获得王室封号的桂冠诗人,达菲应该为王室的重大庆典写诗。但是达菲在任期间仅为王室创作两首诗歌,其一是为威廉王子与凯特结婚而作,其二是为伊丽莎白女王登基60周年纪念活动而作。

总之,达菲创作的社会历史背景复杂,问题很多,欧洲的稳定,英国国内的教育、住房、健康、失业等问题均对其诗歌创作有所影响。

第二节 文化思潮语境

道森和益忒斯特尔(Dowson & Entwistle, 2005:5)把20世纪分成三个阶段,与英国诗歌和女性主义运动的发展相对应,见表1-1。

表1-1 英国诗歌发展与女性主义运动三次浪潮的对应关系

时间段	1900—1945	1945—1980	1980—2000
英国诗歌发展的三个阶段	现代主义	战后诗歌	后现代
女性主义运动的三次浪潮	选举权运动	妇女解放运动	女权运动

她们认为达菲创作的时代属于第三阶段,既是后现代主义时代,又是妇女运动发展到女权运动的时代。但是,伍德(Wood,2001)把现代主义列入达菲创作的文化背景。麦卡利斯特(McAllister,1988)把达菲看作是受20世纪70年代女性激进分子影响的第二代女性主义诗人,鉴于达菲的第一部诗集问世于1973年,这种说法有道理。丽斯-琼斯则认为达菲的诗歌是女性主义与后现代诗学之间的桥梁(Rees-Jones,1999)。因此,有必要全面回顾现代主义、后现代主义和女性主义,以便判断这些文化运动及其引起的观念、意识等方面的改变对达菲诗歌创作的影响。

一、作为达菲诗歌创作文化语境的现代主义

学界对"现代主义"的起源和定义说法不一,但可以确定,现代主义与1918年一战结束后宗教、哲学和艺术观念的改变同时发生。宗教观念的改变由1859年出版的达尔文《物种起源》引起,19世纪下半叶,"基督教中的改革派师徒将现代知识和传统的宗教观念协调起来,准备用人文主义思想来改变人们的传统思想观念"(李维屏、戴鸿斌,2011:1)。从英国拉斐尔前派(Pre-Raphaelitism)的阿尔加农·查尔斯·史温朋(Algernon Charles Swinburne, 1837—1909)和法国诗人波德莱尔(Charles Pierre Baudelaire,1821—1867)到T.S.艾略特和阿诺德(Mathew Arnold,1822—1888)都在作品中表现出宗教信仰的动摇。萨特(Jean-Paul Sarte,1905—1980)和加缪(Albert Camus, 1913—1960)等存在主义哲学家提出了"存在即自我""世界是丑恶荒诞的""存在是自由的"(同上,2011:5)等观点。

现代主义在艺术形式上继承传统文学形式,"刻意遵循'写实'的原则";"热衷于凭借神话典故来反映作品的主题","经常使用幽默与讽刺的艺术手段",令人"看到历史与现代、传统与革新之间的某种延续性"(同上:44-46)。但是,现代主义作家所用的文学形式与传统的文学形式有所不同:首先,他们"对传统的题材和人物形象失去了兴趣,将视线转向了现代社会的芸芸众生,从平凡的市井老百姓身上寻找创作素材……价值观念的重大转变是导致创作题材与艺术形式根本变化的重要原因"(同上:41);其次,现代主义作家"力求探索人的主观世界","解释人物的感性生活";最后,现代主义体现了不同于传统的时空观念,跨越时空界限,"用有限的时间来展示无限的空间,或在有限的空间内无限地扩展心理时间的表现力",并"刻意表现化瞬间为永恒的创作意图","探索人物的心理变化,捕捉人物瞬间的意识来反映生活的本质"(同上:42)。

另外,现代主义作家展现的文学艺术在结构、技巧和语言方面与传统文学艺术截然不同,注意在"表层结构下面隐伏""耐人寻味的深层结构","对创作技巧和语言形式也进行了大量的探索和实验"(李维屏、戴鸿斌,2011:43)。

作为一个文体术语,"现代主义"是 20 世纪 20 年代英美评论家首次给诗人的一个标签,而不是诗人自己设计的术语。它涵盖广泛的诗歌形式,需要用复数来谈论,因为它包括不同相关的子类型:象征主义、意象主义、表现主义、未来主义、超现实主义、黑色幽默、意识流、荒诞派等(Howarth,2012)。

二、作为达菲诗歌创作文化语境的后现代主义

作为 20 世纪影响最广泛的一种文化思潮和思维方式之一,后现代主义孕育于 20 世纪 50 年代,60 年代兴起于美法,70—80 年代在欧美国家达到顶峰。关于后现代主义,有多种不同的论述。

哈桑指出,后现代性的本质特征是"不确定性",他将其不确定性定义为"复杂指涉物",包括"开放性、碎片化、模糊性、不连续变形"等。就文学而言,他认为我们对作者、读者、阅读、写作、书籍、体裁、批评理论和文学本身的看法已变得可疑,因此反讽是后现代主义的一个重要特点(Hassan,1987)。

伊格尔顿"把后现代主义定义为对真理、理性和宏大叙事的挑战,是一种'深奥的、去中心化的、没有根据的、自省的、谐谑性的、衍生性、折中的以及多元性的艺术'"(李保杰,苏永刚,2012:123),并指出,后现代主义在一定程度上"对真理、历史和规范的客观性……以及身份的一致性"持怀疑态度,它是开放的、相对的、多元化的,颂扬不连贯而非连贯,颂扬碎片而非整体,颂扬异质性而非统一(Eagleton,1996:vii)。

杰姆逊则认为后现代主义是"晚期资本主义的文化逻辑",并从三方面概括了其主要表现:空前的文化扩张、语言和表达的扭曲及其作为一种"后哲学"的理论。首先,文化扩张使文化语境完全被大众化,高雅文化和通俗文化、纯文学与俗文学的界限基本消失。商品化的逻辑渗透到了人们的思维和文化的逻辑中,艺术作品、艺术美学理论和文化理论本身都被商品化。后现代文化打破了艺术与生活的界限,作为消费品进入人们的日常生活。其次,语言和表达的扭曲使后现代人赖以立身的语言发生了重大的变化:人们失去了对语言的控制,被语言控制;"他者"成为说话的主体,"我"只是语言体系的一部分,不再是"我说语言",而是"语言说我"。人从中心退出,艺术家因失去昔日写出"真理""终极意义"的冲动而退化至"无言"。最后,作为一种"后哲学",后现代文

化不把发现真理看作天职或使命。后现代社会被"他人引导",理论没有权威和标准,而是抱着怀疑或否定的态度。理论在"语境"中讨论语言效果,成为"关于语言的游戏、关于语言的表述、关于文本的论争"(朱立元,1997:376)。

哈琴将后现代主义理论化,指出"后现代主义"的基本特点是矛盾性、坚定不移的历史性和不可避免的政治性(哈琴,2009)。其矛盾在后现代主义的主要概念"过去寓于现在"(the presence of the past)中明确体现出来,自相矛盾的后现代主义文本在与其所质疑体裁的传统和常规的互文关系上也特别具有戏仿性质(同上);在形式(主要通过戏仿、互文性)和主题上重新聚焦历史性(同上);后现代主义政治并非要么是怀旧的新保守主义要么是激进的反人文主义(Foster,1985),而是"两者都是又两者都不是"(哈琴,2009:22),并且公开承认"文化生产和政治、社会之间牢不可破的关系"(Doyle,1985:169)。

杰姆逊指出,后现代主义文化已完全大众化,"高雅文化与通俗文化,纯文学通俗文学的距离正在消失。商品化进入文化,意味着艺术作品正在成为商品,甚至理论也成了商品"(Jameson,2005:146)。20世纪60年代被称为"摇摆的60年代",随着美国对英国的文化出口,流行文化在英国爆发,年轻人受到影响变得激进活跃。随着摇滚乐热潮中,比尔·哈利(Bill Haley,1925—1981)和彗星乐团(The Comets),特别是猫王(Elvis Presley,1935年1月8日—1977年8月16日)的出现,出现了青少年(teenager)的概念。以利物浦为基地的甲壳虫乐队(The Beatles)等英国摇滚乐队名扬世界。人们对权力的态度有所改变,吸毒成为一种文化,避孕药被研发使用,这个年代的人们被称为"解放"的一代。"解放"是方方面面的,包括自由恋爱、吸食迷幻药、服装时尚与音乐等等。美国的"权力归花儿"运动从一个反越战运动的象征,发展成为反文化运动不可或缺的标志,影响着英国。1970年的怀特岛音乐节是世界上最大最有名的摇滚音乐盛事之一,参加人次超过60万。达菲为这种语境下的各种"他者"言说,其诗歌语言在高雅文化与通俗文化之间,肯定、扩大并且重构了"人性"的含义(Dowson,2016)。

相对于现代主义文学,后现代主义文学作品改"自我为中心"为"语言为中心"的创作原则和方法,"高度关注一样的实验和革新";"反对形式的统一,倚重文本结构的无序性和混沌性","玩弄实验游戏"(李维屏,戴鸿斌编,2011:50)。本书认为,单从诗歌体裁来看,达菲的诗歌便没有形式的统一。

三、作为达菲诗歌创作文化语境的女性主义

从道森和盎武斯特尔对女性诗人的创作分期来看,女性主义运动的三次浪潮对应英国女性诗人诗歌创作的三次浪潮。她们认为,1900—1945 年是英国女性诗人关注并书写雌雄同体、战争、阶级与妇女权利的现代主义时期;1945—1980 年是英国女性诗人关注并书写战后矛盾、增强自我意识的时期;1980—2000 年是英国女性诗人关注并书写身份和地位、与他人对话的后现代时期。这种分期明显受到了现代主义与后现代主义文学分期的影响。

根据女性主义的发展历史,女性主义运动确实经历了三次浪潮。

第一次浪潮从 19 世纪末开始,持续到 20 世纪 20 年代,女性主义者主张男女两性基本权利(即公民权、政治权、选举权等)的平等,呼吁妇女走出家庭,参与社会劳动并与男性同工同酬,争取经济上的平等和自由权利。

第二次浪潮从 20 世纪 60 年代开始,持续到 80 年代,强调男女两性间分工的自然性并继续要求消除男女同工不同酬(王冬梅,2018),关注的是人们在思想、文化和社会等方面的性别歧视问题,开始强调男女之间的差异。费尔斯通(Firestone,1970)用男女生理差异来解释性别主义。肖瓦尔特(Showalter,2000)等提出"家庭空间"与"社会空间"之间的不同并且是女性与男性分别从属的空间。人们开始意识到男权意识对整个社会的控制,即男权意识下女性是被压迫对象的事实被看成是自然的。女性主义者把男权看作女性受压迫的根源,呼吁妇女解放和妇女权益。

激进女性主义者关注差别,挑战"因为男性已经把女性定义为与之不同的存在,那么女性就无法实现平等"的观点。由于男性统治着女性,这个问题最终是一个权力问题(瓦克斯,2016:510-511)。这就是道森所说的"'权力'女性主义"。它强调性别权力关系的重构,试图结束男权对女性的统治,取消并取代男性文化的优先权。"激进女性主义(radical feminism)的某些言论往往会触怒某些狭隘的男权主义者。有些人甚至把激进女性主义当作女性(女权)主义的全部。"(何华征,2015:82)"激进的女性主义者认为,父权制是以权力、控制、等级制和竞争为特征……在妇女解放的道路上必须推翻父权制的法律和政治结构,还必须铲除它的社会制度"(Tong,2002:2)。他们关注生理性别、社会性别和生育问题,一部分人支持"雌雄同体,强调所有类别的性快乐(异性恋、女同性恋或自体性行为);在她们看来不仅原有的生育控制技术绝对是妇女的福音,而且新的生育辅助技术也同样如此"(同上:3)。从达菲的女同性恋

生活经历和她的女同性恋诗歌来看,她是激进的女性主义者。

一般认为,80年代,第三浪潮女性主义呈多元化发展,其标签下包括了志趣各不相同的流派,如质疑正典的女性文学史、女性中心主义、女权主义对男性文本中父权意识形态的"批评"、对女性主体性的精神分析、女性写作或女性言说理论、女同性恋对异性恋的抨击、马克思主义-社会主义的语境化、马克思主义-女权主义文学联合体、结构主义对文化构建之物的拷问(哈琴,2009)等。

本书认为,不能简单地用"第二次"或"第三次"女性主义浪潮定义作为达菲诗歌创作文化语境的女性主义的定义,需要在全面回顾女性主义运动的基础上,着重关注道森等所说的"权力"女性主义和"受20世纪70年代女性激进分子影响的第二代女性主义诗人"。

四、后现代女性主义

关于后现代主义与女性主义的关系,1997年,前任国际比较文学学会主席多维·福克玛说,后现代主义是个文学分期概念:从80年代初始,后现代主义文学进入新的发展阶段,内部出现了些新的文学流派和创作倾向,其中包括女性主义写作(罗钢,2001)。"20世纪80年代以前,后现代主义与女性主义思想没有明显的交流"(黄华,2006:11)。最初,后现代主义由西方男性精英参与,女性主义者及其他边缘群体是被排斥在外的。这有悖于后现代主义的去中心论和多元主义主张。当后现代主义思想的"无深度的、游戏的、模拟的、折中主义的艺术风格"被广泛传播和接受时,"许多边缘群体和下层知识分子开始逐渐参与其中"(黄华,2006:12)。

90年代,后现代主义思想传到英美后风靡一时,英美女性主义者均表现出极大的热情,出现了"后现代女性主义"。有些学者把后现代女性主义看成是女性主义"第三次浪潮"的标志,因为后现代女性主义"不仅要颠覆传统男权中心主义的秩序,而且要颠覆之前的女性主义流派存在的基础,后现代主义对主体的消解和去政治化的倾向,使它与传统女性主义理论有了明显的理论裂痕"(同上)。当然,后现代女性主义只勾勒出"后现代女性主义的一些局部的、描述性的特征,但是她们没能用最简洁、概括的术语描述出后现代女性主义的整体外貌"(McNay,1992:121)。因而,"对于后现代女性主义文学批评的定性,人们至今仍有些雾里看花,并不真切"(黄华,2006:13)。

基于上述情况,本书将把现代主义、后现代主义和女性主义的发展作为达菲创作的文化语境的重要因素。20世纪70年代曾在利物浦大学学习哲学的达菲无疑熟悉现代主义和后现代主义的观点,但她似乎有意采用自己的混合方法。罗兰德认为其作品是对批评理论的最新趋势的回应和抵制,这可能是理解其诗歌的关键(Rowland,2003)。她不拥抱辩证人文主义或后结构主义,而是提示读者考虑身份和创造性生产的社会与人际关系网络(Brown,2020)。当然,究竟其作品有多少现代主义、后现代主义特点及女性主义思想,要从作品中去探寻答案。

第三节　英国诗歌传统

英国诗歌历史历时一千五百多年。每个历史时期都有广为流传的诗歌体裁,如中世纪的民谣、文艺复兴时期的十四行诗、浪漫主义时期的颂诗、维多利亚时期的戏剧独白诗和挽歌及20世纪的意象诗等。它们有的采用固定的格式和韵律,有的是无韵诗或自由体。达菲创作的很多诗歌是自由体诗,即"没有固定节拍或韵律规则"(常耀信,2003:88)或"没有固定格律,只有比较松散的韵律节奏"(Hart,1983:264),"没有形成规律的韵律形式——即音步,或以轻重音节单元循环出现"(Abrams & Harpham,2010:129),"具有开放形式的诗行……突破了传统诗歌的局限"(郭英杰,2021:127)。但是,她的很多诗歌继承了传统诗歌形式,如戏剧独白诗、十四行诗和艺格符换诗,因此,本书将在此回顾英国的戏剧独白诗、十四行诗和艺格符换诗传统,以便探讨达菲对传统诗歌形式的继承与创新。

一、英国的戏剧独白诗传统

戏剧独白诗作为一种体裁发展自"诗人与舞台、作家与舞台艺术家的冲突",是"戏剧艺术的一个新的平行方面"(Curry,1927:7)。其创作可追溯到古罗马学校的"模拟"(prosopopoeia):"对后世影响最大的信体诗就是奥维德的《古代名媛》("Heroides"),里面全是假借古代著名女性给自己的丈夫或情人写的信"(肖明翰,2004:31)。"奥维德的《古代名媛》在1567年被译成英文,很快就为文艺复兴时期的诗人效仿"(肖明翰,2004:36),其中,最直接受影响的是德雷顿(Michael Drayton)的《英格兰贵人书信集》(*England's Heroicall*

Epistles)，"里面全是情人或夫妻间的信件。写信人都是英国历史上的真实人物。特别有意思的是，德雷顿有意使信中涉及的某些事件与史实不符"（同上）。维多利亚时代前戏剧性独白发展的另外一条线索是幽默型口语独白。乔叟创立的"幽默型戏剧独白具有特殊意义"，"也许是英国文学中土生土长的诗歌形式"，并且"逐渐发展成了戏剧性独白的主流"（肖明翰，2004:37）。

柯里（Curry）发现了勃朗宁戏剧独白诗的三种形式特征：叙述者、听众和场景。塞申斯（Sessions,1947:503-516）强调明确上述三个特征的必要性，并建议增加叙述者和听众之间的持续互动，作为明确的第四个特点。

达成共识的一点是叙述者不是诗人本人，可能是一历史人物，或神话故事中的人物，或诗人虚构的人物（Langbaum，1971；Howe，1996）。朗勃姆（Langbaum）列出了正式的戏剧独白诗的四个基本特征：叙述者不是作者、讲述一段经历、诗中有听众、叙述者与听众有互动（Langbaum,1971）。皮尔萨尔认为主要特点是对其修辞效果的假定（"its assumption of rhetorical efficacy"，Pearsall,2000:68），即叙述者总想达到某种目的——通过独白描述实现该目的，并提醒读者在读诗时思考诗歌力图达到的目的。叙述者希望在独白过程中发生一些变化（transformation，Langbaum,1971），或是环境的、叙述者自身的、精神的、个人的、职业的，或是所有相关因素都发生变化，以表现某种复杂的、道德的、或其他的困境。总之，传统戏剧独白诗中的叙述者大多寻求改变。而女性在戏剧独白诗中有时作为男性叙述者的对象出现，有时作为堕落的女性叙述者出现。而20世纪的戏剧独白诗相互关联，叙述者不愿意听别人说话，所以很少实现某种改变（Langbaum,1971）。

肖明翰认为"戏剧性独白这个术语本身就很好地揭示了该诗体的性质。戏剧的根本特征就是剧作家引退，让台上人物自己表演；而独白则是第一人称叙述者直接讲述"（肖明翰，2004:29）。他描述了戏剧性独白诗的主要特点：一是客观化，即"叙述者与作者分离""以第一人称身份讲述""犹如置身戏台的人物，其形象和话语乃至他的主观性，都被客观化了"（同上:30）；二是"由于叙述者同作者分离，我们在诗中听到两种不同的声音，即叙述者的声音和隐含作者以各种方式间接表达出的作者的声音"（同上），因此戏剧性独白诗中的话语是"巴赫金所说的那种'双重声音话语'"（同上）；三是人物形象的塑造及人物心理的刻画。戏剧独白诗中不只是一个人在独白，独白过程中有作者的声音、诗中叙述者的对象和读诗的人，整个诗歌创作在接受过程中形成了新语境（Wolosky,2001）。

二、英国的十四行诗传统

国内最新研究表明,古罗马诗人卡图卢斯首创十四行诗并对西方十四行诗的生成作出几方面的贡献:首创了诗音节要素中的"十一音节律";运用八行诗(octave)、六行诗(sestet)、十四行诗等诗体;将爱情确定为十四行诗的基本主题;十四行诗体现了自传性和叙事性(吴笛,2020:1-10)。十四行诗最初由每行十一个音节、共十四行的诗组成,分成前八行和后六行,其中前八行的押韵格式是 ABABABAB,后六行的押韵格式是 CDECDE。后来的意大利十四行诗前八行的押韵格式是 ABBAABBA,被称为"闭合韵"(closed rhyme),其中"第一个四行诗节提出命题,第二个四行诗节给出证明,后六行中的前三行进一步确定,最后三行得出结论"(赵元,2010:117)。富勒从作诗法的角度对十四行诗前八后六的格局作出了如下解释:"前八行的闭合韵产生某种音乐节奏,要求重复。然而对继续这样的诗节的期待被后六行的交韵打破:后六行的组织比前八行更紧凑、更简短,因而促使十四行诗果断地收尾。"(同上)

意大利十四行诗因其代表诗人是彼特拉克(Francesco Petrarca, 1304—1374)而被称为彼特拉克体(Petrarchan)十四行诗。该诗体沿用前八行的闭合韵格式,而后六行则采用多种变体,主要采用以下三种押韵格式:CDCCDC 或 CDCDCD 或 CDEDCE,并称为链式韵(chained rhyme)(聂珍钊,2007)。创作主题多为爱情,也涉及政治与宗教等(赵元,2010)。

斯宾塞之前的英国十四行诗多以"典雅爱情"(courtly love)为主题,歌颂已婚夫人的美和德,把爱慕夫人的男士提升到一个更高的境界。斯宾塞则以十四行诗的形式歌颂自己的妻子,结束了"典雅爱情的历史"(Lewis, 1936:338)。而莎士比亚十四行诗突破了传统,每行有十个音节,形成抑扬格五音步。莎士比亚基于个人的生活和感情经历,创作了大量十四行诗:或为自己的一位男性朋友而作;或为一位并不完美的"黑夫人"而作,语言仍是传统上男子向贵妇表达爱慕之情的语言。莎士比亚还曾写十四行诗戏仿并讽刺彼特拉克式的比喻(Petrarchan conceit)。弥尔顿将十四行诗体裁用于政治和个人主题的诗歌创作,拓宽了英国十四行诗的题材,还在遵守意大利式十四行诗规范的同时,使用大量的跨行诗句,打破了前八行和后六行之间的停顿,使十四行诗凝滞和沉重。

18世纪下半叶,英国十四行诗在托马斯·爱德华兹(Thomas Edwards)引领下得以复兴,同时还出现了苏厄德(Anna Seward)和鲍尔斯(William

Lisle Bowles)等创作十四行诗的诗人。有学者认为,他们选择过时的十四行诗体"与当时崇尚感伤主义、强调感情和情绪的诗歌与哲学氛围有很大的关系"(赵元,2010:121)。

浪漫主义时期的十四行诗创作以华兹华斯和济慈为主。华兹华斯的十四行诗中有弥尔顿和18世纪后半叶十四行诗的影响,济慈的十四行诗则更具抒情性和幽默感。亨特(Leigh Hunt)专门研究了十四行诗的历史和变体,认为意大利式十四行诗是"合法的十四行诗"(legitimate sonnet),英国的十四行诗是"不合法的十四行诗"(illegitimate sonnet)。所以,浪漫主义时期的诗人多以意大利式十四行诗体裁为主进行创作。19世纪下半叶,十四行组诗再度繁荣,先后出现了伊丽莎白·勃朗宁的《葡萄牙十四行诗》、乔治·梅瑞狄斯的《现代爱情》、丹·加·罗塞蒂的《生命之屋》和克·罗塞蒂的《无名夫人》等十四行组诗。霍普金斯则在十四行诗形式上做了各种试验,为该诗歌体裁在20世纪的发展奠定了基础。

20世纪的十四行诗结构、押韵格式及诗行长度均有变化,代表诗人有罗伯特·弗罗斯特、鲁滨逊·杰弗斯、爱·埃·卡明斯、迪伦·托马斯、卡鲁思(Hayden Carruth)、赫克特(Anthony Hecht)、杜根(Alan Dugan)、阿德里安娜·里奇、约翰·厄普代克等。20世纪60年代,女权主义运动兴起,女性诗人创作的爱情十四行诗受到关注。哈莱姆文艺复兴运动中的黑人也创作了以抗议和赞颂为主题的十四行诗,其中有弥尔顿的影响。20世纪后期,同性恋诗人也加入了爱情十四行诗创作的行列(赵元,2010)。

聂珍钊在《英语诗歌形式导论》指出了非规则十四行诗(quatorzain)的存在,认为还可以称之为"异体十四行诗①或十四行诗的变体……行数不同……在押韵上……打破了传统的规则,出现了新的押韵格式,甚至是自由诗的倾向"(2007:393-394)。罗益民将"quatorzain"称为"准十四行诗"(216:34),指出托马斯·沃森创作的十八行诗(2016:34,41)、斯宾塞使用的"十二行体"(同上:39)和十五行的"无韵诗"(同上:39)、莎士比亚十四行诗中十五行的第99首和十二行的第126首及由四音步抑扬格构成的第145首(同上:62)都是"准十四行诗"。这些为研究达菲的(准)十四行诗奠定了基础。

---

① "异体十四行诗"曾被用来指中国诗人创作的十四行诗(王佐良,2015:575;张剑:2016:25)。

三、英国的艺格符换诗传统

中国学者曾把"艺格符换诗"(ekphrasis)译为"读画诗"(刘纪蕙,1996:66-96)、"艺格敷词"(李宏,2003:34-45;王余,李小洁,2016:112-120;李小洁,2018:34-43;2021a:19-29;2021b:124-128)、"图像再现之语言再现"(米歇尔著,陈永国等译,2006:28-29)、绘画诗(谭琼琳,2010:301-319)、"艺术转换再创作"(钱兆明,2012:104-110)和"释画诗"(宋建福,2020:356)等。欧荣认为它是古希腊修辞术语,指"栩栩如生地描述人物、地方、建筑物以及艺术品,在近古和中世纪的诗歌中大量运用"(2013:229;2018:164),并在钱兆明等提出的"艺术转换再创作批评"(钱兆明,2012:104-110)研究基础上提出:"现代意义上的'艺格符换'可以用来'指代不同艺术媒介和不同艺术文本之间的转换或改写'",该解释与裘禾敏从术语翻译批评的角度的分析一致。裘禾敏认为"艺格符换"这一译名更为妥帖:

> 更符合当今图像转向时代对于语图关系的研究趋势……它不但兼顾了文学、艺术史、艺术评论等领域,而且容纳了影视作品、广告设计等不同艺术门类。这样,涉及的领域可以大大地拓宽……从符号学的角度看,"艺格符换"一词可以这样理解:"艺"表示各类媒介、艺术,有文字媒介、造型艺术、绘画艺术等可视艺术,也有音乐、说唱等可听艺术,同时也有影视等可视可听的综合艺术;"格"表示格范(典范、标准)、格尺(标准)、格令(法令)、格法(成法、法度)、格样(标准、式样、模样);"符"表示语言、线条、图画、声音等各种符号;"换"表示"转换、转化、变换"等。合在一起就表示"不同艺术媒介通过一定的形式可以互相转换"。
>
> (裘禾敏,2017:91;欧荣,2020:132;欧荣,2022:11)

"艺格符换"(ekphrasis)在古希腊罗马时指"生动地呈现视觉事物的描述性语言"("descriptive speech which brings the thing shown vividly before the eyes",Eisner,2017),或独立成篇,或出现在作品里。然而,随着时间的推移,该定义得以扩展,如它是一个普通的文学特征(Heffernan,1991);"是一个总括性术语,包含了将视觉对象转化为文字的各种形式"(Yacobi,1995:599);"将事物真实地呈现在眼前"(Webb,2009:240);等等。

艺格符换诗的最早实例是荷马(公元前8世纪)在《伊利亚特》中对于阿基

里斯的盾牌所作的长篇叙述(李宏,2003;Becker,1995)。亚里士多德的《诗学》(Poetics,约公元前335年)和莱辛的《拉奥孔》(Laocoon,1776)等作品中,都有"艺格符换"。作为一种修辞传统,艺格符换"在拜占庭时期得到进一步的发展,于文艺复兴时期在欧洲传播开来,演变为以艺术品为描摹对象的诗歌体裁,也是艺术史中常用的文体"(欧荣,2020:130),"包括从图像文本转换为语言文本的'艺格符换诗'"(欧荣,2018:165)。

司格特(Grant F. Scott)对艺格符换诗没有表现出兴趣,认为它是一个基于视觉艺术进行文字艺术创新的过程。他认为古典文学给艺格符换诗以史诗的范围和语境;浪漫主义文学则趋向于抒情,通过孤立地审视视觉艺术,忽略其叙述语境,代之以诗人对艺术品的美学和心理反应。古典文学向浪漫主义文学的范式转变适用于艺格符换诗,这种转变在主观美学上给诗人提供滋养。他把艺格符换称为"模仿之模仿"(an imitation of imitation),认为浪漫主义时期诗人充满反思意识,关注创作、灵感、表达和想象力(Scott,1994;Spiegelman,1997)。

劳佐(Loizeaux,2008)认为,20世纪艺格符换诗的兴起回应了美国视觉艺术批评家、理论家米歇尔(W. J. T. Mitchell)所说的始于19世纪后期随着摄影技术和电影的发展而出现的从文字文化向影像文化的转向,是诗人看到一些视觉艺术品,产生反应并完成艺格符换作品,可以看作一种文体或者诗歌体裁来研究。

本节关于戏剧独白诗、十四行诗和艺格符换诗的回顾中,十四行诗涉及格律和韵律等规则,而对于戏剧独白诗和艺格符换诗的回顾未涉及格律与韵律。事实上,这两种诗歌既可以是格律诗,也可以是自由体诗。达菲在《世界之妻》中创作的戏剧独白诗中便有十四行诗,有押韵或格律。达菲创作的艺格符换诗里也有十四行诗。本书将这三种诗歌体裁作为传统诗歌体裁单独列出,一一回顾,主要原因是达菲早期以戏剧独白诗闻名,而《狂喜》被看成是十四行诗集,艺格符换诗则是从跨媒介角度划分的诗歌体裁。所以,可以看出,达菲的诗歌是介乎格律诗与自由诗体之间的。这正体现了现当代英语诗歌的特点,即"格律诗与自由诗两者互相渗透""两体兼备"(吴翔林,1993:291)。本书对这几种诗歌体裁的讨论侧重不一,将在后面分别探讨。

第四节　英国诗歌发展趋向

　　自 20 世纪上半叶开始,英国诗歌呈多元化态势,直至 60 年代,"现代主义、超现实主义、浪漫主义、写实主义等各种诗歌风格均有发展"(章燕,2008:2-3)。"这种多元化趋势的形成和发展也是对传统的反思……爱尔兰、苏格兰以及威尔士的地域风情与民间文化所构造的各地域的传统逐渐取代了单一的英格兰诗歌传统。"(同上:25)各种诗歌共存,有的表现出人们对混合媒体、听觉和视觉诗歌的兴趣,或者与美国先锋派"语言诗歌"传统的联系,强调能指的实质性;有的能接纳表演性(performativity)和异质性的后现代主义观点(Goody,2010)。20 世纪中叶,英国当代诗歌呈现出两大趋向:逐渐成为主流的运动派诗歌和日益被看作是不入流的"回复现代主义诗歌"("retro-modernism")(Gregson,1996)。70 年代,英国诗歌出现衰败之势,后期开始呈现出一种不自然的活力。80 年代到 90 年代,出现了火星派和"新一代"诗人。达菲被看作"新一代"诗人之一(Redmond & Corcoran,2007)。

　　英国的现代主义诗歌在意识形态方面,批判西方现代文明,揭露"工业化给人类心灵造成的伤害和异化",集中表现人文精神的"幻灭和摒弃",颠覆"旧有价值观念"。在创作艺术方面,抵制浪漫感伤,回避个人情感宣泄,大量运用"象征、隐喻、暗示和典故等手法",宣扬"诗歌的非个人化,是从个人情感的脱离而非个人情感的膨胀,他们提倡运用具体的意象,强调用敏捷的联想来发展比喻,让思想通过感官达到直接的理解"(章燕,2008:16-17)。在诗歌形式方面,

> 　　现代主义运动为自由诗的大发展提供了十分有利的条件……各种非理性主义哲学思潮以及现代主义文学的各种表现手法如象征、超现实、意识流、非正常时序、变形、荒诞等,都要求诗歌摆脱传统格律的束缚,或者至少是要求在传统的格律之外还要有更加灵活多变、更加丰富多彩、更加新颖、更加自由的表达方式。
>
> 　　　　　　　　　　　　　　　　　　　　　　　　(吴翔林,1993:254)

　　自由诗经过两次世界大战后确立了自己的地位,成为英诗的主要表现形

式但"不是唯一的表现形式,因为格律诗与半格律诗仍然具有顽强的生命力。继承传统与创新两种力量总是互相矛盾而又互相制约、互为依存的"(吴翔林,1993:268)。

浪漫主义诗歌在"多方面体现出现代人的精神和意识",被认为是"现代精神的启蒙"(章燕,2008:17)。华兹华斯的宣言"充满革命和反叛精神,其主张推进了诗歌的平民化和大众化"(同上)。有趣的是,该主张未被反叛传统的现代主义诗人接受,而是在20世纪中叶被运动派诗人发现,他们视现代主义诗歌为过去的和非英国的传统,"拒绝运用现代主义诗歌所崇尚的象征和隐喻手法,重又提倡以日常口语入诗"(同上)。

英国的超现实主义诗歌出现于20世纪30年代,70年代受到重新审视,表现出"破碎、幻想、拼贴、不确定的语言艺术"(章燕,2008:82)。"超现实主义诗歌的语言与艺术表现形式在一定程度上"呼应了后结构主义的语言观:首先,两者都强调语言的能指与所指的分裂以及这种分裂使所指意义敞开并流动,而能指在一定程度上变得多元、滑动且不定;其次,两者都构造出视觉图像的破碎性和拼贴性。

> 超现实主义诗歌非理性、反逻辑的诗风在艺术表现方面的突破及其颠覆传统的先锋状态不仅表现在其艺术形式的革新,其中所包含的深意更体现在其对诗歌艺术观念的反思,体现在其对艺术与现实的关系的反思方面。
>
> (章燕,2008:87)

20世纪中叶逐渐成为主流的诗歌主要受菲利普·拉金(Philip Larkin,1922—1985)对英国诗歌创作的影响:拉金及其倡导的"运动派"诗歌"以写实的风格著称……他极力主张恢复英国诗歌的本土传统",包括华兹华斯"主张的简朴、自然、实在的日常用语"和哈代"带有英国乡村自然泥土气息的诗风"(章燕,2008:203)。这种风格间接地但又一直能引起众多诗人和读者对某些生活经历和态度的共鸣。格雷格森将这种共鸣称作"熟悉感"(a sense of familiarity),并将其与现代主义诗歌的陌生化(defamiliarisation)进行对照,认为陌生化是现代派诗歌创作在英国难以得到发展的一个重要原因。而英国的主流诗歌创作将现代派的创作技巧为己所用——如拉金经常用意象和蒙太奇手法,同时把这些技巧放在现实主义语境中的隶属地位。拉金曾在20世纪中期提出一种诗学理论,主要观点是作者要与读者达成一种基于共同经验/体验

(shared experience)(Gregson,1996)的一致,这一理论是在与现代主义进行交流与对话的基础上产生的。

拉金之后的诗人不满于某种风格一统天下的局面,因此,现代主义与现实主义技巧交织在他们的作品中。与拉金的"运动派"诗歌相比,他们的创作具有更强的开放性(greater open-endedness)(同上)。如此形成的创作文体风格的"大杂烩"("mélange",Gregson:1996:5)不是折中主义,而是反映了一种自我意识中对多样性和多变性的强调。这种"大杂烩"是政治驱动的,产生于多元文化的英国诗歌的后运动派的感知之中。"运动派"诗学认为作者和读者都是白人——英国的中产阶级男性,而当代英国诗人敏锐地感觉到了各种不同的声音,更加关注不同阶级、不同性别、不同国籍及种族。

在奥登的影响下,雷恩(Craig Raine)和雷德(Christopher Reid)开创的"火星派"(Martianism)诗歌中的说话人语气坦率而亲密,但其风格却是抄袭来的,成为一种虚假的亲密,一种佯装关心的声音。坚持与想象中的观众拉近关系也是"新一代"(New Generation)(Redmond & Corcoran,2007)诗人的特点。

当代诗歌的最显著特点是生动的口语化表达和语言的多样化,而且不仅表现在某些作者的个人写作爱好中,而是本质上非常重要的一个特点。用巴赫金的"对话"(dialogic)理论来解释当代英国主流诗歌的特点,可以发现,这种特点的重要性在于它不同于传统诗歌中的单一声音,而是声音的互动和相互关系。因为反对单一声音的特权,这种特点中有一种后现代的因素;因为它对每种声音的真实性进行详述并具有一种运动的政治紧迫感,又有一种反后现代的因素(Gregson,1996)。

20世纪80年代到1996年,英国诗歌创作有意识地不局限在某个特殊的俱乐部里,而是形成了一种把边缘的放到中心位置的反对"确立"的"确立"(Gregson,1996)。这种多音(复调)(polyphony)又不是单纯的复数(pluralism),不仅容纳差别,而且深刻地意识到:自我只有在与他者的相互关系中才有意义,自我经验只有通过唤起他者才能得以表达。

当代英国诗歌的特点还有巴赫金的"小说化"("novelisation",Gregson,1996),因为当代英国诗人的作品不再单纯具有诗歌的特点,而是有意识地在诗歌中加入了其他文体的一些元素,使之成了各种语言的混合体。格雷格森(Gregson)认为主流诗歌和"回复现代主义诗歌"是互不排斥的,正如现当代的英诗,"除了格律诗与自由诗之外,还出现了一类形式,即是介于格律诗与自由诗之间的形式,我们可以称之为半格律半自由诗,或半自由半格律诗"(吴翔林,1993:289)。后现代主义诗歌就像是个"非人非兽的怪物,硕大无比,包容一切,内部充满了矛盾和困境"(曾艳兵,2006:50)。如果对现代主义诗歌与后现代诗歌的不同进行比较,就诗歌形式而言,前者强调封闭式诗歌形式,而后者则强调开放式诗歌形式(曾艳兵,2006)。但是,某些现代主义诗歌也强调开放形式,现代主义与后现代主义诗歌的区别并非绝对。后现代主义诗歌的基本特征可概括为六个方面:其一是中心消解与意义悬设,即承认现代社会的"短暂、分裂、不连续性和混乱"等,用 Peter Brooker 的话说就是,"后现代诗歌就是对那些陈规陋习的反叛:在'写作'中解除中心,解除等级制度,超越'抒情诗的绝境',运用各种毫不相干的形式,包括理论和叙述,种族和政治争论……'与世界以及词语建立联系'"(曾艳兵,2006:57)。其二是平面化、零散化和非逻辑化,正如格雷格森所说,后现代诗歌不是整体的,而是紧张的、破碎的、与自身分裂的(Gregson,1996)。它们"拒绝深度、拒绝意义、拒绝解释……昔日以诗人为中心的视点被打破,诗歌创作成了一堆破碎的物象。碎片与碎片之间没有逻辑关系,一切都被随意组合在一起"(曾艳兵,2006:58-59)。其三是拼贴与反讽式复制,即通过戏仿经典作品,后现代主义诗人要"改写历史,将人类可以利用的过去并入当代人的感情之中"(曾艳兵,2006:60)。其四是即兴诗写作与表演式创作,即强调偶然的、随意的发挥和行动,注重体验和感受。其五是语言游戏与语言实验。其六是对东方文化,尤其是对中国文化的钟情。后现代主义诗人"通过创作呼吁人们回归自然、与他人合作、与天地一体的境界",体现了"后工业化社会部分人要求改善生存处境的强烈愿望"(曾艳兵,2006:62)。"后现代更应当是多元的、开放的、矛盾的和变化的。而后现代主义诗歌也的确呈现出这样一种创作态势。"(曾艳兵,2006:63)

肯纳汉(Kinnahan,2004)探索北美和英国当代女性在语言学上的诗歌创新时发现,她们的实验为抒情诗带来了新的女性主义解读。其研究对女性作家和女性主义视角的关注引起了学界对诗歌语言,对国家、性别和种族等文化背景的关注,因为她们因"实验"而在产生、定义和理解等方面有明显转变。对民族主义的身份修辞的实验性探索及其对当代英国对"自我"的唤起被看作是达菲等诗人作品的特点。这无疑是为达菲诗歌文体研究提供了研究依据。

第二章　致敬传统与文体创新

——从体裁视域看达菲早期戏剧独白诗

虽然托多洛夫(Todorov,1976)曾认为讨论体裁(genre)明显已经过时,但他坚持讨论体裁,并指出一些作品偏离体裁规则并不意味着可以绕开体裁这个议题。这说明,有些文学作品会在继承一些传统体裁时进行创新,达菲对戏剧独白诗的继承与创新便是这样。

"体裁"意味着种类、类型或形式的相同。在修辞上,该术语被广泛用于包括具有相似特征的语篇类型。"类型"源自拉丁语,本身是一个抽象概念,非常类似一个"理论",体现和表达某一特定类型的特点(Measell,1976)。中国学者将体裁定义为"艺术作品的种类和样式。其结构形式在历史上具有某种稳定性。它受艺术作品表达内容的制约,反过来又对内容有反作用"(金振帮,1986:1)。戏剧独白诗作为一种诗歌形式,是人物在戏剧性场景里的独白,往往具有社会批判功能。

"狭义的体裁,有时是'文体'的同义词。""文体是历史性和稳定性的统一。每种文体都有自己独特的表现内容和结构形式,既同一定的社会历史背景、生产力水平以及人们的表达需要相适应,又有某种在历史发展过程中比较稳定的结构形式。文体又是内容和形式的统一"(金振帮,1986:1)。因此,现基于体裁研究相关理论分析达菲的戏剧独白诗,即从体裁视域探讨其戏剧独白诗的文体创新。

需要说明的是,体裁研究提供"一般的或几乎合法的知识"(Brooks,1974),必须超越单纯的分类,因为"体裁批评的目的与其说是分类,不如说是澄清……传统和亲缘关系"(Frye,1959:247-248)。高层次体裁包含较低层次体裁,于是就形成了体裁的分层结构:讽刺包括警句,史诗包含抒情,戏剧包含十四行诗,说教包含谚语(Fowler,1979)。这些论述对于达菲诗歌体裁研究都很有帮助。

第一节　达菲早期戏剧独白诗体裁研究

戏剧独白诗最能代表达菲早期诗歌的创作成就。多数诗人尝试该体裁都会失败,因为他们无法抗拒将巧妙的隐喻和明喻强加于诗中叙述者的话语——实际上就是他们自己的声音中。达菲在早期诗歌创作中大胆并成功地使用该诗歌体裁,围绕后现代主题创作了大量诗歌。鉴于此,现基于戏剧独白诗传统,分析达菲戏剧独白诗的类型,厘清其戏剧独白诗与戏剧独白诗歌传统的"亲缘关系",发现其戏剧独白诗对传统的继承与创新。

国外学者发现,达菲早期的戏剧独白诗初读似乎在韵律和形式上都按照惯例,特别借鉴抒情诗和戏剧独白诗传统。当然,这些诗歌形式质疑了当前理论关注的语言结构,并与美国以语言为中心的诗人产生交集(Kinnahan, 2004)。比较达菲与罗伯特·勃朗宁(Robert Browning)对裸体艺术的态度(Rees-Jones,1999),可以发现达菲的诗集《站立的裸女》标志着其创作从浪漫的个人抒情向严肃叙事的转变;诗集《站立的裸女》和《出卖曼哈顿》中的戏剧独白诗则是对勃朗宁诗歌形式的继承和女性意识的表达。诗集《他国》和《悲伤时刻》中的政治话题与诗歌形式的结合、《世界之妻》中女性对男权的颠覆,均表明达菲继承了勃朗宁和艾略特(T.S. Eliot)的戏剧独白诗创作特征(Michelis & Rowland,2003)。

基于上述文献,本书选取达菲诗集《站立的裸女》《出卖曼哈顿》《他国》《悲伤时刻》中符合戏剧独白诗基本特征的诗歌加以考察,发现戏剧独白诗并非多数,具体见表2-1。

表2-1　达菲早期戏剧独白诗数量统计

单位:首

项目	《站立的裸女》	《出卖曼哈顿》	《他国》	《悲伤时刻》
诗歌总数	49	44	44	39
戏剧独白诗	17	15	9	8

可见,达菲的戏剧独白诗最初以"质"取胜,正如《站立的裸女》封底所说:达菲用自己的戏剧独白诗"品牌"把诗写得富有力量,呈现多样性,充满幽默、激情和技巧。当然,每部诗集都有其独特的地方,如诗集《出卖曼哈顿》里的诗

歌风格各异:《温暖她的珍珠》洋溢着温情,而《精神病患者》令人不安……这些诗反映了笼罩在贫穷、暴力、恐惧、怨恨和沮丧中的城市世界。《他国》关注语言的局限,表达出用文字无法留下印记的空白,因为深知语言常掩盖其所象征的事物,也深知把语言和感情匹配起来的困难,所以她力求表达不可言喻的东西,弥补失去的时间,倾听恋人的肢体语言。对于《悲伤时刻》,达菲说:

> 这些诗是关于时间带来的不同改变或损失的。在这个集子里,我想写关于时间的东西。时间的影响是均等的。"mean"可以指平均的、普通的。诗中的事件可能发生在普通的女人或男人身上。童年的逝去、人的衰老、历史的距离、记忆和语言的更新、爱的终结、离异、新爱、运气……最后,我尝试在编辑诗歌时使诗集成为具有连贯性的唱片集,读起来像是一部情感叙事而不是文字叙事。

(Rees-Jones,1999:44)

诗集以曼弗雷德·曼恩的狂欢派对"Do Wah Diddy Diddy"开始,以无线电预报中人们熟悉的安静的港口名结束,整部诗集试图把人们在钟下能够听到的简短的话语记录下来。

福布斯 2002 年提出"达菲体"一词,表明达菲戏剧独白诗的风格独特。道森指出,达菲的早期诗歌继承了利物浦诗人的左翼观点、强烈的表演元素、节奏、幽默、象征主义和超现实主义成分。那么,从体裁的角度来看,达菲体的戏剧独白诗与传统戏剧独白诗相比有何创新?

已有研究表明,达菲戏剧独白诗有四方面创新:(1)丽斯-琼斯(Rees-Jones,1999:17-18)强调道,达菲的戏剧独白诗是把诗人的自我展示在公众面前的方式,可使诗人戴上面具刻画人物,并通过人物之口说出自己心里的话。尽管诗人与叙述者的关系看似不清,但是独白中的"我"表现出一种对主体位置感到焦虑的客观自我,或者说独白是一种转移个人主体位置的方式。鉴于丽斯-琼斯在专著中已深入分析达菲在戏剧独白诗中戴上面具表达个人观点的策略,本书将不再重复。(2)达菲的戏剧独白诗因选用的叙述者身份和语言的使用而被冠以新的诗歌体裁名称。例如,其诗歌《精神病患者》将杀手作为叙述者,被称为"杀手抒情诗"(killer lyrics);诗歌《我们时代的诗人》因将诗歌语言与媒体语言混用受到关注(Semino,2002),并因选用媒体人物作为叙述者而被称为"媒体独白"(media monologue)(Bryant,2011),这种诗歌为诗人提供了规避主题限制和体裁限制的手段(Bryant,2011)。(3)雅克探讨了达菲诗集《世界之妻》中诗歌表达的抒情与戏剧之间的张力。她详细分析了诗集中的《小红帽》和《西西弗斯夫人》，发现它们偏重抒情和叙事表达传统而非戏剧表达传统（Roche-Jacques，2016）。（4）格雷格森（Gregson，1996）探讨了达菲戏剧独白诗的对话性。本书将在上述后三方面的基础上加以延伸，并受"杀手抒情诗"和"媒体独白"命名的启发，进一步探讨达菲戏剧独白诗在体裁方面的创新。

首先，在对话性和抒情性研究的基础上探讨达菲戏剧独白诗的多元话语声音及其戏剧性效果。现代派诗人在庞德"求新"理论的指导下对诗歌中的声音进行革新，戏剧独白更加多元化（沈月，2009），出现了多个叙述者同时说话甚至是诗人本人和叙述者同时说话的情况。达菲的戏剧独白诗便出现了多个叙述者同时说话的情况，这不仅形成了多元话语声音，而且增加了戏剧独白诗中的人物数量，加强了诗歌的戏剧性。所以，本章第二节将专门进行探讨。

其次，本书在分析达菲戏剧独白诗中的多元话语声音的基础上发现，这些诗歌中的叙述者不都是人，还有拟人化的动物。通过动物独白写就寓言，使戏剧独白诗与寓言结合为一体，因寓言体裁的批判性加强了戏剧独白诗的社会批评力量。为此，本章第三节将加以探讨。

最后，维多利亚时期戏剧独白诗便有社会批评特性，现代主义戏剧独白诗的社会批评则达到了新高度，当代戏剧独白自1945年起继承了现代主义戏剧独白诗中社会批评的特性（沈月，2009）。达菲的戏剧独白诗更具有社会批评的多元化力量。这种力量与多元话语声音、拟人化的叙述者及反讽手法分不开，所以对达菲戏剧独白诗中的多元话语声音和拟人化的叙述者的分析包括这种社会批评力量的分析。同时，本书在分析达菲戏剧独白诗中的幽默时，发现其幽默以反讽为主，堪称讽刺诗。故将在本章第四节分析其反讽技巧、讽刺诗与戏剧独白诗的结合及其对社会批评力量的加强。

第二节　多重话语声音与戏剧性的加强

"多重话语声音"的发现源于达菲戏剧独白诗的"对话性"研究（Gregson，1996）。达菲的戏剧独白诗中一般只有一个叙述者，如《站立的裸女》一诗由站立的裸女做叙述者，当然，因裸女转述了几句画家的话语，该诗比一般的戏剧独白诗多了一重话语声音，但仍属于传统戏剧独白诗的叙述者与听者的互动，或可被看作是前文提到的"对话性"。如果说双重话语声音是戏剧独白诗的传统特点,那么达菲不仅继承了该特点,还运用了多重话语声音。在一首诗中使用许多不同声音的先驱是勃朗宁的《戒指和书》,在长篇戏剧独白诗中,不同人物从各自的角度叙述同一事件。达菲的诗没有完全复制这种形式。相比之下,她的戏剧独白诗很短,但通过增加独白人物数量,有效地以戏剧化手法反映当代的各种社会问题。有些戏剧独白诗中有两个或多个叙述者,形成多重话语声音,如《出卖曼哈顿》("Selling Manhattan",Duffy,1987)、《清晰的音符》("A Clear Note",Duffy,1985)、《模范村庄》("Model Village",Duffy,1987)和《综合中学》("Comprehensive",Duffy,1985)等。一首戏剧独白诗中多个叙述者的出现增强了诗歌的戏剧性,也体现了达菲戏剧独白诗在体裁创新方面的多样性。

一、《出卖曼哈顿》:独白与辩论

《出卖曼哈顿》一诗有三个叙述者,分别是只有四行戏剧独白的殖民者、独白长达四个五行诗节的土著人和最后三行的第三叙述者。殖民者和土著人的独白俨然是一场辩论,而第三叙述者则是辩论的裁判,最后评判该辩论。该诗的结构划分显示出等级,给殖民者以狭小空间,给土著人以很大空间,使其成为辩论的主角,与历史书中给予白人更多空间的传统形成了鲜明对照(Michelis & Rowland,2003),也与土著人"作为陪衬和配角出现在白人文学作品中"(邹惠玲,2006:49)形成对照。达菲用四行的独白表现殖民者的自大和权威:

> 都是你们的,印第安人,值二十四块的玻璃珠,
> 漂亮的花布。我买了个好价钱。我挥舞
> 火炮和烈酒。赞美上帝。
> 你们现在得从这里滚出。(1:1-4)[①]

殖民者先表现出国廉价"购买"曼哈顿和拥有军火武器的自傲,而后宣称基督教是殖民地的统治性宗教。其傲慢似乎表明他就是上帝,土著人都应该

---

① 如未说明,引用诗的汉译出自笔者,且引用诗行均采用以下标注格式:(诗节数:节内行数)。引用由几部分组成的长诗诗行和不分节的十四行诗诗行时,格式有所不同,具体见相关脚注。

崇拜他。最后他暴露了残暴本性,命令土著人离开自己的土地。殖民者简短粗鲁的独白以斜体形式出现,与土著人长达数倍、充满雄辩的独白形成对照,表现了土著人对家乡、祖国和归属意义的深刻把握(Michelis & Rowland, 2003:85)。殖民者的贪婪和骄傲也与土著人关于国家与个人关系的观点形成对照。达菲没有把土著人刻画成模式化的原始或野蛮形象,而是赋予他哲思能力,与自然"处于一个和谐而平等的关系网之中"(王卓,2015:113)。他在独白开头表示疑惑:"我不知道这片土地是否有话要说。"因为土地被殖民者所拥有,这种拟人化的手法表现了叙述者对土地的尊重:"他们从来也没有认为这片土地属于自己"(王卓,2018:67)。他还指出了殖民者的不端行为:

> 你把我灌醉,用满口谎言
> 淹没了世间的事实。
> 但是今天,我又听到了,清楚地看到了。无论你
> 碰到哪里,土地都会生疼。(2:2-5)

诗歌不仅揭露了殖民者迷惑土著人、以不正当手段骗购曼哈顿的事实,也揭示了殖民者给这片土地带来的深重灾难。与土著人对国家的尊重形成对照的是殖民者的无情。土著人在第三小节中表达了另一种疑惑:"水的神灵是否有话要说"(3:1-2),把水拟人化或者神化,表现出对水的尊重。土著人还揭露了殖民者制造水污染的恶意,警告他将"不再拥有河流和绿草"(3:3)。土著人在第三节最后两行用歌唱表达对土地的挚爱:"我满怀真爱为这片土地歌唱/歌唱黎明、日落和星光"(3:4-5)。

土著人独白的前半部分揭露了殖民者的贪婪和残酷,他们每侵占一地就要掠夺自然资源,控制土著人。为实现对殖民地的彻底统治,他们企图把这片领地变成自己想要的模样。他们毁坏大量的植物和动物,污染水源,践踏环境,无视土著人的绝望。在诗歌后半部分土著人还表现出战胜殖民者的勇气。从第四小节开始土著人不再疑惑:

> 相信你的梦吧。不会有好结果。
> 我的心在这里,当我的亲人
> 倒在我的怀里,死去。(4:1-3)

这里无疑是用反语指责殖民者的贪婪,预言他的下场。土著人揭露了殖

民者杀死土著人的罪行。与殖民者开始时表现的骄傲形成对比的是,土著人表示自己只是这片土地的一部分,不是统治者;他理解这片土地的欢乐和悲伤,而殖民者则是局外人。他质问殖民者"需要多少土地才能满足他在这片土地上的欲望"(5:1-2),并在后三行表达了悲哀:

> 上次,这个时候,一个男孩儿感到
> 失去了自由,就像鲑鱼神秘地游到
> 海里。巨石在沉默中感到失落。(5:3-5)

土著人作为这片土地的真正主人,即使失去生命和自由,也不会失去自己的身份。与此相对照,无论殖民者如何粗鲁、无情地占有这里的土地、河流、动物和居民,他都是局外人。殖民者的下场便是得到所谓的领地和财富的同时,失去自己的民族身份,在他购买的土地上成为外人。如此看来,诗人将殖民者的独白放在诗歌标题下面并以斜体呈现,而将土著人的独白作为正文以正体呈现,突出了主题和土著人的主体地位。

第三个声音以三行的小节来结束该诗,描述了一个印第安人的鬼魂可能说出的独白:

> 夜晚颤抖着,悲伤着。
> 一个小影子掠过草地
> 消失在暮色苍茫的松树中。(7:1-3)

这个结语的意义模棱两可:语气是非个人的并且没有明确的倾听者,很抒情,由一个无所不知的见证人实现了土著人的预言"我将生活在蚱蜢和水牛的幽灵之中"(6:1)。而"小影子"暗示着黄昏时第三个声音感觉到或想象到的土著印第安人灵魂的存在。因此,最后的声音可被解读为一种超叙事的存在,以比喻性的语言暗示它可能是诗人的代言。在该诗表现反讽意识的背景下,这个结语暗示了达菲对环境问题的关注,并让土著人的鬼魂在独白中揭露美国的工业化社会面临的环境污染问题。

《出卖曼哈顿》在诗中设置三个不同的独白者,是对传统戏剧独白诗歌体裁的一种创新。因为诗中的前两个叙述者如同戏剧中的人物一样,是购买/侵占曼哈顿事件中极具代表性的两个当事人:殖民者和土著人,而诗的主题是美国自然环境被殖民者污染破坏和土著居民所受的压迫,这些问题早就引起了广泛的争论(Stibbe,2015),并在20世纪后期政治化。这场政治辩论在大众媒体和学术机构被广泛表达,达菲在诗中设置的两个人物仿佛辩论的双方,诗中三个独白者表现了各方在这场政治辩论中的态度,引发读者思考。

二、《清晰的音符》:三代人自传体独白构成的三联剧

《清晰的音符》由三个女人作为三代女性的代表讲述她们的故事。这是一首长诗,共144行,分3部分,每一部分12个小节,每节4行。每部分在叙述者名字前标以阿拉伯数字,叙述者的身份是祖母、母亲和女儿,整首诗是一个家庭三代女性的戏剧独白。该诗由零碎的记忆构成,显著特点是记忆模式的构造就像记忆本身一样,有时间和地点的变化,故事情节的碎片化、循环和流行歌曲的片段。尽管有这些不连续性,诗中记忆的表象的真实性本质上传达了一种连通性。这种连通性通过该诗的形式表达叙述者之间的相互关系并得以加强,使该诗成为三代女性生活的三联剧(trittico)①。

第一部分由祖母阿加莎(Agatha)做自传性独白,是三联剧的第一部。第一节的听者对象含糊不清,似乎担心听者不了解她的历史,她描述了自己的外表和家庭琐事;与第一节相反,第二节内容涉及她和丈夫夫妻生活的细节,揭示出他们夫妻感情的淡漠。这些细节不太可能向家庭以外的人讲述,但诗中仍未明确表明听话者身份。直至第三节,她才明确是对女儿莫尔(Moll)讲述自己年轻时对乡村生活的向往,以及对一个爱她的丈夫的渴望:

> 莫尔,我一生只想要爱尔兰的土地
> 和一个永远爱我的男人
> 不停地吻我,对我说,
> 看月亮。我亲爱的。月亮。(1,3:1-4)②

---

① 又译"三联画",在意大利语中原意指三幅内容相联系的绘画或木刻(详见王蕊,张正东,张梦丹,2020:36-39)。更多见的拼写是"trilogy"。在现代戏剧中,最杰出的三联剧是尤金·奥尼的《悲悼》(1951)。莎士比亚的《亨利六世》(1590—1592)也是三联剧。古希腊悲剧家埃斯库罗斯的三联剧《俄瑞斯忒亚》由《阿伽门农》《奠酒人》《报仇神》三部分组成(详见何婷婷,2021:16-17)。
② 逗号前的数字1表示该诗的第一部分,逗号后面的数字表示诗节数,冒号后面为诗行数。下同,不再赘述。

随后两节中，她描述了向格拉斯哥的迁移、婚姻中没有爱情的现实、生育能力的脆弱和被意外怀孕所束缚等经历。第六节与前面的叙述形成时间错位。后面的部分由她的女儿和孙女讲述时，将阿加莎塑造成一种来自过去的声音，仍然活在她们的记忆中；但在第六节中，她仿佛还活着，在说话，且有听者在场，可能是她女儿。她甚至谈到未来：认为自己会比丈夫先离世，恳求死后从她生前所忍受的肉体支配中解脱出来，恳请"别把他埋在我身上"(1,6：4)。第七节讲述她和丈夫之间缺乏交流，似乎重新建立了最初的时间框架，阿加莎作为一个幽灵讲述过去："我曾经有一个声音，但它已经破碎，/无法回忆起那些没有说出的话"(1,7：1-2)，隐晦地暗示了标题的意义——她"破碎"的声音。但是，她的女儿和孙女在记忆中清晰地听到她"在不可能的海洋中游泳"(1,10：1-2)的渴望。她讲到自己死于癌症，明白了她为实现幸福婚姻的梦想所付出的"代价"就是移民格拉斯哥和"与魔鬼结婚后多年的憎恨"(1,4：1-2)。而在倒数第三节中，阿加莎直接对女儿说出"在不可能的海洋中游泳"(1,10：2)。这个比喻在诗的三部分重复出现，贯穿全诗又突出重点。她在独白的最后一节重新成为一个幽灵出现在她女儿的记忆中，请求人们记住她是一个想要月亮的年轻女人。而最后几行，她请求孙女向世人展示一个"真正"的她，孙女的肯定回答意味着在未来的某个时间，孙女将会抹去祖母作为一个痛苦的、受害的妻子的负面形象，告诉世界她的年轻、美丽和愿望。

诗歌的第二部分标题为"莫尔"，是阿加莎的女儿莫尔对自己的女儿伯纳黛特(Bernadette)所做的戏剧独白，是三联剧的第二部。莫尔将母亲的死描述为她生命中始终存在的记忆，并将祖母、母亲和女儿之间的生物学联系称为始终存在的"记忆"，确立了这一女性记忆三联剧的中心线索，将她这种母性纽带的概念从自己的特定生活环境移到了所有女性的大环境中。她表示很享受走出家门工作的自由，并暗示丈夫对这种自由怀有强烈怨恨。莫尔在第六节最后"你在听我说吗？"(2,6：4)的问话较正式，似乎表明叙述者和听者之间的距离。这种亲密感的失去和问题在诗节结尾的突出位置，令读者成了潜在的听者。之后莫尔似乎离开了母女的场景，向一个不太熟悉的听者讲话。她在第八节又直接对女儿说"永远不要生孩子。给自己生命"(2,8：2)，并在第九节回应她女儿希望自己去看她的请求。女儿伯纳黛特显然住得很远，所以坐飞机旅行要花钱。而最后"Men"一词将莫尔对她丈夫的看法转变成对所有男人的看法，从私人转向了公众。在第十节中莫尔又转而谴责家中男性对自己的限制。在倒数第二节，莫尔让女儿想起她们一起唱的那首歌。在最后一节，莫尔轻慢地承认自己缺乏自由，否认自己的潜能："这是我在胡说"(2,12：1)，并

把她母亲和她分享的愿望传递给了女儿:"让我们在月光下不可能的/海中畅游。"(2,12:2-3)

莫尔在独白的最后一节,邀请女儿进行私人谈话,分享秘密,仿佛她们在彼此身边:"我们走吧,亲爱的,去长时间散步。"(2,12:4)而在第九节,她们没在一起,这说明叙述时间和地点的不稳定性。这种不稳定只能解释为莫尔的独白是伯纳黛特对她过去与母亲对话片段的回忆。

在第三部分,也就是三联剧的第三部,伯纳黛特向不熟悉她们家族史的听者描述三代人共同生活和回忆的场景:前两个诗节作为对事实的陈述,揭示了祖母情感生活的真相,以及由此导致的不能表达这种婚姻现实的社会禁忌。随后的诗节恢复了前面独白的亲密语气:第四节中,伯纳黛特回忆了三代女性在一起的情形,这一亲密的叙事风格通过女性形象得到巩固:三位女性所在的女性卧室成为"安全空间",而祖母受婚姻压迫被边缘化。温暖的女性身体在"八卦床"上的感官意象唤起了三个女人之间身体的密切连接。第五、六节中,伯纳黛特描述她童年熬夜听母亲和祖母表达女性经历的困难,包括祖母对自己在婚姻中身体和情感两方面的从属地位的怨恨,及在父权社会中这种怨恨的无果。

第七节开头和结尾都是伯纳黛特对祖母和母亲亲密对话的回忆。同时可以听到三位女性的声音,独白面向的是众多女性,因为它暗示了三代女性的共同愿望。时间通过"sing"一词的现在时态表现为现在:

"现在看不到月亮,莫尔。"
听。你的千万个母亲的希望
在你心中以清晰的音符歌唱。
趁还有机会,去环游世界吧。(3,7:1-4)

伯纳黛特"听"的劝勉显然是对"千万个"听者说的,表明这是对所有女性的劝勉,而不局限于一个传统的、亲密的家庭或朋友聚会。至此,该诗标题的意义显而易见:"清晰的音符"是母亲通过几代女性传递给所有女性的信息,希望她们拓宽视野,发挥潜力,蔑视并削弱父权制传统。

在第八节,伯纳黛特总结了祖母的悲惨生活,并将其置于妇女解放的历史背景下,指出阿加莎机会的贫乏和她那一代女性面对生活能够有不同选择之间的差距。这标志着一种乐观情绪的开始,取代了前面独白中悲伤、痛苦的基调。伯纳黛特为她那一代女性有机会"在不可能的海洋中游泳"而庆祝,同时记得祖母一度没有自由。并且,她颂扬女权主义者所认可的家族里从一代到另一代的"女性"记忆的连续性：

> 因为我们在所有可能的海洋里轻松地
> 游泳，而且不会忘记他们。
> 又到春天了，差不多现在
> 我奶奶会去买一顶新帽子。(3,8:1-4)

在下一节中，这种女性连续体被延伸为一种跨越时空的联系：

> 我的头发和她的一样。我妈妈
> 要去上班了。一架飞机
> 爬上了她的房子。她想象着我
> 以后从窗户看到它。(3,9:1-4)

这表明伯纳黛特与母亲相距甚远，却被一种强大的纽带紧密相连，在世的母女和已故的祖母在记忆和想象中融合在一起。母亲莫尔听到飞机的声音、想象飞机飞过的情景，与伯纳黛特在下一节中想象"最简单的事情"联系。这种想象的联系也可追溯到阿加莎在独白中最后的请求："让一些人去想象吧。"(1,12:2)阿加莎的"让一些人去想象"表明后代的女性想象不到她内心生活的真相，因为她的声音在公共领域是闻所未闻/没有记录的，未来女性若要寻求建立女性生活及身份的社会历史，不得不"想象"像她那样生活和观点都未被记录的前辈的生活。莫尔的想象更具体，即看到飞机从头顶飞过，朝向更远的旅程，想象伯纳黛特看到飞机从她头顶飞过家。这唤起了她出去的渴望："我不能飞出去和你单独/待在一起"(2,9:1)。伯纳黛特的想象不是局限于家族的三代女性，而是思考着所有女性的生活和延续几代的愿望。三位女性之间的"想象"连续体展到所有女性对生活的渴望，以及对未来的希望。

从该诗三部分的标题来看，叙述者的身份都被确定为标题中的女人，讲述各自的生活历史和记忆。但在最后几行，三个女人被客观化，读/听过她们的叙述的第四个人物说出了"给阿加莎，伯纳黛特献上的，月亮"(3,12:4)。诗中的每个女人都用第四个叙述者与另外两个女人的关系来谈论自己，不过，阿加莎和莫尔在独白中，也通过各自的丈夫来解释她们生活的方方面面。诗中有时没有明确听者身份，这并未破坏三个女人的生活相互交织的一致性。祖母阿加莎和母亲莫尔都不满意自己生活中父权社会的陷阱和制度化的婚姻，都建议自己的女儿不要陷入做母亲的困境,而要发展自己的潜力。但是,出生于20世纪早期、一生在家养孩子做家务的祖母只能靠说出侮辱性的语言"讨厌"("scunner")、"魔鬼"("the devil")、"死尸"("a corpse")和"杂种"("bastard")来表达对残忍丈夫的反抗;出生于20世纪中期的母亲,其丈夫虽不像她父亲那样残暴,却阻拦她外出工作,很明显,她是第一次女性主义浪潮中的女性代表。只有新一代牢记前辈的痛苦、悲伤和愿望,才能为自己谋得新生:挣脱传统女性的社会角色,实现祖母和母亲不曾实现的梦想,成为独立自由的女性。三个人物个性突出,各自代表各自生活的时代,以自传性的戏剧独白与第四种声音一起讲述了女性被男权压迫的历史和她们争取摆脱传统社会角色的愿望,增加了诗歌的戏剧性,成为女性追求独立自由的"清晰的音符"。

三、《模范村庄》:口技表演者与四村民独白中的秘密

《模范村庄》中由一个口技表演者描述模范村庄,并引出四个身份不同的村民,由他们分别说出各自邪恶的秘密,所以总共有五种声音。口技表演者如同侦探一般地出现,使得该诗充满戏剧性。

该诗共八小节,一、三、五、七节是口技表演者对村庄的描述,每节八行;在每节最后一行,叙述者提出一个问题,分别问美登小姐(Miss Maiden)、农夫、牧师、图书馆馆员;然后,在二、四、六、八节分别以斜体呈现四个村民的独白。口技表演者充分发挥其特长,学各种动物的叫声,说话口气仿佛听者是小孩。他在第一节学了牛的"哞哞"声(moo)、羊的"咩咩"声(baa)和猫的"喵喵"声(miaow),描述了绿色的山、白色的羊、绿色的草和红色的邮筒,提出"如果草是红色/不是很奇怪?"(1:4-5),结果住在墓地对面的美登小姐说她因母亲反对其婚事而"毒死了她,但没人知道"(2:1),揭露了她的自私、无情和罪恶。第三节里口技表演者模仿了猪的"哼哼"声(grunt)、母鸡的"咯咯"声(cluck)、驴的"嘿嚎"声(hee-haw)和马的"呐"声(neigh),描述了农场白色的围栏和粉色的猪,说道"鸡……给了我们鸡蛋。猪/是粉色的,给了我们肠"(3:3-4),提出"如果是鸡下肠/不是很奇怪?"(3:5),然后引出农夫。农夫知道"恶有恶报"的道理,他因看到美登小姐的罪恶而感到困扰直至失眠。但他觉得自己是"普通人"(4:1),知道自己"应该知道什么"(4:7),暴露了他的胆小怕事。第五小节是关于教堂的描述,口技表演者模仿了鸽子的"咕咕"声(coo)、教堂的钟的"叮咚"声(ding-dong)、邮递员的狗的"呜呜"声(woof)和教堂里上帝的信徒们的"阿门"声(amen),并问牧师说什么。第六小节里,牧师说"人们离开后,我就

扮成／一个唱诗班男童。我剃了腿上的毛"（6:1-2），然后摸着自己"光滑的，粉红色的膝盖"（6:2），幻想调皮的他被女童"放在大腿上"（6:9），暴露了牧师的变态和虚伪。在第七节，口技表演者模仿了青蛙的"呱呱"声（croak），还模仿了鹦鹉的说话声："漂亮的波利"，"谁是个俊男孩儿？"（7:4-5）然后说，"牧师害怕／鹦鹉，不是吗？美登小姐害怕／牧师，而农夫什么都害怕"（7:5-7）。之后提到图书馆的钟表的"滴滴答答"声（tick-tock），引出图书馆馆员在第八节说：

嘘，这些年来看着他们来了又走，
我的耳朵听着每一种低语。这个地方
是个避难所，书一册册平静地呼吸
在静静的架子上。我在他们之间悄悄走过
就像一个查房的医生，知道他们的病理。汤姆斯
没有危害，我这里安全。外面一片混乱，
生活没有情节感。每家的门后
都藏着一个事实，危险。我宣传小说。相信
你我，每人头脑里的书都更怪……（8:1-9）

该诗通过拟声词，使口技表演者对于村庄声音和自然景色的生动模仿和描写与村民独白暴露出来的罪恶、胆怯和虚伪形成鲜明对照，最后又由图书馆馆员说出村庄的混乱，形成对"模范村庄"这个称号的讽刺。由于四个村民的身份不同，各自从不同角度反映模范村庄的黑暗，增强了戏剧性、真实性，使批判更为深刻。

四、《综合中学》：以中学生为代表的多族群共同体

《综合中学》由七个不同种族、国籍及方言的中学生述说，呈现了一个多族群的英国社会缩影，描述了不同族群移居英国后与当地人形成的命运共同体。诗歌标题用一个单词"comprehensive"指综合中学的一个班级。整首诗由六个七行小节和一个八行小节构成，每节由一个中学生作为叙述者，讲述各自的经历，其中三个是白人，四个来自少数族群。达菲巧妙地在第一、三、五、七节里以移民为叙述者，在第二、四、六节以当地人为叙述者，形成了多族群的多元话语声音。

第一节以一个非洲孩子之口讲述移民因忘记本族语而面临失去文化身份

的危险。

> 我姐姐回非洲时只会说英语。
> 有时我们在床上会打起来,因为她不知道
> 我在说什么。比起英国,我更喜欢非洲。(1:2-4)

第三节以一个印巴学生之口述说移民离开古老的乡村移居伦敦是因为自己的祖国贫穷,而英国可以作为避难所。

> 那里比伦敦玩的地方大。
> 那是一个古老的村庄。现在都空了。
> 我们飞到了希思罗机场。这里的人写信说
> 这里一切都容易一些。(3:4-7)

第五节的叙述者也是一个移民。作为一个穆斯林,本不该以猪肉为食的他遭遇个人信仰被改变的威胁:有人把香肠放到他的盘子里。另一个穆斯林学生前来阻止,他们因发现彼此共同的信仰和语言而成为朋友。

> 一个穆斯林男孩儿跳过来拉开。
> 盘子落到了地上,碎了。他用乌尔都语问我
> 是不是穆斯林。我说是。你就不该吃这个。
> 这是猪肉。然后我们成了好朋友。(5:3-6)

可以看出,第一、三、五节的三位移民学生分别来自不同的地区,拥有不同的宗教信仰,各自对移民英国的感受也不同。在英国这个种族和民族多元的国家,不同种族和民族的人为生存先后涌入英国,似乎成了世界公民,却因语言不通、思乡情绪或信仰不同而受到威胁并被异化。第二、四、六节中作为叙述者的英国中学生对移民的态度也各不相同。第二节以一个极端的民族主义者之口表达了反移民的态度。

> 我支持
> 民族阵线。打巴基斯坦人,拉女孩子
> 短裤。爸爸有出租车,我们在车里看

视频。《我唾弃你的坟墓》。太棒了。
我找不到工作。都是因为他们
到这里来工作。(2:1-6)

民族主义为争取民族独立,反对大国霸权提供了理论依据和思想力量,也因其极端的排外性和种族歧视成为世界冲突的重要因素(塔米尔,2017)。极端的民族主义"认可一种'偏袒'(partiality)的视角,即优先关照本民族成员的利益和需要"(高景柱,2016:2)。所谓的民族阵线反对有色人种移民英国。叙述者称种族主义视频《我唾弃你的坟墓》太棒了,可见他对移民的憎恨。他把自己的失业归咎于移民的到来。

第四节的叙述者是个英国姑娘,她没有谈及对移民的态度,只是表达了对英国生活的厌倦。她只能在喜互惠(safeway,美国的零售公司)连锁店工作,和其他英国人一样感觉梦想破灭,对未来没有期待。

乏味。定了。可能要在喜互惠工作
最坏的运气。我还没有丢掉自尊,因为我
在乎。马龙·弗里德里克不错,只是有点黑。
我喜欢疯狂。领唱超级好。
我妈脾气差。她什么事情都
不让我做。米歇尔。真乏味。(4:1-6)

第六节的白人叙述者对移民非常友好,愿意与他们交朋友,而且他姐姐还有一个移民朋友。因为"姐姐跟一个移民出去了。发生了凶杀"(6:1),令他意识到"他们跟我们不一样"(6:2)。他随后说出:"没办法""别无选择""我可能会移民",表示忧虑自己的未来和工作,只能参军、结婚以及移民澳洲。这些计划表明他不打算在英国谋生,表现出当地人的幻灭感。

正如本书第一章第一节所述,英国由于成为移民的避难所,出现极高的失业率,越来越多的人失去了对生活的希望和生活的乐趣。诗歌最后一节由一个穆斯林男孩作为叙述者。他在杰赫勒姆(Jhelum)长到13岁,说不好英语,对英国学校很不满。

上这个学太难。
有人带着牛奶箱子进来了。

老师让我们喝牛奶,我不懂她在说什么,
所以我没喝。我满怀希望,雄心勃勃。
开始我觉得自己在做梦,但是我没有。
我看到的都是真的。(7:3-8)

在六个七行小节之后,在第七个中学生的七行独白之后说出"我看到的都是真的",突出了独白内容的真实性。

七个中学生如同戏剧里的七个人物,身份、种族、观点、体验各不相同,构成了文化多元的英国的全景图。多重话语声音像一支复调的曲子,表现了在强大的英国民族主义中实现种族和谐理想的困难(Dowson & Entwistle, 2005:214):移民的孩子面临着令他们措手不及,通常令他们感觉充满敌意的教育体制,而当地白人也同样感受到了生存的压力。肯纳汉(Kinnahan, 2004:178)指出这首诗所建立的学生种族的多样性和分离之间的张力反映了种族意识和共同体意识的二元性。

综上所述,这些戏剧独白诗中的叙述者具有多样性和代表性,如同戏剧中的典型人物一样,形象生动鲜明,通过多重话语声音反映社会问题。《出卖曼哈顿》里两个处于对立面的人物的辩论和第三种声音有效地反映了社会上热辩的政治话题。《清晰的音符》里祖孙三人的自传性独白三联剧连贯完整地勾勒出女性独立意识觉醒的过程,与第四种声音一起奏响了女性独立的音符。《模范村庄》里的口技表演者引导听者与四个身份不同的村民相遇并听他们说出各自的秘密,讽刺"模范村庄"的称号。《综合中学》里七个国籍、宗教信仰及观点等各不相同的中学生形成的命运共同体及其多重话语声音勾画出了文化多元的英国的全景图。可以看出,达菲在戏剧独白诗中对多元话语声音的运用和多个叙述者的形象塑造不仅增加了诗歌的戏剧性,也全面、深刻地反映了英国的社会问题。

第三节 动物独白与寓言的结合

达菲在戏剧独白诗创作中,采用卡图卢斯、贺拉斯、奥维德等西方古典文学家曾使用的动物作为叙述者,如《海豚》("The Dolphins", Duffy, 1985)里的海豚,《有钱能使鬼推磨》("Money Talks", Duffy, 1987)中没有生命的金钱也成为叙述者。不仅如此，达菲还在《转世》("Dies Natalis"，Duffy，1987)里让动物与人在同一首诗中轮流发声，表现动物与人的共同意识。这种拟人化的手法形成了动物独白，也赋予这些诗歌以寓言的特点。

> (寓言)是一种以劝谕或讽刺故事为基本内容的结构简单的文学样式。鲜明的哲理性和讽刺性是寓言的重要特点。主人公多是人格化的动物、植物或自然界其他东西。通过借此喻彼，借远喻近，借古喻今，借小喻大，把深奥的道理从简短的故事中体现出来，借以达到劝诫、讽刺的目的。运用夸张和拟人的表现手法是寓言的又一特点。(尹典训等，1988:119)

有人曾对寓言的出现做如下推测：伊索生活在一个暴政的时代，在专制政权统治下，没有言论自由，不能随便表达政治观点，寓言便成为最有效的文字和演说武器。古希腊便有阿尔基洛库斯(Archilochus)以拟人化的形式讽刺暴君的寓言。伊索的作品《狐狸、刺猬和犬蝉》也用于政治表达。伊索的名字之所以同寓言联系起来，就是因为他"把寓言作为一种政治武器"(娄林，2017:114)。"斐德鲁斯的寓言会论及对政治压迫的反抗和分析。……在某些特殊情境下，整个寓言体裁都可以被政治化"(娄林，2017:115)。中世纪寓言"隐含的意义总是宗教的。这是因为讽喻式的思维方式将日常世界视为神圣世界的不完美反映。地球上的事物只是真实模式的一个不完美的影子，所以任何对世间经验的解释都是基于对事物表面背后更根本意义的认识"(娄林，2017:115)。

英国最后两部重要的宗教寓言是斯宾塞的《仙后》(*The Faerie Queene*，1596)和《天路历程》(*The Pilgrim's Progress*，1678)。17世纪后，人们从本质上的宗教经验转向了世俗经验，寓言便不再是一种感知生活的方式，成了可供作家使用的一种体裁。斯威夫特的《格列佛游记》(*Gulliver's Travels*，1726)和乔治·奥威尔的《动物庄园》(*Animal Farm*，1945)都通过寓言达到政治目的。他们在寓言小说中讲述荒谬和堕落的人物的离奇故事，这些故事与他们生活的时代的真实事件非常相似。可见，在言论自由受到限制、政治评论需要含蓄和间接表达的语境下，寓言是作家最喜欢的模式。当然，这样的政治寓言与那些信奉上帝神圣秩序的早期宗教寓言作品完全不同(Peck & Coyle，1993)。

由此看来，达菲戏剧独白诗里的寓言特点不仅使这些戏剧独白诗成为一种文体创新，也增强了诗歌的批判效果。

一、海豚的戏剧独白与动物寓言:"我们没有自由"

达菲在戏剧独白诗《海豚》里让动物言说被人类控制的痛苦,通过拟人的手法达到寓言的批判效果。该诗赋予海豚以思考、说话、记忆、拥有感情和宗教信仰的能力:海豚能意识到并说出他们因受人类控制而失去自由;能感觉到人类感觉不到的罪恶;能像基督徒一样意识到水中没有真理;能表达出不再受上帝保佑的命运;能记住他们生活环境变化的过程——被人类捕获后在新的地方定居,水浅且被人看管,不能自由地四处游玩,只能看着同伴的银色皮肤回忆过去。

该诗由四个六行诗节组成。第一节是海豚对他们的表演场景的介绍,并在前三行通过/w/音押头韵[①]介绍他们最初和现在的生活并发出海豚"没有自由"的呼喊:

> World is what you swim in, or dance, it is simple.
> We are in our element but we are not free.
> Outside this world you cannot breathe for long. (1:1-3)

第一行以"world"一词开始,突出了对于海豚来说,世界就是他们游泳舞蹈的地方,令人联想到宽阔的海洋。但第二行谈及"we"时却换了"element"一词,表明海豚现在的生活环境不是自然的而是人为的,并在"but"之后,发出心声:"我们没有自由。"第三行"world"的前面增加了限定词"this",说明他们现在生活的世界不是原来的世界。而"we"一词不仅与"world"和"what"押头韵,而且表明独白者谈及的处境不仅限于一只海豚。随后的诗行描写另一只海豚与自己一样的形态、动作和思想。第一小节最后两行的"there is/are"的排比句说明海豚生存现状的制造者——为了个人娱乐和经济利益而剥夺海豚自由、强迫海豚表演跳圈的人类。该小节最后一词"guilt"表明人类的行为在海豚心目中是一种罪行,海豚希望人类为此感到愧疚。

第二节通过时态变化表现了海豚的过去与现在的比较,以及海豚对于自己生存状态改变的适应过程。这里的"waters"取代了第一节里的"world"和"element",突出了水量少到可数的程度,也隐喻海豚被异化(Thomas, in

---

① 本书在论及诗中音韵或视觉效果等语言形式特点时将呈现诗歌原文,而非译文。

Michelis & Rowland eds.,2003),因为他们生活在水量有限的水池里,而且只要离开水池就无法呼吸。驯兽师一吹哨,海豚就要重复表演那套把戏——他们靠此生存,表演失败意味着被处决,甚至面临灭绝的可能,但他们永远也不可能回到原本的生存状态。"We were blessed and now we are not blessed"(2:3)与第二节第一行的"truth"令人直接联系到上帝和宗教。曾被上帝保佑的海豚现在失去了上帝的护佑,受到人的控制。也就是说,世界秩序被人类破坏了。或许海豚就像亚当与夏娃一样为尝智慧果而付出代价,经过几天的"travelling"被运送到表演地,从此失去了他们的伊甸园。人类取代上帝成为海豚的主宰,所以他们在"水池"里找不到真理,但是海豚离开水池便无法生存,于是他们不得不适应水池里单调的表演生活。

拟人化的海豚的独白在第三、四节成功地把读者带入海豚的内心世界,表现了海豚面对现在的生活的失落感乃至绝望。第三节重复了第二节里的"we are no longer blessed"(3:1),并通过"dream""reflect""memory"等表现感知的词语充分展现了海豚内心的梦想、沉思和记忆世界,使海豚得以充分人格化,唤起了读者的深切同情。第三节最后和第四节开始,达菲两次用"disappeared"表现他们只能接受训练并随单调的音乐表演,以赢取认可或奖赏的无奈。但诗中描述了海豚看到同伴皮肤上的银色就像别处的记忆一样在眼前闪过时的失落感:原本属于大海的海豚成了捕获物,被人用来谋取经济利益。失落感随后变成了绝望:"没有希望。我们下沉到水池底部,直到哨声响起/有一个人,我们的头脑清楚,我们将葬身于此地"(4:3-5)。很明显,海豚在控诉:人是造成自己绝望的罪魁祸首。

至此可以看出,该诗通过海豚讲述自己被人捕获、训练表演的经历和内心的绝望,揭露了人类无视动物的自由、捕获和剥削动物的罪行。整首诗是海豚被人类驯服后的生活写照,也是人类掠夺动物及大自然的寓言,是所有被掠夺的动物及大自然对人类的控诉。这种控诉通过拟人化的海豚之口表达出来,有利于人类体会被掠夺了自由、被束缚的动物的感受,深刻反省自己对动物的控制和掠夺行为。

二、金钱的独白与现代寓言:"我是痛苦、真实的语言"

动物拟人化是传统的动物寓言中常见的,而达菲还将拟人的手法用到丝毫没有生命的物上。《有钱能使鬼推磨》便将金钱拟人化,使其作为资本家的傀儡有了发言权(Kinnahan,2004)。作为"真实的语言"的金钱变身戏剧独白的叙述者表达自己：

> 我是痛苦、真实的语言。我冰冷的、金色的眼睛
> 不眨。先生,你要开心吗? 没问题。
> 我很能干的,我买卖这个世界,我能
> 点石成金。把面包变成现金……(1:1-4)

诗歌第一行用押中间韵的"cold, gold"和不眨的"眼睛"来暗喻金钱,说金币如同不眨的眼睛见证世人生活的痛苦:人们或因没钱而痛苦不堪,或为挣钱而受尽剥削。该诗同样运用了多元话语声音。第二行使用了妓女的口吻,她的问话"Mister, you want nice time?"(1:2)暴露了她英语不标准,或许未受过教育,或许是外国人,但这些都不影响她挣钱。拟人手法的运用突出了金钱的力量:它让人失去尊严,对人张口就骂,而人为了钱忍受屈辱,金钱说"我的百万大钞/彻夜唱歌,我的闪光的、疯狂的机器"(1:4-5);即使金钱散发着臭气,人们也要不断积攒它以满足需求,所以金钱说"我散发恶臭却积累"(1:6)。第一节最后,出现了男人的问话:"你喜欢我吗,女士? 真的吗?"(1:6)既显示出权力,也表现出焦虑:他因有钱有权而获得女性的青睐,但同时也怀疑女性对他情感的真实性。

诗歌第二节用《圣经》里的典故集中表现金钱无所不在。首先,《圣经》里有"富人进天堂,难于骆驼过针眼"(Bible Tools,2018),诗中金钱说"看我通过针眼"(2:1),表明金钱的无所不能,甚至能超越时间。其次,金钱说他是"一个嫉妒的上帝"(2:4)(《圣经·出埃及记》),表明金钱要求追随者对其保持绝对崇拜。最后,金钱提出其诫命"爱我"(2:5),强调其神性地位。第三节里金钱又说他可以叫辆豪华出租车,知道哪里"正在下美钞"(3:3),说他有各种货币和女人。所以,奥兹突克(Ozturk,2010:31)认为达菲在这首诗中批判了撒切尔夫人的货币政策,指出:由于美国资本主义的不良影响,英国通过市场调节社会经济,导致贫富差距拉大;金钱成了人们心中的上帝,并要求人们像爱上帝一样热爱金钱。道森认为,《有钱能使鬼推磨》把金钱描写成具有神性的诱惑者,对应了圣保罗的那句话:"金钱是万恶之源"(Dowson,2016)。

万恶的金钱使人失去正常的生活。《有钱能使鬼推磨》中,金钱提到迈达斯的神话故事——迈达斯希望他接触的所有东西都变成金子,而当愿望成真时,他又后悔了,要求能收回之前许下的愿望。在《迈达斯太太》("Mrs. Midas",Duffy,1999b)中,迈达斯夫人对点石成金的丈夫不满,因为无论他碰

到什么——树枝、梨、门把手、窗帘等——都会变成金子。对此,迈达斯夫人终于忍不住开始尖叫(5:1)——在迈达斯看来,物质的满足比精神的、感情的满足重要,你坐在光亮的宝座上一样坐在椅子里(3:4),脸上满是陌生、狂热和虚伪(3:5);而迈达斯夫人却无法忍受他的愚蠢、贪婪与自私,在感伤中渴望他回到自己身边,希望能享受夫妻之间的温柔和甜蜜。迈达斯在点石成金中获得的快感表明金钱从一种消费手段变成了人们追求的目的,让人失去了作为人的终极价值和价值理念,令"迈达斯"们无法自拔,令"迈达斯夫人"们无法忍受。万恶的金钱剥夺了人的家庭幸福。总之,该诗是通过把金钱拟人化写就的反映"有钱能使鬼推磨"的现代寓言。

如果说赋予海豚以言说的机会揭露了人类对动物和自然的残酷无情,表现了达菲万物皆平等的观念,意在唤起人类保护自然和动物的意识,那么让金钱言说则揭露了现代私有制社会拜金至极的现象,促使人们反思。

三、动物与人的灵魂共同体独白:转世的寓言

达菲不仅把动物或物拟人化,还把动物与人作为灵魂的共有者,在一首诗中交替做灵魂独白。《转世》便创作了四个不同的场景里的四个不同角色,分别是猫、海鸟、鳏夫和新生儿,通过动物与人交替的灵魂独白写就的寓言揭示了一种统一的时间意识。这种时间意识在诗的每一部分开头都有表达:"当我是猫的时候"(1[①],1:1),"然后呼吸一下海上的空气"(2,1:1),"可是当我陷入爱情的时候"(3,1:1),"现在终于有人小声说我长得像我妈妈"(4,1:1),使得四段独白成为连贯的整体,揭示着灵魂在不同时段的改变。

第一部分的叙述者是过去的"我",古代埃及王朝一个女主人的猫。独白在每一节都包含生动的隐喻:猫在卫兵的盔甲中看到自己的影子,"我在他们的胸甲中看到了我圆滑的幽灵/拱着"(1,1:3-4);胡须是"细小的电线/根在我的猫脑里"(1,2:3-4);舔牛奶时是"虚荣的,长满毛的舌头舔去了一碗牛奶"(1,3:3)。叙述者用比喻的语言描绘了一种古老的文化和以身体感觉为中心的意识。猫在独白中回顾过去:"当时的世界","即使现在,在我脊柱的底部/尾巴的记忆也在懒懒地搅动"(1,5:2-3)。该部分最后一节描述猫的女主人的死亡:"那个怕我的男人黄昏来了,与她争斗/直到她呻吟着陷入寂静,她戴着

---

① 该诗四部分由星号分开,为标注清楚,这里在引用时用"1,2,3,4"标记在诗节数前以示区分。

戒指的手/有死亡的图案,掌心靠近我的脸"(1,6:2-4)。如果说前面的场景描述突出了猫的灵魂的圆滑和虚荣,那么最后关于女主人的死的叙述则是对王朝黑暗面的揭露,只是因为这种黑暗面不宜说出,所以诗人通过猫的灵魂来讲述人不可说的事实,以便达到寓言的目的。但是,虽然标题是"转世",这一部分却就此结束,并没有揭示转世的命运。

在第二部分,同一个超自然的灵魂以一只海鸟的形象叙述它的所在、所见、所闻及所感。和第一部分一样,这六个诗节大量运用修辞性语言,以第一节为例:

> 然后在空白的几十年之后,呼吸一下海洋的空气,
> 我的翅膀在为这个新形状鼓掌。下面远处,
> 海浪羡慕天空,渴望蔚蓝,
> 用鱼的音节喃喃自语。我笑着在空中踱步,(2,1:1-4)

但是,这只鸟是传送坏消息的信使,是一种不祥的鸟:

> 六天后发现我绕着船转。男人的声音
> 一堆堆从旁边落下。我耐心地提醒他
> 用我的私人语言,孤独而沉重。
> 风都停了。大海一片死寂,(2,4:1-4)

在第四行"The sea stood still"中,诗人运用/s/音押头韵表现海面的死寂。在这种死寂中,海鸟说出"我只能是一只鸟"(2,5:2)。这部分最后一节,鸟记得蛋"在它的内脏里,孵化自己的死亡/蛋壳很薄。我记得它圆圆的重量/坚持着,直到它在甲板上倒出一切,/在年轻的水手旁发出刺耳的叫声"(2,6:1-4)。可见,第二部分与第一部分一样,叙述者以自己的情感为中心。不同的是,鸟儿不再如第一部分的猫那样圆滑,而是说出了使整个海面死寂的坏消息,完成了揭示恶事总会暴露这一道理的寓言;同时,将对年轻水手的描写与鸟的转世联系起来。

在第三部分,叙述者因转世发生了变化,从回忆它当时发出"刺耳的叫声"(2,6:4)的海鸟变成了回忆他求爱和迈入婚姻的一位老人:"但当我陷入爱情的时候,我以为那就是我的一切"(3,1:1)。这与"尾巴的记忆……搅动"(1,5:3)不一致,似乎一旦进入下一个转世阶段,叙述者就失去了前世的记忆;而且,

老人的记忆里全是爱情。他的叙述里没有前两部分的修辞语言特征,而是具体、形象地描绘了他贫穷、肮脏的生活,情节类似于从丈夫的角度讲述《清晰的音符》里阿加莎的婚姻。可以说叙述者照搬了阿加莎的叙述,重复表明了对婚姻压迫的看法。男性叙述者讲述了同样悲伤的故事——他眼中年轻时的爱情和婚姻是这样的:

> 但当我陷入爱情的时候,我以为那就是我的一切。
> 这是一个很普通的地方,很普通的地方,河水
> 很脏,没有夕阳可言。她说话
> 带着方音,嘲笑我的口音……(3,1:1-4)

与勃朗宁的《我已故的公爵夫人》一样,妻子是沉默的。对这一节的性别解读会引起女性的关注。在叙述者口中,妻子真诚的誓言可能是为了钻石戒指,所以他把互相的承诺称为虚伪的。他叙述自己作为丈夫在婚姻中失去爱情的痛苦,唤起听者的同情:

> 我想不起有多痛苦。可以买东西
> 取悦她,但她离开很远,恶意地
> 守着密码。我的身体排斥她。汗水。
> 筋。所有这些都得用尼龙布包裹起来。(3,4:1-4)

具有女性意识的读者不会对男人产生同情,因为"怀恨地"("spitefully")一词包含着丈夫对妻子的指责。同时,"很脏"和"缓慢"的"河水"说明他们的生活环境是肮脏的城市,而"尼龙布包裹"的"汗水"则表明他们贫困而不适。最后几句话更包含了对叙述者"我"的同情:当"我"拿着病故的妻子的骨灰,把它埋在土地里时,"试着回忆对她的感觉,但那是很多年,/很多年,吹回我脸上的是灰色的灰,尘"(3,6:3-4)。这些表明他对妻子的轻视,性别化的解读可能会让人认识到丈夫的厌女症,承认贫穷影响人际关系的社会现实;但女性意识差的读者可能不会意识到他对女性的厌恶。

诗的最后一部分,穿越时间的灵魂回忆起过去。这一部分一开始就描述了一个新生儿"用各种形状/自言自语"(4,1:2-3)。在后面的诗节中,新生儿以一种超然的、分析的方式描述自己和世界。第二节描述新生儿在人际关系形成之前,通过身体感觉周围的环境:"大多数时候我很饿,吸着干燥的空气/

直到它屈服,变得乳白和温暖"(4,2:1-2)。这里的新生儿意识表征中有一种弗洛伊德话语元素:"睡眠/是无梦的"(4,2:2-3)。而第三节侧重于感官感知:

> 我细小的声音
> 把一根苦涩的手指放到我的嘴边,这种滋味
> 既不能帮助我,也不能安慰我。我回忆
> 在一声叹息中开启这段旅程。(4,3:1-4)

这一节以省略号和模棱两可的语气结尾,既描绘了转世的主题,也隐喻了出生的磨难。第四节描述父母对婴儿的照顾,通过婴儿超然的非社会化视角说话:"这些陌生人拥有我,/在他们之间喊着我的新名字"(4,4:2-3)。这个孩子可能是混血儿,因为"男人和女人肤色不同,我/是他们两个"(4,4:1-2)。在下一节"我光滑的深色肉体"(4,5:2)中,这种模糊性变得清晰。在最后两节中,叙述的重点是转世的主题以及身份和语言之间的关系。诗人用囟门闭合的比喻描述从一种意识到另一种意识的转变,即前世的记忆丢失:

> 新的皮肤在我的
> 脑壳上增厚,把我曾经生活过的时光(4,5:3-4)
> 锁在里面。我将失忆,学习那些
> 几乎延伸到没有说出的话的词语。(4,6:1-2)

至此,转世的概念与当代的心理语言学理论得以整合,因为达菲似乎把语言表达不充分的新生儿作为主体,表明"时间"的意识必须适应拉康理论中的社会主体性和有限意识,而拉康关于"镜子"阶段的概念也体现在"安慰的/咒语来自那些眼睛里有/我肖像的人"(4,6:3-5)。《转世》创作于拉康对弗洛伊德理论的心理语言学发展在主流文学批评中影响力与日俱增之时,诗人有意识地把拉康的主体性要素纳入戏剧独白,但实质性的拉康的解构主义被超自然的时间意识击败,破坏了语言的媒介。"学习那些/几乎延伸到没有说出的话的词语"(4,6:1-2)暗示了对新生儿意识的拉康式的解读,复制了《清晰的音符》里的伯纳黛特,暗示了孩子意识到在他们的语言背后存在着未说出口的想法和感受。

"时间是人的主观感觉,它存在于人的心灵中。过去和将来只有通过现在才能把握。现在贯穿于时间长河中,体现了时间的永恒性"(张跃军,2000:

92)。时间意识将两个拟人化的动物和两个人物叙述者联系在一起,组成戏剧独白诗,形成灵魂转世的寓言,以戏剧化的方式揭示生命的轮回。这种一个灵魂以四个不同角色的身体体现的手法是传统戏剧独白诗中不曾有的,是一种创新;通过物质世界的变化,体现时间的永恒。

虽然达菲选择拉丁语而不是英语的一个原因是她在麦克爱丽斯特(McAllister,1988)的采访中提出的,语言的声音和节奏比意义更重要[①],但拉丁文标题"转世"的选择确实增加了该诗的神秘感,表现了转世,即出生的重要性。达菲在前两部分使用了更多隐喻,集中表现非人类意识在物质世界的自然形式的交互,展示了他们不同于人类思维的生命和环境,也制造了一种疏远的、客观性的效果。这种效果的产生得益于读者被文本定位于客观地考虑语言的使用,而不是人物的存在,这也是将猫和鸟拟人化的寓言效果。

分析表明,达菲通过把动物或物拟人化并给它们以言说的机会,探讨人类不便言说的话题,通过寓言揭露或揭示社会现实或真理,批判生活中的不公,实现戏剧独白诗的批评功能,体现了达菲戏剧独白诗的多样性。

第四节 反讽策略与戏剧独白讽刺诗

达菲在戏剧独白诗中通过叙述者的叙述反映社会现实,揭示性别政治,大多数叙述者能唤起读者的同情,但她对艺术生产的态度是反讽的。下文以诗歌《英语主任》("Head of English",Duffy,1985)、《翻译英语,1989》("Translating the English,1989",Duffy,1990)、《什么价格?》("What Price?",Duffy,1985)和《欺诈》("Fraud",Duffy,1993)为例,分析达菲戏剧独白诗中的反讽策略,可以发现这些诗歌是戏剧独白讽刺诗。

讽刺诗(satirical poem)源于古希腊罗马,由霍尔首先引进英国的讽刺诗是朱文诺式的讽刺诗(古罗马诗人 Juvenal 的讽刺诗)。乔叟用伦敦方言写成的《坎特伯雷故事集》里就有讽喻成分。伊丽莎白时期及 17 世纪初,出现了一批有代表性的讽刺诗人,与同时代的诗人一起写诗痛斥时弊、邪恶和人们的愚

---

① 原文大意如下:我写诗时,任何一个诗人写诗时,我们常试图获得一种非语言的音乐。我脑子里会有整首诗的节奏,不用文字。它不是音乐,也不是语言,它是介于两者之间的东西。

行。从复辟时期开始,跨越18世纪是英国文学最伟大的讽刺时代,古典主义诗人德莱顿(John Dryden)的寓言长诗《押沙龙与阿奇托菲尔》(1681)、蒲柏(Alexander Pope)的长诗《夺发记》(*The Rape of the Lock*)最有代表性。19世纪的代表人物当推浪漫主义诗人拜伦(George Gordon Byron)。拜伦最有代表性的讽刺诗是针对桂冠诗人骚塞(Robert Southey)的《审判的幻景》(1821)而作的长诗《审判的幻景》(*The Vision of Judgement*,1822),"以讽刺的文体,抨击德莱顿、蒲柏所抨击的那类'愚昧'的文人"(方汉泉,2002:174)。讽刺史诗《唐璜》则"是一部内容丰富的奇书,有众多成分:叙事、抒情、写景、品文、发议论,无不出色"(方汉泉,2002:174)。长诗"最后几个诗章描述英国社会的状况及唐璜的恋爱,讽刺得更是淋漓尽致,入木三分"(方汉泉,2002:187)。进入20世纪之后,英国讽刺文学传统继续发扬光大,哈代(Thomas Hardy)、叶芝(W.B. Yeats)、劳伦斯(D.H. Lawrence)、艾略特(T.S. Eliot)、托马斯(Dylan Thomas)、奥登(W.H. Auden)等的作品都不乏讽刺名篇,讽刺的广度和力度也在不同程度上有所加大。

传统讽刺诗有三个特点:其一是"社会色彩浓重""教育目的明确",具有极强的社会性,诗人"对一切愚昧、邪恶、弊端、伪善和虚情假意予以无情的揭露、嘲讽和抨击"(方汉泉,2002:187)。其二是"政治色彩鲜明""宣传目的明确":有的讽刺诗政治背景清晰,诗人政治态度分明,或"坚持正义,讽斥暴政",或"反映政治斗争,鞭挞政治人物",或"以流行民歌的形式,讽刺靠政治恩惠为生的两面派"(方汉泉,2002:187),或"以流行民歌的形式,表达下层人民的不满和怨诉"(方汉泉,2002:188)。其三是"以妇女为嘲刺对象","把人类的虚伪和蠢行典型化"(方汉泉,2002:190)。

讽刺诗中的讽刺策略因人而异。大多数正式的讽刺诗歌采用松散的结构模式,如贺拉斯(Horace)和朱文诺所写的讽刺诗通常采用一种讨论的外部框架,在讨论中,对手对讽刺人物提出问题或作出令人讨厌的评论。一般来说,先简要介绍一些背景,然后在第一部分从不同的角度审视一种特殊的恶习或愚蠢;在第二部分提出相反的美德。当然,也有把第一部分一分为二,在中间提及美德的。贺拉斯曾用这种模式。第一部分讽刺自我表扬和攀高枝,中间之后的部分描述谦虚、平等和不要计谋,轻松唤起美德,之后回到无聊者的阴谋和叙述者逃跑的企图,直到幸运之神降临。多恩进行了一系列创新以使形式适应其特殊需要,通过交谈的语气、聊天的腔调和好玩的口吻使人物肖像幽默而夸张,巧妙地运用"陌生"的概念。通过塑造古怪的复合人物形象,使讽刺对象失去人格化(Bradbury,1985)。诗人蒲柏的策略有:在通俗作品中使用仿古的措辞、暗指、双关语、谚语、黑话、个人习语和方言,突出讽刺对象的职业、性格或声誉方面的细节;使用陈腐和熟悉的词汇或新词,戏仿,语法变化和含蓄的对比等(Rogers,2004:875-888)。拜伦使用滑稽押韵、不同语域的词或短语,将不协调的想法并置,赋予诗歌叙述者以智慧。他的"讽刺性游记"《恰尔德·哈罗德游记》充满滑稽和矛盾的观点,其讽刺观察大胆而有力,偶尔的不精确或含糊与优雅形成对照(Bucknell,2016)。泰德·休斯(Ted Hughes)的《鹰栖》("Hawk Roosting")是野兽寓言和戏剧独白的结合,从一个明显有限的视角得出的宏大结论既有趣又可笑,鹰对价值观的结论与人的截然不同,因此形成讽刺(Williams,1979)。

对上述文献的回顾有助于揭示达菲的讽刺策略对传统讽刺诗的继承与创新,及其对戏剧独白诗讽刺效果的增强。

一、《英语主任》:多种反讽策略并置

布斯曾指出,"irony"就是说反话:"saying one thing and meaning the opposite"(Booth,1974:34)。中国学者曾作如下定义:

> (Irony)是把词、词组或句子用于反意,以表示叙述者对事物的批判性的评价。为了使听众能真正理解到讽刺,必须有加强的语调,有时甚至还须要加以手势和表情。在书面语中不可能有这些语音手段,有时使用引号、斜体等暗示讽刺。不过更主要的还是要从语言环境或上下文来理解。

(谢祖钧,1988:124)

米克在《论反讽》(Muecke,1982)中着重论析了言语反讽(verbal irony)和情境反讽(situational irony)两大类别,使这种划分成为学术界通行的反讽划分模式。"言语反讽发生在字句或句子层面,类似于一些妙言智语。这时叙述者的表面意思与他的暗含意思不同乃至相反";"情境反讽发生在比句子大的层面,通常需要反讽发送者和观察者的配合"(陈安慧,2017:27)。申丹还提出"语境决定的反讽",指"文字与其所表达的意义协调一致,行为本身也不产生反讽意义,但这些文字和行为在特定的语境中则具有隐含的反讽性"(Shen,2009:115-130;申丹,2021:34)。

《英语主任》有五个六行诗节,描述一所学校的英语系主任向一个女生班

介绍一位来访诗人的情景。该诗双重的内故事叙事层中听者和叙述者对当代诗歌的保守态度、对经典诗歌的不完整引用及诗人的疏远策略使该诗富有反讽效果。这些反讽策略是情境反讽、言语反讽和语境决定的反讽等反讽策略的并置。

该诗的情境反讽主要由双重的内故事叙事层听者构成。听者是复数的，一是教室里的女生，二是主任向女生们介绍的诗人。因为诗人在场，叙述者的话分为两部分，一部分对女生们说，一部分对诗人说，但当主任向女生们讲话时，诗人可以听到。叙述者同时对两类听者说话形成的模糊性是对叙述者进行讽刺解读的一个标志，诗人的出现加强了讽刺的含义。这是该诗的情境反讽。在对诗人个人成就的评论"出版了一本书的真正的活着的诗人"(1:2)和"请注意那些墨迹斑斑的手指"(1:3)的隐喻中，有种嘲笑的口吻，属于言语反讽。当然，如果诗人不在场，这些居高临下的评论未必具有反讽意味；对年轻的学生听者来说，这些评论可能增加欢快的气氛。然而，由于诗人的存在，这些评论就有种反讽意味，将叙述者的评论转变为对主任的含蓄批评，而"媒体炒作得正热"(1:4)则暗示主任对当代诗歌的保守态度。莫敏（Mermin，1986）曾讨论诗中听者的存在及其对叙述者表达的内容和特征的反应，认为即使完全被动，作为一个旁听者/倾听者，存在于叙述者的"世界"中，也有可能回应叙述者，因此是积极的人物形象。沉默诗人的存在对读者也是一种反讽，因为他/她改变了主任向学生介绍诗人的语调。

语境决定的反讽与主任对当代诗歌的保守态度密切相关。在第二节中：

> 坐直，听着。请记住
> 关于韵调的课程内容，不幸的是，
> 不是所有的诗现在都押韵。当然。没关系。
> 和往常一样，不要窃窃私语——
> 但请随意提问。
> 毕竟我们要付 40 英镑。(2:1-6)

"坐直，听着"的要求暗示接下来与诗人的对话不会有趣，需要努力集中注意力。"不是所有的诗现在都押韵"说明主任偏爱尾韵，随后"bounds"和"pounds"两词的押韵则巧妙地构成言语反讽。主任的评论"当然。没关系"和后面提到的聘请诗人要付 40 英镑表明她对当代诗歌的发展是接受的，只是因为不得不承认诗人是"现代"的而感到愤愤不平。"毕竟我们要付 40 英镑"

这句话不太可能是说给学生的,更像是一位老师或主任作为教育者面对教育经费紧张状况说出的心里话,是语境决定的反讽。

这种语境决定的反讽在第三节继续。该节开头暗示学校位于城市,学校里有一定比例的移民儿童不以英语为第一语言,可能会在听诗歌讲座时感到困难,然而主任随后却说"我们很幸运":

> 英语为第二语言的同学
> 课后见我。我们很幸运
> 这个人来到我们中间。
> 雾霾的季节,等等等等。
> 我自己也写过不少诗,
> 我在给四年级同学讲吉卜林。(3:1-6)

主任将诗人称为"这个人"表现了对诗人的贬义,这种态度源于认为诗人在社会地位上低于老师的"阶级制度"观念。而"这个人"的贬义表明主任在说"我们很幸运"时带有讽刺意图,这种反讽是情境反讽。

英语主任在引用济慈在诗坛中具有神圣地位的经典《秋颂》("To Autumn")时,连诗的第一行也没有完成,构成了情境反讽,加强了反讽意味。然而,主任对"雾霾的季节,等等等等"的表达是有问题的,似乎不太可能继续引用济慈的诗句才说"等等等等"。这似乎归因于达菲本身,而不是诗中说话的人物,也就是说,是从主任的视角转成了达菲的视角,暗示了她认为主任不该引用济慈的诗句并将其作为季节的指示物和"伟大诗歌"的范例。这就是丽斯-琼斯所说的诗人让叙述者戴着面具替自己言说。主任对吉卜林的引用反映了讲授维多利亚时代帝国主义、沙文主义、尾韵诗歌一直是学校教学的一种传统,直到20世纪的诗歌和当代诗歌被纳入学校课程为止。这一语境的提醒又一次制造了反讽。

该诗节最后两行"我自己也写过不少诗……"可能是早些时候对来访的诗人说的,诗人在诗中没有"发声",因此无法在叙述者的叙述中把这两行与上文联系起来,让听者感觉打断了主任前面的叙述。这一内容与前面所说内容的分离和传统讽刺诗在诗歌中间插入正面的内容相似,也是一种反讽策略。

第四节中还有一个反讽的声音。首先,"我们不/希望这个地方有变化之风"(4:2-3)通过与主任指示班级"打开后面的窗户"(4:2)并置产生反讽效果,暗示达菲对主任的保守态度的讽刺。这打断了达菲"声音"的过度叙事,因为主任不太可能对学生说"变化之风"。而"让我们相信有些东西我们不知道"(4:6)暴露了目空一切的主任的专制,讽刺了她一度认为自己对于诗歌无所不知。

最后一节开头暗示时间已过去,诗歌课已结束,主任正在遣散学生,诗人依然在场:

> 好。真的。走吧,姑娘们。我相信
> 这能给我们洞察力让我们看到外面的风景。
> 掌声。非常感谢
> 你今天的到来。在大厅
> 吃午饭? 闲逛。遗憾的是
> 我得赶紧走了。特蕾西会送你出去。(5:1-6)

该节开头的两个词表明,主任感到被她在诗歌课上听到的东西所冒犯,但却找不到适合表达的词。"洞察力"和"外面的风景"近乎是两个对立面,让人注意到该诗行的反讽式构建。使用"外面的"是暗示来访的诗人,其作品不属于研究主流诗歌的师生的研究范围,实际上,主任把来访的诗人看作"他者",让学生与之对立。

达菲在诗中以两种不同的方式出现:首先,她由一位沉默的、反传统的来访诗人作为代表,为对主任叙述的讽刺解读创造了机会;其次,主任在课堂情境之外的评论构建出诗人作为一种讽刺的声音"被听到",而这些评论应该来自达菲本人。例如,"我们不/希望这个地方有变化之风"。保持沉默的来访诗人是主任的听者的一部分,像个受害的傀儡,其存在突出了主任对现代诗歌的傲慢态度。当然,这样一个"他者"的存在,既激发了读者的共情,也暗示了对主任的讽刺性解读。达菲的侵入性声音是一种比来访诗人的"无声"策略更微妙的反讽。这种反讽巧妙地通过为主任的叙述创造一种画外音效果,使达菲能像沉默的诗人那样作出回应。这构成了该诗的复杂叙事。达菲的疏远策略,避免了对诗人的完全认同,体现在主任对诗人讽刺性的赞美中把来访诗人称为"这个人"。然而,针对主任保守态度的讽刺策略,以及"受害"的沉默诗人作为当代诗人的身份强烈表明,达菲实际上在为自己和所有处于类似处境的诗人言说。

总之,该诗不仅有语境决定的反讽、情境反讽和言语反讽,还有传统讽刺诗中的对立等策略,而该诗的作者达菲侵入诗歌的声音也构成了反讽。这充分展示了达菲高超的反讽艺术,实现了对现代诗歌创作持有保守态度的人们的讽刺。

二、《翻译英语,1989》:以人物塑造作为讽刺策略

虽然米克指出人们归纳出的各种性质不同的反讽类别,如喜剧反讽、悲剧反讽、命运反讽、自我反讽、态度反讽、性格反讽等"不仅无助于反讽的分类,反而加重了笼罩着它的迷雾"(陈安慧,2017:27),但这足以表明,反讽或讽刺策略多种多样。达菲的《翻译英语,1989》一诗就以人物塑造作为讽刺策略。

《翻译英语,1989》反映20世纪80年代英国的整个政治文化结构。达菲选用了一个老套的人物,通过对人物的塑造进行辛辣的讽刺。叙述者只是一名移民英国的亚洲人,却在英国向听者说"欢迎来到我的国家"(1)。独白的场景是参赞或导游带领移民或游客观光游览,熟悉英国生活。诗的标题下以斜体形式引用了一句诗歌翻译批评中常说的"很多诗歌,唉,都是翻译中丢失的东西……",指出两种语言之间的语义交换中传递文化意义的困难。叙述者语言能力有限,表明他对语言中所体现的政治和文化意义缺乏理解。让这样一个人物对听者讲述英国生活,这本身就是一种极大的讽刺。在一句话中间插入"唉"更加强了讽刺意味。

该诗以一份30行长的讽刺清单形式出现,不是对某一特定事件的叙述。叙述者说着典型的"亚洲英语",这是许多读者在大众媒体娱乐中所熟悉的,包括不恰当地使用分词,例如,"Also we can be talking crack"(12),"We are liking /a smashing good time"(19-20),"Plenty culture you will be/agreeing"(23-24)。这种表达方式表明叙述者是一个移民到英国的亚洲人,对语言的误用导致不恰当的联系和可笑的比较,由此产生讽刺。虽然这首诗可被肤浅地解读为对移民适应英国生活时遇到的英语语言和文化陷阱的讽刺,但达菲在诗中的目的是对20世纪80年代撒切尔夫人执政时期的英国进行解构,而不是进行种族主义讽刺。

首先,诗中引用英国卫生部副部长埃德温娜·柯里(Edwina Currie)的话是一种讽刺。她关于鸡蛋中沙门氏菌的高发病率的不当言论引发了鸡蛋生产行业的经济危机,因此多次遭到《太阳报》(*The Sun*)的猛烈抨击。叙述者没有意识到这背后是精英主义的、自我推销的政治家为保住自己的事业而与哗众取宠的小报进行的公开斗争,将其轻视为大众娱乐。如果说他是因为对柯里在英国的言行及其所引起的负面影响缺乏洞察力而说出她的名字,那是对

他的一种讽刺;如果他知道这种负面影响却说出她的名字,则是对这个国家的一种讽刺:

> 欢迎到我的国家来!这里有埃德温娜·柯里
> 和《太阳报》。多兴奋。
> 而且,即使是在二月份,
> 天气也一直在好转……(1-4)

撒切尔政府对英国经济的指导原则是经济市场理论,声称不受约束的竞争将降低整个经济中的消费者成本。这没有考虑到稀缺商品价格将不成比例地上涨的现实。叙述者似乎对经济毫无概念,认为黑市是牟取暴利者的经济游乐场,是他们以高价购买文化活动机会的手段:

> 如果
> 你喜欢
> 莎士比亚甚至歌剧我们也有黑市。
> 二百英镑,我们就可以谈《悲惨世界》
> 点头和眨眼一样好。(4-8)

诗人通过表现叙述者的无知和他的说话内容讽刺了英国的黑市。下面的内容说明叙述者是男性,并在对男性听者讲话:

> 菲姬、
> 戴安娜王妃和足球流氓,你肯定会
> 喜欢这里的,乡绅。(10-12)

"乡绅"的称呼是有性别区分的,而旅游景点可能更受男性青睐。引用"菲姬、戴安娜王妃和足球流氓"表明叙述者不能区分新一代英国皇室成员和球迷的社会地位,将"皇室"与醉酒后在足球场馆周围街道游行、攻击反对派的支持者团队及被警察送到警局的"无产阶级"相提并论,显然不能区分精英阶层的"激情四射的越轨行为"和社会"下等人"的反社会行为,进而产生了讽刺效果。

叙述者提到毒品和酒精的存在:"如果我们愿意,我们也可以谈论可卡因、海洛因/联赛黑方威士忌"(12-13)。在提及这些有毒药物和酒精之后,他又告诚"不要/喝水"(13-14),从而引出一个具有讽刺意味的推论,即水比药物更有毒。公众对工业化造成全球污染增加的认识导致了绿党的发展和"绿色"议会候选人现象。这场政治运动因其在全球政治中的重要性被否认而变得无足轻重:"一位绿色的首相。/你们的是什么颜色的?"(14-15)由于全国范围内产蛋和供水行业的污染,叙述者说道"不要吃鸡蛋"(8)和"不要/喝水"(13-14)。他还引用英国人出国旅游时关于水的标准化警告,提醒读者诗人的反讽意识。

"炸鱼薯条和最高机密法案"的并列使用是另一个讽刺性解读的标志。对于熟悉媒体上关于撒切尔政府压制性地、不民主地使用《官方保密法》的公开辩论的读者来说,这一点显而易见。撒切尔政府支持《官方保密法》的条件和权利,认为这是维护国家安全的必要条件。当时,许多人认为这一法案是不民主的工具,其监管权力掩盖了政府的缺陷和可疑的国际行动。随处可见的廉价外卖炸鱼薯条长期以来一直是英国人饮食中的主食。将它与有争议并成为20世纪80年代机构收购耻辱的《官方保密法》并列,无疑是可笑的,暴露了叙述者对英国政治文化的无知。然而,更重要的是,具有讽刺意味的阅读可将之解码成对叙述者天真而美好的英国生活愿景的深度解构。

这首单诗节戏剧独白诗是1989年英国社会好坏两方面的讽刺清单,社会中的行为,如毒品消费、房地产市场投机行为、流行的电视肥皂剧,统统没有道德差异。叙述者对英国生活的评论暗示着政治腐败和物质主义统治着社会生活的各个方面;在撒切尔政府的领导下,没有为共同利益而制定的社会议程。"所有这些都可以毫无疑问地为现金而安排"(17)就暗示着社会和商业的腐败。

在独白最后几行中,达菲的评论更明显,也更容易解读,叙述者的评论浓缩成撒切尔夫人执政时期英国的特征:

> 还有历史和建筑。上议院。码头区。
> 许多刺激和高利率都是为了自己。抢劫。
> 汽油中铅含量很高。污物。统治大不列颠和虐待儿童。
> 电子标签、老板、十品脱酒,还有很多强奸。女王妈妈。
> 英伦海峡海底隧道。你很快就能到我的国家,
> 我的国家我的国家欢迎欢迎欢迎。(25-30)

最后一行的重复突出了对这个把英国当作自己国家的移民的讽刺,并通过强调叙述者对"国家"腐败和政治实践的乐观而又天真的看法来体现讽刺意味。最后六行可以从其浓缩的形式扩展为对英国的讽刺性批评:上议院引入

古老的贵族特权;伦敦前造船厂旧址开发过程中出现的房地产价格令人震惊的上涨;含铅汽油造成污染;政府对资金和社会服务的限制导致城市环境肮脏;英国的帝国主义历史被伪装成民族爱国主义;英国在西方国家因虐待儿童名声最坏;人满为患的监狱,以及新近实行的释放某些罪犯回社会的做法;城市地区的酗酒和强奸事件的增加;女王母亲情感的理想化;英吉利海峡隧道的巨大成本部分由纳税人承担。

通过该诗,达菲把自己对撒切尔夫人执政时期的英国的解剖编码成一个外来移民不恰当的、充满误解的评论。他认为英国是一个充满机会的宝地,伦敦是一个"美妙的首都",尽管有狗粪、流浪者、抢劫犯、含铅汽油、帝国主义、儿童虐待、强奸和各种亚文化。他为他的第二故乡感到自豪,但他笨拙和非理性地罗列在一起的例子显露了他对英国文化和政治的无知。他将文化特征随机联系起来表现出他缺乏辨别能力,比如英国维多利亚时代的小说家查尔斯·狄更斯、爱尔兰电视名人特里·沃根(Terry Wogan)以及当时正在寻求权力下放的苏格兰,都表明他试图把英国说成所有人都喜欢、什么都能实现的国家。

他因笨拙而将英国的各种制度讽刺性地放在一起,暴露了其失败的一面。这种对 20 世纪 80 年代英国问题的讽刺性的并置,表明达菲有意让读者讽刺性地解读该独白。当然,叙述者的无知并不是达菲的攻击目标,她是在解构在撒切尔夫人的保守党政府执政时期的英国社会机制。标题和日期既反映了英语语言的语义复杂性,也反映了 20 世纪 80 年代在日益全球化的经济气候下的英国社会经济状况。让读者把叙述者看作一个被讽刺的不会恰当使用语言的人,是达菲讽刺 20 世纪 80 年代英国的一种修辞策略,它有效地达到了讽刺目的,是以戏剧性独白的形式写就的一首针对英国社会的讽刺诗。

三、《什么价格?》:政治信仰与审美表达的不协调与反讽审问

《什么价格?》一诗是达菲基于"希特勒日记"事件而作的戏剧独白诗。20 世纪 80 年代,著名的历史学家休·特雷弗-罗珀(Hugh Trevor-Roper)证实了"希特勒日记"的真实性。全国性的报纸和各种机构为购买这些日记展开了激烈的竞争,但当这些日记被证明虚假时,一切都化为乌有。达菲在诗中设置的场景与"希特勒日记"事件有关,叙述者尽管不是特雷弗-罗珀的代表,却是一个右翼/法西斯的化身,对德国帝国主义发动的第二次世界大战和犹太人大屠杀持辩护态度,从其对肤色的偏见可以推断出其种族歧视。叙述者对社会具

有破坏性的政治态度和他对自然与音乐的反应所体现的审美敏感性并置的不协调构建了对他的反讽，而且最终揭示了他对金钱的兴趣。

该诗的场景是一个叙述者和一个同伴浏览着近期发现的一些重要历史人物的日记，共同度过了一个欢乐的夜晚。该戏剧独白诗共有五节，每节有长度大体相等的五行。大声朗读该诗会给人一种均匀的节奏感，也会让人想象叙述者有节奏地踱步。开始，叙述者被描绘成具有专业教育者特征的教师或大学导师，一位历史学家，实际上却是一个伪君子：

> 这些是他的日记。通过写作，我们可以发现
> 这个人，以及他是否被错判了。
> 承认吧，即使是现在，大多数人私下里还是憎恨
> 犹太人。我们有一晚上的时间来研究
> 真理。窗外夏花落。（1:1-5）

从叙述者采用的立场和使用第一人称复数代词来看，他习惯于面对群体作正式讲话。第二、第四和第五行的结构有一个显著的特征：因为前面的几行被打断了，"这个人"、"犹太人"和"真理"被放在了这几行开头，它们之间随后出现互动，成为诗中潜在的讽刺主题。叙述者似乎对自然有种成熟的审美反应，但是"窗外夏花落"与他提到的对犹太人的憎恶前后不搭，成为讽刺性标记。

叙述者在第二节中暗指过去和日记作者相关的活动，谨慎地表示对日记作者的信仰的认同：

> 它把我带回到过去。我总能从他的努力中
> 看出一些道理。这个国家应该强大。
> 我把瓦格纳的音乐放在留声机里，
> 然后我们就可以安定下来了。在这样的夜晚，
> 我很高兴自己还活着。*我自己的丽莉·玛琳*。（2:1-5）

"瓦格纳的音乐"是纳粹党称呼他们政治议程的一种表达，叙述者把它"放在留声机里"暗示对这种政治议程的怀旧。而德国歌曲《丽莉·玛琳》曾在德国和英国都很流行（张百青，1993:9），斜体的"我自己的丽莉·玛琳"在内容上说明他对歌曲的迷恋，在形式上与第一节、第三节最后的审美表达相呼应，使全诗的讽刺性连贯起来；同时与瓦格纳的音乐一起表现了叙述者的民族主义

思想。"这个国家应该强大"和"我很高兴自己还活着"则表明叙述者是纯粹的法西斯,同情希特勒第二次世界大战期间的野心,并为证明自己的政治理论/哲学而感到兴奋。

叙述者在第三节中隐晦地提到了自己的历史,是在经济背景下的自我表现,是自传式表达(Kinnahan,2004:150),暗示日记作者可能与他有政治上的亲缘关系:

> 当然,一个人必须战斗。我有过妻子。
> 但在这里的某个地方,我想你会发现
> 他早就加入我们。再来点酒?
> 我知道大卫之子的死,有人说惨无人道,
> 但那都过去了。玫瑰花开了。(3:1-5)

这里有一种暗示,他之所以对抗德国,不是因为他确信他在保卫他的国家不受侵略者的侵略,而是为了避免作为一名和平主义者可能会面对的财政和/或社会压力。有这样一种可能性:叙述者属于一个政党,其宣言与战争中德国纳粹党的宣言有相似之处,于是他想象一旦英国屈服于德国入侵后与德国的合作:"我想你会发现/他早就加入我们"。"再来点酒?"的问句则隐含着对大屠杀暴行的怀疑,与他对外面花园花卉的审美欣赏是一种不协调的并列关系。这种不协调形成了对叙述者的反讽。

叙述者还在第四节暗指英国与阿根廷争夺马尔维纳斯群岛(英称福克兰群岛):"看看我们是怎么收回这些岛屿的"(4:1)。在此之后,他微妙地隐藏了种族主义言论:"我的孙子们都很年轻,都是粉红色的/让我感到骄傲"(4:2-3),使用"粉红色"暗示了他的肤色偏见。"她的想法是正确的"(4:3)可解读为暗示撒切尔夫人派遣英国军队收回马尔维纳斯群岛的决定,或许还有她随后引发争议的击沉阿根廷军舰"贝尔格拉诺将军号"(*General Belgrano*)的决定。该节以叙述者引用二战日记和事件结束:"这些日记是他解释的机会,/我确信它们是真实存在的"(4:4-5)。该声明在该诗节不能构成连续的叙事,看起来更像用一个语句集合来定义一种右翼政治意识。叙述者的叙述从入侵马尔维纳斯群岛,跳到肤色偏见,又回到撒切尔夫人的帝国主义入侵,直到最后是可能揭示日记作者动机的有关上次战争的日记。在暗指英国入侵马尔维纳斯群岛和撒切尔的"正确"回应之间插入关于"粉红"孙辈的种族主义言论,将读者注意力从叙述者的叙述转移到诗人对叙述者的构建上,构成反讽。

叙述者在最后一节重申他与希特勒政治议程的相似之处,说"并不是说他没有错误,但是我要/从他身上学习……"(5:1-2),转而说"看落叶松旁,太阳落下了"(5:2),再一次形成政治观点与对自然的审美反应之间的反讽。但他对大屠杀始作俑者个人记录的市场价值更感兴趣,说"注意报纸从中获得了多少收益"(5:3)。他瞬间意识到了大屠杀的惨无人道,说"我承认做一个犹太人是地狱"(5:4),但这种认识很快就消失了,又将注意力转移到了价钱上。最后几句话说明这首诗的标题"什么价格?",意指他的贪婪,"一百万?两百万?"(5:5)揭露了他是个对金钱更感兴趣的伪君子,他所宣称的具有政治信仰和审美敏感性都是骗人的幌子。

达菲通过《什么价格?》中对反讽的建构将该诗定义为对于她自己生活时代的社会事件的反讽性审问,把矛头指向为德国二战的政治议程辩护的右翼政治。虽然她使用"希特勒日记"事件作为戏剧独白的场景,但其意图不是为读者创造机会判定那个臭名昭著的事件的具体参与者,而是把叙述者刻画成伪君子,讽刺对右翼意识形态的忠诚给社会带来的毁灭。

四、《欺诈》:匿名叙述者的身份暗示与反讽

《欺诈》("Fraud")一诗中的匿名在戏剧独白诗体裁中具有特殊意义,因为它明显带有罗伯特·麦克斯韦(Robert Maxwell,1923—1991)的痕迹。该诗是以他为匿名叙述者的戏剧独白,也是对他罪行的揭露和讽刺。该诗以非传统的方式来讽刺非道德的、自我辩护的叙述者。达菲通过构建一种不同寻常的语音效果,创造了一种几乎不会被误解的反讽标记。独白每行都以相同的辅音/m/结尾。叙事者对麦克斯韦的犯罪生涯进行了隐晦的描述,避免了公开的谴责,但由于达菲诗意的手法,我们可以精确地解密,而解密的关键是/m/的重复发音,暗指叙述者名字的首字母。结合麦克斯韦的生活经历来解读诗中的典故,可以说,《欺诈》一诗明显是对麦克斯韦的攻击。

麦克斯韦是20世纪下半叶大众传媒界一位富有的、有政治权势的人物。报纸档案证实了他的恶名,以及他试图左右其在英国政坛和国际商业中的影响力和权力的行为。他因非法使用员工养老基金的丑闻而被普遍认为是一名罪犯。针对他的欺诈行为的法律程序漫长,两个儿子也因涉嫌滥用和挪用麦克斯韦公司的数百万英镑养老基金而引起争议并被调查。

达菲对这个粗犷有力的叙述者的描写与勃朗宁对《我已故的公爵夫人》里公爵的描写非常相似。该诗有四节,每节长度不一。叙述者在开始向听者讲

述他的人生故事时就暗示他改过名字:

> Firstly I changed my name
> to that of a youth I knew for sure had bought it in
> 1940, Rotterdam.
> Private M.
> I was my own poem.
> pseudonym.
> Rule of thumb. (1:1-7)

叙述者与年轻人身份互换,表明他是男性。"我是我自己的诗"表明他为自己构建了一个新角色。根据经验法则,新角色在某些方面与之前的社会身份大致相同,但又模糊到足以允许进一步欺骗。这一节后半部分解释了他伪装的原因:

> What was my aim?
> To change from a bum
> to a billionaire. I spoke the English. Mine was a scam
> involving pensions, papers, politicians in-and-out of
> their pram.
> And I was to blame. (1:8-13)

以设问句"我的目标是什么?"作为一种修辞手段,使下面的解释流畅自如,然而,它也能构建一个潜在的听者,听叙述者讲述。除了"我说英语"这句话外,这几行的意思都很明确。定冠词的使用表明,叙述者不仅理解语言,而且理解习俗,更重要的是,他理解英国社会的社会准则。这将使他能在社会各阶层中都获得个人利益,这些阶层通过遵循深奥的语言和行为规则进行监督,以防止骗子。叙述者使用当代的委婉语"诓骗"(scam)来表示欺诈性的非法活动。最后一句"我是罪魁祸首"暗示与他打交道的腐败政客和金融家的身份没得到确认,他受到了公开攻击,而与他同样腐败的共犯却未受到调查当局和大众媒体的关注。

叙述者在第二节继续使用设问句,并在回答中暗示他的一些共犯的身份和他们一起进行的活动:

> For what? There's a gnome
> in Zurich knows more than people assume.
> There's a military man, Jerusalem
> way, keeping schtum.
> Then there's Him-
> for whom
> I paid for a butch and femme
> to make him come.
> And all of the crème
> de la crème
> considered me scum. (2:1-11)

这里的"为什么?"既可解读为修辞,也可解读为与听者之间的互动。"侏儒"作为一个现代术语,指瑞士银行系统中能进行全球商业交易的金融家,他们不受各国政府的审查,也不受法律约束。叙述者提到的"侏儒"表明他有一个同伙,他的"骗局"不仅是他个人的作品。他神秘地提到军人保持"沉默",暗示他在以色列军事政治中的秘密活动。而"耶路撒冷/道路"暗指巴勒斯坦阿拉伯人和以色列犹太人激烈争夺的领土,因此这暗示叙述者是在以色列和巴勒斯坦冲突中同双方接触的双重间谍。

叙述者举了个匿名的"他"的例子。他雇佣两名女同性恋进行性行为,让匿名的偷窥者达到性高潮。"他"的首字母大写表示他是叙述者常出没的圈子里的重要人物,其身份可能被叙述者的听者所熟知。在列举了几个国家的权势人物之间的秘密活动后,他承认他被排除在那些社会上层"所有的精英"之外,并暗示对他们的谴责与嘲笑。

他在第三节用"Sonny Jim"暗示他在称呼一个对他来说无足轻重的不知名的熟人:

> Poverty's dumb,
> Take it from me, Sonny Jim,
> Learn to lie in the mother-tongue of the motherfucker
> you want to charm.
> They're all the same,
> turning their wide blind eyes to crime. (3:1-6)

第二章　致敬传统与文体创新

"桑尼·吉姆"(Sonny Jim)是 20 世纪对下等人的一种常见的嘲弄式称呼。"贫穷是愚蠢的"可以理解为"贫穷是一种愚蠢",也可以理解为"贫穷的人会被人无视并因此在社会上无能为力"。他建议他想要影响的人接受天真的假象。第三节的其余部分举例说明了他获得控制同伙或对手的权力的腐败行为:

> And who gives a damn
> when the keys to a second home
> are pressed in his palm,
> or Polaroids of a Night of Shame
> with a Boy on the Game
> are passed his way at the A.G.M.?(3:7-12)

20 世纪的最后几十年里,小报有可能冒险刊登社会主要人物的性丑闻。虽然在许多情况下,报纸的出版商受到受害者的起诉,但这一事件的恶名使得报纸的发行量增至出版商能支付其法律费用的程度。这种情况意味着,许多领导人物由于其非传统的私生活而被曝光。宝丽来相机的发明也对公众媒体曝光丑闻的发展产生影响,因为作为证据的照片可在几秒钟内从相机中秘密地产生,而不需要漫长的暗室操作。叙述者暗示,他通过贿赂获得对一些人的影响力,并对其他人进行敲诈。

最后一节,叙述者提及美国前总统乔治·布什作为总统候选人在一次全国演讲中强调他限制税收的政策时使用的"读我的唇语"(read my lips)。在面向全球直播的演讲里,布什对着他的观众默不作声,表示"没有更多的税"。在随后的总统任期内,乔治·布什却违背了他的承诺。从此"read my lips"就被用来表示公众人物,尤其是政客的狡诈意图。在该语境下,这一节开始就暗示叙述者是一个狡猾的人物,他在默默地向听者讲述他职业生涯背后的动机:

> So read my lips. Mo-ney. Pow-er. Fame.
> And had I been asked, in my time,
> in my puce and prosperous prime,
> if I recalled the crumbling slum
> of my Daddy's home,
> if I was a shit, a sham,

if I'd done immeasurable harm:
I could have replied with a dream:(4:1-8)

虚拟语气"had I been asked, in my time"表明他已经不在人世,是在坟墓里说话。一系列推测表明,他生前从未见到这些指控。他的回答"本可以用一个梦来回答"是模糊的,可以有几种解释。如果"梦想"被解读为与现实相反的乌托邦,那么这句话就意味着叙述者相信,他有能力编造出一套对他的虚假背景和非法财务状况有利的说辞来反驳指控。然而,一个冒号把这一行与独白最后描述他死亡的独白连接起来:

I could have replied with a dream:
the water that night was calm
and with my enormous mouth, in bubbles and blood
and phlegm,
I gargled my name.(4:8-12)

从他自己的叙述来看,他是个愤世嫉俗的机会主义者。他对国际骗局、贿赂和腐败的指责并不能因自我辩护得到原谅,他对听者的称呼"桑尼·吉姆"表明,他对传统的普通人态度傲慢。对叙述者的反讽表现在他暴露了自己的犯罪生涯,可能期望听者同意"贫困是愚蠢的";获得金钱和权力成为他做出犯罪行为的理由,实际上与那些"对犯罪视而不见"的领导人是一丘之貉。读者自然不可能接受叙述者的价值观,因此会讽刺地解读他。最后一节押韵的对句"And had I been asked, in my time,/in my puce and prosperous prime"既幽默又有头韵和尾韵,也是对叙述者进行反讽解读的标志。

独白中叙述的几个事件直接与历史上众所周知的麦克斯韦的经历有关:他在二战期间改过名字;曾因为从雇员退休基金中窃取数百万英镑受到指控;他儿子随后因串谋而受审;他在以色列享受相当于国葬的待遇,这表明他与那个国家的权力阶级有密切联系;他的死亡情况从未被公开解释,尸体在水中被发现,没有暴力或心力衰竭的迹象来解释他的死亡。因此,最后几行不再晦涩。叙述者被达菲授予腹语术,叙述了他死前的事实,并以短语"我漱口"结束他的叙述,这呼应了他开始时的叙述——"首先,我改了名字"。叙述包含在两个表达"我的名字"的重要的短语中,用诗意的手法避免公开说出叙述者的名字。

《欺诈》的巨大社会意义和文学意义在于,叙述者直接称呼听者为"Sonny Jim"。这种嘲弄式的直接称呼可能让读者认为自己是被麦克斯韦轻视的普通公众,从而对他产生强烈的憎恨。该诗对麦克斯韦罪行的揭露使之成为重要的社会文献,也因反讽艺术而成为一首由匿名的叙述主体来叙述诗人腹语的戏剧独白讽刺诗。

　　通过分析诗歌《英语主任》中多种反讽策略的并置、《翻译英语,1989》中人物塑造的讽刺效果、《什么价格?》中政治信仰与审美表达的不协调和《欺诈》中匿名叙述者的暗示,我们发现,达菲通过运用传统或创新的反讽策略写就了一些戏剧独白讽刺诗,讽刺了对英语诗歌创作的保守态度,揭露了英国社会政治和商业的腐败,鞭挞了在政治与审美伪装面具下的拜金思想和一度拥有政治权势的人物的罪恶。

第三章 戏仿经典与幽默艺术

——从女性主义文体学视域看《世界之妻》

《世界之妻》(The World's Wife)是卡罗尔·安·达菲"最为读者津津乐道"(陈黎,张芬龄译,2017:2)的诗集之一。该诗集中的诗歌基本以戏剧独白诗形式完成,说者多以女性为听者。其中诗歌的编排顺序反映了诗人个人的内心或情感变化。从诗集的标题来看,似乎是奥维德的《古代名媛》的戏仿,不过该诗集的说话人不是名媛,而是或真实存在过或诗人假想的世界名人之妻或女友及姐妹;她们写的不是给自己情人或爱人的书信,而是她们如何看待这些男性以及她们自己的改变。

在接受评论家拜瑞·伍德(Wood,2005)关于《世界之妻》的采访时,达菲表示,她想在书中重新审视一些被奉为文化遗产的故事——童话、神话、历史故事、电影、流行音乐等中关于英雄人物的故事。她想要颂扬这些英雄,也想从中发现过去未被发现的真理。她从女性视角观察那些英雄,从个人生活方面入手,似乎戴着希律女王或者野兽太太的面具进行观察,而不是从个人的角度进行观察。有些诗歌出自她生活经历中的细节、个人的想象或者情感,因此具有自传性。所以,诗歌是按照时间顺序排列的,整本诗集以《小红帽》("Little Red Cap", Duffy, 1999b)开始,以《德墨忒尔》("Demeter", Duffy, 1999b:76)结束,在某种意义上是她个人生活的折射。很明显,她一直努力根据自己的生活经历改写文学史上一些长期以来被奉为经典的故事,使整本诗集成为她自己生活改变的叙述——从"小红帽"般的小姑娘到德墨忒尔一样的母亲。

达菲在《世界之妻》中塑造的男性形象都是反面形象(莎士比亚除外),因此被看成是第一波女性主义运动的"老生常谈"(Rowland,2003);同时也有学者肯定其意义和价值:

> 女性主义思想广为人知,但是性别不平等仍然广泛存在。有些甚至内化到了女性的大脑之中,得到了女性的认同。因此,女性主义思想本身

需要翻新,《世界之妻》就是翻新和进一步强化女性主义思想的新尝试,在 21 世纪都有它的现实意义和价值。

(张剑,2015:24)

鉴于对该诗集的评价众说纷纭,本章将运用女性主义文体学关于读者阅读的相关理论考察该诗集的接受情况,以开篇诗《小红帽》为例,运用女性主义文体学的文本分析方法分析其后现代女性主义戏仿艺术,以《达尔文太太》("Mrs. Darwin",Duffy,1999b)、《伊卡洛斯太太》("Mrs. Icarus",Duffy,1999b)、《温克尔夫人》("Mrs. Rip Van Winkle",Duffy,1999b)、《柯雷姐妹》("The Kray Sisters",Duffy,1999b)和《埃尔维斯的孪生妹妹》("Elvis's Twin Sister",Duffy,1999b)等为例分析该诗集中的幽默和诙谐。

第一节 女性主义文体学理论及文评实践

20 世纪 80 年代,重视"意识形态和权力关系"的文体学家形成了法兰克福学派、结构主义马克思主义、新历史主义等文体学的社会历史/文化分支。他们把语言看作是"意识形态的物质载体",认为语言和文本既是"意识形态和社会结构的产物",又"作用于意识形态和社会结构",将文体学的任务定位于"揭示和批判语言中蕴含的意识形态和社会结构"(申丹,1998:32-37)。在此背景下,波顿指出社会中的阶级压迫、种族歧视和性别歧视,呼吁文体学家警醒并努力消除不平等,并认为,在各种不平等中,性别歧视最严重(Burton,1982)。

在波顿的影响下,米尔斯(Mills,1995)提出女性主义文体学。她吸收批评语言学关于语言作为社会统治形式服务国家体制、维护国家权力,语言蕴含意识形态和权力关系的观点,提出文本自身存在性别差异,语言则可反映性别角色与性别身份的意识形态。她发现传统文本分析模式(图 3-1)忽略了语篇外语境:

社会历史背景 ▶ 作者 ▶ 作品 ▶ 读者

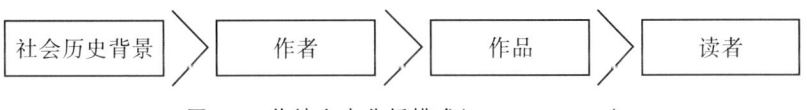

图 3-1 传统文本分析模式(Mills,1995:28)

米尔斯认为该模式隐含了许多文学生产理论的基础。首先假设社会历史背景作用于作者,假设思想先于文字和言语(作品),其次假设作品语言编码的信息被读者完全解码,没有误解,没有障碍。她认为这是一种理想化的交流(Mills,1995:28)。在该模式中,性别作为文本外因素被忽略,导致对女性作家作品的忽略。她关注到文本外作用于文本或与文本内互相作用的因素,指出女性文体学所指的语境与传统文学批评中的社会历史语境不同,提出了由两部分构成的文本分析模型(见图 1-1,原图见 Mills,1995),把目标受众、实际受众、隐含读者、社会历史因素、实际读者和出版惯例等都看作作品接受过程中的语境因素。米尔斯指出,文本生产和接受过程中的语境因素之间有互动,而文本与这些语境因素也有互动(Mills,1995)。

女性主义文体学文评不断吸收新思想、新理论,早期研究重点是男女作家文本的相似性,近期则强调性别差异。男女在思维和感知方式上的不同导致女性写作在形式、语言及主题上与男性写作有本质差别,米尔斯称之为"性别句子"或"性别选择"(Fairclough,1989)。当前女性主义文体学研究倾向于发现明显不同于男性的"女性写作和风格"(Mills,1995:69-70),包括对语言和主题的关注,运用女性主义文体学分析文学作品,探知作者性别与创作语境对作品主题、意识形态和语言风格的影响。作为文学跨学科研究的适用工具,女性主义文体学通过文学文本的词汇、句法、叙述角度、对话交流风格、及物性和隐喻等探讨小说中的女性问题和性别歧视,有助于消除男性霸权。

但是,中国的女性主义文体学实践较少关注涉及文本生产与接受两方面的语境因素。佩奇(Page,2009)通过对话中的话轮长度比较和语步分析阐释人物的女性意识,通过自由间接引语和聚焦分析,探讨小说中的女性声音,通过日记分析女性话语局限于私人空间的事实,指出后续研究的重点是读者反应。之后至 2017 年国内期刊发表并被引的女性主义文体学评论文章便多涉及及物性、叙事视角和人物对话,少数涉及碎片、命名、情景及隐喻分析,较少关注语境因素(阳雯,2007;白杨,2008;张平,刘银燕,2009;张平,2010;周翔,吴庆宏,2011;周玉芳,2014;傅琼,王丹,姚香泓,2014;宋欣,2014)[①]。2018 年发表的三篇女性主义文体学期刊论文中,仅一篇文本细读关注作者创作与读者接受因素,探讨作者作为女性、女性作者和女性读者三重身份间的关系(何

---

① 上述论文集中从叙事视角和叙述声音、及物性、人物话语、对话交流风格等视角(个别结合巴赫金对话理论)探讨小说中受束缚、依赖男性的女性人物性格或命运,颠覆男权话语。

靓,2018)。国外学者对女性主义文体学的理解更多元化,重视意识形态对现实的构建及读者阅读,注重女性主义文体学与女性主义批评理论的结合及作者创作语境,注重女性写作与男性写作的异同,为亚非国家学者探讨性别问题和种族关系提供了工具(周洁,2020a)。本书认为,只有关注作品生产与读者接受两方面的众多语境因素,才能正确运用该理论进行文学批评,深入探讨作品中的女性问题,促进性别平等与社会和谐发展(周洁,2020a)。为此,现从女性主义文体学视域探讨《世界之妻》的读者定位和读者接受,以《小红帽》为例探讨《世界之妻》的后现代女性主义戏仿艺术,并选择五首诗歌分析《世界之妻》中的幽默。

第二节 从女性文体学视域看《世界之妻》的读者接受

关于性别与读者定位,米尔斯认为有三种情况:第一种是文本将读者定位为男性,令女性感到不适;第二种是将女性或女性主义者定位为读者,令男性读者感到不适;第三种是读者与性别阅读发生互动或协商。

她用马克思主义文学评论家阿尔都塞的"读者传唤"和"显而易见"分析读者定位,特别是性别与读者定位的关系问题,认为在男性作家将作品读者定位为男性时,女性可构建一个抵制空间,并以富勒的诗歌《情人节》为例说明诗人的男性读者定位和女性读者在阅读时不同定位的可能性(Mills,1995)。相应地,我们推知,将女性或女性主义者定位为读者时,具有男权思想的读者也会感到不适。

米尔斯指出阿尔都塞关于"把个人传唤为主体"的论点过于简单,因为主体的建构明显要复杂得多。但她认为,文本传唤时却能将读者置于目标读者的位置,而且这种影响比其他因素对读者的影响更大,也更为直接。米尔斯认为阿尔都塞的"显而易见"与"主体传唤"都是定位读者的重要因素。她同意阿尔都塞所说的,任何文本都有一种"显而易见是真理"的属于意识形态的东西,或者说,任何文本都包含一种读者明显会接受的意识信息,并认为只有通过这样的"主导性阅读",才能很好地实现读者定位(Mills,1995)。

她提到了孟特格莫里(Montgomery,1988)关于用指称词直接称呼读者和使用呼语或选项的分析。她认为,读者在被称为一个群体的成员时会表现出明智和主动性,也就是说,虽然文本决定读者定位,但读者的意识形态本质非常重要。相较于自然性别而言,文化性别会产生更大的影响。

对于非直接称谓,米尔斯提到巴特对阿尔都塞上述观点的赞同,认为读者在阅读后便了解文本所传达的"主导性信息",该信息由此显而易见;随后提到菲尔克朗描述的背景知识,即可以在陈述中的预设和含意中发现作者认为读者知晓的信息。

米尔斯的性别与读者相关理论有助于探讨诗集《世界之妻》的读者定位与读者接受。

一、戏剧独白的目标听众与诗歌的目标读者

关于读者定位问题,杰夫蕾丝(Jeffries,2013)的研究具有借鉴意义。借助指示转移理论(DST)和人称指示概念,她根据代词用法和人称指示的特点将 50 首当代诗歌进行分类,探究读者在诗的指示中心可能占据的位置和读者参与诗歌的可能性,展示读者定位范围,其中提到叙述者对"你"的使用。"你"作为与叙述者相对的概念,在普林斯叙事学里就是"显性的"的"受述者"(Prince,1982:16;普林斯,2013:134)。《世界之妻》里的 30 首戏剧独白诗,让世界名人的妻子或姐妹作为叙述者讲述与她们的丈夫或兄弟相关的故事,说出她们的感受或表达对她们的看法。这些诗中的戏剧独白者多次使用"你",令读者感觉自己即是戏剧独白的听者。当代英国诗歌中,"你"的使用使人们更加关注诗歌的公共功能(Pollard,2013)。在 20 世纪 60 年代后的英国诗歌中,"你"涉及性别、身份、地域、阶级、民族、传统等复杂的文化建构。基于此,本书将关注点放在诗集中四首诗里对戏剧独白者的目标听众的直接称呼,以便了解诗人的读者定位,判定诗集中"你"的身份。这四首诗分别是提及"女士们"("ladies")的《弗洛伊德太太》("Frau Freud")(Duffy,1999b)、提及"姐妹们"("sisters")的《欧律狄克》("Eurydice")(Duffy,1999b)、提及"主的女儿或新娘们"("daughters or brides of Lord")的《琼教皇》("Pope Joan")(Duffy,1999b)和提及"女孩们"("girls")的《野兽太太》("Mrs. Beast")(Duffy,1999b)。

《弗洛伊德太太》一诗以"女士们(Ladies)"开始全诗,营造了一个女性参加的研讨会或讲座的场景。弗洛伊德太太用三十种不同的名称提及阴茎,使该诗成为一个"男性生殖器大全"(达菲著,陈黎,张芬龄译,2017:7),其中有俗语、委婉语和俚语等等。但是,弗洛伊德太太对于阴茎的态度很明确,一是"见

过太多"(第2行);二是"熟悉"(第5行);三是"厌恶透了"(第6行),这里提及与克林顿有丑闻的莱温斯基,令人感觉像女人之间谈论花边新闻;四是"不美观"(第13行);最后明确表明自己看到男性自认伟大就会感到他可怜(第16行)。诗中停顿和插入语的使用使该诗具有口语化的特点。诗歌倒数第二行又出现"女士们,亲爱的女士们"的称呼,再次颠覆了弗洛伊德关于女性阴茎嫉妒的概念和男性对其力量的痴迷。她用一系列的描述男性力量、能量和活力属性的口语术语,最终却用与弗洛伊德一样傲慢的态度全盘否定。而且,该诗共十四行,从行数上看貌似常用于庄重地表达爱情或哀婉之情等的诗歌形式,内容却"充满猥亵、肉欲的轻浮"(达菲著,陈黎、张芬龄译,2017:7),形成反差并产生反讽效果。如果说第一次称呼"女士们"是戏剧性场景设置的需要,那么第二次称呼"女士们,亲爱的女士们"则加强了语气。又因独白内容充满女性对于男性身体的猥亵表达,"女士们"作为独白的目标听众便自然成为该诗定位的目标读者。

《欧律狄克》分别在开头、中间和后面三次出现"姑娘们"("Girls")的称呼,明显把"姑娘们"作为独白的目标听众。

欧律狄克在开始先叫了一声"姑娘们"(1:1),然后开始她关于死亡和地狱的讲述:死后的她是自己过去的"影子"(1:3),地狱"没有时间限制"(1:3),语言也停止了,词语也不复存在。在这里,"一个地方"(1:4)的概念强化了否定的概念。联系到诗中关于俄耳浦斯的诗歌等内容,欧律狄克把语言看作是男性的领地。因此,她说:"它适合我。"(1:10)因为这里不是男性的领地。随后她在第二节明确了这一点,她把地狱称作"永恒安息之地/……女孩不会……/被……写诗的/男人骚扰"(2:4-9)。该诗节明显比第一节长,如同意识流反映着人物的思想和形象,发出了私人空间被侵犯的女人不满的声音。整个小节由两个祈使句构成,第一句话让人想象一下(2:1),然后是她对自己被侵犯经历的长篇大论,描述了俄耳浦斯如何夺走她的避难所。她的讲述呈现了一个任性而自我的诗人形象,诗人称她为"他的缪斯",表明他的权力和她的归属。她的角色显然是被动的,任何建设性的批评都被他否定。她说他不喜欢抽象名词他就会整夜生气。这里大写的"His Muse"(2:12)、第二句(Just imagine…)(2:15)里的"Gods"(2:17)和第三节里的"Him"(3:1)和"Big O"(3:2)都是对他自负的讽刺。第三、四小节还讲述他的各种才艺(3:4-5),而在第五小节开头用简短的一个"胡言"(5:1)停止对他的描述,用括号说出事实:(那全都是我亲手打字的,/我应该最清楚。)(5:1-2)。随后发出自己的心声:"我宁可为自己发声/也不愿当最亲爱的,心爱的,黑女士,白女士,诸如此类的"(5:4-5)。

欧律狄克第二次称呼"姑娘们"是在单独一行的第六诗节里,突出了她的想法:"我宁可死去"。随后在第七小节开始用醒目的"但是"(But)开头,指出"诸神宛如出版商,/通常是男性"(7:1-2),令读者明白了该诗对于欧律狄克神话的改写所具有的另一层意义。第八节又是单独一行,突出了"俄耳浦斯大显身手"。第九节的四个诗行每行都体现了俄耳浦斯在不同方面的身手不凡。第十节又回到她与他的从属关系:

无论喜欢不喜欢
我都必须跟随他重回我们的生活——
欧律狄克、俄耳浦斯的妻子(10:1-3;达菲著,陈黎、张芬龄译,2017:137)

第十一节的讲述回到了传说中的他"不可以回望"环节,第十二节用短短的两行写"我们走着,走着。/无人说话"(12:1-2)。

欧律狄克第三次称呼"姑娘们"(13:1-2)是在第十三节开头,她让大家忘掉听过的故事,讲述了事实真相:她不愿意"被禁锢在他的诗歌牢笼"("trapped in his images, metaphors, similes / octaves and sextets, quatrains and couplets"…)(10:4-5),故意想办法让他回头。

总的来说,诗中独白者欧律狄克三次对听者的称呼分别意在开始讲述、表明自己宁死的态度和提醒"姑娘们"不要被传统迷惑,逐步颠覆女性被男性拯救并因此成就男性的命运,鼓励她们做自己命运的主人,进而告诉"姑娘们"要善于用智慧摆脱男性的主导,主宰自己的命运。结合诗中对男性编辑的提及,可以说,该诗的目标读者便是广大富有智慧、可以成为男性缪斯的女性。

与前面两首诗不同的是,《琼教皇》里对独白目标听者的称谓出现在诗歌的后半部分。这首诗总共十节,每节三行,似乎体现了圣父、圣子和圣灵的三位一体。最为突出的是,三十行的诗歌通篇只有最后一个句点。在琼教皇明确称呼听者前,她先后讲到教堂仪式里自己学会了"将未发酵的/面包转化为/耶稣神圣的血肉,/转动燃烧的乳香/直到蓝蓝绿绿的烟蛇/盘绕于我长袍的下摆,/并高坐于教宗的座椅/摇摇晃晃穿越热情的群众,/为大气祈福又祈福"(1~3节,达菲著,陈黎、张芬龄译,2017:153)。她深深地感受到"身为罗马教区的牧师,以梵蒂冈为家,/比枢机教主,大教主,主教,教士/更接近天堂,/一如男人中的男人,/因父及子及圣神之名,阿门,/而且比他们加倍贤德,"(4~6节,达菲著,陈黎、张芬龄译,2017:153-154),但是,她却开始"什么话也不相信"(6:3)。至此,她才称呼"主的女儿或新娘们"(7:2),说出自己最真实的感受,即"觉得最接近/上帝权力的时候"(7:3-8:1)是在路边生产的时候,明确了成为母亲是最大的神迹。"主的女儿或新娘们"的称呼把听者定位为信仰上帝、受宗教束缚的女性,提醒她们母性的力量大于神的力量,同时扩大了诗集的目标读者的范围——受宗教束缚的女性。

与《琼教皇》一样,《野兽太太》里对听者的称呼也出现在诗歌中间。该诗开始便提及传说或神话故事里遭到抛弃或男性伴侣不忠的悲剧女性人物,称要矫正她们(1:2)。戏剧独白者以经济独立的女性现象出现,在与野兽先生的会面和接触中表现出主导地位,颠覆了男性主导的两性关系。在第三节中间,她描述了野兽先生的动物性("He had the grunts, the groans, the yelps, / the breath of a goat")(3:3-4),并突出了"我"的高雅和拥有言说的权威:

> I had the language, girls.
> The lady says Do this, Harder. The lady says
> Do that. Faster. The lady says That's not where I meant. (3:4-6)

这是"姑娘们"第一次被作为听者称呼。第二次称呼听者之前,"我"在第四、五节讲述"我"和女友们玩牌的情景,她们美丽富有,拥有智慧,是牌桌上也是人生的赢家;而她们背后,站着一群永远也无法赢牌的女人。她们躲在阴影中,生前大名鼎鼎,命运却凄惨可怜——"夏娃。灰姑娘。玛丽莲·梦露。/……莴苣姑娘/……贝西史密斯。/蓝胡子的妻子们……/……白雪公主……戴安娜王妃/威尔士公主"(6:2-7;达菲著,陈黎、张芬龄译,2017:163)。她们羡慕地看着独立强悍的太太们出牌(蓝蓝,2019:157)。

满怀对这些悲剧女性的同情,"我"第二次呼唤听者"坏女孩们。正经女士们"(6:12),似乎在呼吁所有女性一起为悲剧女性们哀悼。在这种沉重心情的影响下,野兽太太在最后一节对野兽凶了起来(I was hard on the Beast.)(7:1),并在最后说"让我当那个爱得较少的人"(7:12)。

野兽太太两次对姑娘们的称呼,第一次没有修饰词,第二次使用了两个形容词——"坏"和"正经的",把所有女性都包含在内了,提醒她们女性话语权的力量,提醒她们不要忘记曾遭受男性压迫而落得悲惨下场的女性的历史。对于独白听众的称呼再一次定位了诗歌的读者。

上述四首诗中先后由戏剧独白者称呼这几首诗的目标听众为"女士们"、"姑娘们"、"主的女儿或新娘们"和"坏女孩们"、"正经的女士们"。从内容和叙述视角来看,该诗集都是世界名人之妻/姐妹讲述各自见闻、见解或感受。因此,纵观《世界之妻》,其他诗中偶用"你"来称呼听者,将读者传唤为戏剧独白的听者;而在诗集后半部分的四首诗则明确了"你"的身份。可以认为三十位女性戏剧独白者作为叙事主体,传唤目标听众去思考自身,把女性读者传唤为一个主体,实际上就是把读者"插入"或者包含在叙述之中,使她们从叙述者的视角出发理解文本,在叙述者的主体经验范围内进行阅读。也就是说,该诗集把所有女性作为目标读者,通过对女性讲述女性的生活体验和情感经历唤起女性的自我意识。经历过男性霸权压迫的女性读者在阅读该诗集时自然会被诗集中的诗歌作品传唤为主体,认识到自己受压迫的事实,开始反抗,并向往自由。

二、从隐含读者到现实读者

《世界之妻》里有些诗歌里没有用"你",也没有对"受述者"的称呼,也就是说,听众/"受述者"是隐性的。"在这种情况下,受述者可以和隐含读者相等同"(申丹、王丽亚,2010:80)。所谓"隐含读者"(implied reader)是"隐含作者心目中的理想读者,或者说是文本预设的读者,这是一种与隐含作者完全保持一致、完全能理解作品的理想化的阅读位置"(申丹、王丽亚,2010)。隐含读者由作家的创作动机决定。动机明确的作品必然"隐含进某种特定类型的读者"(童庆炳,2008:329)。《世界之妻》的隐含读者应该是能读懂达菲的诗并能通过其诗歌体察女性困境的读者。也就是说,如果读者持有与达菲同样的女性意识和女权立场,"真实读者"便与"受述者"之间没有距离。

《世界之妻》出版后不久,便有评论发出抵制的声音。有人称其中的诗歌被困在两性关系的两极观念中[①]。曾出版多部男性气质研究成果的英国曼彻斯特城市大学教授罗兰德认为《世界之妻》是达菲对早期诗歌的背离,男性和男性气质在该诗集中受到了粗鲁的女性叙述者的攻击(Rowland,2003)。这些评论反映了一部分现实读者强烈的男权意识。

但是,同样作为男性,福布斯认为,《世界之妻》以喧闹的、辛辣的滑稽剧取代了《他国》和《悲伤时刻》中令人痛心的个人语调。他辩解道,尽管"有些人认为这些诗'有点太男性'",但"无论男女,任何人都难以抵制书中最好的笑话"(Forbes,2002:23)。无疑,福布斯看到了《世界之妻》的艺术性。

---

① Deryn, Review of *The World's Wife*[N], *Publishers Weekly*, 17 April 2000:73.

随后,有女性学者称《世界之妻》不是反男性的,这部诗集被评为多年来出版界最激进的诗集,是因为它系统地破坏了一直以来有关男性气质的神话(Smith,2000:16-21)。她们认为,诗集中丰富的戏剧独白融合了形式的独创性和对社会的关注,是达菲颠覆神话和历史的完美展示;其中作为戏剧独白者的女性人物或智慧俏皮,或愤世嫉俗、对男性充满愤怒,或直率猥亵,或扭曲温柔,形成了互补的合唱,唱出了未来的声音和愿景(Satterfield,2001)。毫无疑问,这里的未来是颠覆男权后女性自由、独立和主导的未来。

郝娜(Horner,2003:99-120)指出:达菲诗集的发展路径是通过塑造女强人以实现自我重构。她认为小红帽最后拿起斧头的行为表现了继承传统的权利,更表现了她自身的活力、权力和天资,她创作出生动、鲜活、温暖、跳动、长着翅膀的、狂热的文字,最后唱着歌独自从树林里出来,是她将成为一个诗人、获得解放的宣言;由于迈达斯的无度、贪婪和虚伪,迈达斯太太的温柔、性感、亲昵变得多余;伊索夫人对《伊索寓言》中谚语的引用增加了独白的讽刺性,诙谐地讽刺了男性的自我中心和自命不凡。

塞米诺指出,《世界之妻》里的诗歌按照女性主义写作的传统,揭露了西方文化故事中的男性偏见,把历史和幻想中的著名男性人物描绘成软弱的、特殊的、非理性的、完全以自我为中心的(Semino,2009)。她认为,达菲的作品通过展示以男性为中心的历史揭示了性别歧视。她发现:"在诗集的标题中,达菲修改了习语表达'世界和他的妻子',使'妻子'成为名词短语的主要成分,从而突出了夫妇中的女性"(Semino,2009:33-34),进而赋予女性以权力。

道森也关注到达菲诗歌中的女性声音。在她的专著《卡罗尔·安·达菲:我们时代的诗人》中有一章标题为"女人之间的话",其中一节专门论述《世界之妻》,标题为"Feminist Talking Heads: *The World's Wife*"。她认为《世界之妻》与那个时期的许多修正主义作品相联系,把女性从纯洁或邪恶的两极关系中解救出来,推翻了女性是男性附属品的过时观念(Dowson,2016)。三十位从历史、神话、流行电影或音乐中取材的女主人公变成了当代普通女性。诗集中的女性展示了自己性别的多种模式,抨击了女性的同质性,以及与"夫妇""男人/女人"相关的二元体系,违反了弗洛伊德的本质主义或文化类型学。她认为达菲用戏剧独白诗的形式改写神话、《圣经》故事和世界名人的妻子或姐妹的故事,通过强烈的感染力唤起读者对戏剧独白者的认同和同情。对达菲来说,这些独白——取材于她在天主教环境成长过程中听到的圣经故事、学校的历史课、流行音乐和她所吸收的音乐——是她真实情感和洞察力的包装。达菲曾在一次访谈中说:

> 我认为这些诗是在寻找缺失的真理,而不是接受我们被教导的方式。所以要在古老故事中寻找失去或隐藏的但不言而喻的真理。这不是靠列一个最喜欢的故事清单并修改它们便能做到的。你得从故事里找点严肃而真实的东西。所以才写了这么久。每一首诗都是真实的自己,并有某种自传的成分——不管是发生在我身上,还是真实的感情或知识。
>
> (Viner,1999)

诺丽认同文莱特的观点,把皮格马利翁(Pygmalion)看成是传统的诗意化和艺术理想化女性的崇拜者,他无法应对充满肉欲和性感的现实中的妻子。两位学者把美杜莎看成是力量和悲剧的结合体(Wainwright,2003;Nori,2020)。

道森还发现:《世界之妻》扩大了达菲诗歌的读者面,因为其中的诗歌既成了学校的教材,也具有娱乐价值(Dowsom,2016)。她引用瓦尔纳(Viner)的话来说:

> 在英国诗坛,卡罗尔·安·达菲是一位超级巨星。无论是称她为"她那个时代的代表诗人"的批评家肖恩·奥布莱恩(Sean O'Brien)等知识分子,还是学习高中指定教材《悲伤时刻》的学生等普通读者,都喜欢她的诗歌。她的诗通俗易懂而富有娱乐性,但形式古典,诗艺锋利。那些不怎么读诗的人也读她的诗,她还保持着对同行的尊敬。评论家称赞她的作品感人、敏感,诙谐地唤起了爱情与失落、错位与怀旧;粉丝们在读书会上"鼓掌"表示支持她。
>
> (Viner,1999)

这段话解释了《世界之妻》为什么会出现在儿童文学评论中,并被推荐给每一位读者。麦克拉乌林(Mclaughlin,2018)认为该诗集语言雄辩、诙谐、幽默,具有女性主义思想,并善于使用轻松的押韵。

在诗歌《野兽太太》中描写的一群打牌的女人后面站着的鬼魂里,有1997年死于车祸的戴安娜王妃。但是,"十年后,一向对皇族名声小心维护的英国皇室,却在读者和批评家们的强烈呼吁下,宣布达菲成为英国历史上首位女性桂冠诗人"(蓝蓝,2019:158)。这不能不说是《世界之妻》被普遍接受了。这就意味着该诗集的隐含读者开始向现实读者转化,也意味着更多读者对于诗集"主导性信息"的掌握。由于诗集中反映的性别问题是世界性的,《世界之妻》

的读者群又扩大了范围。

周洁(2013a)发现,《世界之妻》是研究达菲诗歌女性主义的重要诗集,是达菲通过诗歌揭露和颠覆男性霸权、唤起女性独立意识的作品集。其中有些诗歌揭露了男性霸权,如:《忒提斯》("Thetis",Duffy,1999b)一诗中强大的海洋女神为避免被男人削弱力量、摆脱男人的控制,不断改变身形,先后变作小鸟、蛇、狮子、美人鱼等动物,以及无形的风和空气等,但都无法逃脱男性的控制,最后只能通过生育孩子来改变自己的命运;《选自忒瑞西阿斯夫人》("From Mrs. Tiresias",Duffy,1999b)中,男性生理性别改变后社会性别仍保留,行为受男权思想支配;《魔鬼之妻》("The Devil's Wife",Duffy,1999b:42)和《赛丝》("Circe",Duffy,1999b)中男权对女性产生了毁灭性的影响——使女性产生攻击性、变得残忍乃至自我毁灭;《卡西莫多夫人》("Mrs. Quasimodo",Duffy,1999b)中妻子因丈夫不忠而愤怒。诗集中颠覆男权的内容包括:《弗洛伊德夫人》和《伊索夫人》("Mrs. Aesop",Duffy,1999b)中对男性阉割的暗示;《迈达斯夫人》("Mrs. Midas",Duffy,1999b)、《伊卡洛斯夫人》("Mrs. Icarus",Duffy,1999b)和《西西弗斯夫人》("Mrs. Sisyphus",Duffy,1999b)等诗中女性优于男性的描写;《欧律狄克》中欧律狄克宁死不愿与自大的丈夫回到人间的故事等;《希律女王》("Queen Herod",Duffy,1999b)中女性因保护女儿心切而变得残酷无情,《野兽太太》中哀叹命运悲惨的女性变得男性化。但是,《大利拉》("Delilah",Duffy,1999b)、《安妮·海瑟薇》[①]("Anne Hathaway",Duffy,1999b)和《女金刚》("Queen Kong",Duffy,1999b)中男女关系甜蜜,因此,达菲笔下的男女关系并非完全对立,表明达菲对于女性颠覆男权之复杂性的认识。

张剑撰文分析了《安妮·海瑟薇》对莎士比亚夫人的沉默的改写、《皮格马利翁的新娘》("Pygmalion's Bride",Duffy,1999b)对少女的矜持温柔的改写、《美杜莎》("Medusa",Duffy,1999b)改写的现代意义、《欧律狄克》中女性自我意识的觉醒、《莎乐美》("Salome",Duffy,1999b)对欲望的改写、《女金刚》对男女力量对比的改写等之后,指出诗集对男性的各种负面描写"表达了对异性恋的否定",也是达菲"最终走向女性同性恋理想的铺垫"。他还得出以下结论:

[①] 达菲著,陈黎、张芬龄译,2017:88;张剑译为《安妮·哈撒韦》。下一节提及达菲诗歌不用汉译时,为尊重译者均不统一译名。

> 在风格上,达菲的诗歌绝不是20世纪女性主义书写的简单重复。波伏娃和伍尔夫的著作是对男权社会的理性分析,而达菲诗歌的典型手段是对它进行嬉笑怒骂……在21世纪,幽默和戏仿似乎具有更多的颠覆力和破坏力。
>
> (张剑,2015:24)

梁晓冬把《世界之妻》中的戏剧独白者看作是"一个女性想象共同体,合力颠覆男性话语权力下的女性塑形,建构女性话语主体地位和女性文学传统"(2018b:34-44,159)。她先后分析了《忒提斯》里女神以第一人称的主体形式言说女性受迫害与遭暗算的经历;《美杜莎》中的人物话语行为对主流男性话语和被压抑的女性边缘话语之间的权力关系的改变、对规训和惩戒女性的贞洁观的颠覆;《黛利拉》中女性如何"用爱和柔情来训导感化英雄,彰显出自信强大"以挑战"男性权力话语";《珀涅罗珀》①("Penelope",Duffy,1999b)中女神建构女性成长的乌托邦、抵制男性话语对女性的规训;《皮格马利翁的新娘》中加拉泰亚对压抑女性肉体和情欲的文化秩序的颠覆;《德墨忒尔》中的丰饶女神"用女性话语和想象力为女儿建构出一个充满温暖亲情的空间"。

远洋则称达菲的诗歌

> 纵横人鬼神三界之间,跨越历史与现实,百无禁忌,幽默、讽刺、挖苦等等手法无所不用其极;艺术形式上不拘一格,既有典雅的商籁体,也有散文化的长篇叙事,尾韵、联韵、交叉韵、内韵运用自如,既有似顺口溜和隔行翻滚式的押韵诗,也有只讲究内在节奏和语感的诗篇。
>
> (远洋,2019:191)

可见,影响《世界之妻》读者接受的不是生理性别,而是读者的意识形态、对待性别关系的态度和对作品意义的理解。于是,能读懂诗集并通过这些诗歌体察女性困境的读者们纷纷以各自的方式成为该诗集的接受者。

三、《世界之妻》在中国的译介与变异

在具体阅读活动中,现实的读者虽然会受到期待视野的制约,但现实

---

① 卡罗尔·达菲著,陈黎、张芬龄译,2017:156.

的读者不会满足于只是被动地接受文本,而会渴望着创造与发现;不可能仅仅满足于对文本内容的认同,而会渴望着丰富和扩充自己的期待视野。

(童庆炳,2008:330)

翻译是读者接受的一种表现。中国学者及译者对《世界之妻》的译介始于2013年《诗江南》发表的张剑翻译的诗歌《安妮·哈撒韦》。2015年,《外国文学》发表了张剑翻译的5首《世界之妻》中的诗歌,包括《安妮·哈撒韦》《美杜莎》《皮革马利翁的新娘》《欧律狄克》《莎乐美》。同年,《红岩》上发表了远洋翻译的《世界之妻》中的13首诗,包括《达尔文太太》、《西西弗斯太太》、《美杜莎》、《伊索太太》、《彼拉多的妻》、("Pilate's Wife", Duffy, 1999b)、《安妮·海瑟薇》、《小红帽》、《大利拉》、《忒提斯》、《希律王后》、《迈达斯夫人》、《选自〈泰瑞西亚斯太太〉》和《浮士德太太》("Mrs. Faust")。2017年初,湖南文艺出版社出版的《爱是一种眼神——达菲爱情诗集》中,有3首选自《世界之妻》(达菲著,黄福海译)。2017年底,外语教学与研究出版社与雅众图书合作出版了陈黎与夫人张芬龄翻译的整本书的汉译,书名创译为《野兽派太太》,至此,《世界之妻》汉译本第一次完整地进入了中国读者的视野。译者之一陈黎(1954—)是"台湾当代十大诗人"之一、台湾中生代重要诗人,在台湾和大陆均日益受到文坛的重视。他的诗歌《朱安》(陈黎,2017)的叙述者像《世界之妻》中的大多数叙述者一样,是名人之妻。从创作时间来看,应该是受到达菲影响的。

正如德国阐释学理论家伽达默尔早已指出的,艺术存在于读者与文本的"对话"中,作品的意义在读者与文本的"对话"中生成(童庆炳,2008:332)。《世界之妻》相关的书评、文评、译文和变异性写作都是学者、译者或作者与达菲文本之间的对话。由于读者身份、性别、意识形态等方面的不同,对话的方式、内容和深度不尽相同。

从女性主义文体学视域来看,《世界之妻》的目标读者是能理解女性受男权压迫痛苦的女性读者。该诗集的接受情况表明,诗集在引起男权意识强的读者的抵制性阅读的同时,因其对女性沉默、男性霸权的揭露,对女性摆脱痛苦、走向独立自主成熟的书写而引起了女性的共鸣,也获得了像福布斯、张剑、陈黎、远洋等具有男女平等意识的男性读者的认同。广大读者在接受的同时对该诗集的译介和仿写是他们与达菲进行对话的方式。这种对话方式进一步扩大了该诗集的读者群,推进了该诗集的接受度。

第三节　后现代女性主义戏仿

戏仿，又称谐仿或戏拟，是作家在作品中对其他作品进行借用，以达到调侃、嘲讽、游戏甚至致敬的目的。戏仿似乎为审视现在与过去提供了一个视点，使艺术家能够从话语内部与话语对话，却不至于完全被其同化。为此，戏仿似乎成了"中心之外"的群体和被主流意识形态边缘化的群体的表达模式，还成为黑人、少数民族、同性恋、女权艺术家这样的中心外群体最流行、最有效的策略。他们试图既适应自己身处的，仍属于白人、异性恋、男性的主流文化，又批判地、创造性地对其作出回应(哈琴，2009)。穆杨认为，"当代英美作家尤其是女性作家对经典童话的改写集中体现了后现代女性主义视域下女性身体、女性主体、话语、权力、抵抗之间的复杂关系。这些作品以女性身体为视角，以女性主体性探求为目的，在话语领域对以父权为主导的权力关系进行抵抗"(2010)。

达菲多次对经典童话进行改写，她对经典及传统的戏仿及不敬迎合了大众的品位(Dowson & Entwistle, 2005)。现以达菲《世界之妻》开篇诗歌(Duffy, 1999b)对《小红帽》故事的改写为例，探讨该诗集的后现代女性主义戏仿。

一、关于《小红帽》的改写

《小红帽》是1589年法国都兰(Touraine)地区出现狼人后人们口头流传的故事，后来反复被人们改写。赛普斯把《小红帽》的改写分为五个阶段。一是1885年法国学者戴拉鲁(Paul Delarue)搜集整理成民间口头故事的《外婆的故事》("The Story of Grandmother")：主要人物有狼人、小女孩和祖母，故事以小女孩机智的逃脱结束，反映了中世纪晚期人们生存的物质条件，充斥着传统的异教思想，既是警世故事，又颂扬了年轻乡村女孩的成熟和自立。二是佩罗(Charles Perrault)改写的关于17世纪法国宫廷生活的故事：小红斗篷受到娇宠、轻信人言、无助，与宫廷有关，文中夹杂着一些色情描写。三是格林兄弟改写的反映19世纪资产阶级儿童观的《小红帽》，多了猎人的形象，是以大团圆结束的家庭寓言。四是19世纪和20世纪早期，各国改写的不同版本的《小红帽》。1882年，彭博顿(Mrs. Childe-Pemberton)的长篇改写本《咎由自取,或小红帽再现》(*All My Doing*;*Or*,*Red Riding Hood Over Again*)就强调女性必须检点行为,否则将遭到被强奸或杀戮的惩罚。战前的英美改编作品将小红帽的"被强奸"也归因于女孩自身的懒散、虚荣和无知。五是二战期间及之后完成的大量《小红帽》改写本。二战期间,不同国家将该童话故事变成各国文化的虚拟战场:德国专家旨在彰显"条顿民族的觉醒",俄罗斯作品则描写小红帽与小动物一起推翻暴政。二战后,特别是 1950—1993 年间,《小红帽》的女主人公变得坚强、独立,无需依靠男性帮助(李玉平,2010)。当代英美诗人对《小红帽》的改写均属于这一类。

关于《世界之妻》,达菲在 2005 年与伍德(Wood)的谈话中说,她一方面想弘扬传统文化,一方面想从经典中发现前人所不曾探讨的真理。为从女性视角表现那些世界名人,她把个人与这些故事联系起来,戴着那些名人的妻子/姐妹的面具,又不在自己的生活中迷失。从某种意义上讲,这个诗集是自传体的——不是诗人生活的真实细节,却是诗人想象中或情感生活的自传。所以,第一首诗里的小红帽是个想成为诗人的女孩,最后一首则是一个母亲的戏剧独白。这些都是诗人生活的一部分。伍德认为,这些诗歌——现代版的古老神话是诗人在写作中对古老故事进行的改写与颠覆。达菲认为诗人的职责就是重写旧诗,所有诗人和作者都在改写和颠覆。

二、关于分析方法

意大利学者莱哇拉图(Levorato)在研究中运用普拉卡斯姆(Prakasm,1982)的功能文体学诗歌分析方法和奈宁(Nunning,1999)的后现代戏仿的功能主义方法,选取三个"小红帽"改写文本——佩罗的文本、格林兄弟的文本和利物浦女性主义者(Andrey Ackroyd、Marge Ben-Tovim、Catherine Meredith 和 Anne Neville)共同创作的改写本(收入她们的作品《马其赛特郡童话故事集》)进行语言学分析,通过分析高频词的使用、字词的配置和及物性,探讨了三个文本在立意、观念和意识形态立场等方面的不同(Levorato,2003)。该研究为本书提供了参考。

本书借鉴上述分析方法,运用女性主义文体学分析方法。女性主义文体学在批评语言学的基础上构建。批评语言学认为语言是社会统治的形式,服务国家机构、维护国家权力,强调分析语言中的意识形态和权力关系。女性主义文体学吸收了该观点,提出性别差异存在于文本中,认为语言体现了性别角色与性别身份的意识形态。女性主义文体学的文学批评实践借鉴批评语言学的文本语境、隐喻、及物性、叙述角度等建立在系统功能语言学基础上的分析方法,分析词汇、短语、句子和语篇层面的性别立场,注重文本在叙述视角、能动作用、隐喻和物性系统等(张平,2008:85-87)方面的客观分析。当然,本书拒绝机械地套用理论,而是对具体作品进行具体分析,在分析高频形容词的使用和及物性的基础上,辅以碎片化描写和叙事视角的分析,以便探讨诗歌中后现代女性主义戏仿艺术和性别意识的体现。

三、《小红帽》的戏仿艺术与性别意识

达菲的《小红帽》以模糊的时间开始——"在童年的尽头"(1:1),呼应了小红帽故事作为一个成长故事或关于"性觉醒"主题的解释。象征保护、安全和童年的房子让位给暗示童年的实验、探索的游戏场地和工厂(1:1-2),这意味着童年时代已结束,也表明后现代工业时代的大背景。随后关于地块"像情妇"的比喻继续与"性觉醒"主题关联,"已婚男人"则暗示婚姻已过时,男人更会臣服于分给自己的"地块"(1:2-3)。该比喻突出了一个事实,即人们为寻找解脱而逃离家园,到了其他地方,因为"铁路线"(1:4)隐含着逃离意味,隐士的篷车(1:4)则意味着已经逃离限制。因此,该诗节末尾的树林边缘(1:5)暗示着这些自由和逃避的想法,树林则象征着逃避现实的地方。重要的是,女孩在试图找到自我时,看到了狼(1:6)——在几乎所有童话故事中都作为危险形象出现的狼。这个开篇与《小红帽》的其他版本相比,背景显然不同,而且,小红帽先看到了雄性的狼,因此也意味着对女孩迅速增长的性欲的挑战。在后面的诗节中,小红帽被狼吸引,并希望征服他,而不是为了保住自己的安全而躲避他。

达菲的改写是基于佩罗和格林兄弟的改写本,所以本书将借鉴莱哇拉图(Levorato)的研究方法,把达菲的《小红帽》与佩罗和格林兄弟的改写本进行语言学分析,统计分析描写人物的形容词。鉴于达菲的《小红帽》采用传统的戏剧独白诗体裁,除了不同词性的高频词和及物性的分析以外,还将在女性主义文体学的文本分析方法指导下,分析该诗的叙述角度及体裁形式。

(一)关于主要人物的词的频率与碎片化描写分析

描述主要人物的词汇使用频率体现了人物在作品中的地位。赵宪章(2004)认为,某作品中反复和多次使用某些词语,其中必然浸润着某种意义,是我们解读作品的重要密码。将这些证据串连起来分析它们之间的内在联系,是分析作品的可靠方法之一。莱哇拉图(Levorato,2003)从三个文本中各

选取了频率最高的十个词,发现三个文本中频率最高的前三个词都是关于主要人物的,所以,我们直接对与主要人物有关的词进行词频分析。结果见表3-1。

表3-1 《小红帽》三个版本中的主要人物指称词频

统计项	佩罗	格林兄弟	达菲
总字数	643	1197	421
Grandmother	12	22	1
Wolf	12	13	7(wolf)+7(he)
Little Red Riding Hood/Little Red-Cap	11	24	15(I)

很明显,佩罗的改写本基于传说中的狼人的故事,所以"祖母"和"狼"的词频高于"小红斗篷",暗指小女孩娇生惯养的特性。格林兄弟的改写本中,"小红帽"和"祖母"的词频高于"狼",有利于提高儿童阅读童话故事的兴趣。而达菲的改写中,"小红帽"和"狼"的词频高于"祖母",尽管在诗歌中"狼"并未一直被称为"狼"而是有时也以"他"指称,以此告诉读者狼是一位男性。而且,"小红帽"以"I"第一人称主格形式出现15次,明显是故事的主人公,而"狼"和"祖母"只是配角,这恰恰符合达菲的解释:"狼"在某种意义上成了小红帽消耗的对象;而"祖母"的骨头作为女性长期在英国文学史上保持沉默的象征,只在最后提及,突出了小红帽的主体地位。

李玉平根据莱哇拉图关于字词配置与意识形态信息传递的理论,对莱哇拉图选取的三个版本中的形容词进行了比较。本书在此加以借鉴,比较佩罗、格林兄弟和达菲的《小红帽》中的形容词使用情况,见表3-2。

表3-2 《小红帽》三个版本中人物描写形容词的使用词频

版本	描写女孩的形容词	描写狼的形容词
佩罗	Little(2), astonished, poor, prettiest, scared	Old, wicked
格林兄弟	Frightened, juicy, good(2), little, sweet, not afraid, nice, obedient	Wicked
达菲(I)	Sweet, little, young,(其他词性的词: my first, sixteen, never been, babe, waif, alone)	Wolfy(drawl), hairy(paw), beared(jaw), big(ears, eyes, teeth), thrashing(fur), heavy matted(paws), greying(wolf)

可见,三个改写本中对小女孩和狼的描写不同,充分显示了达菲的女性主义观点。在佩罗的改写本中,小女孩是"可怜的""美丽的";佩罗和格林兄弟都把她描写成"恐惧的"或"胆小的",但在格林兄弟笔下,她后来有所改变——"不再害怕",而且"顺从",这自然是格林兄弟借以教育小孩子要勇敢、听大人的话;格林兄弟和达菲笔下的小红帽都是"甜蜜的",但是达菲没用更多形容词描述小红帽。而描述狼的形容词相较佩罗·格林兄弟较多。重点是,达菲从小红帽的视角碎片化地描述"狼"的各个部位,包括它的声音、毛爪子、长满胡子的下巴、大耳朵、大眼睛、大牙齿、抖动的毛皮、重得像席子一样的爪子和灰色的毛,颠覆了传统中女性成为被看对象的男性叙事;将男性身体碎片化的戏仿颠覆了传统文学作品中对女性身体的碎片化书写。不把狼说成是坏的(wicked),正说明"狼的知识分子外表和文学上的渊博学识"对小红帽的吸引力,以及他"表面上比其他版本中更具人性,其实却是在文明社会被包装得更具有欺骗性,而其'吃人'的贪欲本性难移,这是现代社会的女性需要提高警惕的"(曾巍,2019:105)。

不论是斗篷,还是帽子,三个版本都保留了"红色",但含义不同。"红色"在英语中常与血腥、暴力、淫荡等有关,但在三个版本中,不仅"红"给人的联想意义不尽相同,"色"的程度也不同。赛普斯认为,在佩罗生活的年代,红色与罪恶、淫荡、恶魔联系在一起,红斗篷作为最疼爱小女孩的外婆送给她的礼物,暗指小女孩娇生惯养的特性(李玉平,2010)。而格林兄弟的"小红帽"则被认为是反映德国资产阶级的衣饰时尚的改写,由于作品意在教育儿童,便没有色情成分。达菲在诗中对颜色的描写又有了"色"的内涵:长袜成了碎片,衣服上的红色布片挂在树枝上(3:5-6),这种描写加上对狼窝的描写——充满荆棘与危险(3:3)和对"狼"形象的碎片化描写——手掌多毛、下巴上的胡子上黏着红酒、粗重的毛、贴在耳边的呼吸、张大的嘴(2:2-3;4:2-5;5:1),给人以"狼"很"色"的印象。当然,达菲不仅用颜色表现身体的"色",还用颜色表现小女孩对知识的渴望和激情——墙因为靠着书,呈现出深红、金色、通红的颜色(5:4)。

总之,从词汇层面来看,该诗在指称描写主要人物的词的频率和对人物的碎片化描写等方面颠覆了传统《小红帽》中小红帽的从属地位,使之成为故事的主体。

(二)及物性分析

韩礼德(M.A.K. Halliday)的功能语法把语言功能分为三种:概念功能、人际功能和语篇功能。概念功能表示语言使用者对主客观世界的认识和反映,子句的及物性分析可揭示语言的概念功能。及物性分析涉及过程、参与人和环境三个因素,作用是把人们在现实世界中的所见所闻、所作所为分成若干过程。主要过程可以分为物质过程、心理过程和关系过程。物质过程是"做"的过程,表达的是行为者"做"某事——作用于目标;心理过程是"知"的过程或者说是感知过程,包括影响、感觉和认识三个亚类;关系过程则是"是"的过程,包括集约、环境和属有三个亚类(Halliday,1994;2008;Mills,1995;张德禄,1998)。

莱哇拉图对佩罗和格林兄弟的改写本的及物性进行分析,得出如下结论:他们笔下的小红帽都是消极的。现用同样的方法分析达菲笔下的小红帽,得出了截然不同的结论。很明显,这里的动作参与者分别是小红帽和狼,由小红帽和狼发起的过程子句分别是17个和10个,详见表3-3。

表3-3 小红帽与狼发起的过程子句对照

小红帽发起动作的子句	狼发起动作的子句
I first *clapped eyes* on the wolf.	He *stood* in a clearing, reading his verse out loud
I *made* quite sure he spotted me,	What big ears he *had*!
I *knew*, would lead me deep into the woods,	What big eyes he *had*!
I crawled in his wake,	I made quite sure he *spotted* me
I *lost both shoes*, but *got* there	*bought* me a drink
I clung till dawn to his thrashing fur, for	How nice, breakfast in bed, he *said*, licking his chops.
I slid from between his heavy matted paws	
I crept to the back	As soon as he *slept*, I crept to the back
I was young	that a greying wolf *howls* the same old song at the moon, year in, year out.
I *took an axe* to a willow to see how it wept.	
I *took an axe* to a salmon to see how it leapt.	I took an axe to the wolf as (he *slept*), one chop, scrotum to throat
I *took an axe* to the wolf as he slept, one chop, scrotum to throat, and *saw* the glistening, virgin white of my grandmother's bones	The wolf, I knew, would *lead* me deep into the woods,
I *filled his old belly* with stones.	
I *stitched him* up.	
I come with my flowers, singing, all alone.	

在达菲的《小红帽》中,由女孩作为过程发起者的子句明显多于"狼"的(17:10)。在小红帽作为过程发起者的17个子句中,有12个是"做"的过程: crawled, lost, got, clung, slid, crept, took, took, took, filled, stitched, come。在这些动作中,没有目标的只有3个: crawled, slid 和 come,其余10个(以斜体表示)都带有目标,除了"saw"以"the glistening, virgin white of my grandmother's bones"为目标,*clapped eyes*, *knew*, *made sure*, *lost both shoes*, *took an axe*(三次),*filled his old belly*,*stitched him* 无论是有目标还是没有目标,都要么以"狼"作为动作的目标,要么动作与"狼"有关。

在 17 个由小红帽发起的动作中,还有 4 个描写心理过程和 1 个描写关系过程,只有 3 个未描写动作:"I made quite sure he spotted me""I knew…would lead me deep into the woods""I was young",其中 2 个也描写了"我"对"狼"的感觉。

而"狼"发起动作的十个子句中,有五个动作有目标:"he spotted me""bought me a drink""licking his chops""howls the … song""lead me deep into the woods";有三个以小红帽为动作目标,一个是小红帽发起动作的句子的从句"I made quite sure he spotted me",另外一个是"bought me a drink",最后一个是"The wolf, I knew, would lead me deep into the woods"。可见,他相对小红帽来说,完全处于被动地位,除了通过小红帽之口描述的"One bite, and dead"和他肚子里的"the glistening, virgin white of my grandmother's bones",他对周围的人和物的影响很小。

整首诗中的关系过程描写中对"狼"的描写居多:"He stood in a clearing, reading his verse our lout. What big ears he had! What big eyes he had!","As soon as he slept";而对小红帽的描写少:"I was young"。总之,及物性分析表明,小红帽在达菲笔下完全处于主动地位,而"狼"却处于被动地位。

(三)叙述角度及体裁形式分析

达菲与前面两个改写本最大的不同是叙述角度。前两个改写本都以第三人称叙述,是散文体裁;而达菲则以第一人称,让"小红帽"自己来叙述,更确切地说,达菲使用了传统的戏剧独白诗形式,将传统的故事进行了重写,让几百年来在故事中保持沉默的小红帽成了自己故事的说者。

作为戏剧独白诗,叙述者总有一个固定的听者。在这里,我们不知道听者是谁,但达菲确实使用了"You might ask why"(3:2)之类的表达方式,似乎确实有个听者在与之交流。传统的戏剧独白诗总是描写人物的一种改变(Pearsall,68)。

达菲认为:她的《小红帽》集中表现了诗人作为年轻诗人的独立,诗中的小红帽就是她自己的影子。第一节描写的景色就是斯坦福德——房屋、游乐园、工厂、铁路附近的空地——她家乡的风光。诗中的"狼"是比她大、她跟着学习、爱上并发生了关系的一个男性诗人。这样看来,她的改写中人物关系与佩罗和格林兄弟的改写本都有所不同：原作中小红帽害怕被狼吃掉，而诗中的小红帽却是在某种意义上消耗他。她说这是基于她的第一次爱情，或者第一个性伴侣所作。但这首诗同时也审视着男性统治下的诗歌创作中的女性。诗中的小红帽通过暴力宣称个人的独立，这是与原作的一种呼应（Wood，2005）。

  再回到作品中，可以发现，最初的"狼"实际上是达菲的第一个男性伴侣——尽管外表看上去很有雄性和野性特征，但他受过教育——吟诵着诗歌出现在小红帽面前，也很绅士。而小红帽则甜美、单纯：以"childhood's end"作为开头，面对"狼"惊呼出传统故事中孩子常有的惊呼"What big eyes he had! What teeth!"，这些行为都表现了小红帽的天真。她从未离开过家，只是为了诗歌才走近"狼"，从他那里学到了第一堂诗歌课。于是，她完全依附于他，坠入了"爱河"。

  随着她与"狼"的接触，我们发现了一些变化：小红帽依然纯真，她溜出去寻找白色的鸽子（也是一个纯真的意象），鸽子却飞进狼的口中；诗人用一个短句，描述了鸽子生命的终结。之后狼沾沾自喜：自己可以不费力吃到美味的鸽子，这就表现了他毁灭性的一面。小红帽到狼窝后面，发现满墙的书，一方面表现了"狼"的知识丰富，一方面表现了小红帽对知识和艺术的渴望，随即她头脑里、口中开始涌动出温暖的、跳动的、狂乱的、有翼的文字。对于这里的"blood"，有人认为是血腥和性的象征，达菲则解释为艺术的源泉——感情、经历、痛苦、欢乐。至此，似乎两个人物都开始转变："狼"开始表现出劣根性，而小红帽则开始表现出智慧。经过观察和思考，小红帽勇敢地取来斧头，这个动作重复了三次，三个句子非常押韵，在整首诗中格外突出，给人留下深刻印象：她终于把"狼"杀死了，看到了他肚子里自己外婆的白骨——"狼"隐藏已久的恶毒本性暴露无遗，也表现了小红帽的成熟——通过暴力认清了"狼"的真面目，虽然失去了纯真，但却获得了自由。

  达菲解释说，在某种意义上，诗中的外婆的骨头是女性长期在英国文学史上保持沉默的象征，因为女性诗人一直不被诗歌界所认可。因此，该诗也是女性主义历史与神话故事的结合。最后小红帽拿着花走出森林的意象表现了诗人不再留恋童年的安逸和能够得到的保护，经过"艰苦斗争和独立创造"（曾巍，2019：109），成长为了诗人，"以独特声音改写文学的历史和文学的未来"（曾巍，2019：110）。

四、《世界之妻》对经典的后现代女性主义戏仿

作为英国历史上第一位女性桂冠诗人,达菲对后现代女性主义戏仿手法的运用得到了认可。在《小红帽》中,达菲以小红帽为叙述主体,描述了她如何与象征拥有话语权的男性的"狼"相遇、相处,最终对其表示抵抗、获得自由的过程,通过改写传统故事,改写了女性在男性主导的话语领域中保持沉默、屈从的历史;又由于"狼"和小红帽都以诗人形象出现,该诗便成功地改写了女性诗人在长期由男性主宰的英国文学发展史上保持沉默的历史。作为《世界之妻》中的第一首诗,该诗为整部诗集奠定了基调,是达菲成功运用后现代女性主义戏仿手法的一个范例。

纵观诗集《世界之妻》,三十首诗歌都是对希腊罗马神话、《圣经》故事、经典文学作品或名人生平和新闻报道的戏仿。

对希腊罗马神话的戏仿诗有十一首。《忒提斯》中,忒提斯不再是古希腊罗马神话中被宙斯嫁给佩琉斯(Peleus)而遭厄里斯报复、孩子阿喀琉斯被卷入特洛伊战争、为孩子以色求助于宙斯以帮阿喀琉斯获得荣耀的海洋女神,而是一个努力改变自己以逃脱男人控制,直至最后通过生孩子实现转变的女性形象。《迈达斯夫人》由迈达斯夫人讲述迈达斯能够点石成金,却自私自负,让夫人恼怒乃至离他而去的故事。《选自提瑞西阿斯夫人》基于神话,由提瑞西阿斯夫人讲述丈夫生理上变成女性后无法改变文化性别和传统观念,因此无法与妻子继续生活下去,而妻子虽爱他、能接受变成女性的"他",却因"他"的躲避而爱上其他女性的故事。《西西弗斯夫人》中夫人对不停工作的丈夫表示抱怨。《美杜莎》由美杜莎讲述自己"被'猜忌,怀疑,嫉妒'所掌控"(曾巍,2018:133)而失去自尊并变成"一个邋遢俗气、怒火中烧的女人,时刻准备实施报复"(曾巍,2018:133),"对自己的欲望似乎不加掩饰"(曾巍,2018:135)并一改"弱者形象和从属地位,获得属于自我的独立性"(曾巍,2018:136)的过程。《赛丝》由女神讲述她在海里等待心上人,得到的却是失望,于是把男人变成猪并把周围的小仙女都训练成她报复男人的工具的故事。《皮革马利翁的新娘》基于皮格马利翁的故事,打破了传统的男性视角,将关注点从艺术对女性身体形象的描绘转向了对女性行为的暗示,由新娘讲述她从正经、矜持、女神般冰清转变为毫无顾忌地享受爱情时,皮革马利翁又无法接受的故事。《伊卡洛斯太太》由伊卡洛斯太太说出伊卡洛斯的愚蠢。《欧律狄刻》中欧律狄刻这个从属于男人的女性最终靠自己的智慧和丈夫的自负避免回到他生活的人间。

《珀涅罗珀》里的女主人公经过多年的等待找到了自己喜欢的艺术事业。《德墨忒尔》则是整个诗集的结束,由德墨忒尔描述她伤透了的心被女儿温暖的过程,也结束了整部诗集所描述的从小女孩到母亲的转变。

戏仿《圣经》故事的诗有六首。《希律王后》是对《圣经》故事里关于残酷的希律王为权位杀死所有男婴的故事的戏仿,由希律王后叙述三个王后为确保王后女儿不受男人欺辱而杀死所有男孩的故事。《彼拉多的妻》以彼拉多妻子之口讲述了在《圣经》故事里负责审判世俗的总督彼拉多的妻子对被审判人的感受和试图拯救他但无果的故事,是对男性无视女性观点而导致错误的批判,表现了宗教女性主义倾向。《大利拉》由大利拉讲述力士参孙让她教他"如何关爱"并最终剪掉他头发的过程。《拉撒路夫人》("Mrs. Lazarus", Duffy, 1999b:49)基于拉撒路复活的《圣经》故事,由拉撒路夫人讲述她失去丈夫时痛苦欲绝,而几个月后他复活时,时过境迁,她又无法接受他的故事。《莎乐美》中莎乐美为希律王跳舞并得到了奖赏——她想要的约翰的头,但是,发现自己同时得到了痛苦和失落。《琼教皇》由第一位女教皇讲述自己成为教皇的过程,但她最终认识到女性只有生育才能最接近上帝的权力。

戏仿经典文学作品或电影的诗有六首(包括《小红帽》)。《浮士德夫人》("Mrs. Faust", Duffy, 1999b:23)由现代社会的浮士德夫人讲述自己成为物质主义者,贪婪地获取一切的经历,并且揭露了浮士德没有灵魂的秘密。《女金刚》基于电影《金刚》,由女金刚讲述自己经过努力得到作为异类的人类的男性的爱情并在他死后仍将他留在自己身边的故事。《卡西莫多夫人》基于《巴黎圣母院》,由卡西莫多的妻子讲述自己如何得到爱情又被出轨,悲伤之极而采取极端行为的故事。《瑞普·凡·温克尔夫人》基于华盛顿·欧文的小说《睡谷的传说》,由温克尔夫人讲述在丈夫沉睡的四十年间她如何找到自己生活的乐趣,无法接受丈夫回家的故事。《野兽太太》基于《美女与野兽》,由经济独立的野兽太太讲述自己让野兽服侍、聚集成功女性打牌、下赌注等经历,最终哀悼过去沉默女性的悲剧命运。

戏仿名人生平的诗有五首,其中戏仿著名作家生平的诗有两首。一首是《伊索夫人》,女主人公讲述自己对伊索感到厌倦,希望从他那里得到一点爱,最后却不得不面对婚姻关系恶化的故事。一首是《安妮·海瑟薇》,让莎士比亚的妻子以十四行诗的形式说出她与丈夫夫妻关系的美好。戏仿著名学者生平的诗有两首。一首是《达尔文夫人》,让夫人暴露了一个小秘密——丈夫的科学发现灵感来自她的一句话。一首是《弗洛伊德夫人》,通过弗洛伊德夫人之口颠覆了弗洛伊德的"阴茎嫉妒"理论。《埃尔维斯的孪生妹妹》则是基于已故歌星埃尔维斯的生平,由他妹妹讲述她自己成为修女且不再孤独悲伤的故事。

另外还有两首是对臭名昭著的人物的戏仿。一首是《魔鬼之妻》,以英国杀童罪犯迈拉·欣德利(Myra Hindley)为蓝本,由女孩儿讲述自己被魔鬼吸引后参与杀童、被捕入狱,希望说出真相直至上诉的故事。一首是《柯雷姐妹》,基于臭名昭著的伦敦黑帮罗尼·柯雷和雷吉·柯雷的故事,由双胞胎姐妹讲述自己作为女硬汉同男性一样恶毒的故事。

《世界之妻》在各方面都表现出男女平等意识。诗集中戏剧独白者对目标听众的呼语的使用,起到了唤醒广大女性的独立、平等意识的作用。诗集中的戏剧独白诗是达菲戏仿经典文学作品,进行女性主义重读和改写的文本(张剑,2015)。如果说"改写是对经典的'修正'(revision),是以新的视角走进古老的文本",那么达菲便是"以一种全新的眼光走近历史和经典"(陈宏薇,2016:62),"让原有的沉默和边缘者发声"(陈宏薇,2016:65),成功地挑战了男性霸权并超越其藩篱,走进了属于女性的自由创作空间。

第四节 女性主体与幽默艺术

幽默是《世界之妻》受到普遍欢迎的主要原因之一。所以,本节将探讨《世界之妻》中的幽默。为此,先对幽默相关研究做简单回顾。伊格尔顿(2022)从社会文化等方面切入,梳理了前人关于"幽默"的丰富成果,回顾了英国文学史上自乔叟以来的幽默传统和幽默的政治意义。由此可见,达菲的幽默是一种传承。

幽默的定义经过了很多变化。以英国喜剧作家康格里夫和乔治·法奎尔的论述为标志,幽默被表述为"行为、谈吐、文章中足以使人逗乐、发笑或消遣的特点;欣赏和表达上述特点的能力"(李林之、胡洪庆,1990:7)。

关于幽默的艺术功能,一般认为主要有三个方面,即结构作品、刻画人物、烘托气氛。所谓结构作品,是指幽默作为一种情节手段,"通过饶有风趣的情节和巧妙安排的人物关系,创造出一种贯穿作品始终、具有耐人寻味的幽默意境的喜剧冲突";所谓"刻画人物,是指幽默作为塑造喜剧形象的主要手段之一,以含蓄、深沉的手法展示美与丑的强烈对照,表达美对丑的优势,从而塑造出喜剧形象";所谓"烘托气氛,是指幽默作为喜剧气氛描绘的重要手法之一,通过幽默的语言手段展现喜剧情节和喜剧人物所处的情趣浓郁的环境氛围"（李林之、胡洪庆，1990：17）。

从语言的角度来看，表达幽默"主要依靠语言的修辞技巧，如比喻、双关（包括谐音双关）、反语、拈连、仿拟、飞白、颠倒等，由语言的不协调构成喜剧性矛盾冲突"（李林之、胡洪庆，1990：21）。比喻可以是明喻、暗喻、借喻等。拈连是以不协调为前提，巧妙地把适用于叙述一事物的词语用来叙述另一事物。仿拟是改动现成的词语、句章的个别成分后，临时仿造出一种新的词语、句章的修辞格式，可分"拟词""拟句""拟章""拟调""拟语"等。飞白是明知其错而故意仿用的一种修辞格式，可分为文字飞白、语音飞白和词义飞白等。

对比也是产生幽默的基本手法。幽默的对比可划分为画面、语言、人物和情境四大类。"这四类对比手法又可归纳为语言手段和情节手段两大部类。大多数幽默作品是将语言手段的对比和情节手段的对比交织使用的。这种交织具体地体现在反复、移植、颠倒和交叉等幽默创作主要技巧手段上"（李林之、胡洪庆，1990：22）。

《世界之妻》充满幽默，以女性视角审视历史、传说、寓言、大众文化中的男性形象。这种让福布斯感到"很难抵制"的幽默在诗集中无处不在，似乎所有的诗歌都在幽默中传达男女平等的思想，建立了达菲作为一个"平易近人的诗人"的声誉。诗集中有些诗因戏仿经典神话故事而产生笑点，如《选自忒瑞西阿斯夫人》中对忒瑞西阿斯变成女性后的描写，因其男性意识形态本质、不适应女性生理变化和内心、抗拒同性恋而好笑；《皮格马利翁的新娘》里的皮格马利翁因固守女性应羞涩温顺的观念而无法接受变得截然相反的新娘并逃走，也是戏仿的笑点。另外几首诗各有不同的幽默，或体现在诗行间的诗句长短对比中，或在褒义词与贬义词的混用上，或在诗歌形式的选择上，或在俚语方言的使用上，或在语境的改变上，现分析如下。

一、《达尔文太太》与《伊卡洛斯太太》：对比与褒贬并置

《达尔文太太》一诗以一个日期开始，接着是三个采用 ABA 韵律的诗行，而最后一行，即第四行，则明显比其他诗行长，形成了语言手段的对比，赋予短短的小诗以丰富的内涵，表现了达菲的幽默。

Mrs. Darwin
7 April 1852

>Went to the Zoo.
>I said to Him —
>Something about that Chimpanzee over there reminds me of you.

该诗以日期开头,俨然是日记体裁。诗虽短,却能有效传达各种信息。首先,日期下面的诗行"Went to the Zoo"的主语应该是达尔文夫妇,其次,"I said to Him"里"Him"一词首字母大写,一方面表明达尔文的伟大,同时也指上帝,因为人们提到上帝时总以大写"H"开头。这表明达尔文和妻子与当时人们之间的宗教信仰冲突,人们相信上帝创造了世界。最后一行表明,是达尔文夫人激发了达尔文关于物种进化的想法——动物和人类相似,反之亦然。然而,她嘲笑丈夫长得像猴子——这是一种粗鲁的批评,但通过猴子与人的对比增加了幽默和讽刺的效果。达菲通过该诗以幽默的方式表明,女人和男人一样有能力取得伟大的成就,因为是达尔文太太先发现猴子与达尔文先生相似并告诉他的。

伊卡洛斯在希腊神话中和父亲入狱,父亲用柳条和海鸥的羽毛粘在一起做成翅膀,希望他们都得以逃脱。但是伊卡洛斯忘记了父亲的不要飞近太阳的警告,翅膀上的蜡融化了,结果伊卡洛斯落入大海而死(Todd-Stanton Gates,2020)。

Mrs. Icarus
>I'm not the first or the last
>to stand on a hillock,
>watching the man she married
>prove to the world
>he's a total, utter, absolute, Grade A pillock.

该诗通过"伊卡洛斯夫人"传达的想法是,男人可以轻易地充满野心并做出愚蠢的事情。伊卡洛斯夫人感觉自己嫁给了一个愚蠢的男人,说出"我不是第一个人,也不是最后一个人",也就是说,其他人也认为她嫁给了一个愚蠢的男人。与诗集中的其他诗歌一样,该诗用第一人称,从伊卡洛斯夫人的视角说出对伊卡洛斯的看法,认为"他是个彻头彻尾的,绝对的顶级傻瓜"。第二行的最后一个词"hillock"和第五行的最后一个词"pillock"押韵,韵律给人以轻快的感觉,降低了诗歌所要传达信息的严肃性,烘托出幽默的气氛。第一行、第二行和第四行中的干扰也允许读者以同一种节奏阅读。前几行都很短,而最后一行,也是最重要的一行,变得很长,形成了节奏的变化,使语气变得有趣而幽默。

另外,最后一行,诗人用三个语气很强的形容词,即"total, utter, absolute",三个单词重音均在第一个音节,加强了叙述者对于伊卡洛斯的愚蠢的痛恨,也令读者感受到"伊卡洛斯是个十足的白痴"。该诗使用词汇简单,没有正式的词语,而且"pillock"是俚语,意思是"愚蠢的人",为读者带来了轻松幽默的阅读体验。这种幽默的效果因褒义词与贬义词并置得以加强:用"Grade A"这个褒义词来修饰"pillock"这个贬义词,把智慧和愚蠢这两种截然不同的特点并列起来,夸大和强调了伊卡洛斯的愚蠢,寥寥数字为整首诗增添了幽默,使小诗类似于笑话。

二、《瑞普·凡·温克尔夫人》:文体元素突出刻板印象之喜剧效果

理解《瑞普·凡·温克尔夫人》一诗,不仅要回顾《瑞普·凡·温克尔》(*Rip Van Winkle*)的历史背景,还要考察《瑞普·凡·温克尔》原作。《瑞普·凡·温克尔》是华盛顿·欧文(Washington Irving,1783—1859)1819年以父权制极端年代的民间故事为背景创作的短篇小说。《瑞普·凡·温克尔夫人》则探讨了性别权力的不平衡,通过诗歌结构、明喻、韵律和习语等文体元素,幽默地突出了传统中的男女刻板印象与女性对此的反感。

该诗形式非常有助于描绘男女权力不平衡的主题,以及女性的自由如何依赖于男性的缺席。首先,整首诗有六个二行诗节,强调了故事的流畅性;而跨行连续则强调了持续的思想。第一节写道:"I sank like a stone / into the still, deep waters of late middle age,"(1:1-2),其中不仅包含一个比喻,让人们对叙述者的处境产生共鸣,而且通过"sank"、"still"和"stone"之间的头韵强调"s"音,迫使读者想到温克尔夫人下沉的形象,直到第二行给出更多细节。该延伸比喻令读者产生共鸣,因为大多数人都了解下沉的感觉。第二节"I took up food / and gave up exercise."(2:1-2)中的习语"took up"与"gave up"相对,读来轻松,令人愉悦;又因它们常与一种可享受的乐趣连用,这里与"food"和"exercise"连用,轻微地透着幽默,表明温克尔夫人不必迫于社会压力注重外表,保持身材或减肥,终于可以享受食物了。第三、四节记录温克尔夫人在丈夫长睡时培养起个人爱好,游览名胜并学习绘画。但是第五节有个

转折,说"what was best, / what hands-down beat the rest, / was saying a none-too-farewell to sex"(5:1-3),两个逗号表示诗人想让读者停下来,以制造悬念并强调最后一行的内容:非自愿的性行为需要引人重视和杜绝。此外,最后一节后两行出现了唯一的尾韵:"I came home with this pastel of Niagara/ and he was sitting up in bed rattling Viagra"(6:2-3),语义上因对照而表现出意外,而且"Niagara"和"Viagra"两个词押韵,制造了幽默,也强化了女性性冷淡的刻板印象。

总之,该诗通过诗歌结构、头韵、习语和尾韵强调了性别不平等的主题。达菲从现代女性视角改写古老的故事,通过一个时代的错误表明,尽管女性来自不同时代,她们都要面对性别不平等和从人际关系到工作场所等各个方面男性的主导地位。通过展示温克尔夫人的个人爱好和温克尔摆弄着"伟哥"坐在床上的不合时宜,创造了喜剧效果。

三、《柯雷姐妹》:充满俚语、方言的散文诗与女"硬汉"主题之荒谬

《柯雷姐妹》要求读者想象臭名昭著的伦敦黑帮罗尼·柯雷和雷吉·柯雷变成了双胞胎姐妹。在诗人的想象中,东区的两个女恶棍是强硬的女权主义者,如果男性不按规矩行事就会被她们解决掉。该诗由4个小节组成,第一、四小节较短,中间两个小节长度翻倍,结构松散,有许多跨节诗行,读来像首"散文诗",完全不适合该诗的硬汉主题,这样就产生了幽默。

该诗多处模仿伦敦东区语言,因此变得有趣。比如前四行中就有两个与伦敦文化有关的押韵的俚语,分别是表示"公路"的"frog and toad"(1:2)和表示"西装"的"whistle and flute"(1:3)。有些表达尽管诗中提供了一些线索,如"thr'penny bits"(1:4)、"God Forbids"(2:1)和"Vera Lynn"(2:8),读者还需考虑一下。

达菲将"柯蕾姐妹"描述为"施虐女权主义者",她们不认为女权主义是一种解放,反而认为女权主义是一种必须被所有女性接受并强加于那些似乎在事业上摇摆不定的人的信条。达菲通常被认为是一位女性主义诗人,但在这里,她讽刺了把女权主义推向极端并看成宗教的态度。而柯蕾姐妹说出"Rule Number One — / A boyfriend's for Christmas, not just for life"(3:5-6)时,明显是对下列动物福利口号的仿拟:"A dog is for life, not just for Christmas",于是便产生了喜剧色彩。

该诗第二节提到她们当年参与妇女参政权论争的祖母时,没有讲艾米丽·戴维森1913年冲向国王的马并丧生,而是说"为了事业,/在国王面前。一拳击倒了名为/百利城男孩的国家赛马的/坚强的/妇女参政论者"(2:2-6)。像她们的兄弟一样,姐妹俩开始要求"得到尊重"(3:16),尽管在她们的情况下,可能需要"在前排座位上屈膝"(2:19)。同样,她们在伦敦东区许多地方推行自己的意志,并招募人加入她们,有时"本应强硬,但却软弱"(3:1-2),并为"任何有麻烦的女性"(3:9)提供"保护"(3:10)。和柯雷兄弟一样,她们建立了俱乐部,作为她们帝国的总部,露骨地取名为"阴茎玩家"(Prickteasers①,3:14)。

诗中很多地方讽刺了柯雷兄弟在20世纪50年代和60年代实行的恐怖统治:当时他们组织了许多暴力犯罪,敌对的犯罪分子"消失"了。据说当时许多伦敦人都尊敬柯雷兄弟,因为他们阻止了所有不是他们策划或犯下的罪行。对此诗中有所暗指:

> Look at the letters we get —
> *Dear Twins, them were the good old days when you rule*
> *the streets. There was none of this mugging old ladies*
> *or touching young girls. We hear what's being said.* (4:21-24)

柯雷家族因与娱乐圈名人和公众人物的联系而闻名,这有助于模糊一个事实,即他们本质上是肮脏的暴徒。诗中这对激进的姐妹也享受到了女权主义运动的成果,也有自己的"明星朋友"(We admit, …, that the fruits / of feminism-fact-made us rich, feared, famous, / friends of the stars)(14-16)。这几行诗句里的/f/音形成头韵,增加了阅读的趣味性。她们还邀请听者看她们与"杰曼、芭铎、翠姬和露露、达斯迪和洋子、巴西、芭布斯、桑迪和戴安娜·多斯"(18-20)的合影。这里用"have a good butcher's at"(4:16)表达"好好看",也增加了幽默色彩。

下一个笑话是"我们依靠辛纳屈免费唱歌"(5:3),暗指已故的弗兰克·辛纳屈和黑手党之间的联系,但诗中写他女儿南希被要求唱歌,诗行间充满了张力:

---

① "Prickteaser"有"卖弄风情的女子"之意,但陈黎、张芬龄译为"吊你胃口味"(达菲著,陈黎、张芬龄译:144);"prick"是俚语,指"阴茎",故译为"阴茎玩家"更能表现出两姐妹露骨的男性化的粗鲁。

> That particular night
> Something electric, trembling, blue, crackled the air. Leave us both there,
> spotlit, strong, at the top of our world, with Sinatra drawling,
> *And here's*
> *a song for the twins*, (5:6-11)

该诗结尾用斜体的"这些靴子是为走路而造的/……/准备好了吗,靴子?齐步/走"(5:12)歌词结束全诗,成为最后一处笑点。但是在"准备好了吗"之前威胁要踩在任何妨碍靴子主人的身上,再次强调该诗的立场是男女平等,这是一首女权主义诗歌。诗人把柯雷姐妹描写为荒谬的,意在暗示:如果某些女性被认为是荒谬的,她们的行为是荒谬的,那么同样,男性如果行为荒谬,也应该被看作荒谬。

像《世界之妻》中的很多诗歌一样,《柯雷姐妹》因各种幽默和讽刺,无法令人严肃对待。然而,该诗指出:把令人不快的人看成名人是愚蠢的,因为诗中处处都与柯雷兄弟等真实人物有关,柯雷兄弟不仅实谋杀和殴打他人,调查他们的罪行也占用了警察大量时间,结果他们在鼎盛时期还被看成伦敦东区的反英雄而大受赞赏。通过描写"女性化"的柯雷兄弟的荒谬,该诗向读者展示了盲目崇拜他人的荒谬。同时,整首诗的荒谬、幽默与讽刺实现了该诗的主要功能,即娱乐读者。

四、《埃尔维斯的孪生妹妹》:文字游戏、对比、音韵、粘连和双关

《柯雷姐妹》的结尾直接引用南希·辛纳屈(Nancy Sinatra)的《这双靴子是为走路而生的》("These Boots Are Made for Walkin'"),自然地引出埃尔维斯(Elvis)穿着"蓝色麂皮皮鞋"的故事。从姐妹到孪生妹妹的幻想看似自然,却讲述了不同的故事。《埃尔维斯的孪生妹妹》一诗描写想象中的猫王有个孪生妹妹,在很多方面都是猫王的另一个自我。诗中设置了修女在修道院的背景,通过巧妙的文字游戏,称猫王妹妹为"普雷斯利妹妹"(Sister Presley)。

该诗以两句斜体的引语开头,其中一句出自埃尔维斯本人:"今晚你寂寞吗?你今晚想我吗?"另一句来自麦当娜(Madonna):"猫王还活着,她是女性"。两行引文显示了诗人对猫王的爱和尊重,因为她很想念猫王。1977年

猫王去世时,她21岁。麦当娜的这句话其实是关于歌手凯蒂莲①的,在诗中出现与标题呼应,起到连贯的作用。

前两节是诗的背景,第一行还用了南方的"y'all":

> In the convent, y'all,
> I tend the gardens,
> watch things grow,
> pray for the immortal soul
> of rock "n" roll.
>
> They call me
> Sister Presley here,
> The Reverend Mother
> digs the way I move my hips
> just like my brother. (1~2节)

第一节"摇滚的不朽灵魂"显然是埃尔维斯本人。第二节,修女们用"挖掘"(dig)这样的词是一种有趣的概念,有种奇怪的观点认为"埃尔维斯妹妹"是女版的"埃尔维斯"。达菲本人是公开的同性恋者,但她在修道院学校接受过教育,她笔下的修道院院长会认为修女具有性吸引力,应该有其原因,也增加了诗歌的趣味性和幽默感。接下来的两节反映了修道院的生活以及自我描述:

> Gregorian chant
> drifts out across the herbs
> Pascha nostrum immolatus est …
> I wear a simple habit, darkish hues,
>
> a wimple with a novice-sewn

---

① 原名 Kathryn Dawn Lang(1961—),曾获格莱美奖和加拿大勋章的加拿大女歌手和创作型歌手,女性主义者,动物保护和素食主义者,穿着怪诞、夸张,但确实是相当成功的乡村歌后。

> lace band, a rosary,
> a chain of keys,
> a pair of good and sturdy
> blue suede shoes.(3~4 节)

第三节第三行拉丁文可译为"我们的羔羊被献祭了",本是圣歌,是复活节庆祝活动中人们常唱的一部分。因此,埃尔维斯活泼而充满激情的音乐与天主教仪式时宁静庄严的音乐之间产生强烈的对比,同时,耶稣基督的复活便与很多人相信猫王 1977 年并未离世的想法联系起来。"普雷斯利妹妹"穿着"蓝色的绒面革鞋"的描写是个笑话,特别是如果读者想象,她会像哥哥一样反对鞋子被踩。该诗中很少押韵,于是"darkish hues"与"blue suede shoes"之间便产生了特别的音韵效果。这种音韵效果在结尾处又有体现:

> I think of it
> as Graceland here,
> a land of grace.
> It puts my trademark slow lopsided smile
> back on my face.
>
> Lawdy.
> I'm alive and well.
> Long time since I walked
> down Lonely Street
> towards Heartbreak Hotel.

"it"应该是修道院,这里却被称为"雅园"(Graceland),是埃尔维斯 22 岁购买的第一栋房子的名字(达菲著,陈黎、张芬龄译,2017:152),与后面"标志性的缓慢倾斜的微笑"一起唤起对埃尔维斯形象的回忆。摇滚歌手与修道院的拈连又一次产生了诙谐感。另外,"grace/face"和"well/hotel"押韵,"Graceland"与第四节的"lace band"也押韵,使这种对照产生一种和谐,减少了违和感。

最后一节引用埃尔维斯歌曲中最长和最短的部分。其中的"Lawdy"指埃尔维斯演唱的歌曲"Lawdy Miss Clawdy",又一语双关地表达了"Lord"的宗教意义。而"walked down Lonely Street towards Heartbreak Hotel"也是猫王最著名的歌中的歌词,在这里成为相当贴切的结尾。该节使两个普雷斯利之间的对比更鲜明。不像她的哥哥,这位修女活得很好,生活并不孤独。"孤独"是在《心碎旅馆》("Heartbreak Hotel")中不断重复的一个词,呼应诗歌开头的"lonesome tonight"。尽管全世界都崇拜猫王的音乐,几乎把他当作"摇滚的灵魂"和"国王"来崇拜,但真正生活在"雅园"里的却是想象中干净且不为人知的孪生妹妹。

当然,诗人并未因猫王与其孪生妹妹不同而谴责他。该诗只是试图反驳一些人认为的他的音乐是"魔鬼的音乐"的观点,通过把他的言语和举止放进修女的形象中,使它们重新归到善的一面。当然,由修女的形象替代猫王的形象本身使整首诗基调诙谐,诙谐地表达了男女平等的观点。

五、小结

从简短的《达尔文太太》中的省词、开头省略主语和诗行长短不一,《伊卡洛斯太太》中褒义词与贬义词的混用、韵律和节奏的变化,到《瑞普·凡·温克尔夫人》中结构、明喻、韵律和习语等文体元素在男女性别刻板印象刻画中的作用,再到《柯雷姐妹》中"散文诗"形式、俚语的使用、对犯罪行为的讽刺以及硬汉女权主义者形象的塑造,还有《埃尔维斯的孪生妹妹》里修女在修道院的背景和巧妙的文字游戏,达菲通过戏剧性独白幽默诙谐地表达了男女平等的观点,赢得了读者的青睐。

第四章　原型、隐喻与情感

——从认知文体学视域看《女性福音书》

达菲在《女性福音书》中的诗歌从主题上看是《世界之妻》的延续,但在创作风格上却有很大变化。诗人不再拘泥于戏剧独白诗歌形式,而是运用了更多、更自由的诗歌形式。很多诗歌蕴含着深刻的思想情感,"关于诗人情感的推论也就可以从风格中得出"(文德勒著,李博婷译,2019:3),因此运用认知文体学相关理论解读这些诗歌可以挖掘其中深刻的思想情感。为此,本章将运用认知文体学的原型范畴理论、空间感知理论和图示理论等多维度分析《女性福音书》的《圣经》原型、女性身体与城市空间的密切关系和母女之间的连接关系。另外,通过分析几首诗中的女性身份隐喻和戏仿史诗《斯坦福德女中的笑声》的隐喻叙事,探知诗人的隐喻思维和女性意识。

第一节　叙事模式、主题与人物的《圣经》原型

《观察报》曾经刊登夏洛蒂·门德尔松(Charlotte Mendelson)对《女性福音书》的评论,称她在诗集中对女性身份的创作吸收了历史、原型、《圣经》和梦幻的内容,剥离了女性的各种隐秘和伪装,发出她们真正的忏悔,多角度编织女作家、女工人、购物女、减肥女、皇家女及邻家女的真实神话[①]。布莱尔(Blair,2016)已经发现了达菲诗歌创作中的宗教探索,运用认知诗学理论分析发现,《女性福音书》虽不像《世界之妻》那样对传统经典进行改写,仍可以在诗集中发现其中的《圣经》原型,而建立在相似基础上的偏离,更加凸显了诗人的女性主义思想。借鉴《小世界》中浪漫传奇的原型研究(李利敏,2021),本书

[①] 详见《女性福音书》(*Feminine Gospels*,2002)封底。

认为认知诗学的原型范畴理论和隐喻投射理论可用于分析《女性福音书》的《圣经》原型。

一、从原型范畴理论看《女性福音书》的叙事模式和主题原型

原型范畴理论是 20 世纪 70 年代中期埃莉诺·罗施(Eleanor Rosch, 1938—)针对亚里士多德的传统范畴模式中充分必要条件在实际运用中的缺陷而提出的概念构建模式。该理论涉及两个重要概念："家族相似性"(family resemblance)和"原型"(Rosch,1973;刘文、赵增虎,2014:46-48)。"家族相似性"的概念基于维特根斯坦(Lugwig Wittgenstein,1889—1951)的游戏说,指"各种游戏是由交叉的相似性网络联结起来的"(温格瑞尔、施密特,2009:44)。兰盖克(Ronald Wayne Langacker)因此指出,"原型是某一范畴的典型例子,其他成分是由于它们与原型相似而被吸收到该范畴中来的。范畴受到原型效应的影响,同时也存在一种适合全体成员的特征集合"(同上)。

文学中的原型与认知语言学中的原型范畴相通,判断作品是否属于同一原型,主要依据原型范畴理论。但判断某事物是否属于某个范畴,除了要判断其与原型拥有多少共同属性,还要判断其与原型的图式相似度。这种观点受到泰勒(John R. Taylor)关于"原型是范畴概念核心特征的图式表征"(1989)观点的影响(李利敏,2014:54)。据此得出的结论包括:原型范畴"受到语境的制约,也会随着语境的变化而发生改变,文学中的原型在不同的文学作品中(由于作者、文化、创作意图等因素)也会产生不同程度的原型偏离";"对于原型范畴而言,存在边界模糊的成员,对于这些成员要靠家族相似性来维系"(同上:58)。

美国文学理论家艾布拉姆斯(M. H. Abrams)曾这样定义原型:"原型在文学批评中指的是在文学作品中反复出现的、可辨识的叙事模式、行为模式、人物类型、主题、意象"(Abrams,1999:12)。本书将据此分析《女性福音书》的《圣经》叙事模式和《圣经》主题原型。

(一)叙事模式原型

由于都采用神话形式,《女性福音书》与《圣经》便具有叙事模式上的"家族相似性"。弗莱认为"最基本的文学原型就是神话,神话是一种形式结构的模型,各种文学类型无不是神话的延续和演变"。《圣经》被称为"基督教的经典神话"(叶舒宪,2003:138)。学界一般把"创世纪""该隐和亚伯""大洪水和诺

亚方舟""建巴别塔"等都归类于神话(刘意青,2004)。《伟大的代码》一书中对《圣经》的神话进行了深刻剖析,认为《圣经》里的神话不都是神的故事;《圣经》的神话已形成意识形态体系(Freye,1982;李巍,2017)。《女性福音书》里的神话似乎也形成了意识形态体系:"长生女王"("The Long Queen",Duffy,2002:1)与时间结婚又神秘不可见,以至于人们对她住在哪里有各种猜测;地图-女人("The Map-Woman",Duffy,2002)皮肤上有一张城镇的地图;《美女》("Beautiful",Duffy,2002)中的美女从希腊神话穿越到现当代:特洛伊战争的海伦变成了克莉奥帕特拉,马丽莲·梦露在去为肯尼迪总统唱生日歌前播放辛纳屈的唱片,最后美丽传给了不幸的戴安娜;《劳作》("Work",Duffy,2002)中的母亲从养育一个孩子到养育整个地球;《高》("Tall",Duffy,2002)中的女性能长得与天比高;等等。弗莱曾论证原型、神话与仪式和梦之间的关系,把梦境看作原型主题(Frye,2009)。《梦中的一周》便描写了梦中的诺亚方舟,使本是神话的梦境更多了《圣经》神话的意味。由于这些神话都是关于女性的神话,表达女性主义主题,也像《圣经》里的神话一样形成了意识形态体系,因此,可以说,《圣经》是《女性福音书》的叙述模式原型。

(二)主题原型

原型可指一个主题,如生死。对生死的描写是《女性福音书》与《圣经》的另一个相似性。"生命的归宿"是《圣经》新约最重要的、最基本的启示。按狭义的说法,福音书分四部分《马太福音》《马可福音》《路加福音》《约翰福音》,而玛窦、马尔谷、路加、若望福音中,则谈天国与永生和永生的代价。"保禄书信中的生死观大有看头","若望一书把他福音中耶稣的生命说成他(若望)所见、所闻,且亲手摸过的生命"(房志荣,2009:1)。《女性福音书》开篇诗《长生女王》谈到永生;诗集中间的诗中有多首涉及生死,如《光的聚集者》("The Light Gatherer",Duffy,2002)和《脐带》("The Cord",Duffy,2002)描写初生儿;《美女》《劳作》《西北》("North-West",Duffy,2002)描写死亡;最后一首《死亡与月亮》("Death and the Moon",Duffy,2002)虽是达菲为年轻时曾同居10年的诗人、艺术家艾德里安·亨利(Adrian Henri,1932—2000)生前同居15年的伴侣凯瑟琳·马尔坎杰丽①(1967—)而作的,似乎是在表达私人情感,写到"寡妇难以忍受的哭泣"(2:8),却在诗中写到"看不见""摸不到"的"祈祷"和

---

① 凯瑟琳·马尔坎杰丽(Catherine Marcangeli)比艾德里安·亨利年少35岁,艾德里安·亨利去世时马尔坎杰丽只有33岁。

"灵魂",使该诗不仅是一首挽歌,也是对死亡的思考。

描写弱者的痛苦也形成《女性福音书》与《圣经》福音书在创作主题上的相似。福音书告诉人们"你们有苦难"(约16:33),长生女王也告诉女性要受苦。福音书以基督教的救赎、博爱为主旨,描述有罪之人、伤残的人、老幼弱者等底层人的痛苦和上帝带来的福祉,因而福音书,是"穷人的福音,是处于各种压制下的社会底层人民的福音,一部人类解放的福音"(刘光耀、孙善玲,2004:102;侯林梅,2017)。《女性福音书》虽"不是一本宗教读本"(白鲜平,2014:70),但诗集中21首诗歌从不同角度描写女王、明星、节食者、购物者、作家、教师、投机商、学生、母亲、女儿等各种不同女性,"颇有直面'人生的惨淡'的意味"(同上:71)。这些诗歌从不同角度描写女性的痛苦:《长生女王》中的女性生育与衰老、《地图-女人》中皮肤上纹满了城镇街道名称的妇人像蛇一样蜕皮、《美女》中几位女神惨遭背叛、消费主义文化的侵蚀下节食女和购物女生活的冰冷、《劳作》中的母亲最终病死、《高》中的女性不断努力却无果而终、《大声》("Loud",Duffy,2002)中战争给人类带来灾难、《历史》("History",Duffy,2002)中垂死的老妇惨遭欺凌、《替代》("Sub",Duffy,2002)中的母亲忙忙碌碌、《处女备忘录》("The Virgin's Memo",Duffy,2002)中充满各种不确定,不一而足。

由此看来,《女性福音书》在叙事模式和主题等方面都与《圣经》具有相似性,虽作为一部诗集,语境不同于《圣经》,且诗人创作意图亦非宗教传播,所以在根本上与《圣经》有些偏离;但正是这种偏离,加深了读者对女性生死和痛苦的理解和思考,也为读者运用隐喻映射理论解读诗集中的《圣经》隐喻和《圣经》人物原型奠定了基础。

二、从隐喻映射理论视角看人物原型

隐喻研究自古代修辞学研究开始便是文学研究的重要内容。当代学者不断发现亚里士多德的二元论和柯勒律治的一元论隐喻观点的问题。美国语言学家莱考夫(Lakoff)和哲学家、语言学家约翰逊(Johnson)出版《我们赖以生存的隐喻》,对传统隐喻理论提出质疑,提出:隐喻不仅与词汇有关,还存在于人们的思维和行为中;不仅关乎语言,还是重要的认知手段等(1980)。语言隐喻的多样化表明隐喻系统地从一个概念域向另一个概念域映射,其基本运作机制是从源域到目标域的映射(刘文、赵增虎,2014)。认知诗学的隐喻观"更加关注语言表达背后的概念隐喻对语篇整体的贯穿",认知隐喻观"适宜分析诗歌或小说等文学语篇中概念隐喻对语篇主题的统领和结构的贯穿作用"(梁晓晖,2014:31)。

《女性福音书》标题中的"gospel"一词使读者联想到《圣经》福音书。读者知道这是部诗集,脑海里便会映射出"福音书"是一个隐喻,产生《圣经》相关的联想,有意探索诗集里的《圣经》隐喻。

(一) 以上帝为原型的长生女王

开篇诗《长生女王》中的女王便可看作女"上帝"的隐喻,或者说长生女王的人物原型是上帝。

这是一首由七节组成的诗,每节六行。第一节第一行就说女王不会死,随后记录她放弃公爵、外国王子、伯爵继承人、勋爵、准男爵、伯爵等,选择"时间"做丈夫的过程,并为此高呼女王万岁。因为这个过程与终身未婚的英国女王伊丽莎白一世(1533—1603)经历相似,读者会认为这是以女王为原型的人物创新;但第二节却问她是谁的女王,并答之以"女人、女孩儿、老处女、女巫、主妇、乳母、寡妇、妻子、母亲"等,第三节还说她也是死去的女性的女王,便否定了她是一般女王的解读,只能将之看作一个隐喻意义上的女王。

诗中随后出现了三个《圣经》隐喻,表明女王就是女性的"上帝"。首先,在第二节第四行出现了她的"法度之言"(word of law,亦称"律法"),令人直接产生《圣经》隐喻联想:"《圣经》是基督教信仰规范中的规范,也是神学思考的'法度'"(陈永涛,2016:20),《圣经》记载的上帝的话正是基督教的"法度之言"。这便形成了女王是"上帝"的隐喻映射。该节随后说,她的法度之言在女性的骨头里,在她们移植的手中,在她们疯狂舞蹈时的踢腿动作里。也就是说,不论身体好坏,所有女性都是女王的"孩子"——这是第二个《圣经》隐喻——所有信仰上帝的人都是上帝的孩子,都会得到上帝的保佑。第三节第一行的第一个词"不可见"是第三个《圣经》隐喻,因为上帝不可见,长生女王亦是。三个隐喻之后,诗人说,所有人都对女王欢呼,如同人们对待上帝一样——虽然没人见过上帝,人们在痛苦或者犯罪之后都要向上帝求助,因此,女性也应不在乎痛苦,无论是否有罪过,都要珍惜生命,因为女王爱着她们,会救她们出苦海,也会赦免她们的罪。

诗歌后半部分传达女王的三个"律法":童年、经期和生育。第四节开始提出一个问题:女王的律法是什么?并随即作出回答。首先是关于童年:女孩儿可能从噩梦中醒来,或无法摆脱失望、丧亲或孤寂的记忆,或遭遇犯罪行为,或沉溺于购物玩耍,这些都属正常,女孩儿都能得到女王的珍爱。这与《圣经》中上帝对各种罪人的宽恕一致。其次,第五节讲述女性经期的痛苦,并在肯定经血的高贵和经期的痛苦之后告诫女性:即使这种流血看似没有意义,也没必要抱怨;每月一次直到中年,生命的规律就会改变。当女性痛苦流泪时,女王会记录女性的痛苦,就像用她的手指历数盐做的珍珠。最后,第六节描述生育:孕妇一般要躺在产床上用力,房间里嘶叫的声音仿佛变成了红色,孕妇手臂上抱着大声哭叫的孩子;周围的女性可能成为教母、姨妈、老师,或给孩子讲故事,所有人都认为生产的痛苦值得,生育后为女孩儿取名也要向女王表示尊敬。对于女王关注女性月经与生产痛苦的描写,与《圣经》中上帝对各种病人的救助相似。

除了神话,《圣经》中有很多不同种类的故事。第七节提及,女王的快乐来源是故事,或真实,或虚假,总在晚上讲述,通过她往外看的高窗飘到室外,有忏悔、闲话、谣言、逸事和秘密。她的耳朵不断调整频率,适应女孩儿轻松的乐声、女人沉闷的鼓声和老妇人虚弱的弦音。她的一切所有都是为了短暂的时间。把时间描写为一刻,诗人似乎在告诫人们,无论女性的生活怎样千差万别,女性在生活中的角色不会变,所以,女性应该享受生活的欢乐,享受人生各阶段特有的乐趣。

总之,长生女王对女性童年时期顽皮的宽恕、对女性关于月经期痛苦是自然规律的忠告、对女性生育痛苦表现的仁慈、对老年女性的关怀等,都与上帝对人类的宽恕、告诫、仁慈和博爱如出一辙。长生女王就是给予女性以永恒之爱的属于女性自己的"上帝",而上帝就是长生女王的人物原型。不同的是,上帝被奉为"生父"或者"父神"(叶舒宪,2003),而长生女王是女性,这种偏离无疑是对男性霸权的颠覆。

(二)以先知为原型的高个女子

《圣经》中,先知(prophet)直接受上帝的委派,先行听取神的启示并向民众传达神的旨意,"以预言家的身份出现,借助神的名义,依据神的律法,警示现实、预测未来、昭示罪恶、号召悔改、预言弥赛亚、引导光明"(赵宁,2004:17)。他们作为神的代言人,"是一个声音的传送运载者,正是这个声音评判事件、盟约、战争、灾难、偶像崇拜、放荡、荒淫、不公正行为等。先知规定惩罚,进行教化,劝人补赎,宣布光明对黑暗、生对死的永恒胜利"(同上)。达菲在《女性福音书》中的诗歌《高》中以《圣经》中的先知为原型刻画了一位女先知。诗歌开始便告诉读者,女孩儿每天都长高一点,仿佛是接受洗礼后的礼物,或是生活中的一个愿望实现了。既然得到了特殊的恩典,她便想尽一切办法不辜负这种恩典。经过各种挫败之后,她最终成了预报天气和预知灾难的女先知。

《高》共有十七个小节,每节三至五行不等。"第一天"、"第二天"、"第三天"和"第六天"的叙述,让人联想到上帝创造世界的七天。然而,高个女子却无神力。相反,第二到八节里,她因过高而感到困难:冲淋要屈膝,好像在祈雨;穿衣用窗帘,好像麻袋片;出门遇到人,弯腰吓到人——男人在她面前俨然被吓坏的小男孩儿;她高到可以张口咬到树上的苹果,可以在路口把忽闪的红灯点亮。在社会上,她是"他者",被看成异类。但是,她有自己的鸟群,他们在她耳边歌唱——或许这是上帝向她传来声音?于是她长得更高,也看到许多:出租屋里的情侣、椅子上死去的老人和酒吧里昏厥的醉汉。对第二天的描写仅有一节(第九节),共三行,说她感到难过,而且长得更高——而且诗人没用"taller",而是用了"more tall"——听起来像是"mortal",明显暗示她不是神圣的。

从关于第三天的描述(第十节)开始,诗人对高个女子的描写便更让人觉得她是一个先知。她找到塔楼住进去后,来了朝圣者:男男女女踩着高跷,带着问题和忧虑。她已身高 30 英尺,能看得很远。第六天,当地人欢呼着涌到她身边,令人失望的是:"她不能解决任何人的问题,却继续长高。/夜晚离月亮更近,它带疤的脸/一面旧镜子。她睡在室外,伸展开/横过空旷的田野和沙地"(13:1-4)。失望之余,她意识到:"更高/就是更冷,更孤单,并不更聪明。她能看到什么/高处?她告诉他们未来几天/将是什么天气"(14:1-4)。她成了气象的先知,或者说是环境的先知,因为她可以预知"金字塔上的沙尘暴,/美国的飓风,英国的洪水——"(15:1-2)。但遗憾的是,人们离她太远,而她已"比朱庇特、土星、银河系还高。什么/都看不到"(16:2-3),只能"回头望着,嚎叫"(16:3)。这是绝望的嚎叫,因为她预知了灾难,却不能让人类听到,只好"低低地弯腰/把人们的灵魂握在手中以免他们/从燃烧的塔里落下"(17:1-3)。由于《高》一诗后面紧接着是《大声》——描写"9·11"恐怖袭击事件的诗,可以推断,《高》最后描写的便是这一事件。诗人通过女先知无法如期传递信息阻止事件发生的情节,表达了有才华的女性在男性霸权社会不被接受的悲哀,以及这种情况所导致的严重后果。

《圣经》特别讲求辨别真假先知,神还以此"考验其子民是否真正喜爱神的真理","这就需要人们对真假先知履行预言职责的前提和过程加以辨析"(赵宁,2004:20)。如此看来,《高》中对女先知履行职责的过程的详细描述,有助于人们辨析其真假,也与《圣经》关于先知的描述相似。这便更明确地表明诗歌《高》是以先知为人物原型的。诗人通过描写女先知履行职责的困难,反映了女性才华在男性霸权社会难以施展的困境,是对男性霸权的批判。

第四章　原型、隐喻与情感

三、小结

基于认知诗学的原型范畴理论和隐喻映射理论的《女性福音书》《圣经》原型解读表明：达菲以《圣经》的叙事模式、主题和人物为原型创作的《女性福音书》改变了《圣经》由男性作为主体的历史，讲述了女性的生活体验和生存法则，为女性带来了福音。女性有自己的"上帝"，能从自己的生活中找到幸福和快乐；女性中也不乏先知，只是社会环境不允许她们充分发挥作用。

第二节　《地图-女人》：女性身体、空间感知与情感迷失

诗歌《地图-女人》用贯穿始终的女性身体隐喻描绘城镇的地图。从第二节起，诗歌通过记忆闪回把读者带回女人的记忆空间；而后半部分，女人穿行于城镇却迷失方向，读来意味深长，耐人寻味。用沃斯（Werth）的文本世界理论分析女人的记忆闪回，有助于读者进入其记忆世界；用楚尔（Tsur）的空间感知理论解读诗中的形状感知、空间定位、空间迷失与情感迷失，有助于理解诗中的空间-身体关系和女人的思想情感。

一、空间感知与女性身体

《地图-女人》是《女性福音书》中的第二首诗，共有 13 个 10 行诗节，整首诗运用一个女性身体的延伸隐喻来描写城镇①。诗人开篇便以第三人称叙述视角描述一张地图：

　　一个女人的皮肤就是一座城镇的地图

---

① 笔者 2018 年秋赴英访学期间曾与诗人交流，得知该诗描述的是她从 6 岁随父母移居，直至去读大学离开斯坦福德（Stafford）的场景。诗人建议笔者根据此诗去斯坦福德，并为笔者画了从斯坦福德火车站去镇中心、去她就读的圣约瑟夫修道院学校旧址及她父母故居的路线图。

> 她在这里长大成人。
> 她出门时,便盖起它
> 用衣服,用披肩,用帽子,
> ……
> 但是——胎记,
> 纹身——
> 标有街名的地图随着人长,标准的第二层皮肤,
> 她胖它就宽,她瘦它就窄,
> 指出路的尽头、转弯或开头。(1:1-10)

这个"皮肤是地图"的隐喻在全诗延伸。女人对地图了如指掌,如同了解自己的身体,整首诗以女性气质的亲密视角及地图与身体语义的混合展开描述:"她胸前是这座城市的心脏"(2:1)一句中,"城市"和"胸部"把地方和身体连接起来,女人的心脏就是城镇的中心——城市广场、电影院、圣玛丽教堂的三角地带。诗中也有明喻,如血管"像地图上的线条下的影子"(2:5),而小河便自然地成了动脉,由北向南蜿蜒而下;她的乳头就是桥,过桥后左转弯,再右转弯,就到了墓地……监狱和医院在她背上,她的肚脐是露天音乐台,河水清澈"像手术后的伤疤"(5:6),战争纪念碑面对火车站。第六节写到回家,说家在"她的大腿上"(7:7)。第七节说她不在那里住了,但地图仍在,她左膝的位置就是家。路从她的肩到手腕,蓬松的毛发是树林和乡村……该诗就这样把城镇的地图比作女人的皮肤,用女人身体的各个部位呈现城镇的地理空间关系,表明家乡对人的重要性;家乡深深地留在人的内心,对地方的记忆把女人塑造成现在的样子。

这种地图与身体语义的混合体现了诗人对空间的感知。对于空间关系在诗歌中的重要性,楚尔曾一度给予肯定。他认为"绝大多数诗歌形象都与空间感知有关"(Tsur,1992:347)。他认为诗歌与绘画密不可分,因为诗歌与阐述抽象道理的作品不同,指向人的右脑中的情感与图像,而语言首先指向与右脑中的图像、情感等密切联系的左脑中的抽象概念。这为解读《地图-女人》中的女性身体隐喻提供了依据。

楚尔认为空间感知有两种形式:"形状感知"(perception of shapes,何辉斌,2015)和空间定位。他认为"形状感知"具有分析性(analytical),如同几何课中根据要求作图一样。由此看来,《地图-女人》中的女性身体隐喻是基于形状感知而建构的:诗歌叙述者面对地图,发现了斯坦福德与女人身体形状的相似性,便启用了女性身体的延伸隐喻。

楚尔对语言与空间的关系进行了深入研究,指出语言的本性是概念性的、线性的,适合表达逻辑话语,而感情、激情、直觉、空间定位这样的词语都指向概念,是理智的抽象。这些概念有助于激起它们所赖以抽取出的非线性的经验,如感情、激情、直觉、空间定位等;这些经验属于非线性的过程,是扩散的、立体的,与右脑相联系,词语便通过概念指向它们(Tsur,1992)。因为诗歌《地图-女人》把地图比作女人的皮肤,便有了符合逻辑话语的空间定位。正如楚尔所说,空间定位是立体的,"总是包括感知者和环境。自我和世界从感知的角度看不可分离"(Neisser,1976:117,转引自何辉斌,2015:150)。

该诗通过女性身体的形状描绘城镇的各个地方,也把身体与城镇看成不可分离的,正如法国著名现象学家梅洛-庞蒂提出的"我们的身体寓于空间和世界中"(庞蒂,2001:185)。梅洛-庞蒂的"身体空间性的现象学意蕴表明:身体必定是空间性的身体,而空间也必定是身体性的空间:身体寓于空间之中,空间发端于身体;身体与空间融合为一体,二者不可分离,构成原初性的存在"(谢纳,2010:67)。可以说,该诗体现了城镇是女人原初性的存在之地。第九节里,女人"凝视镜子"(9:1)的自我审视与女性身体的主题有关。地图女非常清楚自己给人的印象,她仔细审视着自己的身体。"双臂举过头顶"(9:2)的画面像投降,似乎表明她开始放弃改变的梦想,屈服于她不可逃避的身份。

"身体政治的心脏是由男人组成的,他们是国家的管理者"(桑内特,2006:158),那么,诗人用女性身体隐喻城镇,便是一种身体政治。身体的遮蔽"起源于我们将自己的身体仅仅当作一个物体"(马元龙,2019:142),诗中用女性身体隐喻城镇的地图,说"她出门时,便盖起它/用衣服,用披肩,用帽子"(1:3-4),暗示城镇同女性身体一样被遮蔽;就像女性身体被规训那样,城镇也被规训;就像女性身体被观看一样,地图也被观看。河水"像手术后的伤疤"则是城镇作为他者被刻写的标记。

同为被动的"他者"的女人与城镇不可分离,从开始的"她在这里长大成人"到诗歌最后,这种不可分离在诗中不断得以强调。在第十节,地图女试图逃避自己的身份。她沉溺于奢华的生活,全身涂满香水(10:2),坐的是豪华轿车,好像钱能改变她。尽管如此,她乘坐飞机时,"地图在她的/肉上煮开"(10:4-5),强调城镇因她身份的改变而受到的影响;而她讲外语时,"地图把一切翻译成她自己的语言"(10:6),则更强调空间距离及文化距离都无法将她与城镇割断。

作为回应,她决定直面过去。地图女"回去了"(11:2),开了"一天一夜车"(11:2),终于到了"那个小镇"(11:2)。这里的一切如同城堡里的蛋糕一样"陈腐"而"破碎"(11:3-4)。她进入自己的城镇时,却"迷路了"(11:8)。随着时光的流逝,这座城已变得让她认不出,那个她长久以来害怕回到的地方已不复存在。事实上,"熟悉的东西/只是个假象"(11:10-12:1),女人无法理解这种变化。她回到宾馆,"睡着,皮肤脱落/像蛇皮……/新皮像个标记"(12:2-10),似乎她要与城镇的地图脱离干系。结果令人意外,在最后一节,她醒来:

> 在地上摊开地图。在寻找
> 什么?她的皮肤就是她自己的魂,
> 她死后的裹尸布……(13:1-3)

可见女人与城镇的不可分离不是表面的,而是骨子里的;不仅在当下,而更是永久的。正如梅洛-庞蒂所说,身体各器官合成的整体与所处的空间互为依托,形成彼此交织、相互牵制、不可分割的整体(2001:137-138)。

二、记忆闪回与记忆空间

"身体本身承载着回忆的痕迹,身体就是记忆"(阿斯曼,2016:279),是"一本活生生的心灵自传"(张之沧、张禹,2014:59)。身体与思维、个性、品质、情感、生存能量、感觉知觉和自我意识天生就合而为一(Grosz,1995:60)。诗歌《地图-女人》从第二到八节,不时出现女人的记忆闪回,把读者带进女人的记忆世界。

记忆闪回是文本世界理论的一个概念。它不像客观闪回那样是同一文本世界中的另一个时间点,属于"指示性亚文本世界"(Werth,1999:216-227),而是由回忆者构建和体验的"态度性亚文本世界"(Werth,1999:227-239),也被称为"人物可及的亚文本世界"(Werth,1999:218-219)。文本世界理论的图解模式呈现了文本世界与记忆世界的关系(图 4-1)。

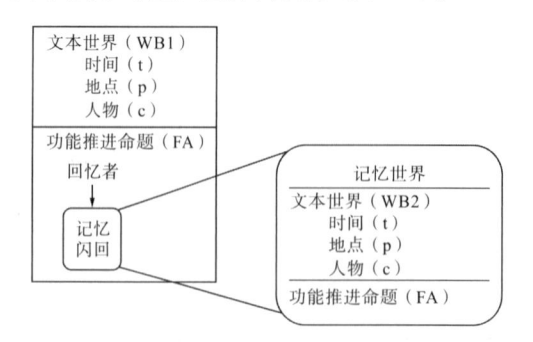

图 4-1 记忆闪回的文本世界解读模型(荣榕,2016:33)

记忆闪回在文本世界之外建立记忆世界(Werth,1999),为忆者独有,具有独立性与完整性。

> 其间存在一种分离且关联的对立关系。其分离是因为记忆仅存在于忆者的主观世界中,而忆者同时又身处文本世界,所以记忆世界在某种程度上依然内嵌于文本世界。这一关联对记忆闪回的解读十分重要,其在语篇层面常常表现为,忆者的体验视角在记忆世界与文本世界之间来回移动,彼此牵制。(荣榕,2016:33)

诗歌《地图-女人》开始以第三人称叙述视角描述地图,第二节第六行第一次用"她知道"实现功能推进命题的变化:女人作为回忆者,"她知道"之后的文本是她的记忆闪回,展示了其记忆世界文本,呈现其主观世界。全诗总共五次使用"她知道",每次记忆闪回都进入一个新的空间,呈现女人的记忆世界。可以说,诗歌通过空间叙述——城镇景观的描写把读者带回过去,带进女人的记忆世界。

第一个"她知道"呈现了教堂外的空间,关于墓地的记忆——头发灰白的英语和历史老师、战士、市长、政务委员、母亲们、妻子们、尼姑、教士,"他们的尸体像纸页上的旧漆,消失在土地里"(3:1-3)。他们是城镇的居民,曾移动在城镇空间中,直至停止移动,被埋葬在教堂边的墓地里。但他们和这个城镇本身一样重要,对女人的生活产生了影响。所以,他们就像"一页纸上的旧印"(3:2-3)正在褪色,但仍存在。

随后的记忆空间仍以教堂为中心:看到参加婚礼的伴侣,想到"生命在大理石上溜走"(3:5);听到大钟的声音从天上敲响,像在问将来与谁结婚,死亡的过程、地点和时间。随后,空间转移到"都市风格下的产物"(桑内特,2006:350)——教堂附近的咖啡馆,公众说话交流的公共空间,"进入其中的主要是广泛的中间阶层,乃至手工业者和小商人"(哈贝马斯,1999:35-38)。女人曾在这里等待婚礼开始,还记得自己的"小脸蛋/像一只苍蝇一样陷入瓶子一样厚的窗户玻璃里"(3:9-10),标志着记忆闪回到儿时,生活还未"开始"。诗歌用一张被困的图片来说明童年的等待,因为脸蛋小到微不足道而产生片刻的自我怀疑:世界浩瀚,而个人的力量却非常渺小。

从第四节的记忆世界来看,空间转移到了广场。首先映入眼帘的是从小树林到广场的小路,诗人用"压在她肉体上的指甲"、"雨"(4:3)、"空杯"(4:4)的意象,营造了一种悲伤、不幸的氛围。通过第二个"她知道"呈现出商店、天鹅旅馆和电影院。商店和旅馆是商业化的标志。而在女人的记忆空间中,她坐在黑暗里看甲壳虫乐队追火车,或看达斯汀·霍夫曼在《毕业生》里吼伊莱恩,一幕幕都是诗人少年生活的回忆。"'甲壳虫'们不仅是60年代青少年的精神偶像,而且也是一种新型文化的象征"(黄杰,1990:45),他们

> 以其惊世骇俗的挑战者的姿态,以其鲜明的反传统、反文化、反上流社会、反正统艺术的风格,以及强烈的极富个性的摇滚色彩,震撼了西方世界,成为亿万青少年顶礼膜拜的偶像,被尊为新一代的精神领袖……证明流行歌曲已彻底大众化了;它不仅成为大众文化的一部分,而且开始揭示甚至塑造大众文化了……后期的"甲壳虫",越来越关注社会问题,越来越注意歌曲的思想性。(黄杰,1990:46-47)

《毕业生》集中表现了美国年轻一代成长过程中的青春躁动和对传统家庭关系的疑问。关于甲壳虫乐队和《毕业生》的记忆自然反映了女人青少年时期所受的大众文化和反传统观念的影响。

第五节第一行和后三行都有火车的记忆,中间穿插着她的记忆。第三行的"She sponged, soaped, scrubbed"三个词之间发出的嘶嘶声,隐喻着女人试图摆脱身上的地图。这种重复的声音令人不安,通常柔和的"s"中加入了爆破音"p"和"b"。软音和硬音的融合是地图和身体、自然和非自然融合的象征,因为她背后是监狱和医院,腹部是公园,而河像手术留下的疤痕。诗人通过战争纪念碑"对着"车站,转而写道"火车叹息着奔向格拉斯哥、伦敦、利物浦"(5:9-10),把火车拟人化,展示了家乡的"灰色"景象,唯一令她兴奋的是逃跑的"渴望"。格拉斯哥、伦敦、利物浦分别是达菲出生、成名和读大学的地方,似乎是文本世界里的客观记忆,实际上是诗人对自己成长过程的记忆。

紧接着出现了第三次"她知道",并在第六节第三次进入了记忆世界:"站在火车站的栈桥上,挥手/作别凝望的陌生人,当你消失在/冒烟的蒸汽里,品味着未来的时光/在你的舌尖上"(6:1-4)。作别陌生人,而不是亲人,或许这次的记忆闪回并不是女人年轻时离家的情境;或许是因为孤独她才会觉得每个人都是陌生人,而她只存在于自我之中;或许是她"个人的身体在都市空间移动时,逐渐与她所移动的空间脱离,同时也与在同一空间的其他人群分离"(桑内特,2006:325)。这种分离是她冲破传统观念、品尝未来时光、走向生活的新阶段、获得自我的一种分离。然而,在这些充满希望的画面背后是"冒烟的蒸汽",令人不快的画面显示出女人兴奋之后的空虚。地图女永远无法真正

逃离她的身份,将永远被困在她出生的地方。

第六节第四行出现第四个"她知道",呈现了主观性很强的记忆世界,那是关于回家的路的记忆:"home"后面的"——"强调了地点,而"there it was on her thigh"(6:5)之后还有一个"——",使得整句被——包裹着,隐喻家永远在女人的身体里。"走向南的路然后左转,/平静的绿草坪后稳固着大房子,/七叶树果珠宝一样落在脚下,/经内尔森路、丘吉尔路/吉普林路和弥尔顿路最终到了家"(6:6-10)。可见关于家的记忆已经深入女性的身体。

第七节中有个轻微的变化:"她现在不住在那里了"(7:1),而后是一个旅行列表,"在国外,在途中,在北方,在飞机上或火车上……"(7:2),这些都给人一种逃离的感觉,似乎地图女用尽一切办法,逃离了过去。地图似乎消失,却又依然存在。她打算掩盖此事,把真实身份"藏在袜子下面"(7:4),她不想与过去联系在一起。然而,她的过去正步步紧逼。无论她跑多远,记忆都在。女人的过去被描绘成悲剧性和压迫性的。"哭泣"、"咆哮"和"尖叫"(8:1-3)等词汇营造了一种噩梦般的记忆场景。她无法摆脱这些记忆,那些与声音相关的动词在她身后呼唤。就连她逃离经过的"高速公路"也"呻吟"着,让她想起家乡。

第五个"她知道"后是关于更多事件的记忆:

> 她知道可以从13号路口
> 搭车,也知道一个女孩儿
> 搭上车后便从此消失了;她听说过一个小男孩儿跑了
> 六条巷子来冒险却被卡车
> 像个玩偶一样抛到空中。但是高速公路
> 流动着,一条咆哮的金属
> 和光/的河,干杯,au revoir, auf wiedersehen, ciao。(8:4-10)

"咆哮的金属和光/的河"表明时间不可阻挡的流逝。高速公路与各种汽车等交通工具表明城镇空间的现代化发展及与外界的连接。联系前面关于甲壳虫乐队和《毕业生》的记忆,这里的记忆世界呈现了受到反传统思想影响,勇敢追求新生活的人物和事件。交通工具又作为生命移动的隐喻,隐喻生命。最后一行用多种语言表达"再见",既隐喻着获得自由独立之后女人的国际化发展,又说明没有任何地方可以改变女人的身份,以单音节的"ciao"表现出痛苦的失望。

第八节出现第五个"她知道"之前,第七节后三行出现了"她感到",也是一种记忆的呈现:"她感到父亲的房子压进她的骨头里,/头脑里听到真切的原声——一个网球反复撞击着墙"(7:8-10)。记忆世界的声音那样真切,可见对她的影响之深刻,而且这种声音的记忆在第八节延续:"冰激凌车叫卖着匆匆驶过,一声吼叫/从孩子们的尖叫中传出/房子四周杂草丛生。高速公路上的吱嘎声/刚刚看不见"(8:1-4)。这些日常生活场景中的声音牢牢嵌入其记忆,不经意间涌上心头。

由五个"她知道"和一个"她感到"推进的记忆世界,呈现出女人从童年到青少年时期的生活片段。联系诗人的成长,这些记忆闪回就是她从童年到青少年时期所受大众文化的影响以及追求新生活并走向世界的真实写照。她对城镇的一切了如指掌,记忆深刻,她的成长与孤独不可分。但该诗并不如此简单,因为后面三节描绘了女人的迷失。

三、空间迷失与情感迷失

关于迷失,楚尔提到了"空间迷失"(disorientation)和情感定位的迷失(emotional disorientation),认为空间迷失会导致主体无法确定如何应对,造成情感定位的迷失(何辉斌,2015:150),因为身体不是单纯物质性的存在,是肉体与灵魂的合一(庞蒂,2001)。

《地图-女人》自第七节明确了女人"现在不住在那里"(7:1),而是住在南方,或在国外,或在路上,或在北方,在飞机或火车上、船上,在酒店、车里,接着电话,但是,无论她在哪里,地图都在她的袜子里、手套下,在她柔软的丝巾下。在第九节,她对镜着装后身体还确切地知道每一个角落。终于有一天,她驱车经过一天一夜回到城镇,租住了一间"看得见风景的房间"(11:5)。至此,似乎诗人给出了一个该诗创作主题的暗示——个人成长,因为小说《看得见风景的房间》便记录了女主人公露西从恪守社会规约到聆听自我心声的成长历程。同时,旅行也成为该诗的一个重要叙事手段。小说里露西对她原来习惯了的生活方式和社会规约进行审视与反思,并在旅行、审视与反思的过程中寻找自我。这似乎也可以看成是诗歌《地图-女人》的一个创作意图:女人看地图的过程,对格拉斯哥、伦敦、利物浦的回忆及随后的返乡旅行都是她自我审视和反思的过程,整个旅行便隐喻了一个人的人生旅程。但在第十一节,她开车回去后,却迷失了方向。直至最后,都在"寻找家"。这是一种怎样的迷失?

楚尔认为,空间定位需要对周围的环境、自己的位置等作出准确的判断。

他曾这样区别形状感知与空间定位:"视觉形状的感知明显地与对象的有限性相关;同时,人们可以假设空间定位能够让自己的指向延伸至看不见的地平线之外的周围空间,体会到一种无限的感觉"(Tsur,1992:350)。由此可见,形状感知的前提是对象的有限性,而空间定位则给人以无限的感觉,因为它允许空间范围扩大到视觉范围之外。

《地图-女人》中几次提到女人知道回家的路。第九节提到"每只胳膊下的林地绒毛"(9:4-5)便表示她像熟悉自己的腋毛一样熟悉林地。她对自己的身体/回家的路很熟悉,这是"肯定的"(9:7),后面的句点加强了词义,而且"certain"在韵律上也有强调效果。身体与地图的语义混合,表示"死胡同,台阶,小路,大路"(9:9)对她来说都是熟悉的。而"她过去的单行道"(9:10)则强调了她不能回到过去。

但是,那些都是她记忆世界里对城镇的认知,局限于一张地图。也许这是一张旧地图,她离开后可能常看,所以形成了对地图的形状感知,也沉浸在自己的主观记忆世界里。但现实生活中的城镇是不断变化的。于是,当

> 夜幕降临,她出了门,以为
> 她对这个地方了如指掌,
> 但是她错了。她迷失了方向,在拱廊,
> 在名字陌生的街道上,在院落旁,
> 在人行道上,发现她熟悉的

> 只是表面。(11:6-12:1)

当她从记忆世界的空间定位的心安神定中清醒过来,发现现实中的空间定位失败,便陷入了"空间迷失"状态,随即而来的是情感定位的迷失。她回到酒店睡觉时,从腿到手臂,从胸部到腹股沟,皮肤像蛇皮一样脱落,整个排成了二十六个字母的形状。

整个第十二节都有色情和性的语言。诗人用"脱光"、"长筒袜"和"从她的腹股沟里拿出一个蜜月丁字裤"(12:1,2,7)来展示地图的脱落,性感的语言暗示了女人的快感。尽管旧皮肤似乎消失了,但仍有残留的痕迹。诗人用"barely"(12:12)暗示仍可看到一些东西,并未完全摆脱她曾拥有的东西。也就是说,在转变之后,她终于接受了出生的地方,没有什么真正的改变。此时诗中提到她父母头骨在黑暗中对着小十字架笑;"咧嘴笑"和"黑暗"令人不安,

与第七节提到的父亲呼应,让人不禁联想到中国俗语"父母在人生尚有来处,父母去人生只剩归途",这也是她情感的迷失与不安的原因。

达菲与父母的感情,可以从她2018年的诗集《真诚》里的几首诗中看出一二。其中第三首诗《黑黑的学校》("Dark School", Duffy, *Sincerity*, 2018)描写了学校常见的场景:教室、拉丁文、写字板、墨水等,但提到"迟到"、"写下不准你写的"、"对着阴影里的课桌背诵"、"高高的窗子里满是夜的黑"、"空气浑浊"和"难懂的课程",最后称之为"黑黑的学校",教的是"黑色的绘画"和"古老的战争","傲慢的、逃学的星星浪费了他们的光亮"。根据弗洛伊德精神分析理论,黑暗往往是种无法言说的精神创伤。该学校是达菲1967—1970年就读的学校,后来改成了圣约瑟夫修道会养老院,她父亲就在她曾上课的教室里去世①。诗中的"黑"与《地图-女人》第七节"她感到父亲的房子压进她的骨头里"既表达了父权制社会的压迫,也抒发了失去至亲的悲哀。

达菲在《真诚》中的《整理花园》("Gardening", Duffy, *Sincerity*, 2018)还记录了自己恍惚看见(或梦见)父母在花园里的情景:第一节有六行,写诗人看到故去的父母整理花园:"她跪在绿色树荫里","他站在木头台阶上挂篮子"。因为看不到树荫和木头台阶,"我"便推测花园一定在里面,真希望有人"跑下楼"。在《整理花园》第二节的五行里,诗人想象"如果他们转过来看到我","一定会以为我是个鬼魂",但是"当我跑下楼出去,/他们已经不见了"。在最后一节的三行里,诗人表示"知道他们不会看","他们会一直在花园里",表达了对逝去的至亲难以割舍的亲情和怀念。

"父母在人生尚有来处,父母去人生只剩归途"。《地图-女人》中的女人在寻找家的路上迷失就不仅是一种空间的迷失,更是一种情感的迷失。情感的迷失在最后一节更加明确,因为"她在寻找什么?她的皮肤是她自己的魂"(13:1-2),但是,她却

> 丢下地图,穿衣出门,坐进车里。
> 驾起车,斯坦福德在晨光里闪光
> 在她身后……她的皮肤开始发痒,
> 像生疹子、像慢火烧,不断扩散,好像
> 属于别人一般。深深的骨头里

---

① 笔者去学校旧址(现在的圣约瑟夫修道会养老院)时,受到养老院工作人员的接待,得知达菲的父亲是在她曾经上课的教室里去世的。

旧街道像隧道和地道，寻找家。(13：5-10)

"家是最私密的安全之所，也是最具归属感的地方"(李玲、张跃军，2020：203)。失去父母就失去了家，也就失去了归属感，这种情感的迷失是失去家园和归属感的迷失。这种迷失与诗人早年的诗中对家的怀念不同。

在诗集《出售曼哈顿》(*Selling Manhattan*)中的《乡愁》("Homesick")、《齐唱》("Plainsong")，《另一个国家》(*The Other Country*)中的《原籍》("Originally")、《故乡》("Hometown")和《我母亲说话的方式》("The Way My Mother Speaks")等这些诗歌中，家乡不仅是童年美好回忆，而且是心灵的慰藉和港湾。(吴晓梅，2016：69)

吴晓梅认为，"《原籍》和《故乡》是达菲对于真实家乡的描写。儿时迁离家乡，带给幼时诗人的是痛苦回忆"，是"她难以回去的家园"，因为"家乡已经不是想象中的乐园，心灵无处安置"(同上：72)。而《他国》最后一首诗"《在你的心里》以英格兰的雨开始，在身份迷失的主人公看来，这种阴郁的雨天只能选择逃离，去一个温暖的国度"(同上：73)。由此看来，诗人内心的迷失由来已久。《地图-女人》中的迷失是诗人在认可斯坦福德这个家乡之后的情感迷失，同样也是痛苦的。

当然，诗人在最后一节使用"魂"、"尸"、"死"和"自杀信"等死亡相关的意象，表示其身份因变化而被摧毁。然而，她仍渴望新的开始，或全新的生活方式，因此，城镇"在晨光里闪光"，可理解为幸福和希望的时刻。事实上，"骨子里/老街深处"仍然存在。尽管地图女将改变自己的历史，可以接受一些事情，比如父母的去世，但在这里生活过后，有些是她永远也改变不了的。"旧街道"将永远成为她"骨头"的一部分，深藏在她的身体里。"挖隧道和挖洞"的意象进一步强调了城市发展的本质，而记忆仍锁在她内心。而最后两行通过"bone"和"home"两个词的押韵巩固了主人公不可逃避的身份，使最后一节整齐的韵脚呼应了诗的开头"纹身"和"地图成长"所隐喻的身份。地图女永远无法摆脱自己长大的地方，它已深嵌在她心灵深处。

四、小结

达菲出生于苏格兰，六岁随父母移居斯坦福德，一直居住到中学毕业去利物浦大学读哲学。由于她的哲学基础,达菲的诗歌表现出了一定的哲理性。解读《地图-女人》既要借鉴空间哲学,又需借助认知文体学相关理论。从关于地图的女性身体隐喻来看,她与城镇同为他者,被观看、被规训、被刻写,并因此而不可分离。儿时和青少年时期的记忆深深地印在她的脑海里。她曾对城镇了如指掌,清晰地记得回家的路。但无奈世事变迁,城镇被改造得失去了原来的模样,父母也先后离开人世,她便在空间的迷失中走入了情感的迷失。

第三节　女性身体寓言与客体身份隐喻

与传统的修辞隐喻不同,莱考夫提出的"概念隐喻"是一种思维中的映射现象,由源域和目标域构成。源域通常指为人们所熟知的与身体经验密切联系的认知域,目标域通常指比较抽象的认知域。源域与目标域基于两个概念域中的共同特征而建立起神经连接,便在人们思维中产生隐喻映射,人们运用这种隐喻概念模型来构造语言。这种深层隐喻概念结构源自人类的日常经验并被一些群体共享,一些强大的传统概念隐喻能产生出持久的表达,成为人们思维的习惯方式。

在探讨概念隐喻在文学文本中的表现形式时,斯多科威尔(Stockwell)提出了宏隐喻(megametaphor)和微隐喻(micrometaphor)两个术语,并指出:宏隐喻指那些以各种具体表现形式反复出现并且贯穿某部作品的概念隐喻思维模型,是"一种最抽象和最简化的根本映射结构;而微隐喻是使宏隐喻在文本中得以体现的具体表现形式,如明喻、隐喻、短语、复合词、语法隐喻、寓言故事等等"(Lakoff & Johnson,1999:48-57;Stockwell,2002:111;殷贝,2019:91)。

隐喻思维贯穿诗集《女性福音书》,女性身份隐喻便是其中之一。《节食》("The Diet",Duffy,2002)、《购物女》("The Woman Who Shopped",Duffy,2002)、《劳作》和《历史》("History",Duffy,2002)是借第三人称叙述女性客体身份的寓言故事,从概念隐喻的视角出发,解析诗中女性客体身份这个宏隐喻得以呈现的多种微隐喻形式,对于揭示诗集中的女性身份隐喻具有重要意义。

第四章　原型、隐喻与情感

一、"厌食症的真女儿"："饥饿美学"控制下的客体

《节食》讲述了节食对女性身心的不良影响。该诗开始便概述了节食女要从食谱里去除一些食物以便达到节食目的。结果节食就像一个梦，节食女体重迅速下降。然而，她继续节食，直到身体变得越来越小，能被风吹走。她的生活被减肥的欲望吞噬着，最终被别人吞下。该诗通过女人因节食至极而被吃掉的寓言故事来反思女性的身份问题。

该诗由八个七行诗节组成，没有尾韵，只有几处内韵，加快了诗的节奏，反映了节食女不断向前推进的节食进程。每个诗节的诗行长度一致，表明节食女对自己的饮食控制严格。每节最后一行短于其他诗行，且都以句点结束，成为每一节的结束，令人感觉整首诗节奏在前进和后退之间摇摆不定，因此节食女便在忍饥挨饿与暴饮暴食之间反复循环。

该诗开始便以"食谱"为中心，表现女性对自己饮食的控制。由"没有糖、盐、乳制品、脂肪、蛋白质、淀粉"(1:1-2)组成的食谱清单中省略了连接词，加快了节奏，反映了节食女对食物的控制，好像这些食物是微不足道的。内韵进一步加快诗的节奏，象征女子正快速减肥。通过"dinner, thinner"(1:5)两词的押韵把"晚餐"和"苗条"联系起来，表明吃饭与女性体型的关系。然而，节食女在诗节末尾竟然禁食，直到变得"皮/包骨"(1:6-7)。就这样，她在第一节便减掉了所有可以减掉的体重，于是在其余诗节，关于女性节食与减肥的描写便是不切实际的夸张：从"苗条"成一个更低级的人类"骨架"(2:4)，到成了骨头，直至变得像"种子一样小"(4:1)，又"像细菌一样在鼻孔的帐篷里"(6:2)。

在描写节食女的节食过程时，诗歌提及她节食的原因。在前两节的描述中，她似乎在主动控制自己的饮食，如第二节里提及她"hungry on, stayed in, stared in"(2:1)，暗示她在意镜子里自己的形象。这令人反思她为什么会如此在意自己的形象。终于，在第三节，她被称作"厌食症的真女儿"("She was Anorexia's true daughter"，3:2)，暗示了她对厌食症的绝对"忠实"。

女性面对的节食困扰由来已久。根据法国社会学家皮埃尔·布迪厄(Pierre Bourdieu，1930—2002)的食品消费观，"饮食差异性建构社会身份，食品消费的多寡创建个人的社会身份"(Bourdieu，1984:53-54，转引自丁礼明，2021:110)。米契(Helena Michie，1958—)发现了维多利亚时期女性的怪异行为，指出："19世纪理想化的女性气质需要某种特定的饮食习惯，这种习惯要求女人吃的量少而精致，尤其是在公开场合女人更应该如此。"(Michie，

1990:379)关于维多利亚女性形象和女性身体的关系,米契指出,很多年轻女性由于长期节食患上了神经性厌食症,并"批评维多利亚时期倡导的淑女风范和贵族气质,因为它们误导了当时很多的年轻女性"(丁礼明,2021:110)。很多女性为树立自己在他人心目中的美丽形象而控制饮食,结果丢失自我。消费主义时代,厌食症是许多人的疾病(Heywood,1996),同时,

> "饥饿"是主流美学。"饥饿"是躯体修辞的重要手段,人们面临从食物匮乏和期待到食物过剩和厌恶的转变,新型的食物制度将节制和消费两种截然相反的心理冲动结合在一起。"厌食症"便是一种新生的时尚病,对事物的"渴望"和"恐惧"奇异地结合在一起,身体在这种心理冲突中迅速腐朽,这是身体和食物之间的战争,目的是维持美,结果是"美"的消失……"以瘦为美"成为了时尚人士的美学宝典。
>
> (滕翠钦,2009:14)

《节食》中将节食的影响夸大到节食女变得小到可以随风飘走,将反映体重下降的变化延伸到了高强度节食对女性的心理伤害;最后描述了像被体重囚禁在监狱里一样的节食女的困境,隐喻女性被社会定义的困境。因而,诗歌通过这个故事隐喻了女性作为客体被"饥饿美学"控制的事实。"厌食症"隐喻了由饥饿美学引起的社会问题,"厌食症的真女儿"便隐喻社会问题的影响,即女性痛苦地节食是迫于"饥饿美学"影响下社会对女性的控制,因为厌食症是饥饿美学影响的产物。可以说,"她是厌食症的真女儿"便是一个女性被饥饿美学控制的客体的微隐喻。这一隐喻思维范式的映射模型是这样的:

家长(厌食症/饥饿美学)　　⟶　　权威
女儿　　　　　　　　　　　⟶　　被控制的对象
服从(节食)　　　　　　　　⟶　　被规训的行为

而女性对自己饮食的控制同样是对客体的控制——"自我控制即对客体的控制"(Lakoff & Johnson,1999:272),该隐喻的映射模式是:

个人　　　　　　　　　　　⟶　　主体
物理客体　　　　　　　　　⟶　　自我
控制客体　　　　　　　　　⟶　　主体对自我的控制
失去对客体的控制　　　　　⟶　　主体对自我的失控

因此,《节食》的寓言故事里隐喻着两个层面的控制:饥饿美学观念对人的

控制和女性个体对自我的控制。《节食》的寓言故事本身就是"女性是被控制的客体"的微隐喻。女性迫于社会对女性体形美的期待控制饮食即控制自我，结果却失去自我，成了"影子"，满怀忧郁。第四节里节食女因节食看起来像一颗"种子"，为此她变得沮丧。为寻找节食的意义，她喝冰镇啤酒寻求慰藉。变瘦的过程无疑给她带来了很大的痛苦。为从苦难中走出来，她冲破束缚，在大街上自由地喝酒唱歌，但第二天她独自醒来，却得不到任何爱，无比空虚。后来，她像一个"细菌"，非常渴望人类的陪伴，所以她"待在人们身边"。

此外，身体上的疼痛令她难以忍受。酒后口干、饥饿和寒冷蹂躏着她瘦骨嶙峋的身体。因为克制自己，她变成了野兽，只贪恋"血肉之躯"。她的精神状态并不稳定。她在泥水中打滚、睡觉。极具讽刺意味的是，"脂肪"仍然给她温暖，给她一种生命的感觉。

诗中女性看到"光"似乎隐喻节食的黑暗中的自由之光。在第五节，节食女被风"吹"走，离开了家，这里的"fly"、"floating"和"breeze"等词中"自由"的语义暗示着一种积极的变化。然而，实际上它们只强调了风的存在及其不断对节食女产生的影响——隐喻她在与饮食失调的斗争中失败，饮食失调控制了她的生活，隐喻她成了生活中被控制的一个被动参与者。第七节开头的"但是"似乎意味着她重新被控制的那一刻，意味着她陷入更严重的饮食失调。她被吃掉的描写则隐喻她彻底失去自我。这是一种恶性循环：从开始的主动控制饮食和体重，到后来被节食理念和追求所操控。从主动到被动的演变，隐喻人乃不平等社会观念和社会力量的牺牲品。

节食女被吃的指涉喻指"一个食人的社会"（胡鹏，2021：47），因此节食女的结果是恐怖的。"吃不仅关乎我们怎样正确对待自己的身体、动物、植物和环境，也关乎我们认识自我的起点"（胡鹏，2021：50）。节食女因节食最后成为被困在"胖女人"身体里的女人，仿佛饥饿美学是一个笼子，里面的女人无法逃离持续禁食的摧残，最终患上厌食症。而最后一行的动名词"trying to get out"则表明节食女日复一日地试图逃离她已陷入的可怕循环。被困并被吃掉隐喻了节食女身心遭受摧残后的困境，也隐喻了女性被社会力量所控制而失去自我的困境。

二、购物女变成商场：被消费主义控制与被消费的客体

诗歌《购物女》以第三人称视角描绘购物女作为消费主体的生活以及她变成商店的过程。这个负面的女性形象丰富了《女性福音书》对于女性世界的探

索,也将该诗集的主题扩大到了外部世界。诗歌把购物女刻画成视购物为信仰乃至成为购物狂的女性刻板形象。该人物走向极端、变成一家商店的描写,直接关联到现代社会的商业化和人们过度消费的消费主义观念——一种"服从资本增值目的,张扬无尽享受、挥霍纵欲、奢侈浪费的生活方式和消费理念。在这种生活方式中,购物和消费是生活的主要内容,并与美好生活和人生意义直接联系起来"(赵玲,2006:111-114;高文武、关胜侠,2011:21)。因此,这个故事与《节食》一样,女性在消费主义的控制下成为消费主体,却因过度消费最终沦为消费客体。

该诗通过结构巧妙地突出主题。全诗共有14节,并从中间分成两部分,每部分7个诗节,对应每周七天,突出购物女天天购物的习惯。第一部分以写实的手法描绘女性的购物经验,呈现了女性的消费主体身份和被消费主义文化控制的客体身份;第二部分是女人变成商店——被消费的客体的寓言故事。对购物女的变化的描写隐喻地体现了消费主义文化控制下的过度消费使人失去人性且被物化的结果。

诗歌在第一行通过购物女带着一个银先令出门的描写提示了购物女的生活背景,即1971年以前1英镑等于20先令的英国币制以及时任威尔逊首相执政的政府(1964—1970年)。该政府被冠以"最失败的工党政府"之名,因为它采取的经济措施未能治愈日益严重的"英国病",其经济政策及措施也被认为是失败的,但是,其财政政策实践影响了后来政府,使后者"改弦更张"、向货币主义靠拢。20世纪80年代末90年代初,英国作为一个消费社会,其商业化已成为国家文化的主要标志(Michelis & Rowland,2003),撒切尔夫人推行经济私有化政策后,拜金现象尤为严重,一切都可成为消费品(Aydin,2010:36)。

诗歌开始便是动词"went",与标题的"购物女"形成跨行连续,与诗节中的内韵、动词和连接词一起推进了诗歌的节奏,突出了女人不断购物的疯狂程度。首先,该诗使用内韵,比如第一节里"shilling"和"willing"、"buy"和"eye"、"brim"和"him"等,加快了诗的节奏。其次,诗节中使用的动词充满了动态,如第一、二节里的"bought""purchased""walked""saved""haggled""spent""danced""tapped"等,再现了购物女疯狂地从一家店跑到另一家店,用尽所有钱购买所有东西的过程。同时,连接词使有内在联系的声音迅速划过舌头,加快了购物女混乱和疯狂的节奏;第三节开始省略连接词,列出购物女购买的物品清单,进一步突出了购物女行为的无休止状态。

除了购物,诗中的女人一无所能。她为了工资而申请工作,却为了衣服丢了工作;她为了婚礼和婚纱与新郎结婚,蜜月里却只在阳光下盯着看自己的金戒指;装修、装饰房子又采购大批家庭用品,包括家具、日用品、电器、电子产品等。从诗歌开始的银先令,到女人用丈夫的信用卡,到第六、七诗节,她购物的规模扩大到"整个欧洲"。她为购买而买,而不是因为需要而买。诗中提到的游泳和桑拿等奢侈消费证明:她购物是为了获得"购买"的快感。这就映射出消费主义的生活方式和理念。因此,可以说,诗歌的第一部分通过夸大对购物狂的刻板印象,表明女性已被消费主义观念完全控制,强化了女性作为被控制的客体的隐喻,这一隐喻思维范式的映射模型是这样的:

消费主义　　　　　　　　⟶　　权威

女性　　　　　　　　　　⟶　　被控制的对象

服从(作为消费主体)　　⟶　　被规训的行为

诗歌的后七节构成第二部分,描述购物女醒来的状态:

> 醒来时她冷得像石头,是石头,是水泥
> 和玻璃,她的眼睛向后斜视着灯光,
> 她的眉毛是半球形的屋顶,她的思绪闪烁着
> 在霓虹下模糊。她似乎跪在地上
>
> 或是蹲着,她的肩膀宽而驼,她的双手
> 大得成了人行道的一部分。她低头看着。她的裙子
> 是不停开关的玻璃门,她的长筒袜是
> 移动的楼梯,她的鞋子是电梯,时上时下(Ⅱ:1-8)

她整个人变成了商场,"冷得像石头,是石头,是水泥/和玻璃"表明女性被物化后失去人性的温暖。诗人没有描写她作为心灵窗户的"眼睛",仅指出她的眼睛斜视着灯光;"思绪"也如同霓虹一样模糊不清。她的姿势令人难以辨认,似跪似蹲——总之并非站立,隐喻女性失去了自我和独立;本应用来做事的双手却成为人行道,隐喻她失去了自主能力;裙子变成不停开关的门、长筒袜变成楼梯和变成电梯的鞋子都隐喻人们花钱便可随意爬上女性的身体。而她身体的不同部位也成了商场里的不同楼层,从一层到五层卖着不同的商品,连她的呼吸也成了礼物的包装:

>   她的呼吸
> 是礼物的包装,纸巾和绳子窃窃私语,她很喜欢
> 她心中的更衣室,屋顶餐厅
> 在她眼里,黑暗的地下室
> 巨人咆哮着,卸下沉重的箱子。
>
> 天空正在展开,把自己撕成碎片。
> 她会举行大甩卖,人群会通宵排队。
> 对着她的贱货,拼命想要便宜货。(Ⅱ:20-27)

诗歌充分展示了诗人非凡的想象力,把一个充满物欲的购物女描写成了没有生命的商场,她失去了工作和生活能力,失去了爱的能力和人性。"女性身体变成商场"隐喻着女性身体被消费的现象和女性作为消费客体的身份。根据"自我控制即控制客体"的隐喻模型,女性是消费主体的同时是被消费主义文化控制的客体,而女性身体则是被消费的客体。该隐喻的映射模式是:

女性　　　　　　　　　⟶　　消费主体
女性身体(商场)　　　　⟶　　消费客体
主体控制客体　　　　　⟶　　女性对自我的控制
失去对客体的控制　　　⟶　　失去对自我的控制

这种客体身份与女性作为消费主体的身份毫不冲突,说明女性无论怎样都是被消费主义文化控制的客体。

三、女性身体融入大地:被掠夺的客体

大地母亲的隐喻早就为人们熟知。而《劳作》一诗通过描述母亲养育孩子的过程赋予该隐喻以新的意义。在《劳作》中,从第一节到第九节母亲劳作供养孩子的数量不断增加,隐喻了人类社会逐渐发展的过程;母亲的劳作也从最原始的家庭劳作扩大了领域和提升了现代化程度,最终变成大地的一部分。在此过程中,母亲为养活孩子,作为劳作的主体,不断掠夺地球,同时,她又像自然一样被掠夺了自由,被迫不停劳作。

《劳作》开始对女性劳作的描述局限于传统的性别劳动分工①,即"在家劳作",因为母亲最初只有一个孩子:

> 为了养活一个孩子,她在家劳作,
> 洗衣,熨烫,缝纫。
> 一个小嘴巴,一个盛汤的勺子,
> 生活就像一场梦。(1:1-4)

这里描述了家庭生活的幸福:母亲刚生下第一个孩子,很容易通过一些轻松的家庭劳作养活孩子,这是女性在家庭领域的传统身份映射。然而,随着时代的发展,女性开始承担家庭之外的责任。正如"现代社会,一些优秀女性已冲破了传统社会公私领域对女性的束缚,进入到公领域中去参加社会劳动"(祝平燕、夏玉珍,2007:163)一样,该诗后面的内容映射了女性身份随社会发展而产生的变化,表征方式是她的孩子迅速增多。一个孩子变成两个之后,女性走出了家庭,步入田间地头,参加农业劳动:"为了养活两个孩子,/ 她在外面工作,播种,浇水,/脱粒,割草"(2:1-3),成为农业生产的主劳力;两个孩子变成四个之后,她的工作更加辛苦(3:1),开始从事商业活动——在酒店工作(3:1),成为商业活动的主力军;孩子变成十个之后,进入了工业时代,女性在机器的噪声中与灯光、油和金属打交道,成为工业革命的力行者;孩子从十个变成五十个之后,她汗流浃背地在一家工厂日夜劳作:"为了养活五十个孩子,她辛勤劳作,流汗,上/夜班,拖着脚,抬着脚"(4:3-4);孩子成千上万时,她建起了道路、高楼大厦和城市:

> 为了养活上千个孩子,她建了街道,
> 为了加倍养活,建了高层住宅。城市发展,
> 她的子孙成倍增长,住满人的摩天大楼
> 增长了三倍。为了养活更多,
>
> 她在地下挖洞,挖隧道,

---

① "女性被赋予私人领域承担生儿育女、操持家务与照顾老人的责任。从等级化性别劳动分工的形成可以看出,等级化性别劳动分工是一种社会建构,是历史的产物"(祝平燕,夏玉珍,2007:142)。

> 铺设铁轨,驾火车。四倍的孩子来了,
> 多倍增加,她造了飞机,比声音还快。(第5~6节)

在描述母亲养育的孩子数量不断增多的过程中,诗中记录了人类的科学技术、工业革命、城市、商业和互联网的发展。在第七节,电视和互联网占据上风,为百万个孩子,"她日夜在网上购物"(7:4),成为网络时代的消费者。然而,这些发展并不一定是进步,更多的是为维持不断增长的人口而采取的绝望措施。母亲在此过程中被非人化,在最后一节,她在努力工作的过程中失去了生命:

> 她哺育了
> 世界,乞求雨水,将牙齿散落在她的头上
> 为了谷物,舌头游到河里产卵
> 病了,死了,躺进了坟墓……(8:4-9:1-3)

可以说,女性为了养育孩子进行劳作是劳作的主体,但是,一旦将女性身份与母亲养育后代的义务联系起来,女性便成为客体。如同地球容纳人类一样,母亲最终被掠夺至死,融入大地。该隐喻的映射模式是:

女性 ⟶ 劳作的主体
被掠夺的客体 ⟶ 自我(地球)
控制客体 ⟶ 劳作的主体对自我(地球)的控制
失去对客体的控制 ⟶ 劳作的主体失去对自我(地球)的控制

总之,通过向读者呈现无数民间故事、神话和异教宗教中出现过的传统的地球母亲的寓言,该诗把单身母亲养育子女的经历与地球遭受人类掠夺的事实结合起来,通过母亲身体融入大地的描写完成了女性身份的构建:人类为了满足生存需要不断进行物质生产,直至影响到地球环境和生态,导致全球性环境恶化等问题。母亲身体融入大地的描述是女性被掠夺的客体身份的隐喻。

四、"她是历史":被遗忘的客体

女性与历史同在,却被历史忽视。《历史》一诗描述了一位孤独的老妇人,她见证了历史上的所有重大事件——从耶稣从十字架上下来的那一刻起,直到世界大战中的战时撤离,却被单独留在一个腐烂的房子里。该诗提醒世人,

女性经历往往迷失在重点关注男性的历史中,女性身份在历史长河里是被遗忘的客体。

这是一首由七个六行诗节组成的自由体诗。开始就表现出对于传统父权制观念里女性的纯洁美丽形象的反叛,创造了一个丑陋肮脏的女性形象:她的嘴巴"没有牙齿"(1:2),看起来"半死不活"(1:3)。在前两个诗节中,"一瘸一拐"(1:4)、"咕噜咕噜"(2:1)、"呼哧咳嗽"(2:3)、"打瞌睡、打呼噜"(2:6)等动词的使用进一步说明女人行为的不得体和不优雅;而且闻起来还有"尿味"(1:6)。总之,该形象与父权制中的女性原型相反。这种直白的描述给人以震撼,展示了女人的自然状态,将丑陋和缺乏优雅看作无须回避的品质,打破了刻板印象,表明女性不被社会所关心,在变老时被遗弃的事实。

随后,在第三节第一行出现了"她是历史"("She was History")的诗句,"她"和"历史"开头字母都用大写,似乎在突出"历史"的宏伟。随后便使用"她看到"(3:2)开始列举女性见证的历史事件,包括耶稣被从十字架上放下(3:2-3)、耶稣遭受羞辱(马太福音 26:67)(3:5)、耶稣的复活(4:2)、罗马帝国的兴衰(4:3)、中世纪战争(5:2)、英格兰和苏格兰的冲突(5:3)、第一次世界大战(5:3)、第二次世界大战(5:4)、越南战争(5:4)、希特勒的自杀(6:3-4)和去集中营(6:4-5)等等。在列举这些事件的过程中,除了开始的"她看到……",还用了她"到过"(4:1)、"望着"(4:4)、"见证"(5:1)、"听到"(5:4)等,都是静默无言的动作,表明女性在历史上没有话语权,只能静默地观看周围的事件,映射了女性被遗忘的客体身份。该隐喻的映射模式是:

老妇人　　────→　　见证历史的主体

客体　　　────→　　自我(历史)

遗忘客体────→　　见证历史的主体对自我(历史)的遗忘

诗中几处使用微妙的内韵也暗示女性虽重要却被隐藏、被遗忘的历史事实。内韵使诗行之间密切联系,而微妙的音节回响仿佛反映了历史的联系本质。内韵还创造了词与词之间的联系,象征着历经大历史事件的女性之间跨越历史的联系。

最后一节回到现在,女人从过去的记忆中退出,去探索"空房子"(7:1)。她的家被人肆意破坏,"砖头砸进窗户"(7:2)表明人们不关心她,女性的视角和记忆在时间中被遗忘。最后两行的意象——"包裹在报纸上的狗屎贴/在地板上"(7:5-6)突出了报纸等具有话语权的媒体的报道令人作呕。该意象令读者感到不适,与开始老妇人的丑陋肮脏呼应,揭露了历史上女性被社会忽视、被虐待的事实,强调了女性被遗忘的客体身份。

五、小结

从概念隐喻的视角看诗歌《节食》《购物女》《劳作》《历史》里的寓言故事，可以发现诗人的隐喻思维。"人类最初的生存方式是物质的，人类对物体的经验为我们将抽象的概念表达理解为'实体'提供了物质基础，由此而派生出'本体隐喻'——将抽象的和模糊的思想、感情、心理活动、事件、状态等无形的概念看作是具体的有形的实体，特别是人体本身"（彭增安，2006:132）。女性因厌食症而失去身体，便失去了自我；女性因购物而变成商店、因被掠夺而变成大地则是女性身体商品化和物化的表现。

从个体的角度来看，自我是自我控制的主体，身体是客体。但从社会的角度来看，各种社会力量是主体，节食女、购物女、母亲和老妇人是社会控制下的客体。《节食》中的"厌食症的真女儿"被男性霸权社会视女性身材苗条为美的传统观念控制而失去自我继而被吞噬，《购物女》中作为消费主体的购物女被消费主义观念控制变成被消费的客体，《劳作》中的母亲为养活孩子而被迫劳作继而变成被人类掠夺的大地，《历史》里的老妇人丑陋肮脏无人问津，像历史一样成为被遗忘的客体。总之，社会力量超越个体力量，从而造就了不少"牺牲品"。这些微隐喻共同呈现了女性客体在男权社会所具有的被动身份这一宏隐喻，由此隐喻思维贯穿诗集《女性福音书》，女性身份微隐喻及其构建的宏隐喻突出了诗集里的女性身份主题。

第四节 戏仿史诗《斯坦福德女中的笑声》的隐喻叙事与女性共同体

《斯坦福德女中的笑声》（"The Laughter of Stafford Girls' High"，Duffy，2002）在《女性福音书》的中间，以女性共同体追求自由与解放为主题，与之前的关于女性客体身份的诗歌形成鲜明对照；因以学校作为故事的发生地，与该诗集后面书写情感的诗歌也明显不同，起到了过渡作用。

作为一首戏仿史诗，《斯坦福德女中的笑声》展现了诗人少年时曾就读的女子中学里富有感染力的笑声在学校此起彼伏，最后导致学校关门的过程。因克莱尔（Carolann Clare）写给简（Emily Jane）的纸条引发笑声，女生们纷纷受到感染,一个接一个笑起来,笑声传遍整个学校,教室的压抑气氛被笑声所颠覆。笑声作为自由表达的隐喻,与女孩们被迫死记硬背的教学惯常形成鲜明对比。老师们受到女孩自由笑声的感染,纷纷追随自己的梦想:白特小姐(Miss Batt)和邓恩小姐(Miss Dunn)终于走在一起,娜迪亚姆巴巴小姐(Miss Nadiambaba)成了一名诗人,麦凯恩太太(Mrs. Mackay)登上了珠穆朗玛峰。诗歌以女性的反叛和梦想的实现结尾,校长不得不关闭学校。该诗通过笑声传播的系列隐喻表现了女性声音通过个体感染整体、女校师生共同追求自由与解放的力量。

史诗是一种叙事诗,一般以神为题材,描写超自然的人物或英雄。黑格尔认为:

> 作为一种原始整体,史诗就是一个民族的"传奇故事"或"圣经"。每一个伟大的民族都有这样绝对原始的故事来表现全民族的原始精神。从这个意义上说,史诗简直就是一个民族所特有的意识基础。
>
> (黑格尔,2016:406)

《斯坦福德女中的笑声》使用与史诗相同的长篇叙事形式结构,但诗歌内容是学校的师生及其日常教学与生活,并因完全聚焦于女性可被解读为第二次女权主义运动中的女性声音(Yun,2019),因此是戏仿史诗。而学校是一种意识形态国家机器,因为在阿尔都塞看来,统一和严格划分的镇压性国家机器包括国家元首、政府及其行政机构、武装部队、警察、司法机构及其所有机构(法院、监狱等)(Althusser,2017);同时,意识形态"也是一种以现实存在表现出来的特殊的非强制国家机器"(张一兵,2003:161)。由此看来,"意识形态国家机器"便包括教堂、工会和学校等(张秀琴,2007:69;张羽佳,2017:106)。

> 在当代社会,在所有这些意识形态的国家机器中,学校取代了教会,占据了支配性的地位……在资本主义社会中,学校容纳了各个阶级的学龄儿童,每周五六天,每天八小时向他们灌输一定量的、用占统治地位的意识形态包裹着的"本领"(语文、数学、自然、科学、物理、文学)。或者干脆就是赤裸裸地占统治地位的意识形态所要求的伦理学、道德观和公民守则等。
>
> (张羽佳,2017:107)

女生们用笑声互相鼓舞,笑声传遍学校,最终让老师们与她们一起从沉闷的生活中解放出来,隐喻着女性解放的力量对意识形态国家机器的颠覆力量。语言与诗律能在诗歌中产生感知(Tsur,1992;张之材,2019)。鉴于《斯坦福德女中的笑声》中斜体诗行众多,语音效果突出,意象众多,现从语相、语音和意象三方面探讨该诗对女性共同体追求自由与解放的隐喻叙事。

一、语相的隐喻叙事与话语内容的改变

全诗共有47节,每节13行,共计611行,跨20多页,占据诗集的三分之一。初读该诗,最突出的印象是诗中一些诗行使用斜体——"作为一种语相突出形式,斜体可用以强调重要成分","一般用来表示引用只言片语、标题、外来词等。这些成分的高频率出现可成为一种突出形式,可形成某种文体风格"(张德禄,1995:4)。诗中的斜体内容开始多是老师的话语,有些涉及女生学习的内容,是对需要学生记忆的东西的罗列,表现了学校教育的枯燥和无聊,也表现了诗人对于死记硬背的反对态度;有些是老师面对学生的笑声对学生的询问或要求学生停止大笑的命令,因为未能有效阻止学生的笑声而显得无力。随着笑声的感染,老师们开始改变,斜体的内容也随之改变,不仅有老师们的话语,也有老师们内心世界的描写、女生们和"诗人"的话语以及引文。斜体书写的内容与诗歌突出表现的内容对应,表现了女生们的笑声带来的老师们的改变。

该诗前两页、前九节里斜体排列的诗行均为老师们的教学话语。第一节两个三年级女生互相递纸条的过程中穿插其中的四行英国河流名称(1:3-4;1:9-10)和第二节的水域名字(2:5),直接呼应开始提到的"听烦了课"。当学生的笑声影响到老师讲课后,老师提出要求"也许/她说,我们可以分享一下这个笑话?"(3:3-4),询问笑话的内容(6:1)。但是,学生们没有分享笑话的内容,而是一直笑,于是老师反复喊叫要求她们停止笑声:"姑娘们!"(3:9,12)、"谢谢你们!"(4:6)、"请!"(4:7),直至点名让一个女生"起立"(*Stand up, Geraldine Ruth*)(4:13)并高声叫道"安静",这里使用了大写的"*SILENCE*",突出了老师的愤怒。但隔壁班老师的声音传来关于风力的表达:"0级,无风;1级,软风;2级,微风;3级,/……6级,劲风;/7级,疾风……"(6:11-13)于是又有学生笑起来,以至于老师连续五次问她"有什么好笑的?"(7:1,2,3-4,7-8)。中间四年级学生开始尖叫,并被一年级学生听到,受到影响的老师喊出"不要看书本,看着我"(7:12-13)之后,也叫出"有什么好笑的?"(8:1),直至第

九节提及二年级学生朗诵的男性诗人名字(9:3-5,8)。

第10~12节描写老师们放学后的生活,没有斜体书写。第13节关于麦凯恩太太夫妻生活的描写最后出现了斜体的内容:他做填字游戏时,她给他提示(13:12-13),似乎表明女性比男性聪明。而第14节则一开始就明确将女教师描写为聪明智慧的,并在倒数第二行提及勃朗宁对爱人说出的"亲爱的,做我的妻子!"(14:12),而最后一行用非斜体提及白特与法夫小姐的亲密关系:Miss Batt dreamed of Miss Fife(14:13),将两位女教师的关系与勃朗宁夫妇的异性关系对立起来。

第15节关于第二天早上集合的描写中出现了校长的话语,他缓慢而严肃地提及前一天发生的事情:"昨天……/低年级表现愚蠢,偷偷笑了/大半个下午"(15:7-9),低年级学生却又开始笑。第16节提及五、六年级学生加入笑的行列后西班牙语老师用西语发出的惩罚,斜体排列在第16节中间。

从第16节开始,斜体的诗行开始不再仅是老师们的话语。第16节最后到第17节出现了某位诗人的跨行诗句:"*A good laugh* / *as the poet Ursula Fleur, who attended the school,* / *was to famously write, is feasting on air*"(16:13-17:2)。诗人不是老师,也不是学生,而是老师和学生之外的旁观者,客观地描述学校里的情景。这似乎又是一个转折。第18节便开始出现斜体书写的女生们的话语。首先是第18节的"人人为我,有人叫道,我为人人"(18:11-12)——体现共同体意识的话语,随后是第19节女生们的惊呼"看!"(19:7),表现女生中的骚动。但该节仍有老师的教学内容:"珠穆朗玛峰,第二次远征……"(19:11)。与前面的教学内容不同的是,这次教学内容出现后,老师打开了窗子,"深吸着外面雪激情澎湃/的冷。一个狂野的念头像种子一样在她头脑里播种"(19:12-13),隐喻笑声开始带给老师变化。

诗人Ursula在第20节第4行又一次与她的散文诗"雪"出现,进一步表明学校的各种变化。一个斜体的"雪"字与下面占了三行的英格兰王朝名称形成对照,似乎在表明传统的教学方式难以改变。但是,随后两节又没有斜体书写,直至第23节,才又出现校长领着唱圣歌"我向你/发誓,我的祖国"(23:11-12)以及教职工们的齐唱"所有尘世的事物……"。歌词继续在第24节前两行以斜体形式出现,表现了校长为首的教师群体对上帝的忠诚。但姑娘们仍在笑,于是校长低沉地发出命令:"*This girl*, boomed the Head, *will stand on this chair for as long as it takes for the school to come to its senses. SILENCE!*"(24:10-12)。命令似乎奏效了,学校里一片安静,校长心里暗想"那事情弄糟了"(*That, she thought, …has put the tin lid on that.*)(25:4-5)。

斜体的内容成了人物的心理描写,包括该节中噪声又一次响起之后校长的心理活动和下一节麦凯恩太太与先生一起用餐时的内心世界。随后的斜体内容又成了对文字游戏里的词的定义。这种交叉似乎表明麦凯恩太太内心与现实的对抗。这种对抗持续着,直到第 28 节最后三行与第 29 行开始四行麦凯恩太太用颤抖的声音朗读克莉奥帕特拉的哀歌(Cleopatra's lament)。这段朗读与学校的朗读不同,因为麦凯恩太太朗读时充满了感情。白特小姐发生的变化也通过她在教工室里读关于英国与西班牙战争的小品文以斜体形式表现出来,关键是,这次阅读不再是枯燥的教学,她读后便在心里咒骂起来(第 30 节)。而娜迪亚姆巴巴小姐的诗歌教学内容则不再以斜体形式出现(第 31 节)。第 32 节唯一斜体的单词是"知道",邓恩小姐"知道"自己被盯着看,又是心理描写。心理描写内容的斜体呈现隐喻着笑声对老师们的影响。

第 33 和 35 节里的斜体内容又成了教学内容,似乎一切恢复了正常。但是,结果笑声又起,伴随着麦凯恩太太高声朗读鲍西亚(Portia)的演讲:"慈悲/不勉强。它像雨水温柔地从天上降落凡尘"(*The quality of mercy/is not STRAINED. It droppeth as the gentle rain from HEAVEN/Upon the place BENEATH*)(35:10-12)。斜体的诗行里 STRAINED、HEAVEN 和 BENEATH 三个单词全部大写,凸显了朗读者的情绪,也预告后面响起的笑声来自天上。

笑声引起校长的重视,她组织全体教工开会,征求大家的意见。校长的讲话内容以斜体排列,但是随后斜体排列的却是被点名发言的麦凯恩太太唱出的歌。歌词从第 37 节延续到第 38 节,一片安静之后,白特小姐说"凡夫小姐和我这学期要离开"(38:4),邓恩小姐等也表示要离开学校,只有校长最后说了一句无人回应的"姑娘们……怎么办?"。

诗中通过斜体诗行记录了老师们改变过程中旧生活对她们的深刻影响。首先是早起出行的麦凯恩太太心里满是文字游戏,第 39 节里先后有 5 行出现斜体的单词,与她的行程交替出现,突出了婚姻生活对她的深刻影响和她挣脱婚姻束缚的努力。其次是与白特小姐在一起的凡夫小姐睡梦中还在念叨教学内容"斜边的平方等于另外两条边的平方和"(40:3-4),说明教师对教学工作的投入。

整首诗用斜体书写记录了学校关闭前后的关键时刻。首先,斜体书写呈现了邓恩小姐在学生考试后说的话语:"把试卷传给你左边的/女孩儿批阅,答案是:……"(41:10-13),突出学校教育缺乏创造性的培养,这成为学校关闭的正当理由。其次,在校长即将宣布关闭学校时,以斜体形式呈现了老师朗读的吉普林的诗句:"如果你能在/失去之后迫使心神体力投入/转折"(42:9-11),看似是对校长的鼓励,然而鉴于她们的离开,说这种话实际上充满了讽刺意味。第43节开始出现校长讲述学校关闭情况的话语,四行均以斜体呈现,结果换来的是出乎她意料的热烈掌声。该节最后以姑娘们朗诵布莱克《耶路撒冷》的诗行结束:"直到我们在英格兰绿色愉悦的土地上建立耶路撒冷",突出了姑娘们得知学校要关闭时欢快的心情。

关于校长的最后一节里不再将她的内容以斜体表示,斜体呈现的是邓恩小姐给她的信:"我们明天早上要离开第二营地……"(44:11-13),突出了老师们离开学校后的自由和校长权威的消失。

整首诗最后一次斜体书写的内容是麦凯恩太太引用的莎士比亚戏剧《李尔王》里的片段:"像怒海一样/疯狂;高声歌唱;头戴野草和杂草,/牛蒡、毒芹、荨麻、杜鹃、毒麦"——考狄利亚夫人四处寻找父亲时对李尔王的描述。"歌唱在李尔王的眼中具有某种生活方式的意味:他从弄人的歌里学会或者懂得,歌唱或者歌中的世界和智慧,是一个更加美好的世界,某种程度上也是远离政治的世界"(娄林,2021:133)。该片段用斜体书写,而象征着婚姻对麦凯恩太太影响的词语未用斜体书写,突出了麦凯恩太太远离婚姻生活的决心。

总之,这首长诗通过斜体书写记录了单调乏味、无益于学生创新能力培养的学校教育话语,通过大写和斜体等语相形式"抵抗着它所嘲弄的单调乏味"(伊格尔顿,2017:130),呈现了老师在变化过程中的内心世界。这种语相风格形成了隐喻叙事,有助于诗歌主题的表达。

二、语音韵律的隐喻叙事

楚尔论述了语音与语义的密切关系(Tsur,1992)之后,福纳古(Fonagy,1999:19)提出"语音隐喻"(melodic metaphors),主要指语音(或发音方式)与语义的对应关系。他认为有三种:一是发音方式与某种情感表达的对应关系;二是发音器官运动与身体姿态的对应关系;三是紧张程度、延时和言语速度与情感程度的对应关系。认知语言学家认为,拟声是人类最古老的构词方法(汪榕培,1997:88),是语言的起源(Herder,1999),因此包括拟声在内的发音的象似性也是一种语音隐喻。从宏观角度来看,拟声可视为一种换喻,"即在同一域中用整体代替部分,或部分代替整体或另一部分。用模拟事物发出的声音这一部分现象来喻指整个事物,可视为一种语音换喻"(李弘,2005:70)。李弘结合英语词汇学方法,提出英语语音隐喻包括音同义异类隐喻(homonym metaphor)、音同形同义异的语音双关、语音仿拟和押韵表达等现象。

沃伦认为,如果"把隐喻作为呈现世界的文字视为周围存在的一种光晕,把节奏看作包括尾韵、头韵和语言变体的语音性质,把陈述看作包括对象、事实、事件和想法的文字内容",那么"对诗歌至关重要的是,隐喻、节奏和陈述这些元素便被吸收到一个充满生机的统一体中了"(沃伦,2004:11)。在《斯坦福德女中的笑声》中,达菲充分发挥其运用语音仿拟、格律和押韵的技艺,突出了诗歌的主题。

首先,该诗通过语音与格律表现教学气氛的沉闷与女生笑声带来的快乐。教师课上的教学话语总是长篇大论,因此多处列举时,该诗均通过节律的停顿突出教学内容的冗长乏味;有时学校单调的压迫也通过生硬的半谐音(assonance)来强调,如第18节提到"集合的糟糕的事情"(Assembly's abysmal affair)(18:6),听来令人沮丧;第20节长达三行的英国皇室名单"*Egbert, Ethelwulf, Ethelbald, / Ethelbert, Ethelred, Alfred, Edward, Athelstan, Edmund, / Eadred, Eadwig, Edgar*……"(20:7-9)突出了教学内容的乏味。而和音(consonance)的使用突出了快乐的声音效果,如"laughed out loud"(1:13)因为在第1节最后出现而得以强调,说明了"高声大笑"的重要性,/l/音的反复出现创造了一种流动的感觉和欢快的韵律,还在后面的诗节中通过水的语义来描述笑声得到呼应,如,把简的笑声说成是"一种流体,一声汩汩,一片涟漪,一滴细流,一声潺潺……"(a liquid one, a gurgle, a ripple, a dribble, / a babble…)(2:7-8)。

其次,头韵和格律也用以表现人物关系。比如,"Music and Maths"(12:6)分别是白特小姐和凡夫小姐两位老师所教的科目,因/m/音押头韵而产生和谐,喻指二人关系之和谐。最后一行"一周两次,放学后,对他们俩来说,似乎已经足够了"(12:13)中的停顿,减缓了节奏,反映了两人之间的亲密关系,令二人的相处显得舒适而浪漫。而且,缓慢的节奏还反映了她们彼此之间日益增长的好奇心。

再次,押韵也用来表现情绪。如第2节里通过"day"与"play"制造前两行的押韵来加快节奏,即使"课间不得不在室内"("kept indoors at break")(2:2),令人感觉压抑,快节奏也隐含着对自由的向往和追求。在第3节讲述纸条被踢来踢去的细节时,先后出现了/k/音在"kick"、人名Kay和Jessica Kate中的重复,Jennifer和Marjorie以及Jessica中/j/音的重复,以及Kay和May的押韵。第4节又通过第2~3行的"holding""thinking""pinching"和第5~7行的"shaking""cracking""clapping"以及第9行的"filling"形成押韵。而

"crumpled"和"crunched"(5:3)、"desk"和"rest"(6:4)、"book"和"look"(7:13)、"door"和"Uproar"(8:6)、"titters"和"giggles"(9:5)、"door"和"roar"(9:12)、"tropical""corridor""clock"(9:13)、"school"和"moon"(10:12)等中间的内韵,"dark""done""dance""dust""dates"(10:5-7)之间的头韵/d/与"poets""painters""playwrights""politicos"(10:8-9)之间的头韵/p/均有助于表现和谐与快乐。

复次,该诗还用语音表现人物特点。如,用嘶哑的齿音来描述西班牙语老师迪韦兹斯女士的"衣着考究、严格、苗条、严厉"(The Sixth Form,…shrieked. Señora Devizes,/ sartorial strict, slim, severe, teacher of Spanish, /stalked from the stage and stilettoed sharply…)(16:5-7),这些词中持续的/s/音产生了一种耳语般的品质,反映了老师的安静和愤怒。尽管她一直大喊"卡劳斯!"(iCallaos)却不能控制局面,进而突出了孩子们的自由散漫与无法控制。

最后,拟声词的使用增强了笑声作为自由力量的隐喻。如,在第17节,大笑被描述为"一种点燃又熄灭的蠢蠢的喜悦"(A silly joy sparkled and fizzled)(17:7)。如果说用"silly"修饰"joy"突出了孩子们的天真烂漫,"sparkle"一词便将"joy"隐喻为一种光,而拟声词"fizzle"一词则进一步将这种"joy"与姑娘们的笑声结合起来,提高了象似性,成为一种转喻,喻指笑声。

总之,达菲在诗中充分运用谐音、半谐音与格律表现学校教育的乏味、学生们追求自由的欢乐、白特小姐和法夫小姐的亲昵关系;用头韵和尾韵表现节奏和情绪;还运用语音的象似性表现人物特点,用拟声词增强笑声的隐喻效果,表达女校师生追求自由与解放的主题。

三、意象的隐喻叙事

意象"是在瞬息间呈现出的一个理性和情感的复合体"(洛奇,1993:108;Pound,1972:59)。"意象"一词在西方得到广泛运用是在20世纪初,意象派诗人在伦敦发起了意象主义运动之后,受到影响(周洁,2020b)的达菲在诗歌创作中使用了多种意象。沃伦认为,"意象可以作为一种隐喻存在"(沃伦,1989:6),而且反复作为隐喻呈现,构建了诗歌的隐喻叙事。

莱考夫则认为,意象隐喻通过内部结构将传统的心理意象映射到其他传统的心理意象上(Lakoff,1987:219),而且,意象隐喻中的意象均为传统意象(Lakoff,1987:220)。"在心理学上,'意象'表示有关过去的感受上、知觉上的经验在心中的重现或回忆"(沃伦,1989:3),包括视觉的、听觉的、嗅觉的、味觉的和触觉的,"简称为视象、声(听)象、嗅象、味象和触象"(黎志敏,2008a:19)。从动静的角度来看,诗歌意象又分动态意象和静态意象。从喻体的内容来看,又可分为自然意象、实物意象、人物意象等等。《斯坦福德女中的笑声》一诗中先后出现了水、花、地球、月亮和太阳等自然意象。

诗中反复出现水的意象。虽然第1节中河的名字不是意象,但作为该诗教学内容的第一部分,河流的名词确实成了各种水意象的铺垫。第2节就出现了一个触觉意象"湿身游戏"(2:2),"难过"也被比作"长长的河流清单"(sad with rain like a long list of watery names)(2:4),这里用视觉意象"watery"而不是第一节的"rivers of England",仿佛名字也"水汪汪的",突出了姑娘们因下雨不能外出的感伤。与之相对的是,笑声也用水的意象,包括视觉意象"流体""涟漪""细流"和听觉意象"汩汩""潺潺"(a liquid one, a gurgle, a ripple, a dribble, / a babble…)(2:7-8)。这些意象在第8节再次出现时便不是点点滴滴的细流或涟漪了,而是成为"波浪"(8:6),隐喻自由和快乐在姑娘们中的漫延。在第24节成为"潮汐"(24:4)、"浅滩"(24:5)乃至"海洋"(24:5)。这些联觉意象反复出现并有所改变,象征姑娘们逐步摆脱学校的禁锢,放飞自我。诗歌结尾处麦凯恩太太"走进大海……直到海浪托起她/……像新郎与新娘跳舞"(47:10-11),喻指她与自然融为一体,获得新生。而"冷冷的天上海鸥,像姑娘们一样,放声大笑"(47:10-12),与标题及诗中的笑声呼应,结束了整首诗。

水的意象在诗中以其他形态出现。在第17节水的意象变成了雨(a small human shower of rain)(17:9)和雪(Snow iced the school like a giant cake)(17:13),隐喻姑娘们追求自由和解放的过程中遇到的束缚。雪的意象在第19和第20节继续延展,先是"一个雪球,网球大小,嘎吱作响,滚动着/……/从一个球长成地球仪大小,又长/成了大气球大小"(19:6-9),喻指随后老师"反复向一年级学生头脑里灌输的/世界高山"的教学方式给孩子们带来的压力之大。但老师在灌输的同时"深吸着外面雪激情澎湃的冷。一个狂野的念头在她脑海里播种"(19:12-13),喻指压力对于老师的影响并暗示老师的改变。第20节里"雪球的大小被六年级学生滚得大得/如同一个传奇"(20:1-2),而且发出了吱嘎的声音(groaned)(20:2),以至于校长"以为发生了日蚀或者月蚀",隐喻并暗示着重大的变化。

与雪球大小像"地球仪"及其引起的"日蚀或月蚀"的联想相关,该诗还使用了地球、月亮和太阳的天体意象。在第32节里,戴安娜·吉姆听邓恩小姐勾勒旅行、大冒险(32:10)计划时,将"去爬地球的母亲"(32:10-11)与之并列,喻指喜马拉雅山的女性气质。月亮的意象也喻指女性气质,并具有浪漫色彩,如"像月亮上的女孩儿"(19:5)和"贝多芬的'月光'奏鸣曲"(21:6)。而太阳出现在她们爬得"越来越高直至远至西藏的云"(higher and higher into the far Tibetan clouds, into the sun)时抵达的终点,喻指女孩们冲破重重束缚获得自由与解放。

诗中使用花的意象喻指女性的解放。第一次使用花的意象是通过诗中人物露丝的名字,Ruth(4:13)与 rose 的语音相似。第五节开始将露丝描述为一个"脸色苍白的姑娘"(5:1),中间"突然充满重复和青春"(5:9),最后则"从喉间发出约德尔调的/绽放的玫瑰带来的笑声"(yodelled/ a laugh with the full, open, blooming rose of her throat)(5:13),融听觉和视觉意象于一体的描写结合跨行诗句加快的韵律,生动地再现了她高声大笑的瞬间,表现了女性如同玫瑰花"开放"一样获得了"完全"的自由。

花的意象在第 16 节再次出现时便不再是单数,而是"整个学校哄笑着",听觉意象通过视觉意象表达出来,也不再是喉部发声,而是"她们粉红色的胸脯";巧妙的是,胸脯不再用发声来描写,而是换成"盛开了/比为圣歌盛开还多的花"(16:9-11)来隐喻姑娘们集体摆脱学校束缚,追求自由和解放的力量。

总之,各种形态的水、地球、月亮、太阳和花的意象贯穿全诗,成为诉诸感官和审美的连续统一体,把女子中学的师生共同体追求自由与解放的过程以生动的形象呈现出来,构建了隐喻叙事。

四、小结

《斯坦福德女中的笑声》是达菲通过语相、语音和意象等隐喻叙事手段完成的戏仿史诗。斜体书写和大写等语相所突出的内容的改变喻指学校话语权的转移和师生的改变;语音和韵律隐喻有效表达了笑声作为自由与解放的象征的意义;由各种自然意象构成的隐喻叙事则赋予该诗以生动形象的美学价值,并喻指女性团结形成共同体、获得自由与解放的力量和美好。

第五节 永久的连接:从连接图示看母女情

作为认知语言学的重要理论,20 世纪 70 年代中期产生、90 年代以来得以广泛应用的图式理论兼具描述和解释功能,可以借此开展多种研究。意象图式作为感知互动和生命活动中不断再现的动态模式,给我们的经验以连贯性和结构性(Johnson,1987)。在各种意象图式中,连接图式基于人生体验产生。人出生之时由脐带与母体连接,脐带剪断后,由于母亲对孩子的养育,这种连接关系伴随人的一生(Johnson,1987)。运用连接图式理论分析达菲的部分诗歌,可以探知诗人笔下母女之间的连接关系。

一、脐带、陪伴、空巢

达菲在《女性福音书》中收录的诗歌《脐带》("The Cord",Duffy,2002)写到了人生的第一个连接关系。诗人在为女儿作的这首诗歌开头指出,女儿出生时与母体连接的脐带便被剪断了。不同寻常的是,诗人说"他们剪断了她出生时的脐带/把它埋在树下/在大森林的中心"(1:1-3),并在诗中描写女儿对此的疑问和猜测:"看起来像什么?"(2:3),"是真的吗?"(2:6)。她为此陷入困境,乃至"步行去了森林/去寻找她的脐带。走得很远"(5:1-2):

> 跟着一只鸟进了森林
> 它消失了,一只挥舞的手;阴影
> 模糊成一片巨大的黑暗,
> 但是星星是她母亲的眼睛(6:1-4)

黑暗中探寻曾连接自己与母亲的"脐带"的女儿最后发现"星星是她母亲的眼睛",母亲的眼睛照亮她的路。应该说,"脐带"不仅是最初连接女儿与母亲的纽带,也是诗人描述母亲与孩子关系的一个隐喻。

母亲的眼睛不仅照亮孩子黑暗的路,还一直陪伴着孩子。达菲的儿童诗集《与午夜相遇》(*Meeting Midnight*,1999)中的诗歌《一个孩子的睡眠》("A Child's Sleep",Duffy,1999a)是达菲为18个月大的女儿创作的,记录了幼儿入眠时母亲的陪伴。可以说,孩子小的时候,陪伴就是母亲和孩子的连接方式。《一个孩子的睡眠》是一首五节诗,每节四行,押韵格式都是ABCB,听起来很适合描述孩子睡眠的简单、平和而又流畅的呼吸声。整首诗描写母亲看着孩子睡觉、听孩子的呼吸、想象孩子的美好、呼唤孩子的名字,从而保持着母亲与孩子的连接关系。母亲无法进入孩子的睡眠,又想与她共同享受此刻的宁静,可见母亲无法与孩子分离。观察中的母亲在第二节用诗意的语言想象孩子的睡眠:"她的睡眠是小树林,/散发着花香;"(2:1-2),一切如此美好,黑暗中充满"和平"与"神圣",而且没有时间感。这种描述表明母亲对孩子睡眠的美好感受。这种想象在第三节有了深意:"她是住在那树林中心的/精灵/没有时间,没有历史"(3:1-2)。"没有时间"便没有压力,没有对未来的担忧;"没有历史"便没有过去。一切静止在当下的"无言的美好"。在第四节,母亲呼唤孩子的名字,就像"一颗鹅卵石/落在寂静的夜晚"(4:1-2),于是"看见女孩儿开始蠕动,双手张开/捧起柔软的光"(4:3-4)。在母亲眼里,孩子的小手散发着柔软的光芒。最后一节,母亲终于避开孩子,走到窗边,凝视着外面的夜色,思考平静的意义和母亲的意义,感受"月亮的脸"对自己的凝视,似乎远处的月亮可以理解她的"母性"和"智慧"。

但是,这种母性和智慧并不是所有母亲所拥有的。孩子总归要长大,要离开母亲,离开家。达菲诗集《站立的裸女》中《无论她是谁》("Whoever She Was",Duffy,1985)里的母亲被束缚在家里,负责家务,因为"妇女的角色是家庭主妇、母亲、商品消费者以及男人和孩子的情感支持"(刘岩,邱小经,詹俊峰,2007:38),但由于生活仅限于烹饪、护理、清洁、洗涤和育儿,她除此之外一无所知。所以诗的结尾有两行斜体的诗句:"你睁开你死去的眼睛看着镜子/它们正抓着你的嘴"(4:7-8)。孩子们离开家后,她似乎"死了",失去了自己的身份。母亲如此专注地在家里照顾孩子,与他人没有任何联系,以至于产生了"极度孤独"的感觉。《无论她是谁》与其他关于母亲身份的诗歌一样,可以看成是对制度化的母亲形象的描写,但在一定程度上也表现了母亲和孩子的密不可分。

达菲卸任桂冠诗人之前的最后一本诗集《真诚》里的《空巢》("Empty Nest",2018)则纯粹表达了一个母亲在女儿离开家以后的孤寂,这种孤寂也表明母女的不可分离。用达菲的话说,这是她很少谈论的"害羞的悲伤":"当我们的孩子离开、去上大学,开始他们的生活时,这是一种隐秘的悲伤"。因为已习惯与孩子相伴的日子,突然与孩子分离,失去了那种每天的虔诚仪式般的时光,是一种打击。在这种情况下,空巢成为母亲面对的空间,而连接母亲与孩子的是思念。

如同母亲不平静的心情一样,《空巢》一诗结构不像《一个孩子的睡眠》那样齐整,而是由星号分成三部分,每部分八行,前两部分分为三节,最后一部分分为两个小节,整首诗错落排列。第一部分里,母亲开始就呼唤孩子"亲爱的孩子,当你离开时,房子会枯萎"(1:1)。孤寂的母亲甚至研究鸟妈妈是不是会因为幼鸟离巢而感到悲伤。第二节第一行就缩进排列,似乎意在用行前的空白突出孩子房间的空旷和母亲心里空荡荡的感觉。

> **你的空房间**
> 是被未关的门框住的静物画;
> 是一本地板上打开的书,被阳光阅读。
>
> 我叠好衣服;在黑暗中悬挂你的
> 花裙子。勿忘我。
> ＊
> 越过高高的栅栏,我听到七叶树果
> 数着自己。
> 　　　然后是秋天;圣诞节。
> 你来了又去,唱着歌。然后是冰。雪花莲。
>
> 我们的家用沉默的手遮住了它的脸。(第2~5节)

诗中第一部分第三节描写母亲整理着女儿的衣服并说出"勿忘我",结束了开始叫着"亲爱的孩子"之后想要说出的话。第二部分通过描写母亲听到七叶树果子一颗颗落下,表现母亲的漫长等待——母亲像数着果子个数一样数着日子。在"然后是秋天"之前,又是一片空白,表现女儿不在家时母亲心里的失落。紧接着的"你来了又去,唱着歌"的简短句式突出了女儿回家后母女相聚的时间之短暂。"然后是冰"则表现了冰冷、孤寂、漫长的等待,后面的"雪花莲"作为希望的象征,则预示母亲对女儿再次回家的期待。在这种孤寂和期待中,"家"是沉默的。母亲说她一度只知道"母性",没有预料到会有这种因为期待女儿回家而产生的心跳加速。第三部分记录了母亲内心的悲伤:

> 这是害羞的悲伤。它不会大声说话。
> 我在钢琴上弹奏一个和弦;
> 　　　　它消失了,巧妙地,
> 如同黄昏笼罩着花园;一只喜鹊从树枝上凝视着。
> 站在长凳旁边的大理石女孩。
>
> 从当地教堂传来的钟声像魔咒。

夜晚的星星像一条短信。
那么,然后怎样……(第 7~8 节)

这种悲伤让人难以启齿,所以母亲只能默默承受。即使"在钢琴上弹奏一个和弦"之后也会出现一片空白,因为它像黄昏笼罩花园一样巧妙地消失。而母亲就像从树枝上凝视着长凳旁边大理石女孩的喜鹊一样,遥望着女儿的身影,期待她回家。也许女儿离开家后与母亲的交流方式是短信,所以母亲除了期待女儿回家,还期待她发来短信。对此,最后一节诗人把教堂传来的钟声比作魔咒,在这种魔咒下,夜晚的星星在母亲眼里像短信。但是,短信也无法排解母亲想念女儿的悲伤,于是,她问道,"那么,然后怎样……"(8:3),表达了一种期待中的无奈。

这种空巢的无奈在达菲于新冠疫情期间创作的诗歌《手》中又一次出现。这是一首短短的六行诗:

我们对着黑暗鼓掌。
我静听我女儿的
小手的声音,
但她远在千里之外……
虽然我能看见她的手
当我把我的头放在我手里。[1]

这里的"黑暗"指涉疫情给人们带来的死亡威胁,以及由此产生的抑郁心情。该诗以"我们"开始,表现出公共性。"鼓掌"则是英国民众在新冠疫情期间向医护人员表达敬意的一种方式:2020 年 3 月 26 日(星期四)"是第一次民众表达感激之情,预计这样的活动每周进行一次"[2]。因此,"对着黑暗鼓掌"是勇敢面对死亡、抵抗病毒和抑郁的努力。诗人"静听"女儿的声音,表达了对于母女相见的期待,但是令人失望的是"她远在千里之外"[3],诗人只能无奈地

---

[1] Duffy, "Hand", WRITE where we are NOW[OL]＜https://www.mmu.ac.uk/write＞, read at//:36, on 5 December,2020.

[2] 详见唐宁街上的猫.《百万英国人为医护英雄鼓掌,首相隔离中不忘支持,活动将每周进行》[OL],＜https://www.sohu.com/a/385232914_120092943＞,read on 22 December,2020.

[3] 达菲的女儿生于 1995 年,也是诗人,在伦敦发展。

两手托腮。

可以说,从《脐带》中母女之间的脐带被剪断,到《一个孩子的睡眠》里母亲陪伴女儿入眠与成长,再到《空巢》中女儿离家后母亲的独自守候,直至新冠疫情期间,母女之间的连接一直未断。这种连接是母亲关注女儿的眼睛,是日常生活中的陪伴,是女儿离家之后母亲的期待。

二、牵挂、影响、共情

达菲不仅为女儿创作诗歌,还为母亲创作了很多诗歌,记录母亲给孩子的关爱、影响和付出。这些诗歌都表明母亲与孩子之间深深的连接关系。

在《他国》里的《谁爱你》("Who Loves You",1990:41)一诗中,母亲表达了对孩子"坐在那些神秘机器里旅行"(1:1)的担忧,建议女儿"吸气和呼气"(1:3)要轻松,要"在凉爽的树荫下休息"(2:3),要"把你的声音传给我"(3:3),要"在光亮中行走,稳稳地朝我赶"(4:3)。母亲在这首四节四行诗的每节最后一行和最后的对句里重复"安全地,安全地,安全的家"(Safely, Safely, safe home),说明母亲对孩子的安全充满忧虑,对孩子充满关爱和牵挂。这种牵挂是孩子离家出门后母亲与孩子的连接。

母亲在生活中以各种方式影响孩子。戴西·古德温(Daisy Goodwin)认为达菲的诗《我母亲说话的方式》("The Way May Mother Speaks",Duffy,1990)表明母亲是"促使卡罗尔·安成为诗人背后的力量"。这是一首3节的小诗,第一节5行,后面两节各9行。诗歌开头叙述者说她正在模仿母亲的声音。这意味着,母亲特有的句子和短语已进入叙述者自己的思维。在有特殊需要的时候,比如当她面临生活中的巨大变化时,这些句子和短语就会出现。最后是离开童年,展望未来的描述。即使母亲不在,母亲用的词语也很容易进入她的脑海,并从她嘴里发出声音。当她需要的时候,它们是一种安慰。

叙述者一开始就说"我在脑子里说/她的短语"(1:1-2),有了标题提供的先验知识,读者应该马上意识到说话者指的"她"是母亲。第一行"say"和"phrases"之间形成的腹韵与下面两行里的"head""breath""restful"之间形成腹韵的/e/音,在最后一行斜体的*"The day and ever. The day and ever."*的连续重复,似乎在说明母亲说话的方式对"我"的影响:

我在脑海中或在
浅浅的呼吸中

自言自语着她的话,
安稳的身影在移动。
今天和永远。今天和永远。(1:1-5)

第二节换了一个场景:一列火车缓慢地行驶到英格兰,天空从蓝色变成了冷灰,"我"说了好几英里了,"它像什么?"(张剑,2002:249)这句话与第一节的"*The day and ever*"一样,重复了两次,但是中间插入了两个诗行"我思考时说话的方式。/没有什么沉默。没有什么不沉默"表明母亲的声音存在于"我"的脑海中,即使母亲已不在,"我"仍在脑海中继续与她对话。最后一节,达菲用了些较短的诗行,描述"我"的精神旅程中混乱和短暂的时刻:"既高兴又悲伤"(3:2),觉得自己就像开始长大的孩子,在"夏末/在一个绿色的、爱欲的池塘/撒一张网"(3:4-6),耳边又想起母亲的"今天和永远"。第八行先说自己"想家又自由"(3:8),然后在结尾使用跨行诗句,使读者被迫读到第九行,也就是最后一行,才明白她"热爱/我母亲说话的方式"(3:8-9)(张剑,2002)。其中使用现在时表明母亲还在与"我"说话,这种与过去、与母亲的连接方式,不会随着时间的流逝和年龄的增长而改变。

古德温在 2009 年 5 月 3 日《星期日泰晤士报》(*Sunday Times*)发表的文章中,开始就介绍达菲的母亲梅是"她诗歌的第一读者"。达菲说,如果母亲觉得她的诗太复杂,就会问她诗的意思,这让达菲意识到"用简单的语言说困难的事情的重要性"。她认为母亲的"爱尔兰语法和声音音乐"是她开始热爱语言的原因,她"从母亲那里继承了对语言的热情"。这种影响也是母亲与孩子连接关系的表现。

达菲创作的《你成为我的之前》("Before Your Were Mine")先后被收入《达菲、阿米塔奇与 1914 年前的诗歌》(Pinnington,2003)和《过去和现在的诗歌:英国普通中等教育证书文学指南》(Croft,2017)。诗歌标题便用"你成为我的"将母女连接起来,说明母女的密切关系。

达菲曾在一次访谈中谈及自己对生活化的语言的喜爱:"作为诗人,我对奇奇怪怪的词不感兴趣,比如,谢默斯·希尼(Seamus Heaney)爱用的'激溅'(plash)等词。我喜欢使用简单的词,不过是往复杂里用"(Smith,2003:143)。而诗歌《你成为我的之前》正是以孩子与母亲对话的口吻,诉说女儿看母亲的旧照时的内心活动,语言平直,用词简单,属于典型的达菲诗歌风格。纵观全诗,共有四节,每节五行。排列一致的结构既是时间进程的反映,也反映着母亲年轻时照片本身的特点。第一节孩子描述自己在十年之后看母亲的一幅旧照,照片中母亲和朋友们在街角处开怀大笑——"laugh on/with your pals"(1:1-2)。"同伴"一词本可以用"partner""friend""intimate"等词表达,但作者选取的是大众口语中广泛应用的"pals"一词。该词简略,音节短,口语化程度远大于其他词,而读者对于语言越熟悉,诗歌越能唤起语言所反映的情感,使读者产生亲切感,也更能向读者传递出母亲和友人之间的亲密。第二节开头"我还未出生"(2:1)表明叙述者以简明的语言点明拍照片时,自己尚未出生,母亲与孩子之间由"脐带"连接的母婴连接图式尚未形成,语气坚定。接下来描写青春活力的母亲在舞池中绽放舞步。但第四行由娱乐转到"你成为我的之前,你的妈妈站在你的近处"(2:4),点明年轻时的母亲也受到自己母亲的注视(或管束)。第三节首行一句"听到我充满占有欲的高声喊叫之前的十年是最好的时光,对吧?"("The decade ahead of my loud possessive yell was the best one, eh?")(3:1)中"possessive"一词宣称孩子对母亲的"拥有",打破传统观念中父母与孩子的从属关系,孩子成为所属关系的主导者。结尾处"eh"仿佛对话的口语表达,表现出孩子与母亲之间的亲昵。诗节最后一行的"宝贝"语气柔软,本应是母亲对孩子的称呼,却反转成孩子对母亲的称呼,与诗文整体的反转视角相吻合。第四节句首三个拟声词"恰恰恰"("Cha cha cha")叠用使诗文轻快活泼。诗歌末尾处也用"笑"结尾,与开头遥相呼应,再次强调母亲年轻时的快乐美好生活,而这都在"你成为我的之前"——未成为母亲之前。在短短四节诗中,作者在每节都强调"我出生之前",似乎在说明自己的出生是母亲的美好青春消逝的分界线——原来的母亲与外界的联系由新出现的母婴连接所替代。但同时孩子似乎对于母婴这种最早、最基本的连接关系并不满足,又以极具占有意味的语言"你成为我的"宣称自己对母亲的拥有,试图建立一种更牢固的、他人不可侵占的所有关系。

另外,诗人还运用视觉意象和听觉意象由外及内地表达这种连接关系,其中三组意象尤为突出。第一组是诗的首尾两处母亲站在不同地方和不同人身边的视觉意象和听觉意象,第二组则为正确和错误道路,第三组是红色高跟鞋。

诗歌开头就通过视觉和听觉意象描绘母亲"成为我的之前"青春欢畅的美丽形象。由"和同伴麦琪·麦克妮和珍·达芙一起笑着""道路""你的波点裙""玛丽莲"等勾勒出青年女子与同伴在路上欢笑的场景。"笑着"("laugh")一词使画面由静变动,唤起读者的听觉体验,仿佛耳边听到笑声。"达菲总能注意到常人容易忽略的细节,并通过这些细节找到富有意义的回忆,而这些细节常与流行音乐、老电影,或其他具有时代特征的大众文化相关,于诗中人物的细腻成长意义非凡"(刘敏霞,2011:25)。而"玛丽莲"在读者心中唤起的是著名影星玛丽莲·梦露。诗人将玛丽莲与女青年联系起来,意在呈现一个风华正茂、美艳动人的女性形象,暗示母亲在未生育之前像玛丽莲·梦露那样,是女性之美的化身,青春而美好。结尾处"恰恰恰"的听觉意象同样欢快,但年轻女子身边站着的是"我",她已成为母亲,实现了身份的转变,于是由自己舞蹈变成教女儿舞蹈,自己不再是自己生活的中心。

孩子出生后便与母亲如影随形,诗中描写了母女同行的画面。"路"的意象本可表示连接关系,诗人却用来表现母亲人生旅途的选择。诗歌最后一节第一行母亲与孩子从曼斯(Mass)回家,途中孩子回想当初母亲在苏格兰的波特贝罗(Portobello)。诗中对这两条"回家之路"的性质判断截然不同。母亲年轻时回家的路是"正确的路",路上的母亲载兴而归;而"你成为我的"之后的路则是"错误的路"——结婚生子及之后生活黯淡。孩子出生是对母亲的占有,这种关系冲击了母亲与以往好友的联系,对母亲的生活产生了巨大影响。而孩子此时看着照片,察觉这一点,深深怀念母亲过去的好时光,内心对于自己对母亲的占有表示遗憾。

这种遗憾在第三节继续得以表现,诗人用红色高跟鞋的意象给人以强烈的视觉冲击和丰富的联想,可以说是指年轻时光彩夺目的母亲,但这一切只是"旧物"的修饰语。而"relics"一词给人的印象是蒙尘的残缺遗物,属于过去。下一行的"鬼魂"(ghost)则直接暗示母亲最好的时光已逝,无法唤回。这组意象中红色高跟鞋的震撼之美和无法修复之间造成强烈对比,这种"诗歌意象所激发的"语言符号—表象—情感"关系链之间的关系越直接、清晰、牢固,诗歌的表现力就越强"(黎志敏,2008a:122)。

作为一名关注妇女经历、痛苦和困难的女性诗人,达菲在诗歌中,曾刻画在男性控制下的制度化的母亲形象,以批判父权对母亲的控制,如《认可》("Recognition",Duffy,1987)和《清晰的音符》。《认可》展示了一位类似的母亲:她只能通过把一生奉献给家庭来证明自己,并最终意识到她作为家庭主妇的生活是一种浪费。该诗将女性作为一个女孩与作为母亲和妻子进行了对比,展示了一个快乐的女孩是如何失去自我认同,变成一个迟钝的家庭主妇的。而《清晰的音符》以144行的篇幅描述一家三代女性面对父权制社会的陷阱和制度化的婚姻的抗争。

作为一种"文化建构",母性可以说是父权制中的一种制度,一种由男性期望塑造的女性体验。因此,母性被父权社会所定义和控制,女性被"父权制凝视",被迫服从父权制文化确立的母性规则。女性没有权威,没有感知,没有自己的价值观。母性不仅被父权制囚禁,还变成了一种压迫和剥削的形式,使女性与其他妇女和她们的身体疏远。没有孩子的女人被认为是空虚的(Rich,1976:97-98),女性被剥夺了选择是否做母亲的权利。她们无法逃脱母性的陷阱,不得不成为母性制度的受害者。她们必须牺牲很多,失去女性自我的真实本质。因为制度化的母性会带来痛苦,扭曲女性的生活,女性主义作家便通过创作创新定义女性。因此,达菲的《你成为我的之前》不仅表现了母女之间因生育关系而形成的连接关系,更表现出基于女儿对母亲生活体验的深刻理解而形成的共情关系。

三、记忆、思念、梦境

《你成为我的之前》是达菲在母亲去世后创作的,通过一张旧照片发出与母亲共情的声音,同时也表现了诗人对母亲的记忆和思念。可以说,母亲去世之后,记忆、思念以及梦境便是母女连接的方式,这些可从达菲近年创作的《水》("Water",Duffy,2011)、《雨》("The Rain",Duffy,2018)、《整理花园》("Gardening",Duffy,2018)等挽歌里得到印证。

《水》是一首四节小诗,记录了达菲关于母亲弥留之际的记忆。开始是女儿对母亲的诉说,她回忆起母亲弥留之际所说的最后一个词"水",回忆起自己给母亲的杯子里倒水,而母亲只是"小抿一口,半微笑,叹气——/然后,在你身边的椅子里,/睡着了"(1:3-5)。第二节写道:

> 迷糊中睡了三个小时,
> 最后醒来,口渴,听见并看见
> 外面树丛中一只喜鹊在报晓——
> 天亮得真早——然后将你仍满着的水杯一口喝尽。(2:1-4)
>
> (达菲著,李晖译,2018:39)

读者无法判断"睡了三个小时""醒来,口渴""将你仍满着的水杯一口喝尽"的是母亲还是女儿,直至第三节女儿回忆起她自己"还是个孩子的时候多少次/要水喝,直到你来,黑暗中/坐在床边,握着我的手/就像现在我们手拉手/而现在你却走了"(3:1-4)。① 就是说,母亲"小抿一口"水后睡去,之后便在

---

① 此处译文为笔者自译。

"迷糊中睡了三个小时"时悄然离世。女儿称"水"为母亲的"一句最好的遗言"(4:1)(李晖译,2018:39),因为她哭过之后的夜里,还要端水去自己孩子身边,看她一饮而尽才去睡。最后,诗人感慨人生轮回,她作为一个母亲要继续做母亲曾为她做的一切,在黑夜里给口渴的女儿送水。至此,"水"不仅是女儿对母亲弥留之际的记忆,也是对母亲的关爱的记忆,而这种关爱也是母女连接的一种方式。

《雨》是诗集《真诚》中的第二首诗,表现了诗人在下雨时常感到思念已故父母的悲哀:"悲哀找到你;/好奇的小指头抚摸你紧闭的双眼,/你的脉搏;/或者笔油,/或者滴入你的酒杯。/此刻静止。"(1:3-8)在诗人笔下,悲哀无情地渗透到书的每一页,好像要贯穿生命的日日夜夜,把整个房子用雨浸透。该诗共三节,每节第二行都从第一行结束的地方开始,与第一行错排,给人一种断断续续或者雨水模糊视线的感觉,述说着一个孩子对去世的父母的思念。

同样收入《真诚》的《整理花园》记录了诗人恍惚看/梦见父母在花园里的情景。该诗共十四行,但没有传统十四行诗的五部抑扬格诗行,押韵格式也不符合传统,其中第六、八、十一和十三行押尾韵,第十二、十四行押韵。第一节有六行,写诗人看着故去的父母整理花园:"她跪在绿色树荫里;/他站在木头台阶上挂篮子"(1:2-3);第二节五行,诗人想象"如果他们转过来/看到我"(2:1-2),"一定会以为我是个鬼魂"(2:3)和"但是当我跑下楼出去,/他们已经不见了"(2:4-5);尽管如此,诗人在最后一节,仍认为"他们……/会一直在花园里"(3:1-2)。该诗表明,即使母亲去世,母女的连接关系仍不会隔断,故去的母亲会出现在女儿的梦里,梦境便是母女的连接方式。

四、小结

出生在寻常百姓家的达菲怀着所有女性都具有的母女情记录下自己与母亲和女儿之间的深厚情感。她珍视母爱和母女关系,从母亲角度描写女儿对母女关系的关注、母亲对女儿的投入和女儿长大离家后母亲的孤独,说明母女关系的密不可分;又从女儿的角度描写孩子对母亲的占有,透视女性担负起母亲角色后的黯淡苦闷,反映了具有性别意识的女性摆脱传统母性观念的束缚、对寻求自由独立的向往,表达对所有母亲的共情。她用挽歌记录自己对离世母亲的回忆与思念及回到母亲身边的梦想。这些印证了母女关系的永久连接,将生物学血脉关系再现于诗歌语言中,这一情感在诗中得以永存。

第五章　规则与偏离

——从形式文体学视域看达菲的十四行诗

达菲在创作戏剧独白诗的同时,也创作了其他体裁的诗歌,十四行诗便是其中之一。她早期创作的十四行诗数量较少,且以偏离规则的十四行诗或者说"准十四行诗"为主。《站立的裸女》和《出卖曼哈顿》里分别收录了她基于但丁首创的交叉连韵十四行诗体(terza rima sonnet)和基于彼特拉克十四行诗体创作的诗歌;她在《出卖曼哈顿》里,创作了偏离莎士比亚十四行诗规则的《远隔千里》("Miles Away",Duffy,1987);而《悲伤时刻》里的《祷告》("Prayer",Duffy,1993)则是一首较规则的莎士比亚十四行诗。

她在戏剧独白诗集《世界之妻》里巧妙地收录了四首十四行诗,其中只有《安妮·海瑟薇》(Duffy,1999b)接近莎士比亚十四行诗规则,《魔鬼之妻》中的第三部分《圣经》("Bible")(Duffy,1999b)、《弗洛伊德夫人》和最后一首《德墨忒尔》都偏离十四行诗规则,属于准十四行诗。

达菲的诗集《狂喜》被看作是一部十四行诗集。诗集因其中的《狂喜》等诗歌较符合莎士比亚十四行诗规则,且因自由体诗《爱情诗》的互文性,令人联想到莎士比亚十四行诗集;诗集内的诗歌之间的互文和有始有终,有时间、地点、季节变换和人物情绪变化的故事构成了叙事性,也使诗集读来如同十四行诗组诗;而最能体现诗集十四行诗组诗特点的是诗集中的规则十四行诗《小时》等和各种偏离规则的十四行诗,包括一些十二行、十五行、十六行、十八行的诗歌和一些由七行诗节组成的诗歌。总之,达菲通过诗歌形式的变异表达诗歌的主题,写就了达菲体的十四行诗组诗。

获封桂冠诗人之后,达菲围绕公共话题创作了几首准十四行诗,如《政治》("Politics",Duffy,2011)、《利物浦》("Liverpool",2012)和《时间之伤》("The Wound in Time",Duffy,2018),同时她也创作了抒情的十四行诗,如《冷》("Cold",Duffy,2011)。

传统十四行诗有的规则,有的偏离规则(聂珍钊,2007)。虽然"非规则的十四行诗是否应该归入十四行诗一类进行分析,诗学界依然存在争议"(聂珍钊,2007:394),但鉴于达菲创作的十四行诗并不完全规则,而且有很多准十四行诗的《狂喜》已被看作十四行诗集,本书将分析其中一些准十四行诗,探讨达菲通过形式表达思想情感的诗歌创作艺术。

第一节 早期三体十四行:承继但丁、彼特拉克与莎士比亚

达菲在诗集《站立的裸女》里收录了她仿照交叉连韵十四行诗体(terza rima sonnet)和彼特拉克十四行诗体创作的十四行诗。另外,在达菲最初的四部诗集里还有一些不规则的十四行诗,如《远隔千里》。而《悲伤时刻》里的《祷告》则是一首比较规则的莎士比亚十四行诗。

一、非规则的交叉连韵十四行诗

聂珍钊将"terza rima"译为"三韵连行"(2007:407),郭勇将"terza rima sonnet"译为"交叉连韵十四行诗"。交叉连韵十四行诗的前身是"西西里三行诗"("Sicilian tercet")或称"三行交叉连韵诗"(2014:227)。三行交叉连韵诗由但丁(1265—1321)创建并最先用于其作品《神曲》。作为一种诗歌形式,三行交叉连韵诗每三行组成一节,每节一、三行押韵,而且从每二节开始,每节一、三行与前一小节的中间行押韵。三行交叉连韵诗可以写成十行,即三个三行之后加一个与倒数第三诗节中间行押韵的诗行结束;也可写成十四行,即四个三行之后加两行与倒数第三诗节中间行押韵的诗行结束。因此,交叉连韵十四行诗一般由四个三行诗节和一个两行诗节组成,采用抑扬格五音步格律,押韵格式应为 ABABCBCDCDEDEE。雪莱的《西风颂》便采用了这样的结构。

《站立的裸女》中的《三行交叉连韵 西南 19》("Terza Rima SW 19",Duffy,1985)是首略偏离交叉连韵十四行诗格律和押韵格式的十四行诗。该诗标题设定了读者对三行交叉连韵诗的期待,开始两节符合规则,但第二节之后,押韵格式中断,整体押韵格式成了 ABABCBDEDEFEFF:

Terza Rima SW 19

Over this Common a kestrel treads air
till the earth says *mouse* or *vole*. Far below
two lovers walking by the pond seem unaware.

She feeds the ducks. He wants her, tells her so
as she half-smiles and stands slightly apart.
He loves me, loves me not with each deft throw.

It could last a year, she thinks, possibly two
and then crumble like stale bread. The kestrel flies
across the sun as he swears his love is true

and, darling, forever. Suddenly the earth cries
Now and death drops from above like a stone.
A couple turn and see a strange bird rise.

Into the sky a kestrel climbs alone
and later she might write or he may phone.

虽然最后的对句与十四行的行数使得该诗看似交叉连韵十四行诗,但该诗的前六行与后八行之间或第八行与第六行之间不像传统十四行诗那样出现转折,而是延续前面的主题:诗中女主角在猜测她情人的感情以及他们在一起可能会有的未来。诗中描绘的女人和情人在一起,他说"他想要她"(2:1)时,她没有回答,而是怀疑他是否爱她,并判断"这可能会持续一年……可能是两年,/然后就会像陈面包一样破碎"(3:1-2)。面包触手可及,但她"喂鸭子"一定是用了"陈面包",就像这段感情对她来说不是短暂、刺激的奶油蛋糕或烤面饼,而是家常便饭。她边揉碎面包,边盘算自己的命运:"他爱我,不爱我,灵巧地扔着面包。"(2:3)很明显,她担心她与情人的关系不能长久,感觉自己不太可能获得幸福。这种猜测一直持续到第四节的第一行中间,于是,男主角"发誓他的爱是真诚的,/并且是……永远的"(3:3/4:1)。之后,"突然大地高喊/现在,死亡像块石头从天而降……"(4:1-2),出现在他们面前,提醒他们爱情很容易受到攻击,可能会被过早扼杀。即使情况再好,它也是有限的,并将在他们死亡时结束。总之,男主角没能抓住机会用自己的誓言说服女人。

按照意义划分,该诗前九行虽是不连续的三行诗节,却围绕女主角的猜测这一主题,终于在后面五行使该诗具备了传统十四行诗的转折,并给出了答案——"她可能会写信,或者他会打电话"(5:2),加强了该诗传统上支撑十四行诗形式的浪漫结构。但是,诗中的转折出现在男主角暴露自己缺乏自知之明之后,打破了由三行诗节押韵法隐藏的形式,是一种对诗歌形式规范、隐蔽的双重标准与男性立场权威的高度挑衅,这便是达菲有违规范的意图:用一种形式颠覆另一种形式,从两种正式、规范的结构中构建出现代、抽象但具有高度价值的艺术。这破坏了诗歌形式的强大神秘感,并表明它们本质上的任意性,因为它们在改变后仍可发挥艺术作用。因此,该诗被认为是"拆除了权威形式的大枪,并将其以非正统的方式重新组装"(Allen,1999:101)。这种正典和父权权力的联系是有意为之的,是由达菲诗歌中反浪漫主义的立场明显表现出来的。标题中的"SW 19"和开头的"公地"(common)都暗示了十四行诗和三行诗很长一段时间内都被看成是有共性的,而且只有少数人可以使用,因为它们与男性主导的话语密切相关,并具有严格的边界(Allen,1999)。

该诗通过颠覆诗歌形式展现了男女之间"理智与情感"的对比,并在某种程度上呈现了角色的互换。男人追求的是"永远"的浪漫,这让人们对女性所特有的天真、浪漫的标签产生了疑问。这就提醒读者,男人也有女性化的浪漫——承诺真正"永远"爱一个女人的浪漫。如果诗中女人接受了情人的浪漫,她必须给予他"永远"的权威。任何受这种支配的人都必须为保留自治权而斗争,所以只要男人保持不切实际的浪漫,女人就必须冷酷无情而且现实。

二、《人情味》:诗节错置的彼特拉克十四行诗

彼特拉克十四行诗前八行押韵格式是 ABBAABBA,后六行的押韵格式可以是 CDECDE 或 CDCDCD 或 CDEDCE 或 CDCCDC;创作多以爱情为主题,也涉及政治与宗教等主题。《站立的裸女》中的《人情味》("Human Interest", Duffy, 1985:36)是彼特拉克十四行诗的变体,全诗如下:

Human Interest

Fifteen years minimum, banged up inside
for what took thirty seconds to complete.
She turned away. I stabbed. I felt this heat

burn through my skull until reason had died.

I'd slogged my guts out for her, but she lied
when I knew different. She used to meet
some prick after work. She stank of deceit.

I loved her. When I accused her, she cried
and denied it. Straight up, she tore me apart.
On the Monday, I found the other bloke
and bought her a chain with a silver heart.

When I think about her now, I near choke
with grief. My babe. She wasn't a tart
or nothing. I wouldn't harm a fly, no joke.

可以看出，整首诗的押韵格式是 ABBAABB ACDCCDC，前四行每行十个音节，除了不全是抑扬格音步，基本符合彼特拉克十四行诗的标准。但是，后面的诗节排列则将原来的前八加后六行的诗节排列结构打乱了，在两个四行中间插入了一个三行；这三行的押韵格式似乎要沿用彼特拉克十四行诗的标准，并与第三节的第一行连接之后符合彼特拉克十四行诗的前八行的押韵格式，可由于第二节仅三行，整首诗便看上去不是规则的彼特拉克十四行诗。也就是说，如果不是第二、三节的行数问题，这就是一首接近完美的彼特拉克十四行诗。该诗的这种形式直接呼应了其内容和主题：本来完美的爱情故事因为一事不再完美——诗中的叙述者连个苍蝇都不会杀死，却因嫉妒和冲动杀死了心爱的她，并因此被判处十五年徒刑；或者说，这种近乎规则的诗歌形式体现了叙述者在牢狱里受到的束缚且其因违法杀人而人生变得不正常的事实。而接近五步抑扬格的格律使用为这首诗增加了紧张气氛，如同杀人犯的心跳，时而匀速，时而因悲伤、深爱或嫉妒而变慢或加快。总之，该诗的语言和形式元素有助于叙述者人物形象的塑造和其状态、情绪的表达。

该诗仅第四节第一行使用一般现在时，其他部分均用过去时，表明叙述者在狱中多数时间都沉浸在回忆中。首先，开始两行将十五年的监禁与三十秒的犯罪行为并置，用一个跨行诗句突出了他的悔恨。而第三行则是三个短句。其中，"She turned away. I stabbed."（1:3）与第二行的三十秒呼应，表现了犯罪行为发生之快和紧张的气氛,随后他感到的"this heat"(1:3)应该是他仍感悔恨。其次,诗中使用俚语,如"banged up"和"slogged…guts out"(2:1),并频繁使用口语表达,如"prick"("笨蛋")(2:3)、"bloke"("家伙")(3:3)、"tart"("妓女")(4:2)等暗示叙述者的身份低微、背景简单,但他爱她,且"为她费尽心血"(2:1)。当然,这是一种占有欲,因为倒数第二行他用"my babe"(4:2)来称呼她。这种占有欲使他不能容忍她与别的"笨蛋"或"家伙"接触。所以,得知她工作之余与人见面,"有欺骗的味道"(2:3)且不承认后,他便难以忍受,失去了理智,在三十秒之内杀了她。之后伴随他的只有悲伤和悔恨:"现在想到她,我几乎因悲伤/窒息。"(4:1)

叙述者在诗中为自己的残忍辩护。整首十四行诗中多数诗行有十个音节,仅第九行和第十四行有十一个音节。在第九行,叙述者感叹她如何"把他撕碎"(3:2),而在第十四行,他说他"不会伤害一只苍蝇"(4:3)。这两个关键性细节通过加长的诗行和多出的音节得以凸显,突出了"不会伤害一只苍蝇"的叙述者失去理智的原因。但"我不会伤害一只苍蝇,不是开玩笑"使他的理智、费心工作、"爱她"与他的犯罪行为形成对照,令人对其说辞的真实性产生怀疑。再纵观整首诗,用经典的十四行诗形式表达叙述者的爱恨情仇和悔恨交加的同时,也设置了戏剧性的场景让叙述者通过独白进行自我揭露,这是该诗的独到之处。

三、《远隔千里》:一分为二的十四行诗

《远隔千里》是一首表达单相思的不押韵十四行诗,整首诗分为两个七行小节,每行音节数不一,在结构和语言上都体现了达菲的诗歌风格。

Miles Away

I want you and you are not here. I pause
in this garden, breathing the colour thought is
before language into still air. Even your name
is a pale ghost and, though I exhale it again
and again, it will not stay with me. Tonight
I make you up, imagine you, your movements clearer
than the words I have you say you said before.

> Wherever you are now, inside my head you fix me
> with a look, standing here while cool late light
> dissolves into the earth. I have got your mouth wrong,
> but still it smiles. I hold you closer, miles away,
> inventing love, until the calls of nightjars
> interrupt and turn what was to come, was certain,
> into memory. The stars are filming us for no one.

该诗第一句"我想要你,但你不在这里"(1:1)以直截了当的事实陈述设定了诗歌的基调,似乎没有任何兴奋。但该诗形式还是给人一种惊喜,即在设定的诗歌形式限制下,用超然的"日常"语言表达强大的情感,而且看起来很轻松:

> 　　　　　　　我停留
> 在这个花园里,呼吸色彩,思想
> 先于语言,渗入静止的空气,即使你的名字
> 也是淡淡的魅影,尽管我将它呼出,一遍
> 又一遍,它还是不愿为我停留。(1:1-5)

前五行令人想象:"我"呼出不在身边的爱人的名字,呼出的气息消散,表达的是:"我……呼出……你的名字……但是……它还是不愿为我停留。"后面的内容是"我"直接说出的想象:

> 　　　　　　　今夜,
> 我编造你、假想你,你的动作更加清晰,
> 胜过我让你说的,你说过的话语。(1:5-7)

"你"在第七行一行里出现三次,强调了爱人在"我"心里的位置。"我"对爱人思念至极,以至于想象中看到的爱人的动作比实际上"我"让爱人说的话都要清楚,可见"我"的爱是一种单相思。

这种单相思在"我"心里非常强烈。第二节里,不仅"我"继续想象,在我的想象下,爱人的眼神还"将我凝固"(2:1),与"深夜清凉的光"(2:2)形成对照、突出了"我"的孤独。"我"终于承认了自己的"误读"(2:3),但仍幻想对方"在

微笑",于是,继续沉溺于幻想,"搂紧"爱人(2:4),"发明"本来不存在的"爱"(2:5),直到被打断,让一切想象的美好"变成记忆"(2:6),任"繁星"(2:7)记下幻想中的一切。

由于该诗没有韵律和节奏,读来如同散文诗,但诗行的长度基本相当,频繁的跨行诗句使诗句散乱,如同单相思的"我"急促而焦虑的情绪。总之,将一篇貌似散文的作品通过跨行诗句散乱地排成十四行诗,就好像单相思的"我"想象出不存在的情爱,而且两节里表达的单相思是递进关系,形式成了表达主题的手段。

四、《祷告》：较规则的莎士比亚十四行诗

达菲在早期的诗集中也创作了较规则的莎士比亚十四行诗,如《悲伤时刻》里的《祷告》,该诗还是2003年英国最受喜爱的诗歌之一(Dowson, 2016)。

莎士比亚十四行诗由三个四行和一个对句组成,押韵格式为ABAB CDCD EFEF AA。内容上,前十二行用来陈述,最后用一个对句作为结语点题。《祷告》在结构和押韵格式上是莎士比亚体十四行诗,最后两行与第一行押韵,更加强调了"祷告"的主题。只是格律虽基本都是每行十个音节(第十三行除外),但各行都不是莎士比亚十四行诗的五步抑扬格。

Prayer

Some days, although we cannot pray, a prayer
utters itself. So, a woman will lift
her head from the sieve of her hands and stare
at the minims sung by a tree, a sudden gift.

Some nights, although we are faithless, the truth
enters our hearts, that small familiar pain;
then a man will stand stock-still, hearing his youth
in the distant Latin chanting of a train.

Pray for us now. Grade 1 piano scales
console the lodger looking out across

a Midlands town. Then dusk, and someone calls
　　a child's name as though they named their loss.

　　Darkness outside. Inside, the radio's prayer—
　　Rockall. Malin. Dogger. Finisterre.

不齐整的格律没有莎士比亚十四行诗的五步抑扬格流畅,但第二、六、九、十三和十四行都出现扬抑格,使该诗较为"通俗"(聂珍钊,2007:123),更适合表达人类在日常生活中的绝望与空虚,以及人虽"不能祈祷"却表现出的神秘感。而莎士比亚十四行诗的押韵格式则使该诗读来像教堂里人们做祷告。

诗人一开始就指出,在"某些白天",即使人们"不能祷告",祷告也会自行发生:于是女人从像筛子一样捧着脸的手里抬头看着外面,有棵树发出微小的像歌一样的声音,这一刻便像一份"礼物",振奋她的精神,自然世界使她恢复平静的心态。此处对女人的头的描写让人联想到达菲的诗歌《小小的女性头骨》("Small Female Skull",Duffy,1993:24)第一行"我把我小小的女性的头骨放在手中"(1:2)和第二节重复描述的"头在手里"(2:1-2),于是便与哈姆雷特联系起来(Horner,2003),体现了诗人的男女平等意识,丰富了女性形象的情感和智慧内涵。

第二节继续描述另一种祷告。与第一节里的"某些白天"相对应,诗人描述"某些夜晚"(2:1),即使人们"没有信仰"(2:1),真理仍进入内心,缓解压力和痛苦。这是一种启示:人经历的痛苦是"熟悉的"(2:2),"熟悉"便是一种安慰。于是,静立的男人听到火车慢慢驶向远方的歌声,想起年轻时的拉丁语火车圣歌,回味快乐的时光。这一刻强调了记忆和经验的重要性,告诉人们,可以通过日常生活中的声音联想自己的青春时光,与周围的世界建立联系。而拉丁语作为传统罗马天主教正式会议的语言、礼拜仪式和基督教神职人员使用的语言,自然与基督教联系起来。

第三节直接呼唤世人为自己祈祷,说钢琴曲可以安慰看着英格兰中部小镇的房客。至此可以发现,从第一节的树发出的像唱歌的声音,到第二节把火车的声音描写为"歌声"(2:4),再到第三节的钢琴曲,都让人联想到莎士比亚戏剧《驯悍记》中"音乐被授以神职"、"振奋人的思想"①的描写,从而增加了音乐在日常生活中的神秘感。

第三节第三至四行里提到"黄昏,有人叫/孩子的名字仿佛叫出了他们的失落"(as though they named their loss)(3:3-4),由于使用了过去时形式"named",表明是一种回忆,又让人联想到莎士比亚戏剧《皆大欢喜》中的"赞美失去的东西使回忆变得珍贵"②,自然使人得到安慰。而诗人在第二节提到的"真理"和在最后的对句中提到的"黑暗"让人联想到《麦克白》里的"黑暗的工具告诉我们真理"③。在达菲的诗里,黑暗的工具就是无线电广播,关于航运情况的预告也能给人带来一种平静,成为一种祈祷。

总之,《祈祷》在诗体结构、押韵格式、每行音节和音步数上可以算作莎士比亚体十四行诗,而女性的头、反复出现的音乐声、失落、黑暗和真理等都有莎士比亚作品的印记。

通过上述四首诗歌的分析,可以看出达菲早期创作的十四行诗形式多样。从不规则的交叉连韵十四行诗到诗节错位的彼特拉克十四行诗,一分为二的十四行诗到较规则的莎士比亚十四行诗,达菲通过违反十四行诗规则达到诗歌的表达目的,体现了她独特的艺术创造力。

第二节 戏剧独白诗集《世界之妻》中以女性为主体的十四行诗

高层次体裁包含较低层次体裁,十四行诗在喜剧中随处可见(Fowler,

---

① "Preposterous ass, that never read so far to know the cause why music was ordain'd! Was it not to refresh the mind of man, after his studies or his usual pain?",详见 Hibbard, G.R.(ed.) *The Taming of the Shrew*. *The New Penguin Shakespeare*. London: Penguin, 1968:102-103.
② "Praising what is lost makes the remembrance dear.",详见 Everett, Barbara(ed.). *All's Well That Ends Well*. *The New Penguin Shakespeare*[M]. Harmondswort: Penguin Books, 1970:138.
③ "The instruments of darkness tell us truths.",详见 Braunmuller, Albert R.(ed.) *Macbeth*.*The New Cambridge Shakespeare*[M]. Cambridge:Cambridge University Press, 1997:116.

1979)。同样地,以戏剧独白诗集闻名的《世界之妻》里也有四首十四行诗。如果说首先出现的《安妮·海瑟薇》是因为达菲要让以十四行诗闻名的莎士比亚的妻子言说而选用十四行诗形式,那么其他三首选用十四行诗歌形式则各有原因与意义。

一、《安妮·海瑟薇》:基于莎翁爱情生活的十四行诗

《安妮·海瑟薇》是《世界之妻》中的第一首十四行诗。该诗用莎士比亚十四行诗形式,以莎士比亚的妻子安妮·海瑟薇(1556—1623)的口吻,回忆她与莎士比亚的爱情生活,是诗人从当代女性的视角对莎士比亚夫妻生活的诗性思考。

Anne Hathaway

"Item I gyve unto my wife my second best bed…"
(from Shakespeare's will)

The bed we loved in was a spinning world
of forests, castles, torchlight, cliff-tops, seas
where he would dive for pearls. My lover's words
were shooting stars which fell to earth as kisses
on these lips; my body now a softer rhyme
to his, now echo, assonance; his touch
a verb dancing in the centre of a noun.
Some nights I dreamed he'd written me, the bed
a page beneath his writer's hands. Romance
and drama played by touch, by scent, by taste.
In the other bed, the best, our guests dozed on,
dribbling their prose. My living laughing love —
I hold him in the casket of my widow's head
as he held me upon that next best bed.

在《安妮·海瑟薇》的标题下,达菲引用了莎士比亚的遗言"留赠我妻者,唯次好之床第……"(达菲著,黄福海译,2017:60)。对于莎士比亚的夫妻关

系,有人认为,由于"父亲生意上的失败",莎士比亚"不得不辍学帮助父亲务农。他在1582年同安妮"结婚,"在1585年左右离开家乡到了伦敦"(聂珍钊等,2007:96)。达成共识的是:安妮·海瑟薇长莎士比亚八岁,两人是奉子成婚。安妮·海瑟薇"身体强壮,甚至颇有几分招人眼目的男子气度","有足够本领让她那年轻的丈夫多年之中无所适从,醋意屡生;后来又时而令他发疯,时而让他生趣,并最终让他生厌。如果这是史实旧事生动的描绘,威廉逃往伦敦就无须多作解释了"(苏福忠,2017:336-337)。另有观点认为,莎士比亚"夫妻长年分离,有人认为他们感情不睦,有人甚至认为安妮曾红杏出墙,因此莎士比亚在遗嘱中未留给她什么遗产,只留给她一张'次好的床',当作是对妻子的惩罚或侮辱"(达菲著,陈黎、张芬龄译,2017:24)。作为现代人的达菲,对与丈夫长期分离的安妮给予理解和同情,还让安妮在正文中把她与丈夫的床描述成"他潜寻珍珠的"天地,表明安妮对这张床乃至他们爱情的珍视。她对于他们最好的床作出了这样的解释:"我们的客人在另一张床,最好的床上打盹,/流着散文体的口水"(11~12行,同上:88)。只有他们夫妻二人在次好的床上才能作出诗。可以说,达菲以此诗为安妮正名,让当事人"述说她与莎士比亚的亲密关系",并将"次好的床"解释为"一种爱的表白,因为那张床象征了两人昔日爱的印记"(同上)。

该诗充分运用隐喻。诗歌开始于"床",以其作为"爱情"的隐喻,之后出现了一系列相关隐喻,包括喻指夫妻激情时刻的"旋转的世界"(第1行,达菲著,黄福海译,2017:60)、喻指爱情珍贵的"珍珠"(第3行)、喻指爱情壮丽的"流星雨"(第4行)、喻指她的阴柔的"较阴柔的韵脚"(第5行)、喻指夫妻和谐的"谐音"和"回响"(第6行)、喻指夫妻不可分离的"名词"和"动词"(第7行)、喻指分离和思念的"夜"和"梦"(第8行);夫妇二人的关系又被比作作者与作品,"床"(第8行)被比作"稿纸"(第9行),他所写成的都是只有夫妻二人自己才能触、嗅、尝到的"传奇"(第9行)和"戏剧"(第10行);而在他们最好的床上打盹的客人却只能流出"散文体的口水"(第11~12行);最后,"我拥他在我寡妇的头棺"(第13行)则隐喻他永远活在她的心头。总之,达菲让安妮把莎士比亚的话语描述成"坠落大地的流星雨,化为吻"(第4行),把她自己的身体描述成"柔软的韵,/时而是回声,与其和鸣协韵"(第5~6行);仿佛她也是诗人,与莎士比亚一样,可以灵活运用语言,把他的触摸描述成为"动词,在一个名词中央舞蹈"(第7行)。隐喻的运用一方面说明达菲在试图让莎士比亚的妻子在言说时表现出与莎士比亚相媲美的语言运用能力,一方面也表明莎士比亚对当代诗人的影响。

从该诗的形式上看,《安妮·海瑟薇》一诗的第一、二、四、八、九、十、十三、十四行均可看成规范的五步抑扬格,前四行形成了 ABAB 的尾韵,最后也以押韵的对句结尾,接近莎士比亚十四行诗的规则,为安妮表达对莎士比亚的情感提供了便利条件。

二、《圣经》:杀手独白中的十四行诗

《魔鬼之妻》基于发生在英国的"沼泽谋杀"(the Moors Murders)案件而作。1963 年 7 月至 1965 年 10 月间,在曼彻斯特及周边地区,五名 10 岁到 17 岁的孩子先后遭到奸杀。因为案件发生在沙德伍兹沼泽(Saddleworth Moor),因而被称作"沼泽谋杀"。连环奸杀案的作案人是伊恩·布雷迪(Ian Brady)和迈拉·欣德利(Myra Hindley)。欣德利从小在曼彻斯特的一个工人家庭长大,父母很穷,常打骂她。她遭到暴力对待,长大后便有性虐待狂心理。5 岁时她就被送去与祖母同住。布雷迪的母亲是一个未婚的女招待,他父亲是报社记者,在他出生前死去了。因经济拮据,年轻的妈妈把他送到当地一户有四个孩子的人家。从小他就喜欢折磨小动物,后来粗暴到伤害小孩子,曾两次因入宅行窃被传到少年法庭。工作后,他又曾九次被送上法庭。十八岁之前,他曾两次被判处两年的"训练"("training")。1957 年至 1959 年间,他改邪归正,但是,随后却与欣德利犯下"沼泽谋杀"的罪行。

达菲在《魔鬼之妻》一诗中将上述事件改写成"杀手独白"(Bryant,2011),分五部分讲述女性因做魔鬼之妻而变得残忍乃至走上犯罪道路,最终锒铛入狱。第一部分"尘土"("Dirt")由三个六行的诗节组成,女性叙述者讲述了自己如何盲目与魔鬼相恋并迷失本性。从叙述中可以看出,她被男人迷惑后成为男权制度的悲剧人物。第二部分标题是"美杜莎"("Medusa"),由四个四行诗节组成,女人把自己看成是传说中的美杜莎,表现她对丈夫的恐惧、依恋和盲从,结果在男权控制下堕落。被拍照时,她报之以"美杜莎的凝视"("medusa stare")(2,2:3)①,显得毫无生气。她被锁上了双重枷锁(2,3:1)后希望能获救出狱,无望地叹息:"魔鬼是恶人,而我是他的妻子,这更糟糕"(2,4:2-3),因为在男权制度下,女人犯下与丈夫同样或更小的罪行,却要受到更大的惩罚。第三部分"圣经"("Bible")用了十四行诗句,叙述者在混乱中开

---

① 引用此诗时逗号前的数字表示该诗第几部分,逗号后的数字指引文所在部分的诗节数,冒号后的数字指诗行数。

脱自己的罪行,这似乎呼应了总警司(Detective Chief Superintendent)陶屏(Peter Topping)提到过的欣德利在教堂里的忏悔,承认她卷入了连环案,却又说她不在案发现场。第四部分"夜晚"("Night")用短短六行讲述凶手被判终身监禁后在狱中的悔恨和认识到自己罪行的严重性之后的恐惧。最后一部分"呼吁"("Appeal")有十二行,列出了如果没有取消极刑他们可能承受的各种死刑,把生与死联系起来。但最后,她还在问:"我怎么告诉大家,告诉自己/我是魔鬼的妻"(5,2:1-2),表明女人无力摆脱丈夫的控制或影响。

  传统十四行诗主题有"恋爱者的痛苦和希望",17世纪开始,增加了其他主题,如宗教感情和战争主题等。《魔鬼之妻》第三部分虽然以"圣经"为标题,写成了十四行,主题却不是宗教感情。但该标题反映了当事人在监狱里表示忏悔的事实,强调她在监狱里的真诚。据史料记载,欣德利在狱中曾提交材料,坚持自己的无辜。《圣经》是讲真理(Truth)的,以"圣经"为标题的这首十四行诗意在突出当事人所说均是事实。她在诗中反复否认自己的罪行,第一节开头就说"不是我我没有我不能我不会。/记不清不知道不在房间里"(3,1:1-2)。为表明案发时自己在车里而不在案发的房间里,她要求对《圣经》发誓,说自己从未染指,一切都是"他"所为。从第一行的短句之间没有应有的停顿和连接词,到第二行开始出现无主句,都表现出她想要为自己辩解的急切心情:

> I said No not me I didn't I couldn't I wouldn't.
> Can't remember no idea not in the room.
> Get me a Bible honestly promise you swear.
> I never not in a million years it was him. (3,1:1-4)

  随后她在第二个四行要求安排"律师牧师神父/电视媒体记者"(3,2:1-2)、"心理医生"和官员(MP),并要求与罪犯本人对质,说明她力争通过法律、媒体、精神分析和政府渠道获得自由,并重复强调自己"记不清不在房间里"(3:7)。这种重复的表达显现了她争取自由的坚持和决心。

> I said Send me a lawyer a vicar a priest.
> Send me a TV crew send me a journalist.
> Can't remember not in the room. Send me
> A shrink where's my MP send him to me. (3,2:1-4)

但仍没效果。第三节里她继续据理力争:"不公平不对不真实/不是那样"(3,3:1-2),并不断重复"没看见不知道没听见"(3,3:2)。因为她在车里,所以对案件发生现场的事情不清楚,只能说"可能这可能那不确定没把握可能"(3,3:3)。第十二行和第十三行又重复第一行的"记不清不知道不在房间里",最后以"不知道不记得不在房间里"结束。

> I said Not fair not right not on not true
> Not like that. Didn't see didn't know didn't hear.
> Maybe this maybe that not sure not certain maybe.
> Can't remember no idea it was him it was him.
> Can't remember no idea it was him it was him.
> No idea can't remember not in the room. (3, 3~4 节)

作为戏剧独白诗《魔鬼之妻》的一部分,"圣经"整首诗歌没有像传统十四行诗那样遵循五步抑扬格和严格的押韵格式,单靠反复的重复实现了韵律,也突出了当事人的无辜和争取自由的决心。当然,这种努力的失败也是对宗教、媒体和政界的批判。多年之后的 2000 年,欣德利确实参加了一次电视节目,结果遭到被害儿童家人的谴责。于是,《魔鬼之妻》最后以"作为魔鬼之妻,/我对我们,对自己做了什么?"结束,令读者深思男权社会对女性的影响。

三、《弗洛伊德夫人》:颠覆弗洛伊德理论的十四行诗

如果说把十四行诗"圣经"安排在戏剧独白诗《魔鬼之妻》里表现人物在某阶段的状态很巧妙,那么十四行诗《弗洛伊德夫人》则在诗集《世界之妻》里众多的戏剧独白诗中非常突出。如果说把《安妮·海瑟薇》写成十四行诗是因为她是莎士比亚的妻子,那么把《弗洛伊德夫人》写成十四行诗是什么意图和效果呢?

弗洛伊德(1856—1939)是奥地利精神病医师、心理学家、精神分析学说的创始人。其夫人玛莎·柏内斯(Martha Bernays)来自一个极出色的犹太家庭。他们二人从相恋到结婚相隔 10 年,几乎天天写信,有时长达二十多页,在婚前,弗洛伊德给玛莎写了九百多封信,这些信凝聚了两人真挚的感情"。但弗洛伊德婚后却"缺乏主动的爱和热情"(弗洛姆,1986:26),41 岁时便写信给人说"对我这样的人来说,性的刺激没有更多的用处"(弗洛姆,1986:32)。弗

洛姆认为,"男子有控制妻子生活的自然权利"这一假设,是弗洛伊德男子优势理论的部分观点。

弗洛伊德的态度确实表明,他力图把妇女置于低劣地位的要求是何等强烈,何等逼人。(弗洛姆,1986:25)所有这些,只不过是他那个时代父权制的偏见在理论上的翻版。

因此,《弗洛伊德夫人》一诗不是一首爱情诗,而是通过弗洛伊德夫人表达对男性的嘲笑和反叛。诗中大量运用学术语言,似乎表明弗洛伊德夫人在学术语言的运用上不亚于弗洛伊德。她开始便用正式场合的用语称呼"女士们"(Ladies),似乎该诗仍是戏剧独白诗。她像每天出入学术圈的丈夫一样出现在一个学术场合,说"为了论证……/我已经看够我的那份儿叮铃当……"(for argument's sake.../I've seen my fair share of ding-a-ling...)(第1~2行);随后用同位语称她丈夫为阴茎的"动物,和卫士",影射弗洛伊德关于"阴茎崇拜"的相关理论,并在"阴茎"(todger)一词后面列举了一些同位语:"自动推杆机和拐子和命根子,/太多的钓具,太多的小玩意,小威力和小眨眨"("nudger and percy and cock, / of tackle, of three-for-a-bob, of willy and winky",第2~4行,陈黎、张芬龄译,2017:129),表达对弗洛伊德"阴茎崇拜"理论的反击。第五、六行用诙谐的语气提及臭名昭著的莫妮卡·莱温斯基小姐(Ms. M. Lewinsky):"I'm as au fait with Hunt-the-Salami/as MS M. Lewinsky"(第5~6行),称她和莱温斯基小姐一样熟悉意大利腊肠活动。第六行后半部分开始,弗洛伊德夫人表示厌恶了白天的"牛肉刀、猪肉剑、干腊肠、/性爱肌和晚上的爬行动物"(the beef bayonet, the pork sword, the saveloy, / love muscle, night-crawler,第7~8行),随后又用了一些自己创造的词和俗语表示"阴茎",继续将它们作为同位语:"dong, the dick, prick, / dipstick and wick, the rammer, the slammer, the rupert, / the shlong"(第8~10行),其中,"dick"、"prick"、"dipstick"和"wick"之间,"rammer"和"slammer"之间押韵,表现了弗洛伊德夫人侃侃而谈的语言能力。第十行开始,她解释说,"别误会我,我没有斧子磨碎……"阴茎(第10行),于是又戏谑地称阴茎为"裤子里的蛇、妻子的好朋友"(第11行),"武器、巨蟒"(第12行)和"充满嫉妒的斜视的独眼"(第14行)。

与前面诗中影射的"阴茎崇拜"一样,该诗最后提及的"嫉妒"一词又是对弗洛伊德"阴茎嫉妒"理论的影射和讽刺。弗洛伊德研究出一套心理性欲阶段(psychosexual stages)的发展模型,确定了性欲发展的三个早期阶段,分别是口腔期(生命的第一年)、肛门期(一至三岁)和性器期(三至六岁)。他对第三阶段女性心理性欲发展的论述如下：

> 女孩认识到自己、母亲和其他女性都没有阴茎是心理性欲发展的一个关键时期,因为他认为这导致了小女孩的阴茎嫉妒(penis envy)和对女性的贬低。"小女孩认识到自己没有阴茎,所以想要拥有它……当女孩意识到这个创伤后,她就会因此而产生自卑感。"并且她会因此责备母亲"为什么不让她完整地来到这个世界"。
>
> （西蒙诺维兹,皮尔斯,2006:3-10）

总之,《弗洛伊德夫人》一诗借弗洛伊德夫人之口,用十四行诗这种要求严谨的诗歌形式,对应了弗洛伊德作为学者的严谨的治学态度;又让弗洛伊德夫人以看似具有学术文体特点的语言和对"阴茎"一词数十种表达方式的戏谑语气,巧妙地讽刺、颠覆了弗洛伊德的"阴茎崇拜"和"阴茎嫉妒"理论,批判了弗洛伊德的男权思想。

四、《德墨忒尔》：标志男女斗争结束的十四行诗

诗集《世界之妻》是一部表现女性反抗男性压迫统治的诗集,多首诗歌以戏剧独白诗形式讲述不同时期女性为克服这种压迫而斗争的故事。《德墨忒尔》作为诗集中的最后一首,以十四行诗形式为诗集画上了句号,用母亲对女儿压倒一切的母爱的表达,标志着女性与男性斗争的结束。

德墨忒尔是古希腊神话中天神宙斯的姐姐,掌管大地上的种植情况,被封为谷物女神,她的女儿珀耳塞福涅非常美丽。出于嫉妒,美神阿佛洛狄忒让爱神用箭使冥王哈得斯爱上珀耳塞福涅并将她掳走。失去女儿的德墨忒尔哭着到处寻找女儿无果,便咒骂大地,导致一片大地荒芜。后来她求助于宙斯,哈得斯见状便让珀耳塞福涅吃了一颗特殊的石榴,珀耳塞福涅只能大部分时间待在黑暗里。每年春天,珀耳塞福涅回来,德墨忒尔便让大地恢复生机。而每年冬天,珀耳塞福涅要到冥王的府邸,大地就又变成一片荒芜（苏叔阳,2012）。

达菲的《德墨忒尔》是由四个不押韵的三行诗节和一个对句组成的十四行诗。四个诗节似乎对应一年四季,前两节内容与后面有所不同,明显分为两部分,表现出德墨忒尔不得不与女儿分开的事实和她对女儿无法控制的情感。

前两节里,德墨忒尔用"冬天"、"坚硬"、"冷"、"石头"、"破碎的心"和"结冰

的湖"(达菲著,陈黎、张芬龄译,2017:166)等意象描写自己见不到女儿时的悲哀:

> Where I lived—winter and hard earth.
> I sat in my cold stone room
> Choosing tough words, granite, flint, (1:1-3)
>
> To break the ice. My broken heart —
> I tried that, but it skimmed,
> Flat, over the frozen lake. (2:1-3)

第一节尚未完整就跨入第二节,表明德墨忒尔因为珀耳塞福涅不在身边而感到自己不完整。该诗前四节都不押韵,而且第一节的"granite"和"flint"形成不和谐音,增加了环境的不和谐感。第三节开始就有了转折,因为德墨忒尔知道,自己的女儿回来了:

> She came from a long, long way,
> but I saw her at last, walking,
> my daughter, my girl, across the fields, (3:1-3)

该小节诗句短促,表现出母亲翘首盼望女儿归来的急切心情,"终于"表明母亲对母女重逢盼望已久。而在第四节,诗人在描写珀耳塞福涅的归来时运用了 s 音:

> in bare feet, bringing all spring's flowers
> to her mother's house. I swear
> the air softened and warmed as she moved, (4:1-3)

从"spring's flowers"到"mother's house",到"softened"和"as she",形成一种听觉上的和谐感,与前面的不和谐音相对,突出了冬天与春天的鲜明对照。而且,"赤着脚"是一个纯真的意象,"春日之花"是美好的意象,变得"柔""暖"的空气的意象说明德墨忒尔结冰的心被融化和温暖了。

这种温暖在诗歌最后一个押韵的对句中得以强调。这一押韵的对句显示了德墨忒尔和女儿的统一:"蓝天微笑,没有太快/带着新月的小而害羞的嘴"(5:1-2)。月亮之所以具有重要意义,是因为它象征着女性生理期。这可能表明,现在一个新的周期已开始,标志着整个女性的新时代的开始。这幅"蓝天微笑"的人物画表明,德墨忒尔母女之间的爱是所有母亲和女儿之间普遍存在的。《德墨忒尔》的押韵对句还有一个效果,那就是增加了德墨忒尔的终结感和闭合感:与女儿团聚后,她终于可以休息了。这为《世界之妻》提供了一个合适的结尾,因为它表明,当德墨忒尔的旅程接近尾声时,她女儿的旅程才刚刚开始。

《德墨忒尔》一诗中没有提到男性,暗示了一种解放和独立,与诗集里其他诗歌中女性所受到的来自男性的限制形成对比。在《德墨忒尔》中,痛苦不再是男人行为的结果,而是母亲与女儿分离的事实。"我破碎的心/……我的女儿/我的女孩",表明德墨忒尔的女儿,珀耳塞福涅,对母亲的影响比任何男人都大。此外,"我的"的重复表明德墨忒尔需要占有女儿来生活,从"我的女儿"到"我的女孩"的转变显现了母性的内涵,表明母亲和女儿之间分享的母爱比男女之间的纽带更强大。在德墨忒尔与珀耳塞福涅重聚前后,背景的鲜明对比进一步说明了这一点。达菲对动觉意象的运用强调了珀耳塞福涅对德墨忒尔隐喻的控制。"冰冷的石头房间"的使用特别重要,因为它代表了贫瘠和荒凉,从这里也可以看到"结冰的湖";这个意象是德墨忒尔的对立面,因为德墨忒尔被认为是地球和生育的女神。因此,这种母爱的力量暗示《德墨忒尔》是《世界之妻》的一种适当的结束,显示了女性从男性的束缚中获得的解放。

综上所述,《世界之妻》里的四首十四行诗各有特色。戏仿莎士比亚十四行诗的《安妮·海瑟薇》是描述安妮对莎士比亚情感的有力载体,表现了达菲对莎士比亚十四行诗的敬意,也体现了莎式十四行诗对达菲的影响。《魔鬼之妻》里的"圣经"表现了十四行诗描写痛苦主题的有效性,充分呈现了参与沼泽谋杀案的作案人欣德利在狱中的内心痛苦和煎熬。《弗洛伊德夫人》以格式要求严谨的十四行诗形式让弗洛伊德夫人表达对学者弗洛伊德的讽刺,批判和颠覆了男权思想。《德墨忒尔》作为诗集中的最后一首诗歌,则通过十四行诗形式描述母女关系,象征着女性反抗男性压迫斗争的结束。可以说,达菲在戏剧独白诗集中插入的这几首十四行诗,充分体现了她驾驭不同诗歌体裁的能力。她在继承传统十四行诗的同时,再现了自己的女性主义思想。

第三节 《狂喜》的十四行组诗印象

> 十四行诗组诗(sonnet sequence or sonnet cycle)指的是一个共同主题下写作的十四行诗,或是叙述同一个故事的十四行诗。……十四行诗最初被创作出来的时候不是以写作单篇诗歌为目的,而是企图通过一系列的诗篇叙述故事和表达一个共同的主题如友谊和爱情。
>
> (聂珍钊,2007:388)

达菲的《狂喜》由52首爱情诗组成,按时间顺序讲述了一段爱情故事,被出版商评价为个人情感历程的感人印证。人们称该书为"一张真爱的地图"(a map of real love),它将直率与精细结合,如同一首由痛苦写成的歌。达菲一度拒绝解释其中表达的各种矛盾——醉心、渴望、激情、许诺、怨恨、分离和痛苦,但在一次采访(Winterson,2009)中说她生活中有三件重要的事情:一是女儿的出生;二是喜欢她诗歌的母亲因癌症病逝;三是恋爱——她爱得心醉神迷,全身心投入,得到爱情又痛苦地失去。她未透露恋爱对象是谁,也不想讲述这段爱情故事,而是希望读者集中注意力阅读她的诗歌,而不要过多关注她个人。有人认为,这部诗集是达菲写给曾与她同居十年的女作家杰基·凯(Jackie Kay,1961—)的[①]。

这部基于个人情感经历(包括同性爱)写成的诗集唤起了读者对《莎士比亚十四行诗》的记忆,令人感觉这是一部十四行诗集。诗集内诗歌之间因互文而具叙事性,其中除有17首较规则的十四行诗外,还有些非规则的准十四行诗,因而给人以十四行组诗的印象。

一、《狂喜》与《爱情诗》的互文唤起的《莎士比亚十四行诗》记忆

《莎士比亚十四行诗》最早于1609年编辑而成,共有154首十四行诗,每首诗都有相对的独立性,合在一起又构成整体,"重复着相同的主题——总是

---

① Lanone.2008.杰基·凯(Jackie Kay)是非裔苏格兰诗人兼小说家。

离不开时间、友谊或爱情、艺术(诗)"(莎士比亚,2012:9),表达真、善、美。一般认为,其中前 126 首写给诗人的一位少年朋友,诗人竭力称颂他的美;后 28 首写给一位性情放荡、不忠于爱情的女郎,体现了人文主义的爱情观。总之,诗集真实地记录着莎士比亚的情感生活和隐秘的内心世界。达菲的诗集《狂喜》由于以爱情为主题,基于个人感情经历而作,其中的十四行诗又采用莎士比亚体,因此在某种程度上与《莎士比亚十四行诗》类似,这是该诗集给人以十四行诗组诗印象的重要原因。现以第十四首诗《狂喜》("Rapture",2005)和第四十九首诗《爱情诗》("The Love Poem",Duffy,2005)为例,探寻其中的莎士比亚十四行诗印记。

与《祷告》一样,诗歌《狂喜》的押韵格式和每行的音节数都符合莎士比亚十四行诗的标准,只是开始的一些诗行中没有完全使用抑扬格。

> Thought of by you all day, I think of you
> The birds sing in the shelter of a tree.
> Above the prayer of rain, unacred blue,
> not paradise, goes nowhere endlessly.
> How does it happen that our lives can drift
> Far from our selves, while we stay trapped in time,
> Queuing for death? It seems nothing will shift
> the pattern of our days, alter the rhyme
> we make with loss to assonance with bliss.
> Then love comes, like a sudden flight of birds
> From earth to heaven after rain. Your kiss,
> recalled, unstrings, like pearls, this chain of words.
> Huge skies connect us, joining here to there.
> Desire and passion on the thinking air.
>
> (Duffy, 2005:16)

该诗在形式上不同于莎士比亚十四行诗传统,虽然从押韵格式上每四行成一个单位,但只有第一个四行是完整的断句。除第 1 行外,第 2~4 行描述了一个鸟儿歌唱却不是天堂的自然景象;第 5~7 行是一个问句,提问了一个人生哲学问题:"为什么生命总会游离/我们自己,我们又被时间困扰/束手待毙?"第 7 行后半部分直到第 9 行结束,是个否定句,断言"无事似可代替/我们的生活方式,把我们用失落/押的脚韵,换成幸福的半谐韵"。第 10~13 行与 2~4 行形成对照,表现了爱情的力量:"此时爱情来临,像鸟儿突然飞起/雨后,从地面到天际。你的亲吻/回味中,散落出,珍珠般,这串文字。"最后两行又回到莎士比亚十四行诗的习惯,既押韵,也与第 1 行呼应,表达主题:"苍穹连接我们,连接这里与那里。/欲望和激情弥漫在思念的空气里。"(第 13~14 行)

诗集中有些十四行诗与《狂喜》一样,非常贴近莎士比亚十四行诗传统形式,如第一首《你》、第四首《森林》、第 7 首《小时》、第 17 首《古巴》、第 21 首《恋人们》、第 23 首《船》、第 24 首《爱》、第 27 首《找到这些字》、第 38 首《金星》、第 41 首《悲伤》、第 44 首《夜间婚礼》、第 45 首《句法》、第 46 首《雪》、第 48 首《悟》和第 50 首《艺术》等。

诗集中有些诗歌不是十四行诗,却也因围绕爱情主题而给人以该诗集是十四行组诗的印象,其中的《爱情诗》便如此。历史上众多诗人用各种技巧表达爱情,因此,达菲用英国文学史上不同年代的著名诗句创作了一幅文学"拼贴画",以表达爱情的普遍性。标题用定冠词"the"表示该诗包含了所有爱情诗的内容,可以代表所有爱情诗。该诗由三个十二行的诗节组成,诗行长短不一。大量的破折号将引用的诗句与诗人的诗句区分开,形成一种微妙、不规则的韵律,与情感的不规则性一致。每节都以"直到……"开头,形成一个完整的排比句。整首诗中,著名经典爱情诗中的只言片语嵌入不和谐、破裂的现代诗节。而最初的一处引用就是莎士比亚的"我情人的眼睛":

> Till love exhausts itself, longs
> for the sleep of words —
> mistress' eyes —
> to lie on a white sheet, at rest
> in the language —
> let me count the ways —
> or shrink to a phrase like an epitaph —
> come live
> with me —
> or fall from its own high cloud as syllables
> in a pool of verse —
> one hour with thee. (1:1-12)

诗人开始就表达了一种让"词语休眠"(1:2)(让这首诗成为爱情诗的终结者)的渴望:读过莎士比亚十四行诗第 130 首的读者,看到"我情妇的眼睛"(1:3)自然会联想到"一点也不像太阳"("are nothing like the sun",莎士比亚十四行诗第 130 首,第 1 行)。而达菲在下一行写道"躺在白纸/床单上"(1:4),由于第二行和第五行分别是"for the sleep of words"和"in the language",可以断定诗人在第四行是想表达"躺在白纸上"。随后,诗人引用巴雷特·勃朗宁十四行诗第 43 行中的"让我来细数一番"(1:6),让读者联想到"我多么爱你"(How much I love you),而诗人却在下一行写道:"或缩减成一个墓志铭的短句"(1:7)。接下来引用了马洛的"与我同住"(come live with me)(1:89),然后又说"或如一池韵文里的音节,从它/自己的云端坠落——"(1:10-11),并引用司各特的"与你共享一个时辰"(1:12)。

在第二节,诗人先后引用了怀亚特的"你觉得怎么样"(how like you this)(2:4)、西德尼的"问你的心,然后再写"(Look in thy heart/and write)(2:7-8)和坎皮恩的"她的脸上有一座花园"(there is a garden in her face)(2:11-12)。在第三节,又引用了多恩的"我的新大陆"(my new-found land)(3:3)、引自《旧约·雅歌》里的"我的佳偶,你甚美丽"(达菲著,黄福海译,2020)和雪莱的"飞蛾对星星的渴求"(the desire of the moth/for the star)(4:11-12)。全篇由各时期的爱情诗句拼合而成,成为著名爱情诗句的合集,体现出英国文学中爱情诗传统对达菲的影响。在这些引用中,诗人以莎士比亚十四行诗开始,可见莎士比亚十四行诗在她心目中的位置。

总之,达菲的诗集《狂喜》中充满了"发生于读者/观众记忆层面上的叠刻性互文现象"(陈宏薇,2016:66),能唤起读者对莎士比亚十四行诗及其他经典作品的记忆,使读者"在心理上获得一种重复记忆时的快乐和愉悦"(陈宏薇,2016:65),也给人一种该诗集是十四行诗集的印象。

二、诗集《狂喜》中的互文性与叙事性

十四行诗是一种抒情诗,是诗人借以在与自身的直接关系中呈现自身意象的艺术形式,可以揭示人类丰富、复杂、多变、奇特的情感世界,是人类特殊的生命世界。通过解读达菲的抒情诗可以了解其丰富的情感世界和复杂的情感内涵。抒情诗不像叙事诗那样讲述系统完整、陆续展开、不断延展的故事,后者甚至形成长篇巨著。但是,抒情诗中包含着叙事要素,这些要素可以由诗歌的创作背景、同一诗集中不同诗歌间的呼应和诗歌文本的互文性等体现。

《狂喜》中诗歌间的互文性给人以十四行组诗的印象。

(一)诗集《狂喜》的创作背景与诗集中的"你"

虽然达菲一直拒绝解释《狂喜》中表达的各种矛盾,诗集里的52首爱情诗却按时间顺序讲述了一段爱情故事。如她所言:如果诗歌长存,生活就在读者和诗歌之间(Winterson,2009)。出版商认为,这部诗集在读者中引起了强烈共鸣,鉴于此,达菲于2005年荣获T.S.艾略特诗歌奖;至2008年,该诗集已出售15000册。

出生于1955年的达菲16岁开始与诗人艾德里安·亨利(Adrian Henri)约会。为靠他近些,她到利物浦学习哲学。他给了她信心、诗歌和热烈的性爱,却没有给她以爱的忠诚,十年后他们分开了。1995年,女儿Ella出生,她从伦敦搬到曼彻斯特,开始了作为一个母亲、大学教师和诗人的生活。她开始为儿童写作、改写格林童话、编辑诗集,体验着做母亲的压力和快乐。

了解达菲的"真实世界"文本——诗人的爱情经历,将有助于读者理解诗集中表达的感情。所以,拉农(Catherine Lanone)把类韵("assonance")与达菲的同性恋身份联系起来,认为这部诗集是达菲写给女诗人杰基·凯的:

> In her 2005 collection of poems entitled *Rapture*, Duffy moves back towards an apparently more naive, more intimate and subjective kind of poetry as she chronicles her affair with fellow poet Jackie Kay.(Lanone, 2008:2)

她认为,"assonance"在这种语境下自然好理解得多:如果把传统观念中的爱情的和谐(rhyme)界定在男女之间,那么一直被世人视为非正常的同性恋自然是一种"类韵"。

诗集中说话者反复提及"你",为读者判断诗歌是否是同性恋诗歌造成了困扰。直到诗集中间的《回答》("Answer", Duffy, 2005)才有所暗示:

> If you were made of water,
> your…
> your breast a deep, dark lake nursing the drowned,
> …
> if you were water, if you were made of water, yes, yes.(第13~18行)

这里的"breast"和"nursing"与诗歌《金星》("Venus",Duffy,2005:44)里的"the dark fruit of your nipple/ripe on your breast"(第4~5行)"都暗示爱人是女性。直到《爱情诗》引用莎士比亚诗句中的"我情妇的眼睛"和托马斯·坎皮恩的诗句"在她的脸上有一座花园"(2:11-12),才真正明确爱人的性别是女性,也在一定意义上印证了诗集是写给女诗人杰基·凯的说法。

(二)从"坠入情网"到《结束》的爱情故事

从诗集中的第一首诗《你》("You",Duffy,2005)到最后一首《结束》("Over",Duffy,2005),该诗集讲述了从"坠入情网"到"结束"的爱情故事,因为诗集中描写了人物、恋人的联系方式、时间、地点、爱情的曲折和悲欢离合。

第一首诗《你》是一首十四行诗,由三个四行和一个对句组成,确定了诗集的爱情主题。第一节如同序幕一般,讲到"你""不请自来"到我的"脑海里"。不同寻常的是,第二节开始的"坠入情网"缩进到第一节最后一行结束的位置,突出了爱情故事的开始:"坠入情网/是迷人的地狱;紧缩着的、炽热的心/像要捕杀的老虎;像火焰在皮肤下猛烈地舔食/进入我的生命,不仅仅是生命,美丽的,你悠然进入"(2:1-4)。

诗人开篇就把恋爱称作是"迷人的地狱",似乎预示着爱情将同时充满痛苦和甜美。诗中过去时和现在时的使用表明"我"在回忆与现实之间。诗集中间的诗歌涉及恋爱的各个方面,如恋人的联络方式,约会的地方、时间与四季更替,爱的情绪变化和矛盾冲突等等,直至爱情故事结束。

恋人的联络方式是现代化的。诗集中的第二首诗歌《短信》("Text",Duffy,2005)就以诗行简短的十四行诗形式表明恋人之间通过手机短信传递爱情;第二十六首《神射手》("Quickdraw",Duffy,2005)里手机又与有线电话同时作为恋人交流的工具出现,体现了一种叙事的延续性。但两种通讯工具体现的却是恋人之间的权力关系和矛盾冲突。《神射手》虽是十六行,但是,其中第二、三节的第一行都格外短,并且与之前的诗行末尾对齐,可以说,如果不另起一行,这首诗就是十四行,但若按十四行安排就失去了韵律。所以,该诗作为准十四行诗,更加接近传统十四行诗的押韵格式。似乎两种排列形式的可能性也在抗衡,突出了恋人之间的矛盾。

恋人相见的地点也讲述着他们的故事。第一首诗里恋人见面的地点是卧室,而在诗集里的其他诗中,恋人又先后出现在森林、河边、社区公园湖边、哈沃斯、古巴和唐人街等。《森林》("Forest",Duffy,2005)是一首不押韵的十四行诗,由三个四行和一个对句组成。开始和结尾都记录了"我"在森林的迷失,开始"森林边缘有些花,朝上/翻卷的花瓣盛着最后的光……我跟随你进去/而整个生命都消失了"(1:1-3),最后两人先后"走进森林/深处"(go deeper/into the woods)(3:1-2),直至"我""迷路在森林"(5:2)。《河》("River",Duffy,2005)就在《森林》后面,比《森林》多一行,也不押韵,是《森林》的继续;因为《森林》最后是"来找我吧",而《河》开始就是"沿着河往前,在树下,爱等着我"(1:1),呼应了《森林》的结尾。而且,诗集里的第25首诗《给》("Give",Duffy,2005:28)里,河和森林都出现了,是"我"让"你"给我的内容。可以说,河和森林已经不再是地点,而是一种承载爱情的记忆。同样,《船》里提到恋人散步的社区公园湖上"小男孩的玩具船"(1:3),最后却又把船作为隐喻,说"我的船来了/带着它满货仓的欢乐"(3:1-2)。

恋爱中的人总嫌相聚时间短,所以诗集里的第七首《小时》就表现了这一主题。该诗以"爱是时间的乞丐"(1:1)开始,最后一行则借用格林童话《侏儒妖》里磨坊主的女儿用稻草纺出黄金的典故,说"爱用稻草纺出黄金"(4:2)。关于时间的诗依次还有《秋·坠落》("Fall",Duffy,2005:25;达菲著,陈育虹译,2010:72)、《十二月》("December",Duffy,2005:32)、《新年》("New Year",Duffy,2005:34)、《过冬》("Wintering",Duffy,2005:36)、《春》("Spring",Duffy,2005:38)、《仲夏夜》("Mid-Summer Night",Duffy,2005:47)等,增加了诗集的叙事性。《秋·坠落》的诗行由短到长,巧妙地呈现出叶子落下的样子,并以"fall"一词同时表达秋天和落下双重含义,而最后又用该词第三层含义表达"我""坠落坠落坠向,你炙热的地心引力"(第9行),表现了爱情的吸引力。《十二月》中的恋人被称作夜晚"我明亮的星星"(my bright star,第15行)。直到《新年》里,恋人发现他们的爱"地点错了/时间错了"(3:1-2),但是,"时间从无底空间坠下坠下,坠向"恋人彼此的"当下"(3:5)。《过冬》这首由三部分构成的长诗,则记录了恋人"把爱变成痛苦"(1:3)、把"所有的错误/都冻结在我死死锁住的脸上"(6:2-3)和"你花一般的吻/冰释、融化严冬"(12:2-3)的故事,仿佛爱情也经过了一个隆冬。《春》在美好中写道"在某种慈悲中,一个温柔的拥抱,一道除罪令/赦免他们偷取的时间"(2:3-4),与第七首《小时》呼应。

诗集记录了爱情的曲折和悲欢离合。如第九首诗《雨》("Rain",Duffy,2005:9)描写了夏季极度的热:"一个世纪的热度,在花园中,猛烈如同爱情/我不得不离开的那天你回来了/……比地狱还要热"(2:1-3:1),随即带出爱情的"热度",成为比喻"我日夜为你燃烧"(3:3);这时描写"雨来了",又形成比喻:"开始像迟疑的吻/……水淹没了我的嘴,洗礼了我的头/……/雨来得像个情人"(5:1-6:3)。《雪》("Snow",Duffy,2005:54)则记录了"每朵雪花都是唯一,在我们亲吻时飘落"(3:1)。在《爱》("Love",Duffy,2005:27)里,"爱是天分,世界是爱的隐喻"(1:1);在《不爱》("Unloving",Duffy,2005:61)里,"不再爱曾经有你的一切空间"(6:4)。前面的《不在》("Absence",Duffy,2005:10)表达了对爱人的思念,《如果我死了》("If I Was Dead",Duffy,2005:12)表达了一种信念:"我发誓你的爱/将把我/从坟墓里托起"(6:1-3),大有不见情人一面死不瞑目之势。最终诗集以《结束》里"你花费一个小时/用草编结一枚戒指好娶我。我再次唤着你的名字"(3:1-2)结束。

虽然诗集《狂喜》里不全是十四行诗,却因各诗之间在时间、空间、意象、隐喻及形式等方面的互文性而产生叙事性,使整部诗集成为一部爱情十四行诗集。

三、较规则的莎士比亚十四行诗:《小时》

前面一节提到过的《小时》("Hour")是诗集里除了《狂喜》之外较规则的十四行诗。该诗的主题是莎士比亚十四行诗常有的时间,从押韵格式方面与莎士比亚十四行诗贴近,而且"有过之而无不及"。全诗如下:

> Love's time's beggar, but even a single hour,
> bright as a dropped coin, makes love rich.
> We find an hour together, spend it not on flowers
> or wine, but the whole of the summer sky and a grass ditch.
>
> For thousands of seconds we kiss; your hair
> like treasure on the ground; the Midas light
> turning your limbs to gold. Time slows, for here
> we are millionaires, backhanding the night
>
> so nothing dark will end our shining hour,
> no jewel hold a candle to the cuckoo spit
> hung from the blade of grass at your ear,
> no chandelier or spotlight see you better lit

than here. Now. Time hates love, wants love poor,
but love spins gold, gold, gold from straw.

莎士比亚十四行诗的押韵格式是 ABAB CDCD EFEF GG,而这首十四行诗的押韵格式则是 ABAB CDCD AECE FF,也就是说,第九、第十一行分别与第一、三行的"hour""flower"和第五、七行的"hair""here"押韵,使得第三个四行与前面两个四节呼应。当然,从格律上看,该诗中仅有第三和第九诗行是抑扬格五音步,不符合传统十四行诗的规则。但少见的抑扬格五音步在第三行的出现有助于表达该诗行的内容:"我们找到一小时欢聚,没有花在鲜花上。"(1:3)欢聚的一小时如同少见的抑扬格五音步一样难得,有效地加强了第二行"一小时像/闪亮的硬币掉落,使爱情富有"(1:2)的描写效果。

该诗使用的隐喻令人感到爱情的缠绵。首先是第一行的"爱是时间的乞丐"(1:1),暗示爱情总向时间乞讨,这个隐喻在第二行延展,相爱的人像捡到落在地上的硬币一样得到一小时就变得富有。当相爱的人终于欢聚的时候,他们不会把时间花在鲜花或美酒上,而是花在整个夏天和青草沟里,暗示相爱的人在草沟里打滚亲昵的欢乐。虽然只是一个小时,却可以用秒计算,于是就有了几千秒,相爱的人都用来亲吻。诗人用了一个明喻,把爱人的头发比作地上的珠宝,可以看出,珠宝是前面把爱情比作硬币的隐喻的延续;随后的"迈达斯之光/把你的四肢变成金子"(2:2-3)仍是这个隐喻的延续。在因爱情而富有的相爱的人面前,时间慢了下来。从几千秒到这里,诗人用了几个跨行诗句,表现时间的缓慢。随后又是财富的隐喻的延续,把相爱的人称作"百万富翁"(2:4)。"反手拍夜晚"(2:4)是个有趣的短语,因为人们常把夜晚和黑暗与消极情绪联系在一起,把光明与积极情绪联系在一起。暗夜给人一种否定的形象,因为相爱的人富有了,便有信心和力量给夜晚以爱(和光)的力量。于是第九行又使用了抑扬格五音步,以表现"于是没有黑暗会结束我们闪光的时间"(3:1),也就是说,没有任何事情可以结束相爱的人的亲密时光。第十行里的"蜡烛"与"闪光的时间"呼应,表达"没有珠宝会举起蜡烛照着布谷鸟的口水"(3:2)。"布谷鸟的口水"通常被认为不友好,但实际上,某些小动物通常用泡沫保护自己,看来像有小动物在树叶上吐口水,所以第十行加强了第九行的语气,何况第十一行说"布谷鸟的唾液是如此高"(3:3)。"光"的意象继续在第十二行出现,说"没有吊灯或聚光灯能让你更明亮"(3:4)。至此三个"没有"引导的排比句完成了把爱比作光的延伸隐喻。

该诗最后通过"现在"构成的独立单句使读者停顿,突出了时间的重要性。

后面的诗行巩固了整诗的观点,把"爱是时间的乞丐"的隐喻换成了"时间是爱情的敌人"的隐喻,因为"时间恨爱情,想要爱情贫困"(4:1)。最后一行"但是爱情用稻草纺织金子"(4:2)暗示爱的一种变革性力量:它可以把平凡的事物变得比金银财宝更有价值。这里的"稻草纺金"来源于童话人物"侏儒怪"(Rumpelstiltskin),进一步说明人们认为的财富和真正有价值的东西之间的对比,强调了爱情拥有克服一切障碍的力量。

四、偏离规则的准十四行诗

偏离规则的十四行诗种类很多。从行数的角度来看,有些十二行、十五行、十六行、十八行的诗歌也被称为十四行诗;从韵律的角度来看,可以分为"有韵十四行诗"和"无韵十四行诗"。有些偏离规则的十四行诗"打破了传统的规则,出现了新的押韵格式,甚至是自由诗的倾向"(聂珍钊,2007:394)。

《狂喜》基于达菲个人情感经历写成,可唤起读者对《莎士比亚十四行诗》的记忆,令人感觉它也是十四行诗集。细读发现,其中非规则的十四行诗居多,现举例分析。

首先是十四行的自由诗,如第一首诗《你》、第二首《文本》、第四首《森林》、《古巴》("Cuba",Duffy,2005)、《恋人们》("The Lovers",Duffy,2005)、《船》("Ship",Duffy,2005)、《爱》("Love",Duffy,2005)、《找到这些字》("Finding the Words",Duffy,2005)、《夜间婚礼》("Night Marriage",Duffy,2005)都是自由体无韵诗。而《悟》("Epiphany",Duffy,2005)则通过/e/音的重复制造了音韵效果,《艺术》("Art",Duffy,2005)虽然押韵却不成规则,《悲伤》("Grief",Duffy,2005:19)最后两行押韵,《句法》("Syntax",Duffy,2005)最后四行每两行押韵,《雪》("Snow",Duffy,2005)第二、三、四行押韵,都因为是十四行而给人以该诗集为十四行组诗的印象。

其次,诗集中有些不是十四行的诗歌,与十四行诗混排在一起。其中十二行的诗歌如第八首《秋千》("Swing",Duffy,2005)分为两个不押韵的六行诗节;《手》("Hand",Duffy,2005)由三个四行组成,每两行押韵;《桥水厅》("Bridgewater Hall",Duffy,2005)由三个四行诗节组成,一、三节押韵,第二节不押韵;《春》("Spring",Duffy,2005:23)和《礼物》("Presents",Duffy,2005:42)都不押韵。十五行的诗歌如第五首《河》("River",Duffy,2005:5)由五个不押韵的三行诗节组成;第六首《哈沃斯》("Haworth",Duffy,2005:6)由五个押韵的三行诗节组成;《茶》("Tea",Duffy,2005)由五个押韵的三行诗节组成;《十二月》由五个三行诗节组成,最后两行押韵;《新年》由三个五行诗节组成。十六行的诗歌如《挽歌》("Elegy",Duffy,2005)由两个不押韵的八行诗节组成;《争吵》("Row",Duffy,2005)由四个四行诗节组成,每节二、三行押韵,一、四行押眼韵;《神射手》由四个四行诗节组成,个别小节押韵。十八行的诗歌如第十首《雨》由六个押韵的三行诗节组成;最后一首《结束》则由三个行数逐渐递增的诗节组成,分别是五行、六行和七行,而且基本不押韵。上述诗歌都可以看作非规则的十四行诗,或有韵,或无韵,或十四行,或不是十四行,有些"打破了传统的规则,出现了新的押韵格式,甚至是自由诗的倾向"(聂珍钊,2007:394)。

另外,诗集《狂喜》中有些七节诗,非常像十四行诗的变体,如诗集中的第二首《短信》("Text")由每节两行的七个诗节组成,双数行押韵,属于前面提到的十四行自由诗;第三首《名字》("Name",Duffy,2005)也由七节组成,只是每节三行,但是,每节都用跨行诗句,如果重新排列,便可将诗排成十四行;第十一首《如果我已死》("If I Was Dead")又是七节,每节四行跨行诗句,如果重新排列,也可排成十四行。

《名字》一诗每节的三行中都有两行押韵,似乎是诗人为押韵将两行写成了三行:

> When did your name
> change from a proper noun
> to a charm?
>
> Its three vowels
> like jewels
> on the thread of my breath.
>
> Its consonants
> brushing my mouth
> like a kiss.
>
> I love your name.
> I say it again and again
> in this summer rain.

> I see it,
> Discreet in the alphabet,
> like a wish.
>
> I pray it
> into the night
> till its letters are light.
>
> I hear your name
> rhyming, rhyming,
> rhyming with everything.

该诗开始如同莎士比亚十四行诗第十八首一样，以问句开头："何时你的名字/从专有名词变成了/一个魔咒？"(1:1-3)，然后通过玩味名字的辅音及元音表现"我"像中了魔咒一样对名字着迷：首先，"我"反复念叨名字，仿佛"三个辅音/像珠宝/在我呼吸的丝线上"(2:1-3)，而元音则"像一个亲吻/划过我的嘴"(3:2-3)。魔咒让"我"爱上"你"的名字，所以"我反复念叨/在夏雨中"(4:2-3)，看它"在字母表里显得深奥/像一个愿望"(5:2-3)，"对它祈祷/直到夜晚/它的字母成了光"(6:1-3)，听到"你的名字"，觉得它"和一切押韵"(7:3)。

该诗除第一节是个问句之外，第二、三节都以"Its"开头，描写名字的语音像什么，第四、五、六、七行都以"I"开头，后面跟着动词，从而形成两组排比结构，回答了开始关于名字变成"魔咒"的问题。

《假如我死了》也是一首七节诗，每节短短四行，似乎是为突出"If I was dead"并保持诗节长度均衡，把每两行跨行写成了四行。整首诗不押韵，但使用了重复，如"If I was dead"重复三次，每次后面提及一种元素：土、风、火。该诗跨行诗句多，标点符号有限，相当于一个长句，而最后两节得出结论使整首诗更像十四行诗。

该诗的讲话者在假设的场景中，想象自己经历各种死亡。在诗的开头，"我"看到自己被埋葬，把骨头——身体上最强壮的部分弱化并浪漫化，说"假如我死了"(1:1; 3:1; 5:1)，骨头被埋进土里，就会像从船舷上扔下的桨一样漂浮在水面。"我"把头骨看作海底的海螺壳，而心则是"红红的玫瑰"的护根物。骨灰经过火化，被扔到"风的脸上"(4:4)。"我"想象自己无法控制生命和死亡,失明的眼睛在花的底部。经历了土、气、水和火之后,身体正在回归,成为记忆,对世界没有影响。像传统十四行诗一样,该诗最后出现转折:"我"发誓,如果真是这样,"你的爱/会把我举起/让我离开坟墓"(6:1-3);于是结束陈述,说爱会让"我"从坟墓里复活,就像《圣经》里传说中的拉撒路,像耶稣一样死而复活,并会饥肠辘辘地回来,只为得到爱人"活生生的吻"(7:4)。这里诗人用了两个比喻,一是把爱人的爱比作耶稣基督的力量,一是把爱人的吻比作童话里唤醒沉睡的公主的吻,很有影响力。

总之,两首七节诗都像因某种原因改写而成,诗中的排比、重复、比喻等手法及最后的转折和总结,都足以使诗歌被看作十四行诗的变体。

应该说,无论是十四行的自由诗,还是十二行、十五行、十六行、十八行的准十四行诗,甚或是经过重新排行就可成为十四行诗的七节诗,这些准十四行诗与诗集《狂喜》里的较规则的十四行诗一起构成了十四行组诗,讲述着爱情故事。

第四节 获封桂冠:十四行诗的公共主题书写

桂冠诗人的身份本身具有政治意义。第一位桂冠诗人约翰·德莱顿便在国内宗教和政治矛盾四起的情况下因文学声望被查尔斯二世邀请做御用文人,为皇室摇旗呐喊,促进和谐。有关研究表明:

> 秉承这样的传统,在之后的 350 年来,尽管已经有很多的改进,文学与政治的关系在程度上似乎逐渐地疏远了,但是"御用文人"根本属性并没有得到多少的改变。遇上王室的红白喜事,桂冠诗人必须履行赋诗的义务,这种应景之作难免会有伤文学作品的审美性,无功利性,导致文学对政治的依附和屈从,也对诗人的文学创作生涯存在一定的限制和拘束。
>
> (李艳,2009:324)

达菲深知桂冠诗人的地位和传统,获封桂冠诗人后她便表示不写任何皇家诗歌,除非她自己觉得有必要。果然,她未创作赞美王室的诗歌。但其诗歌却表现出对公众和政府的关切。她获封桂冠诗人后的第一部诗集《蜜蜂》里收录的几首自由体十四行诗,充分体现了这一点。现选择其中的《政治》《利物浦》《冷》和达菲 2018 年创作的《时间之伤》进行分析,以探知其公共主题的十四行诗创作艺术。

一、《政治》：被拆解的十四行诗

《政治》是达菲成为桂冠诗人后创作的第一首诗，后收录在《蜜蜂》里。成为桂冠诗人后，诗人的第一首诗通常是应邀创作的，且应该赞颂皇家，达菲却反其道而行之，在诗中对政客和他们的理想主义伪装进行了直接攻击（Brown，2020）。从另一角度来看，尽管这不是有关皇家的诗，却表现了桂冠诗人的社会责任感，达菲通过该诗表达了对桂冠诗人身份的政治意义的反应和对公众所受政治影响的理解。

该诗总共十五行，并非由规则的五步抑扬格诗行组成，但第九行行前空格与第八行的结束对齐，像把一行拆解成为两行，也像是把十四行拆成了十五行。而且，第一行和第九行都以"它怎么让你……"开始，只是像传统十四行诗一样，第一行和后六行的"它怎么让你……"之后的内容不同，体现了前八与后六的十四行诗结构。第十行"呸"似乎是一个转折，更令人联想到传统十四行诗的转折，只是该转折不在诗行开头。所以，该诗与达菲的很多十四行诗一样，是对传统规则的偏离。

诗人在第一节充分运用隐喻描述政治对人的毁灭性影响。第一个"它怎么让你……"之后，达菲把人的面容比作"痛得要流泪的石头"，因为人们的面容因政治变得严厉或忧郁；又把心比作"攥紧或捶打的拳头"，因为人们满怀紧张或憎恶；还把舌头比作"没有门的铁门闩"，因为它如同摆设，人们敢怒不敢言；把人们双手分别比作"铠甲护手"和"手套玩偶"，因为它们遭到束缚，失去了行动的能力；把笑声比作"风中抽搐的干树叶"，因为没有什么可笑的，人们像干树叶一样被风吹来吹去，无法把握自己的命运；把人们"嘴唇上的话语"比作"掷不出 6 的骰子"，因为政治就像打麻将一样是一场游戏，充满欺骗性。

> How it makes your face a stone
> That aches to weep, your heart a fist,
> Clenched or thumping, your tongue
> An iron latch with no door; your right hand(1-4)
> a gauntlet, a glove-puppet the left, your laugh
> a dry leaf twitching in the wind, your desert island discs
> hiss hiss hiss, the words on your lips dice

that throw no six(5-8)

这些隐喻生动形象,加上体现业余娱乐生活的"荒岛唱片嘶嘶嘶"中拟声词 hiss 营造的刺耳声的听觉意象,突出了主题:政治给人带来痛苦、厌恶之情和束缚之感,令人失去正常的生活能力,不能正常说笑或行动,失去了自由和对彼此的信任,以此揭露政治的霸权作用及其对人生活的威胁。这种威胁的程度在诗中不断递增。第二个"它怎么让你……"后的描述如下:

How it takes the breath
Away, the piss, your kiss a dropped pound coin,
Your promises latin, feedback, static, gibberish,
Your hair a wig, your gait a plank walk. How it says
Politics—to your education, fairness, health; shouts
Politics!—to your industry, investment, wealth; roars, to your
Conscience, moral compass, truth, POLITICS POLITICS POLITICS.(9-15)

第九行称政治会"让人无法呼吸",比前八行所呈现的政治影响更令人难过,因为人已窒息。随后"呸"的转折,似乎是终于冲破了前面的束缚,发出了愤怒的吼声。随后又用了几个隐喻:把亲吻比作"掉落的一英镑硬币",暗示爱情与金钱的关系;把诺言描述为"拉丁语的,反馈,静止的,胡言乱语",暗示诺言之不可信;把头发说成是假发,进一步证明诺言的不可信;说走路要"走跳板",暗示不能自主选择人生之路。最后四行的"它怎么"和三个"怎么"后面的动词继续形成排比结构,且在语义上也是递进关系,分别是"说"、"喊"和"怒吼",突出了政治对人变本加厉的影响,而影响的面则先后涉及"教育、公平、健康"、"产业、投资、财富"和"良心、道德、真理"。与此同时,"政治"一词在倒数第二、三行开始和最后一行结尾先后重复出现,彻底释放出对政治之不良影响的愤怒。

该诗以"它怎么"开始,第一个"它怎么"后面的内容长达八行,第二个"它怎么"后面的内容长度为四行,第三个"它怎么"后面的内容仅一行:"How it says/ Politics to your education, fairness, health"(第十二行、十三行);而且,后面两个省略了"它怎么",先是"shouts/Politics to your industry, investment, wealth"(第十三行、十四行),接着是"roars, to your/ Conscience, moral compass, truth"（第十四行、十五行），最后，直接说出"政治"，而且用大写字母拼写，连续重复三次，读来一气呵成，非常有气势。

因此，该诗通过排比、隐喻、拟声和递进等艺术手法表达了诗人对政治霸权给人们生活造成不良影响的愤怒。而且，如果把第八行、第九行的排列看成是把一个诗行重新排列，则可把该诗看作是对传统十四行诗规则的拆解，这种拆解与诗歌主题的表达相呼应，表达了诗人对改变这种政治生态的强烈愿望。

二、双行韵十四行《利物浦》：公共事件与灾难挽歌

1989年4月15日作为"黑色的一天"留在英国人的记忆里（陈特安，1997:254），因为那天，在观看英国希尔斯堡（Hillsborough）体育场举行的第108届足总杯半决赛（利物浦队对阵诺丁汉森林队）时，由于现场组织秩序混乱和球场结构问题，现场发生严重的踩踏伤亡事件，5400名观众中有108人[①]丧生（陈特安，1997），200多人受伤，遇难者全部为利物浦球迷。该事件被称作"希尔斯堡惨案"。20余年后英国政府公开希尔斯堡惨案报告，指出发生踩踏事故的原因是当值警官玩忽职守、管控不力。惨案引发了对足球场地安全的根本性反思（戴杰，陆林，1990）。

作为足球迷，特别是利物浦俱乐部的铁杆球迷，达菲关注希尔斯堡惨案，并创作十四行诗《利物浦》，由《利物浦回声报》（2012年9月14日）"自豪地发表"[②]。

> THE Cathedral bell, tolled, could never tell;
> nor the Liver Birds, mute in their stone spell;
> or the Mersey, though seagulls wailed, cursed, overhead,
> in no language for the slandered dead…
> not the raw, red throat of the Kop, keening,
> or the cops' words, censored of meaning;

[①] 道森认为死伤人数是96，她还指出，该惨案发生20年之际，希尔斯堡成立了独立小组，重新审查之前被扣压的文件，为利物浦球迷洗清冤雪，并认为其他公共机构应对多次失误导致人员死亡而负责。详见Dowson, 2016:164-165。

[②] 标题为"Poet Laureate Carol Ann Duffy writes exclusive poem for the Liverpool ECHO inspired by the Hillsborough report"，文字介绍的最后一句是"We are proud to publish it today." Liverpool Echo. [OL]. <https://www.liverpoolecho.co.uk/news/liverpool-news/poet-laureate-carol-ann-duffy-3334921>, read on 1 December, 2021.

not the clock, slow handclapping the coroner's deadline,
or the memo to Thatcher, or the tabloid headline…
but fathers told of their daughters; the names of sons
on the lips of their mothers like prayers; lost ones
honoured for bitter years by orphan, cousin, wife —
not a matter of football, but of life.
Over this great city, light after long dark;
truth, the sweet silver song of the lark.

教堂的钟,敲过,永远也不能说出;
利物鸟也不能,在他们的石头咒语中缄默;
默西河也不能,尽管海鸥在头上哀号,诅咒,
对被诽谤的死者,什么也不能说出……
利物浦队队员也不能,红着喉咙,恸哭,
被设限的,警察的话语,也不能说出;
时钟也不能,减缓拍手的验尸官的最后期限,
撒切尔的备忘录也不能,小报头条也不能说出……
但父亲们谈起了他们的女儿;儿子的名
像祈祷一样挂在母亲的嘴边;失去的亲人
在痛苦的岁月里受到孤儿、表亲、妻子尊敬——
这不是足球的问题,而是生命的问题。
在这伟大的城市,黑暗之后的光明;
真理,云雀甜美的银色的歌声。

　　该诗是每两行押韵的十四行诗。英语双行诗节自 16 世纪末到 18 世纪晚期占据统治地位,但在那两个世纪里,一直有强烈的抵抗和怀疑。支持者包括著名的塞缪尔·约翰逊(Samuel Johnson);约翰·德莱顿(John Dryden),曾宣布放弃"他深爱的米斯特丽斯,押韵诗"但却没有;亚历山大·蒲柏(Alexander Pope),在其生命的最后时刻也声称打算放弃押韵诗,写一部无韵诗史诗。同时,报刊上涌来长短不一的双行诗,涉及各种私人话题,以及公共事务和问题及城市对话与引发严肃思考的内容(Hunter,2016)。使用这种押韵形式写成十四行诗,应该是达菲继承了这种押韵形式用于"公共事务和问题及城市对话"的传统;同时意在引发读者对于诗中所述公共事件的"严肃思考"。
　　该诗开始便因描写教堂的钟令人想起托马斯·格雷(Thomas Gray)的田

园牧歌《墓园挽歌》(1751)："晚钟为告别的白昼敲起了丧钟"。在语音方面，"bell"和"tell"，以及第二行最后的"spell"押韵，且与《墓园挽歌》第一行的"knell"呼应，进一步引发联想，增加了该诗的挽歌效果。与《墓园挽歌》不同的是，这是一首城市挽歌。诗中提到的教堂指的是英国圣公会教堂，是利物浦的重要地标之一。诗人随后提及同样是利物浦重要地标的利物鸟雕像，因有关利物鸟的传说中两只鸟为利物浦人民的安全而作出牺牲的神话①增加了该诗提及的公共事件的神秘感和悲剧色彩；同时，因为利物鸟是利物浦球队队徽上的标志，这里便是一词双关，直接提及球赛引发的悲剧。第三、四行则通过体现利物浦特有地理特征的默西河和河上的海鸥，表现出不能为悲剧中被诽谤的死者说出真相的悲哀。从句法上看，前八行自第一行开始的"could never tell"，后面便是连续的几个"也不能"（"nor,…or…"）。第五行开始的四行继续重复"不能说出"，主语则换成了利物浦队队员、警察、验尸官、撒切尔、小报头条等所有相关人员。道森认为该诗具有公共挽歌的庄严，通过钟声响起纪念当地死者，通过"永远也不能说出"意指人们对事件真相的保密，也表达了对哀悼者无法形容的悲伤以及对无法自卫的"被诽谤死者"产生的共鸣。

该诗通过第九行的"但是"呼应传统十四行诗的转折特点，通过"但是"在第9～11行描写受害者家人的悲哀，并在第12行将该事件的性质扩展到更大的正义原则，指出"这不是足球的问题，而是生命的问题"。最后两行实现了达菲体的升华，表达了真相大白后的欣喜，用"黑暗之后的光明"和"云雀甜美的银色的歌声"赞美了真理。而"真理"一词直接令人联想到济慈《希腊瓮颂》(1820)里对真理的探索，从而增加了诗歌的美学意义。

三、《冷》：八种身心之冷的清单

达菲获封桂冠诗人之后的诗集数量不多，与她母亲的去世有关。她在诗集《蜜蜂》里用几首诗表达对母亲的哀思，如《水》和《预感》等，似乎失去母亲的悲痛影响了达菲对公众纪念活动的处理（Dowson, 2016）。但不完全规则的

---

① 利物鸟是利物大厦（Liver Building）顶端的两只锈迹斑斑的青铜大鸟，相传它们有公母之分：公鸟面向河对岸，守护归来的渔夫平安驶进港口；母鸟面向市区，守护市民的安全。两只鸟一旦面对彼此，整个利物浦就会消失。详见 Archives Center, The Liver Bird Information Sheet [OL].<http:www Liverpool museums. org. uk/archivesheet 21>, read on 12 December, 2018.

十四行诗《冷》("Cold")却通过她的个人情感体验表达了普遍性的情感。

说《冷》是不完全规则的十四行诗是因为该诗共有十四行,最后两行是押韵的对句,而且在第十二行的开始出现"But"引导的转折,这些都符合传统十四行诗的规则。但该诗中的诗行不是五步抑扬格,只是前四行开头有两个音步都是抑扬格,音步基本都多于五个:

> It felt so cold, the snowball which wept in my hands,
> and when I rolled it along in the snow, it grew
> till I could sit on it, looking back at the house,
> where it was cold when I woke in my room, the windows
> blind with ice, my breath undressing itself on the air.
> Cold, too, embracing the torso of snow which I lifted up
> in my arms to build a snowman, my toes, burning, cold
> in my winter boots; my mother's voice calling me in
> from the cold. And her hands were cold from peeling
> then dipping potatoes into a bowl, stopping to cup
> her daughter's face, a kiss for both cold cheeks, my cold nose.
> But nothing so cold as the February night I opened the door
> in the Chapel of Rest where my mother lay, neither young, nor old,
> where my lips, returning her kiss to her brow, knew the meaning
> of cold.

该诗中列举了各种冷,包括雪球在手中的冷、房间里的冷、躯干的冷、脚趾的冷、双手的冷、脸颊的冷和鼻子的冷,但是细数这些外在环境或身体的冷之后,倒数第三行道出了让"我"感觉最冷的日子,最后一行说理解了冷的意义。诗人并非单调地列举,而是从童年的回忆开始,直到思绪转到母亲去世。童年的回忆是与雪球联系起来的,开始诗人便感叹"好冷啊"(第1行),然后用拟人的手法描写"雪球在我手中哭泣"(第1行)。一个"哭泣"形象地描述了雪融化成水的样子,同时为表达诗人内心的悲痛埋下伏笔。雪球逐渐变大的记忆说明童年的回忆充满乐趣。第二种冷是早上醒来时房间里的冷,诗人用视觉意象描写窗户上的一层冰,用"undressing itself"(第5行)把呼吸拟人化。第三种冷仍是雪的冷,包围着"我的双臂举起的雪的躯干"(第6行),这是诗人第三次使用拟人的手法。第四种冷是"我"堆雪人时灼痛的脚趾的冷(第7行)。第五种冷是母亲双手的"冰冷"(第9行),此时诗人描写了母亲削土豆皮的形象,令人感觉到一个家庭主妇在厨房里的些许温暖。而"她俯身捧着/她女儿的脸"(第10～11行)则更加给人以温暖的感觉。第六种冷是"我"的"冰冷的脸颊"(第11行)。第七种冷是"我"鼻子的"冰冷"(第11行)。第八种冷是"但是"之后该诗的主题:"没有比那个二月的夜晚更冷的了"(第12行),随后读者看到的是"我打开殡仪馆/停尸室的门,母亲躺在那里,不年轻也不年老,在哪儿/对着她的额头回报她亲吻的,我的嘴唇,领受了冷的含义"(第12～14行)。至此,诗人表达了失去母亲后心中的悲凉和凄冷。

可以看出,诗人先后使用拟人、对比和对照的手法列举各种冷。朗读该诗还可发现,诗中多处使用头韵,如第一行在"so"和"snow"中的/s/音听起来给人丝丝凉意。第一行开始"which"和"wept"之间的/w/音,在第四行"where"、"when"、"woke"和"window"之间延续,与开始的"哭泣"联系起来,表达诗人心中的呜咽。而第八行的"my"和"mother"之间的/m/音也押头韵,营造了母女在一起的温馨氛围,这种亲密在第十三行继续出现,却因后面的"neither"和"nor"之间的/n/音增加了哀伤。而最后两行"old"与"cold"之间的尾韵一方面符合传统十四行诗的押韵格式,另一方面也为这首悲歌画上了句号。

四、《时间之伤》:互文性写作与文体建构

《时间之伤》("The Wound in Time")是达菲受导演兼制片人丹尼·博伊尔(Danny Boyle)委托为停战百年纪念活动作的十四行诗。作为纪念休战日活动"大海之页"(Pages of the Sea)的一部分,2018年11月11日,成千上万的人在退潮时聚集在英格兰和爱尔兰的海滩上。达菲现场朗读该诗,人们共同观看由艺术家画在沙滩上的一个战争受害者的肖像,直到肖像被潮水冲走。活动组织者表示,一战中服役绝大多数的英国人是从海上离开的,所以这次活动以这种形式向他们表示哀悼。作为一首哀悼诗,该诗以突出的互文性特点表达了几位已故的英国反战诗人的反战思想,同时建构了达菲体的十四行诗。

(一)从诗歌体裁到标题的互文

十四行诗通常以友谊或爱情为主题,但一战时期许多诗人都写过十四行诗,如欧文(Wilfred Owen,1893—1918)的《厄运青春的颂歌》("Anthem for Doomed Youth")和西格夫里·萨松(Siegfried Sasson,1896—1967)的《女性的荣耀》("Glory of Women")。达菲以十四行诗形式写《时间之伤》便在致敬

第五章　规则与偏离

已故反战诗人的同时,表达了自己对战争的态度。

The Wound in Time

It is the wound in Time. The century's tides,
chanting their bitter psalms, cannot heal it.
Not the war to end all wars; death's birthing place;
the earth nursing its ticking metal eggs, hatching
new carnage. But how could you know, brave
as belief as you boarded the boats, singing?
The end of God in the poisonous, shrapneled air.
Poetry gargling its own blood. We sense it was love
you gave your world for; the town squares silent,
awaiting their cenotaphs. What happened next?
War. And after that? War. And now? War. War.
History might as well be water, chastising this shore;
for we learn nothing from your endless sacrifice.
Your faces drowning in the pages of the sea.

可以看出,该诗是不规则的十四行诗,不遵守莎士比亚或彼特拉克十四行诗的传统规则,没有五步抑扬格,第四行的"hatching"与第六行的"singing"、第十一行的"War"与第十二行的"shore"押韵,第五行的"brave"与第八行的"love"押半韵,却未形成规律的押韵格式。从内容上看,前四行围绕"It"的主题,从第五行的"But"开始对"你"说,到第八行后半部分,开始出现"我们",最后一行又回到"你"。转折出现的行数与莎士比亚或彼特拉克十四行诗均不一致,只能看成准十四行诗。而《厄运青春的颂歌》采用彼特拉克十四行诗结构,可分为前八和后六行两部分,押韵格式却采用了莎士比亚十四行诗的押韵格式(ABAB CDCD AEEA FF),而且第九行、第十二行与第一、第三行押韵,因此在结合两种十四行诗形式的基础上有所变异:

What passing-bells for these who die as cattle?
Only the monstrous anger of the guns.
Only the stuttering rifles' rapid rattle
Can patter out their hasty orisons.

No mockeries now for them; no prayers nor bells;
Nor any voice of mourning save the choirs, —
The shrill, demented choirs of wailing shells;
And bugles calling for them from sad shires.
What candles may be held to speed them all?
Not in the hands of boys but in their eyes
Shall shine the holy glimmers of good-byes.
The pallor of girls' brows shall be their pall;
Their flowers the tenderness of patient minds,
And each slow dusk a drawing-down of blinds.

(谢艳明编著,2013:151)

而《女性的荣耀》中第一行和第八行超出了十个音节;前两个四行的押韵格式符合莎士比亚十四行诗的规则 ABAB CDCD,后六行却是 EFGEFG,是奥地利诗人莱纳·玛利亚·里尔克(Rainer Maria Rilke,又名 Rainer Maria von Rilke,1875—1926)十四行诗常用的押韵格式。

You love us when we're heroes, home on leave,
Or wounded in a mentionable place.
You worship decorations; you believe
That chivalry redeems the war's disgrace.
You make us shells. You listen with delight,
By tales of dirt and danger fondly thrilled.
You crown our distant ardours while we fight,
And mourn our laurelled memories when we're killed.
You can't believe that British troops "retire"
When hell's last horror breaks them, and they run,
Trampling the terrible corpses—blind with blood.
O German mother dreaming by the fire,
While you are knitting socks to send your son
His face is trodden deeper in the mud.

(Sassoon, Counter-Attack and Other Poems[OL].
read on 15, Sep. 2021)

总之,已故诗人创作的反战十四行诗都偏离传统的十四行诗规则,为《时间之伤》的违反规则提供了"合法性"。而诗歌体裁与主题的相近使《时间之伤》与《厄运青春的颂歌》和《女性的荣耀》被归入一类。

《时间之伤》的标题也体现了与《女性的荣耀》第二行的互文。萨松在诗中从参战士兵的角度表达了对于女性分享自己的男友或亲人当兵成为战斗英雄之荣耀的不满。第二行的"在值得一提的地方受伤"(wounded in a mentionable place)意义丰富:失去一只胳膊或一条腿都是值得一提的伤,但男人可能不再被视为真正的男人;士兵被赞美为英雄,英雄就应该不是残废的;心灵的创伤不值得一提(not mentionable)。总之,许多士兵都为国家的荣誉而战,这种精神往往令人忽视战争的耻辱。

标题"The Wound in Time"自然引起对《女性的荣耀》的上述主题的联想,触及战争的耻辱和士兵的牺牲。只是"时间"作为一个"值得一提的地方"多了一层寓意,而达菲在"wound"前使用定冠词"the",表明特指一战给人类造成的创伤。该标题在诗歌第一行重复出现时,"Time"开头字母仍大写,强调时间的延续性;而伤口是暂时的,最终会愈合,令人联想到"时间能治愈一切伤痛"。但是,时间真正能治愈一战的创伤吗?诗人在诗中给出了答案。

(二)意象的互文

诗中两组意象与其他诗歌互文,一是"痛苦的赞美诗",二是生死的意象。对于"时间能治愈一切伤痛"的观点,《时间之伤》前两行便予以否定,称"世纪之潮汐/……不能治愈它"(第1~2行),并在句中插入"诵唱着他们痛苦的赞美诗"(第2行),作为不能治愈的原因。"痛苦的赞美诗"一词与欧文的《为国捐躯》和《厄运青春的颂歌》互文,并将《为国捐躯》里所描述的"痛苦"和悲哀包含在诗中。

《为国捐躯》("Dulce et Decorum Est")是欧文24岁时的诗作,之后他到前线,获得了军功十字勋章,并于停战日前一周阵亡。该诗标题虽是"为国捐躯",最后两行却说"为祖国捐躯的甜美与光荣,不过/是古老的谎言"("Dulce et decorum est/pro patria mori")。而且诗中描写了战争给士兵带来的痛苦:"当每一次颠簸时,血/肺泡从破碎的肺叶中流出,在嘴里发出漱口的声音,/如癌症般猥琐,苦得像是难咽的反刍物"(倒数第8行~倒数第5行,沃伦,2012:129)。其中的"gargling"在《时间之伤》第八行出现——"Poetry gargling its own blood",更突出了诗歌的互文性,将《为国捐躯》中所有痛苦的意象赋予《时间之伤》。

而"psalms"一词与《厄运青春的颂歌》("Anthem for Doomed Youth")里的"anthem"是同义词,也自然产生互文。《厄运青春的颂歌》描写了战场上的青年像屠宰场上的畜生一样死去,炮火声就像不停的丧钟,"没有虚伪的诵经,也没有祈祷和教堂钟声/没有哀悼的歌声"(第5~6行)。互文使《时间之伤》中的"psalms"充满了《厄运青春的颂歌》所描述的悲惨和哀伤。诗人在"psalms"后说出"不能治愈它",仿佛继续欧文的诗句,又与标题使人联想到的"时间能治愈创伤"相反,令人意外且渲染了悲伤的情绪。这种否定的表达在第三行通过"Not"延续和强调,否定了"一战是终结所有战争的战争"这一传统观点,因为仅经过20年的和平时光,二战就爆发了。

"我们"(第8行)之后的动词表现了现代人对士兵的英勇的看法,即"给予世界的爱"(第8~9行),与后面安静的广场和纪念碑的描述一起表达了面对牺牲感到的悲哀。这种悲哀正如菲利普·拉金(Philip Larkin,1922—1985)在一战爆发50周年时写的诗歌《1914年》("MCMXIV")所表达的,年轻人天真地报名参军时不知道等待他们的将是纪念碑——一种"为国捐躯"的荣耀。于是,诗人发出"然后怎样?"的质问,并将问题重复三次,一个诗行里出现四个"战争",足以提醒读者,从一战起战争一直持续,1914—1918年的所有恐怖对后人处理事务的方式没有任何影响。这仍是一种悲哀,通过互文,这种悲哀加强了"颂歌"是"哀歌"的效果。

《时间之伤》中成功地运用生与死的意象,并通过互文加强表达效果。诗人在第三行后半句刻画了生与死的意象,而且把死和生放在一起,把地球称作"死亡的诞生地"(第3行),并把地球拟人化,称"地球孕育着滴答作响的金属蛋,孵化出/新的大屠杀"(第4~5行),从而将生死的意象具体化,而且跨行句"孵化出/新的大屠杀"使"新的大屠杀"出现在行首,得以凸显,令人震惊。"但是"之后诗歌转向"你们",用"勇敢/如同信念,登上船时歌唱?"(第5~6行)来描述勇敢的士兵们,"歌唱"令人联想到欧文的诗《送别》("Send-Off")第一节中的诗句:"……他们一路歌唱/……/死了"。该诗节开始描述人们为应征入伍的士兵送别的欢乐场面,却以"死了"一词结束,形成鲜明的对照,正是《时间之伤》中作为"死亡的诞生地"的地球的写照。

诗歌通过死亡的意象引出上帝的终结,令人联想到萨松的诗歌《反攻》("Counter-Attack")里士兵对上帝的呼唤:"上帝,他们朝我们来了!"("O Christ, they're coming at us!")(3:7)以及结果:"流血而死。反攻失败了"(3:15),因为空气都是有毒的,充满了子弹片(shrapnel)。

最后三行,诗人表达了对历史的沉思,用隐喻表达对历史的理解,说"或许历史是水,惩罚海岸这边",因为人们没有从士兵无尽的牺牲中吸取教训(第12~13行)。"水"的意象由此出现,最后又以"你们的脸溺亡在大海的书页里"(第14行)的意象结束,再次与《为国捐躯》里的"溺亡"及《女人的荣耀》最后一句互文。《为国捐躯》里的"溺亡"出现在诗歌中间:

> 有些人还在喊叫,跌跌撞撞,
> 像是在火焰或是消石灰之中苦苦挣扎……
> 黑暗,透过雾蒙蒙的镜片和浓绿的亮光,
> 像在绿色之海下面,我看见他在溺亡。(2:3-6)
>
> 在我的迷梦中,在我无助的视线前,
> 他投向我,奄奄一息,呛溺。(3:1-2)

"溺亡"的意象与《为国捐躯》的互文表明达菲认同欧文的"为国捐躯的甜美与光荣,不过是古老的谎言",也使《时间之伤》最后一句的溺亡场面更加形象且悲惨。而"大海的书页"里"书页"的隐喻表明,"大海"是一本书,而且这一定是一本历史书,士兵的溺亡便成为历史上令人悲哀和难忘的一页。而在一战中大海是众多士兵的溺亡之地,溺亡后的士兵最终的去处应该与"他的脸在泥里踩得更深"(《女性的荣耀》第14行)相关联。"脸在泥里"是《女性的荣耀》最后一句的意象,也是对《时间之伤》最后一句"你们的脸溺亡在大海的书页里"的最好诠释。

总之,《时间之伤》通过标题与《女性的荣耀》中的诗句的互文、结构形式与《厄运青春的颂歌》和《女性的荣耀》的互文、词汇与《为国捐躯》和《厄运青春的颂歌》的互文、意象与《送别》《反攻》《1914年》《女性的荣耀》的互文,将一战以来的优秀反战诗对于一战的描写嵌入诗中,表达了对经典诗作的认可,深刻反映了诗人对战争的憎恶和对士兵的同情,完成了该诗作为反战十四行诗挽歌的文体建构。

第六章　跨艺术创作与文体创新

——从功能与多模态视域看达菲的艺格符换诗

达菲十六岁遇到利物浦诗人艾德里安·亨利。作为利物浦诗人团体的创始人,亨利的诗歌在20世纪60年代受到英国青年诗歌朗读听众的欢迎。达菲1973年出版的第一本诗集《肉身风标及其他诗歌》便是在他协助下出版的(Michelis & Rowland,2003:6)。受亨利的影响,达菲不仅积极组织和参加诗歌朗读活动,其诗歌也广为传诵并被表演。另外,她还基于艺术品进行创意性诗歌写作,创作了艺格符换诗。

必须指出,国内学者从西方美学的"出位之思"("Andersstreben")(叶维廉,2016:208;龙迪勇,2016:89;欧荣,2018;2019;2020;潘建伟,2020:217)角度对艺格符换诗展开了有效的讨论。"出位之思"是"跨媒介叙事的美学基础"(龙迪勇,2016:87),探讨"媒介试图超越其自身的表现性能而进入另一种媒介擅长表现的状态"(龙迪勇,2020:51),对当代的跨媒介、跨艺术研究"具有方法论意义和现实针对性"(陈定家,2002:80)。本书认可"各门艺术即便不是渴望彼此替代,至少也是渴望彼此借用新的力量"(Hill,1980:388;潘建伟,2020:218),亦同意"艺术形式之间的相互借鉴是艺术发展的一种常态"(潘建伟,2020:220);尤其赞同借助叶维廉的"诗画相通"观来理解潘建伟所说的"艺术自主性",即"在肯定'出位之思'的同时强调诗、画作为艺术媒介的自主性,于'出位'与'本位'的张力中丰富艺术表现形式"(王艳丽、韩镇宇,2020:217)。借鉴传统雕塑具有三维、固体、静态的材料界面和视觉与触觉品质(Ellestrom,2010)的分析,从"出位之思"的美学理论出发,探讨了达菲基于奥本海姆的视觉艺术展品而作的艺格符换诗《奥本海姆的杯碟》("Oppenheim's Cup and Saucer",Duffy,1985:48)从标题到诗行的媒介间指涉及其诗歌"本位"艺术的结合[①]。

---

① 详见2021年11月12—14日杭州师范大学主办的第三届跨艺术/跨媒介研究国际研讨会的日程。

在上述研究的基础上,本书认为,一切艺格符换都是"出位之思"与"本位之艺"的结合。而卢韦尔(Liliane Louvel,2018)对艺格符换的功能分类则为研究艺格符换诗的功能提供了参考(2018),因此,本章将以此为基础分析《1941年坐在地铁站的女人》("Woman Seated in the Underground,1941",Duffy,1985)和2007年达菲为艺术展创作的《丽达》("Leda")的功能。然后,从叙事学视角解读《出卖曼哈顿》中的《圣母罚孩子》("The Virgin Punishing the Infant",Duffy,1985:37;2006)。最后,运用多模态文体学理论分析诗歌《倒下的士兵》("The Falling Soldier",Duffy,2011)在跨艺术创作中的文体创新。

为了探知达菲艺格符换诗创作艺术的流变,本章分析的诗歌将按照创作时间排序。

第一节 艺格符换的功能分类

本书在第一章关于艺格符换诗的介绍里提到了一些研究成果,这里特别梳理一下国外最新研究成果,即卢韦尔基于功能的艺格符换分类。卢韦尔(Louvel,2018)根据功能的不同把艺格符换区分成以下类型:叙述型、诠释型、启发型、颠覆型、挽歌型、情感型、创意型、实用型或技术型和批评型的艺格符换等(2018)。现根据达菲的艺格符换诗功能,梳理一下卢韦尔关于叙述型、诠释型、启发型、颠覆型、挽歌型、情感型和创意型艺格符换的解释。

卢韦尔认为,艺格符换的首要功能是描述一个无生命的视觉对象。但正如荷马对阿喀琉斯之盾的描述,它不仅仅是对盾牌的描述,而是对盾牌上描述的事件的叙述,即一种貌似生动描述的叙述。最小的艺格符换由一个标题或画家的名字快速地唤起。当然,当一个纯粹想象的图像需要文字来召唤它的时候,则需要详细的扩展。于是,"在视觉表达通过内心观察者的主观性传播时,会进入情节、人物塑造和观点等叙事模式"(Yacobi,1995:599)。

卢韦尔这样解释诠释型的艺格符换:提供一个线索来暗示一个谜,使读者开始诠释性的探索。雅各布(Yacobi,2005:224)的"双重曝光"把布莱克·莫里森(Blake Morrison)的艺格符换诗《牙齿》("Teeth")和罗伯特·勃朗宁(Robert Browning)的《我已故的公爵夫人》("My Last Duchess")结合起来,表现了对弗朗西斯·培根的绘画作品《教皇》(*The Pope*)的理解:对丈夫所犯罪行的揭露。诠释型艺格符换可能包含对一个或多个图像元素的暗示,这些图像反过来也可能暗指一个可能隐藏的故事及其神秘。

启发型的艺格符换是指在艺格符换的启发下,一个人物可能会产生一个想法或感觉。卢韦尔以伊迪丝·华顿充满绘画色彩的小说《欢乐之家》(*The House of Mirth*,1990)为例,说明了其中一个生动的场景中,莉莉·巴特扮演雷诺(Reynold)的劳埃德夫人(Mrs. Lloyd)在情人眼里产生的令人难以置信的启示:劳埃德夫人变成了莉莉·巴特。卢韦尔认为,如果这是莉莉·巴特的胜利时刻,也预示着她的末日即将来临,因为艺术和幻觉在对一个艺术瞬间的艺术描述中揭示了莉莉性格的人为性。这艺术性地揭示了莉莉的虚伪和浅薄。华顿的小说原标题《片刻的点缀》(*A Moment's Ornament*)支持这种解读。莉莉作为一个时刻的"装饰品",在艺格符换的"瞬间"获胜,同时体验到她作为主体和客体的地位。

卢韦尔用米歇尔·法贝尔的小说《深红色花瓣和白色》(*The Crimson Petal and the White*,2003)作为颠覆型艺格符换的例子。这是一个后现代艺格符换作品,改写了维多利亚时代的大片,增加了距离效果、金属质感和对读者的直接称呼(如,"你以后会明白的……")。这种艺格符换是后现代解构策略的一部分,对人物和读者都有影响,使人无法完全沉浸在半开玩笑的叙述中。通过"我的朋友威尔基·柯林斯"这样指代性的表达,或者对著名图片和照片的引用,增加了读者与叙述者的共谋。通过这种方式,艺格符换可以颠覆甚至摧毁大众观点的叙事话语,以提醒读者意识形态或伦理的含义。

卢韦尔认为,挽歌型的艺格符换旨在帮助找回过去,也是摄影的主要功能之一。因此,这种类型又叫"纪念性的"艺格符换,因为它像一个纪念碑来纪念一个人或一个事件,也可能指向创伤。因此,正如斯蒂芬·齐克(Stephen Cheeke,2008)所说的那样,这是一种"命题摄影",唤起了"摄影艺术的悲歌性质",因为"摄影图像与死亡有关",类似于死亡纪念。苏珊·桑塔格(Susan Sontag)称之为"黄昏艺术","一张照片不仅仅是一个图像(就像一幅画是一个图像),一个对真实的诠释;这也是一种痕迹,一种直接从现实中印刷出来的东西,比如脚印或死亡面具"(1977:154)。蒂莫西·芬德利(Timothy Findley)的《战争》(2001)被看作挽歌型的艺格符换的例子。《战争》为纪念年轻的加拿大士兵罗伯特·罗斯(Robert Ross)的而作。根据有关照片和相关评论的详细描述,罗斯一度陷入一战——"结束所有战争的战争"的恐怖之中。有文章模仿照片背面的题字:"你把它们翻过来——怀疑它们会不会洒出来——然后用女性的手在背面用最淡的墨水写道:'罗伯特'。但是在哪里呢?……然后你看到他:罗伯特·罗斯"(Findley,2001:6)。斜体的题字是"罗伯特·罗斯和家人"、"罗威娜"(Rowena)、"母亲和达文波特小姐"(Miss Davenport)、带有个人评论的"梅格(Meg)———一匹爱国的小马"、表示感叹的"这是佩吉·罗斯和来自哈佛的克林顿·布朗!"(同上:6-7)照片上还刻着字母:意指冰山的"这是什么?"或者是"一篇题为'长艇赢得马拉松'的论文的剪报"(同上:12)。这些照片均被用作年轻人可怕经历的证言。

情感型的艺格符换表达一种与对象(如水仙或皮格马利翁)融合的渴望,对激情的吸引和与图像世界或图像本身融合的渴望。卢韦尔以亨利·詹姆斯(Henry James)的《大使》(*The Ambassadors*,1903)为例,称小说中斯特雷特(Strether)这个人物就喜欢兰宾内特·索穆奇(Lambinet Somuchthat)的风景画并能想象进入画中,爬下市郊的火车,漫步在兰宾内特所画的法国乡村,享受与心爱之物重逢和被认可的感觉。在这种艺格符换中,语词和图像相遇,为情感艺格符换的相遇提供了契机。

创意型的艺格符换将描述与创意性事件或灵感的出现相结合。这是艺格符换的现象学的一面,反映了"艺格符换的偶遇"或"无限对话"。卢韦尔认为,在斯宾塞(Glew,2001)的大部分作品和艺格符换中,艺术是发生在画家身上的事件或"基督降临"的结果,在其作品中被描述为一种体验。可能是对一种情况、一个文学事件,或对一个触发他的绘画愿望的一个愿景的反应,他经常宣称自己对喜欢或热爱的东西作出了回应。

卢韦尔指出,艺格符换可能体现过去、现在和未来之间的相互作用。文本可能表现早期的审美共鸣,就像拜厄特(A.S. Byatt)的《孩子的书》(*The Children's Book*)中的前拉斐尔学派美学,不可避免地与杜尚(Duchamp)以来的美学选择和实践相冲突(艺术姿态、装置、视频、怪异物体等的重要性)。时间辩证法引发读者的思想质疑。在亚历山大·赫曼(Aleksandar Hemon)的小说《拉扎勒斯计划》(*The Lazarus Project*,2008)中,20世纪初的意识形态种族主义和仇外主义信条被档案照片及其描述所预见,可能会震惊今天的读者。《论坛报》(*Tribune*)头版照片的解释是"一张拉扎勒斯的侧面照片",他闭着眼睛,眼睛上方和脸颊凹陷处有一个黑影。而无政府主义的标题(The Anarchist Type)上写着:"数字散落在他的脸上。下面是对数字的解释"(Hemon,2008:143)。这篇文章提供了死者面部的头盖骨相学解释,指出他的"猿猴耳朵"显示了其所谓的兽性倾向。该照片出现在一百年之后的今天,不仅对一幅画的描述(及其意识形态假设)可能与时代不符,当提到后来的主题或事件时,文字可能也会与时代不符,而相关的艺格符换则涉及早期的视觉对象。在这种情况下,它可能会同时是颠覆型的艺格符换。

卢韦尔认为,艺格符换是一个过程和一段持续时间,它由艺格符换文本启动,艺格符换的效果像波一样从一个同心圆向外传播,超出了原文本所描述的。"艺格符换时刻"把艺格符换刻在时间轴上并揭示这种介于两种文本类型之间的模糊性,这种模糊性处于两种形而上学的含义、两种艺术、两种(或更多)媒体之间的界限。两种媒体相互检验各自的极限,其间产生的摩擦富有潜力。

卢韦尔还认为,阅读/观看混合的文字/图像文本对人的感官以及感知、情感和身体产生影响。语词/图像的发生阅读/观看导致一个事件,一个几乎出乎意料的"阅读事件",仿佛"瞬间"发生。读者的身体受到印象的影响,在艺格符换的刺激和提醒下被激活,产生了叠加、拼贴和蒙太奇,构成一个重写的图像。文字/图像文本意味着一个共同的产物,激活读者。一种令人惊讶的美学运作会扰乱阅读过程,并引发它的"重新定位"和"重新文本化"(Didi-Huberman,2009:75)。

第二节 《1941年坐在地铁站的女人》:失落的挽歌

达菲的诗歌《1941年坐在地铁站的女人》有一个副标题"基于亨利·摩尔的画",说明这是一首艺格符换诗。根据卢韦尔对艺格符换的分类,该诗的艺格符换是一首由1941年坐在地铁站的女人叙述的失落的挽歌。

一、戏剧独白诗的戏剧性场景

该诗是由画中静坐的女人作为叙述者的戏剧独白,这便是一种创意。根据副标题相关画作的创作背景,可以推知该诗的戏剧性场景。2009年达菲作为新任桂冠诗人接受采访时①说,该诗是她应泰特美术馆邀请而作,选择亨

---

① 详见网址 http://greatpoetryexplained.blogspot.com/2020/04/woman-seated-in-underground-1941-poem.html.

利·摩尔(Henry Moore)的素描《1941年坐在地铁站的女人》是因为她被作品的激情和人性所吸引,觉得这幅画可以帮她想象忍受战争和暴力的创伤,以及记忆在毁灭中恢复人的性别身份的唯一途径。

《1941年坐在地铁站的女人》是英国雕塑家亨利·摩尔(Henry Moore, 1898—1986)的画作。摩尔是约克郡一名矿工的儿子,曾参加一战,目睹许多战友死在战壕里,他强烈反对法西斯和战争。他的地铁画作清楚地展示了人性。泰特教师指南中有如下记载:

> 1940年9月11日晚,闪电战的第四晚,摩尔和妻子参加伦敦市中心的晚宴后回家。他们在北线的贝尔兹公园地铁站下车,看到了一个不同寻常的场景。站台上挤满了男人、女人和孩子们的身体,他们都是为了躲避上方的空袭。摩尔很惊讶,他在给朋友的信中写道:"我被人们在地下深处露营的景象迷住了。我从未见过这么多斜倚着的人,甚至火车驶出的洞对我来说也像是我雕塑上的洞。孩子们睡得正香,火车在几码外呼啸而过。那些显然彼此陌生的人组成了紧密的小团体。他们与上面发生的事情隔绝了,但他们知道这一点。气氛很紧张。
>
> (TATE[OL])

这一场景引起了摩尔的共鸣,他多次回到地铁站来画那些避难的伦敦人的素描,把这些形象变成更大、更完整的图画。摩尔在许多画作中描绘了一群人,有些能看出是妇女和儿童,有些看不出性别,他们的身体与黑暗、洞穴般的隧道相比渺小而脆弱,仿佛被囚禁在幽闭恐怖的地下监狱或坟墓里。他们或坐或躺,默默地听天由命等待。他们都是灰色的,像幽灵一样被黑暗笼罩着,像木乃伊一样隐约出现在黑暗中。摩尔以半抽象风格的不朽人物雕像而闻名,实际上他是受到这些人物的启发,才创作了后来的一些雕塑作品。

在摩尔的画作《1941年坐在地铁站的女人》(详见图6-1)中,一个女人远离人群独自坐着,身上裹着一层层衣服,盯着外面,焦急地紧握双手。从前景到背景的突然跳跃、人物的紧张以及描述人物的粗线条,都加剧了紧张感。该画与摩尔的地铁画作一起描绘了战争的非人性、人的幸存和忍耐。所以,达菲的戏剧独白诗场景自然是1941年战争期间的伦敦地铁站,而独坐的女人则是众多逃避空袭的人中的一个。

图 6-1　亨利·摩尔的画作:《1941 年坐在地铁站的女人》

(图片来源:TATE[OL].<http://www.tate.org.uk/download/file/fid/4648>,read on 16 September 2020.)

二、女人的独白:失忆的挽歌

达菲的创意之二在于把《1941 年坐在地铁站的女人》的戏剧独白写成了一首由三个七行诗节组成的挽歌。从第一句短短的"我忘了"到随后颠三倒四的话语,都表明她无可救药的精神错乱状态,以及爆炸给她造成的创伤——她失去了所有的记忆和记忆中的所有。

女人因空袭带来的震惊和混乱而失忆,但她在努力理解周围的环境,并期待从人群中得到一些东西,于是她"看着其他人的面孔"(1:1),但仍"发现/没有记忆,没有爱"(1:1-2)。不仅如此,她还听到周围的人说,"上帝,她是个怪物"(1:2)。这便成了她独自一人远离人群而坐的原因。她听到人们充满隧道的笑声,却得不到一丝安慰。她陷入了回忆:

> There was a bang and then
> I was running with the rest through smoke. Thick, grey

smoke has covered thirty years at least.
I know I am pregnant, but I do not know my name.(1:4-7)

该诗开始使用一般现在时,到第四行成了一般过去时("There was..."),表明这是她对空袭的爆炸声的回忆,随后她记起自己与别人一起在浓烟里跑过的情景。她记得烟的浓度和颜色,说那烟浓到至少盖过三十年,似乎烟是可以穿越时间的,或许是她想起了自己的年龄。总之,这种表达语无伦次,突出了女人所受的精神创伤。而该诗节最后一行的两句话由"but"分开,似乎说话人的条理很清晰,因为她知道自己怀孕了,也就是知道自己的性别,却不知道自己是谁,再一次突出了女人的精神错乱。

第二节以女人对歌声的叙述开始,表明她对自己身份的回忆。她说,"现在他们在唱歌"(2:1),并且记下战时流行歌曲《丽莉·玛琳》中的一句歌词"Underneath the lantern/by the barrack gate"(2:1-2)。这首歌描绘了一个因战争而与爱人分离后在灯光下等待的女人。但她不知道自己是不是"丽莉·玛琳",所以问:"但在等谁?/我吗?"(2:2-3)虽然第一节最后说过她怀孕了,但下面她又说"我没有结婚戒指,没有手提包,什么都没有"(2:3)。她不知道自己属于哪个世界,是上流社会还是娼妓界:

I have either lost my ring or I am
A loose woman. No. Someone has loved me. Someone
Is looking for me even now. I live somewhere.
I sing the word darling and it yields nothing.(2:4-7)

她认为自己一定是丢了婚戒,不然就是一个妓女:这种推理再次表明她的理智。随后,她用"有人爱过我。有人/现在还在找我"(2:5-6)否定了自己的妓女身份,用"我住在一个地方"(2:6)来表明自己有家。但最后,她唱出"亲爱的"(2:7),仍然得不到任何回应。

第三节以"Nothing"开头,强调女人失去了记忆中的所有。随后因为听到孩子的哭声,她的思绪又游走到记忆里:

Nothing. A child is crying. Mine doesn't show yet.
Baby. My hands mime the memory of knitting.
Purl. Plain. I know how to do these things, yet my mind

has unraveled into thin threads that lead nowhere.
In a moment I shall stand up and scream until
somebody helps me. The skies were filled with sirens, planes,
fire, bombs, and I lost myself in the crowd. Dear God. (3:1-7)

这一节前三行开头都是单个的词作为句子出现,在视觉上呼应了画中她与众人分开坐着的样子,突出了她的孤立无助。孩子的哭声让她想到自己的孩子还未出现,随后她的意识流动到婴儿、关于编织的记忆、反针、平针,这些都是和平时期平静的家庭生活的象征。每个单词与单句后的句点都表明她意识的停顿,突出了她精神的不正常,也令读者深刻体会到战时人们对温馨的家庭生活的向往。这些美好记忆丝毫不能给她带来什么,她只能希望站起来大叫以便引起人们的注意,得到些许帮助。她的思绪又回到战争的记忆:"天空满是军号声、飞机、大火、炸弹"(3:6-7),与上面家庭生活的象征形成鲜明的对照。于是,她"迷失在人群中"(3:7),只能说出"亲爱的上帝"(3:7),表达内心的绝望。

作为一首挽歌,该诗通过地铁里女人的独白再现了战争给人们带来的创伤,表达受到创伤的人们的悲哀和无助,唤起读者的同情。

三、歌曲《丽莉·玛琳》与女性身份的挽歌

达菲的创意之三在于通过引用歌曲《丽莉·玛琳》的歌词,诠释了女性身份的迷失和记忆在女性寻找性别身份时的作用。虽然该诗设定在战争这个特定和极端的背景下,但它提出了关于自我和身份本质的问题。诗中首先通过女人的失忆提出"我是谁"这个基本问题,又提出人是否可能不借助他人获得自我意识的问题。女人被一群人围在狭小的空间里,试图通过回忆与别人的关系发现自我,却找不到自己可以联系的人;她努力挖掘关于家人的记忆,却以失败告终。在这种情况下,她没有自我,她的思想只能被"解开成一条没有出路的细线"(3:4)。

除了"我是谁"的问题,诗中还诠释了一个女性身份的问题。第二节第一、二行的歌词"Underneath the lantern/by the barrack gate"(2:1-2)源自二战期间风靡德国军队的歌曲《丽莉·玛琳》(张百青,1993)。据说,该歌歌词源自汉堡的一名教师汉斯·莱普(Hans Leip,1893—1983)1915年写的一首三行诗。当时应征入伍的莱普把他朋友的女朋友莉莉的昵称和另一个朋友玛琳的

昵称结合起来,表达了年轻士兵对爱情的渴望。诗人引用歌词,表明女人可能是参战士兵的女友或妻子。而她这种对自己孩子来历的推测,表现出她在男性的存在下定义自己。诗人通过她注意到自己"没有婚戒"的描写来强调她对自己传统女性身份丧失的关注。在其意识里,女人要么是一个失去丈夫的妻子,要么是一个"放荡的女人"(2:5)。无论她是前者还是后者,因为战争,她都难逃孤独的命运。

然而,她随后的自信建立了一种令人意想不到的有力的声音。尽管遭受创伤,她没有颤抖,反而是双手在编织。母性和编织作为女性气质的传统象征,在这里体现了女人的自主和耐力。她对编织的痴迷与众所周知的编织在女性写作中的表现和女性主义思想相呼应,暗示了说话者和诗人之间潜在的亲密关系。因此,诗句"我的手模仿编织的记忆"(My hands mime the memory of knitting)(3:2)里的/m/音形成的头韵令人联想到 murmur(低语),并可理解为一种隐喻性的喃喃自语。这段戏剧性的独白有了新的意义,独白者的匿名令人可以将女人所说的"我知道如何做这些事情"(3:3)理解为任何一个独立女性在社会环境中找到自我的自信。因此,这个独白的声音便不单是一个默默坐在地铁站的疯女人的独白,而是所有女性的声音。而疯女人在战时遭受创伤则可理解为女性在现实生活中遭受创伤,这样一来,该诗便对所有因创伤而失去个人身份和自我的女性具有意义,它鼓励所有女性在失去自我之后,不要将自己的身份与其他人的关系联系起来,而是要寻找独立的自我。

四、小结

达菲基于摩尔的素描《1941 年坐在地铁站的女人》创作的同名诗歌是一首创意型的艺格符换诗,体现了艺格符换诗的叙述、挽歌和诠释功能。通过给予匿名女人以第一人称叙述者身份,让女人以摩尔的素描画为戏剧性场景,叙述战争给人们带来的创伤,是女性表达失去记忆、家庭、爱乃至个人身份的痛苦的挽歌;而通过引用二战时期的著名歌曲里的歌词,暗示女人的身份,通过女人寻找个人身份和寻求独立的努力,诠释了女性身份及记忆对于女性寻回性别身份的重要作用,提醒所有女性正确面对生活中的伤害,保持独立的自我。

第三节 《圣母罚孩子》的叙事艺术改写、戏仿与不可靠叙述

《圣母罚孩子》于1985年收录在《出卖曼哈顿》里时,是与另外两首诗一同出现在《三幅画》("Three Paintings")的大标题下的第二首诗,在《圣母罚孩子》的标题下没有副标题。企鹅出版集团于1985—1999年先后五次出版的《卡罗尔·安·达菲诗选》(*Carol Ann Duffy Selected Poems*)里收录的这首诗明确地在标题下以斜体形式注明了"基于马克斯·恩斯特的画作"(After the painting by Max Ernst)。这一定是指恩斯特(Max Ernst,1891—1976)1926年的画作《圣母在三个证人(安德烈·布雷东、保尔·艾吕雅和画家)面前打圣子》(*The Virgin Spanking the Christ Child before Three Witnesses: Andre Breton, Paul Eluard, and the Painter*)。根据前面关于"艺格符换"的定义,恩斯特的画作是把《圣经》里的圣母故事转换为绘画艺术的"艺格符换画",达菲的诗作则是基于恩斯特画作的"艺格符换诗"。这是一首沉思式[①]的戏剧独白诗,与一般的戏剧独白诗相比,该诗既有对前文本的真实的艺格符换,也有想象的艺格符换:由于原文本本身是"艺格符换画",而诗人在诗歌中通过人物的设定,自然嵌入《圣经》里的圣母故事、圣约瑟和匹诺曹的故事,丰富了叙事层次和修辞意义。基于此,本节将探讨该诗的叙事艺术。

一、嵌入副标题里的故事:恩斯特及其画作对圣母形象的改写

《圣母罚孩子》对前文本,即马克斯·恩斯特的画作,进行了真实的艺格符换,也通过副标题"基于马克斯·恩斯特的画作"嵌入了艺术家恩斯特及其画作的故事。作为超现实主义和达达艺术运动的主要人物之一,马克斯·恩斯特曾于1920年4月"与阿尔普、巴格尔德一起设计、推出了达达史上最著名的展览",结果因"淫秽"被控告。对此恩斯特回答说:"我们说得挺明白了,它是

[①] 宋建福(2020:107)提到了沉思式(meditative)、统一式(regulative)和表达式(expressive)三种戏剧独白,Wenger(1941:227)也有相关论述。

一个达达展览,达达从来没有说过跟艺术有任何关系。如果观众混淆了这两者,那就不是我们的错了"(李黎阳,2013:148)。该事件表明恩斯特的艺术创作颠覆了传统审美观念并试图以此改变观众的审美观和价值观。1924年《超现实主义第一宣言》得以发表,恩斯特"成为超现实主义麾下最引人注目的艺术家"(同上)。作为一个创新者和挑衅者,恩斯特在自己的艺术作品中融合了神话、基督教肖像和弗洛伊德心理学。一战期间令人毛骨悚然的战斗经历使他意识到世界是非理性的,幻灭中,他通过艺术探索一种新的信仰,着迷于直接来自潜意识的绘画过程。

《圣母在三个证人(布雷东、艾吕雅和恩斯特)面前打小耶稣的屁股》作于1926年,画中年轻美丽的圣母正抡起胳膊暴打小耶稣,他身后的小窗口中露出布雷东、艾吕雅、恩斯特神态各异的脸,作品充满荒诞甚至戏谑之感(图6-2)。而画面在空间处理上也独具匠心,圣母马利亚所处的似乎是一个室内空间,却没有屋顶,而伫立在蓝天之下的开放的墙壁上却又留有窗口。(李黎阳,2013:138)

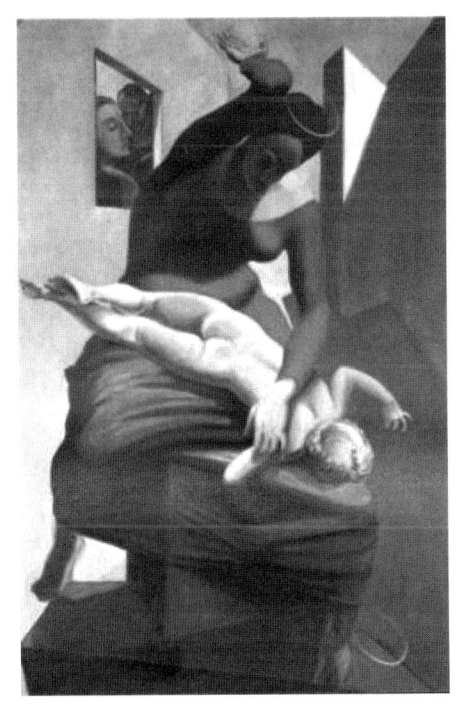

图6-2 《圣母在三个证人(布雷东、艾吕雅和恩斯特)面前打小耶稣的屁股》
(李黎阳,2013:148)

探讨恩斯特的画作对《圣经》里关于圣母与圣子故事的戏仿,就要看一下《圣经》里的相关故事。"在路加福音中,保留了许多与圣母相关的事迹。圣母领报(预报救主耶稣诞生)是其中的第一个故事"(许志伟,2010:40)。于是,童贞少女马利亚便成了"救世主默西亚的母亲","……耶稣是借着这女子的身体诞生的。这女子是一位自由的、成熟的女性,她有自主的心灵和意志,对自己的决定具有判断力,并且能坚持到底"(Chung,1994:78-79)。关于圣母的故事有许多艺术作品,其中最早的画像之一是4世纪建于罗马圣阿格尼丝公墓、现收藏于梵蒂冈博物馆的大理石石棺上的(图6-3)。圣母玛利亚穿着简朴,抱着孩子基督坐在椅子上,基督从三个穿着东方服装的男人那里接受礼物。麦琪指着圣母头上的一颗星星。马利亚一度被看成人类的母亲和上帝的母亲,到5世纪中叶,被称为圣母(Angelova,2015)。

图6-3 4世纪罗马圣阿格尼丝公墓大理石石棺上的圣母马利亚
(Angelova,2015:235)

恩斯特在画作中对圣母的形象进行了改写。他把婴孩时期的耶稣画成裸体,而马利亚虽头上还有光环,却粗俗、沮丧,红色的连衣裙和孩子身下的蓝布形成鲜明对照,人物形象的粗线条表现出母亲的威严和惩罚孩子的决心;她一只手按住孩子,一只手高举在空中,要打裸体孩子的屁股,孩子屁股上已留有红色的手印。画中的孩子不仅受到了惩罚,连光环也落在了地上。甚至,在画的左上方,圣母的后面,透过小窗,恩斯特本人和他的两个朋友——超现实主义诗人安德烈·布勒东和保尔·艾吕雅——作为见证人看着这一切。三个人物的观看使得窗口成为福柯在《规训与惩罚》中描写的"监视站",让人联想到福柯在描写监狱这个规训的场所时写到的囚室墙上的黑色大字"上帝注视着你"。因此,这幅画不仅表明了恩斯特对神明的亵渎,还暗示着男性霸权和艺术家对女性的丑化(利希特著,吴玛俐译,1988)。

二、人物设定嵌入的故事及达菲诗歌对画作的戏仿

《圣母罚孩子》在对前文本的真实的艺格符换基础上,还进行了想象的艺格符换,对恩斯特的画作进行了戏仿。

诗歌副标题"基于马克斯·恩斯特的画作"明确了其诗歌的场景设定,即戏剧独白的戏剧场景,由"我们"作为叙述者。诗歌共有四个诗节,第一、二节均为四行诗节,第三、四节都因最后一个单词换行单独排列而成为五行。第一节便体现了诗歌不同于绘画艺术的特点,描写了人物之间的交流,指出小孩子"说话太早"(1:1),而且说的不是一般孩子的咿咿呀呀,而是说出了"我是上帝"(1:2)这样令人震惊的话。随后描写了前文本中没有的人物,约瑟夫(Joseph)——在安静地埋头刻木偶匹诺曹,还说自己很单纯,未曾梦到过孩子会这样。第二节开始指出圣母玛利亚在孩子两岁时"变得焦虑起来"(2:1);她花了很多时间向天使加百利①祈祷,以便寻求力量。全村人都在闲聊这个孩子,说"孩子很孤独,/他的严肃的大眼睛能够装满你的脑袋"(2:3-4)。第三节先讲述了孩子幼年时期的另一个与正常孩子不同的地方,那就是他在"正常的孩子爬行"(3:1)之前就具备了行走的能力。至此,叙事者才出现,说那些还在爬行的孩子是"我们的"孩子,说明该诗叙事者是一个普通孩子的父亲,他观察和叙述着圣母玛利亚、约瑟夫和孩子的故事。叙述者说,"我们的/妻子们/开始有怨恨,后来就变得优越起来"(3:1-3),因为耶稣只会带给圣母玛利亚"悲伤……小孩子/在怀里胡言乱语更好"(3:3-4)。最后一节开始,诗人又用斜体的"但是我是上帝"(4:1)与第一节的"我是上帝"呼应,并表明孩子的顽固。叙事者说"我们透过窗户听到他说/听到打他的声音所以偷看"(4:1-2)。至此,才表明叙事者即画中的三个见证人。他们觉得"看到的/很平常。但是之后,我们/疑惑/为什么孩子不哭,为什么妈妈哭"(4:2-5)。

可以看出,达菲的诗歌利用副标题设定了戏剧独白诗的场景,并对前文本进行了如下戏仿:首先是增加了人际交流,让孩子说了两次"我是上帝";其次是增加了约瑟夫的形象,并把他刻画成了静静地埋头刻木偶匹诺曹的木匠;最后是让叙事者说出一个自己疑惑也发人深思的问题:"为什么孩子不哭,为什么妈妈哭"(4:5)。为此,读者不得不探究嵌入的故事内涵及其意义。

约瑟夫和匹诺曹两个人物是恩斯特画作中所没有的,是诗人对前文本进

---

① Gabriel,来源于希伯来语,含义是"上帝给了我力量"(God has given me strength)。

行的"想象的艺格符换"。通过设定这两个人物,诗人自然地嵌入了《圣经》和《木偶奇遇记》里的故事,丰富了诗歌叙事的层次和修辞意义。

约瑟夫的故事是一个上帝的信徒的故事。约瑟夫是《圣经旧约创世记》第30章第24节中的"约瑟",意为"增添",希望耶和华再给他增添一个儿子。约瑟虽是父亲的至爱,但因家中困难,从小没有母亲,常遭同父异母的十个哥哥欺负。有一天约瑟梦到太阳、月亮和十一颗星星对他下拜。他把梦告诉哥哥们,他们一听就明白梦的意思,告诉约瑟,他们永远不会俯伏拜他。约瑟被哥哥们卖到埃及,到异族人手下做奴仆。后来他受人陷害被关在埃及的牢狱里。两三年之后,法老做了一个梦,约瑟得到了神的指示(《创世纪》41:39),解了法老的梦,并指导他应对以后的灾难。法老看出约瑟与神同在,派他做了宰相,治理埃及。约瑟心中一直尊主为大,保持对神的敬畏。后来天下饥荒,只有他管理的埃及一地有粮,他的哥哥们就到埃及找粮食。约瑟没有记恨哥哥们以往对他的欺负,仍给他们粮食和银子,并安慰他们说是神的好意。在《新约》里,约瑟是耶稣的养父(《路加福音》第2章第4节)。《马太福音》第1章第9节记载,他与玛利亚有婚约,还未曾迎娶,玛利亚就因圣灵怀了孕。主的使者在他梦中显现后,他表现出来的是对神无比的信心,认定玛利亚腹中的孩子就是神所应许的基督,要成就神的救赎大功;他知道娶玛利亚为妻将会被羞辱,但他选择顺服于神并计划结婚(1:19)。

达菲在诗中第二行就描写了"远离"孩子的约瑟夫,这是前文本,即恩斯特的画中不曾有的。当然,因为诗中有对圣母和小孩子的分析,对约瑟夫加以补充描述也不为过,是对画中母子家庭背景的补充解释。但把他描写成刻匹诺曹的木匠确实别有一番用意。这说明约瑟夫虽表面接受上帝与玛利亚的结合,却并未对妻子的孩子尽父亲的义务,也不关心妻子的焦虑,反而静静地刻着自己的孩子——匹诺曹。匹诺曹本是寓言故事《木偶奇遇记》里的木偶形象,被制作出来后接受诚实的教育,起初经常撒谎,一撒谎鼻子就变长,后来认识到撒谎的错误,经历了由不完美走向完美、由不幸福走向幸福的转变。一般来说,这个故事通过匹诺曹的种种曲折、离奇的经历,表现了小木偶热爱正义、痛恨邪恶、天真纯洁的品质,以此教育儿童要抵御种种诱惑,做诚实、听话、爱学习、爱劳动,并能帮助父母的好孩子。因此,可以说,约瑟夫与匹诺曹的人物设定具有一种修辞意义。这两个人物形象与诗中描写的玛利亚与耶稣的人物形象形成了鲜明的对照:前者二人为父子关系,父亲因笃信上帝、敬畏上帝而受到上帝恩宠,儿子经过改过自新终于成为好孩子,都具有良好的品德;后者二人是母子关系,原本都出身神圣,结果却失去光环,为世人所不解甚至不屑。

应该说,这种对比一方面加强了前文本表现的对神明的亵渎,另一方面却描述了上帝的忠实信徒和优秀儿童的典范形象,这本身便表现了一种冲突。而约瑟夫作为圣母和耶稣一家的男主人,埋头于木偶的雕刻工作,疏于对孩子的家庭教育,任由圣母面对孩子的桀骜不驯而焦虑痛苦——如果孩子是上帝,将来就要被钉在十字架上;如果他不是上帝却说出这种话,也是对上帝的不敬。总之,约瑟夫与匹诺曹的人物设置增加了叙事的戏剧性和故事的完整性——似乎约瑟夫的不负责是圣母罚孩子的原因之一,但如果孩子是上帝,约瑟夫也无法教育,这也是一个矛盾。这便是诗歌对画作的戏仿艺术之所在。

三、不可靠叙述与隐含作者

"当叙述者为作品的思想规范(亦即隐含作者的思想规范)辩护或接近这一准则行动时,我把这样的叙述者称之为可信的,反之,我称之为不可信的"(布斯,1987:178)。如果说隐含作者认同叙述者的思想规范——笃信上帝并做好孩子,那么《圣母罚孩子》的叙述者便是可信的。但是,诗中的叙事者是三位超现实主义艺术家,由于他们的窥淫癖,成了圣母打孩子的见证人,并享受着对宗教象征的亵渎,颠覆了对基督母亲玛丽的天主教信仰,贬低了西方艺术史中圣母玛利亚和幼年基督之间的爱,也削弱了世俗的、资产阶级的母性神圣。他们对基督教和当代价值观的攻击引起了很大争议,加之约瑟夫与匹诺曹父子形象和圣母玛利亚与耶稣母子形象之间的对照,我们不得不质疑叙述者的可靠性。而且,"叙述者是故事中的人物,他对故事的叙述往往自觉不自觉地向着有利于自己的方向进行,从而掩盖了故事的真相"(江守义,2013:150),因此,叙述者是不可靠的,并且叙述者"和隐含作者以各种方式间接表达出"作者的声音(肖明翰,2004:28)。

"就编码而言,'隐含作者'就是处于某种创作状态、以某种立场来写作的作者;就解码而言,'隐含作者'则是文本'隐含'的供读者推导的这一写作者的形象"(申丹、王丽亚,2010:71)。要了解《圣母罚孩子》的隐含作者,就要了解诗人在创作该诗时的创作状态和写作立场。达菲早期创作受超现实主义影响,也曾说不相信上帝,因此,单就叙事者对圣母的贬低点来看,隐含作者与叙事者有一定类似。但达菲是具有女性意识(刘须明,2003;周洁,2013a;张剑,2015;梁晓冬,2018b)的女同性恋诗人(Griffin,2002),这是叙述者所没有的,是叙述者与隐含作者的差距,再次证明了叙述者的不可靠。

为探寻隐含作者的立场,有必要回顾一下关于母子关系的理论。首先,弗洛伊德认为,母亲会满足于自己与儿子的关系,因为她可以把自己被迫压抑的抱负或夙愿转移到儿子身上,可以从他身上得到她所有的男性情结的满足。直到妻子成功将丈夫变成自己的孩子并对他扮演母亲的角色,婚姻才会稳定(刘岩,邱小经,詹俊峰,2007)。诗中圣母的丈夫约瑟夫不参与圣母对圣子的教育,而是埋头雕刻自己的木偶儿子,似乎说明圣母与约瑟夫夫妻关系的不稳定,这可能也是圣母焦虑的原因之一。女同性恋女性主义诗人里奇(Rich,1983)认为,母亲是女性的神圣职责,而男性霸权的存在则有赖于女性的母亲身份和异性恋制度化的形式(刘岩,2008)。她认为,19世纪英国和美国历史中,女性被男性要求生育子女,或料理家务,有些尽责的、爱国的母亲被看成对后代的安宁产生了强大的影响,她们的脸看去宁静安详,她们的孩子觉得母亲的爱完美朴实,一句话,母亲作为男性霸权的利益维护者和典范,集宗教、社会道德和民族特性于一体(刘岩,2008)。丁纳斯坦宣称母亲是拥有绝对力量的可怕动物,掌握着对无助的婴儿的生杀大权,对婴儿的控制基于亲密的肉体关系,满怀愤怒和具有巨大诱惑力(Dinnerstein,1976)。这种权力与婴儿完全无助的状态和独立相关,因为有一定程度的诱惑而成为一种羞辱性的控制。所以,母亲不可避免地是孩子的敌人(刘岩,2008:94)。

波伏娃(Simone de Beauvoir)关于母子关系的观点更有助于探讨达菲诗中的立场。她说,很多女性喜欢生儿子,因为她们可以把他培养成"英雄"、"领袖"、"战士"或"创造者",为她造出她不曾建造的房子,为她探索未曾探索的土地,读不曾读的书,并带给她荣誉。她可以通过拥有儿子而拥有世界(刘岩、邱小经、詹俊峰,2007:15-16)。但如果母亲对男性怀有敌意,她将从对儿子的控制中得到满足。如果他没能成为她希望他成为的人,或太过独立,她都会失望。在波伏娃对母婴关系的分析中,婴儿可以满足母亲在男性怀抱里未能得到满足的进攻性的性爱倾向,母亲会在婴儿身上找到一种像男性从女性身上得到的、自己得以控制的肉体的满足,而不必屈从。她说,随着孩子的长大,母亲可能会感觉到对孩子的态度的转变,比如一些控制型的女性会对孩子冷淡(刘岩,2008)。母亲与孩子的关系可能更加复杂:一方面母亲有时试图在他身上展示她的全部,另一方面他是有时带有反叛性的独立主体。儿子不仅是母亲的宝贝,还是对她的控诉者或暴君。对波伏娃来说,母亲通常是一种自恋、利他、空想、真诚、奉献、愤世嫉俗和坏的信仰的奇怪综合体,威胁婴儿的是母亲的总不满足:两性之间她冷漠不满,在社会上她认为自己低于男性,她对世界或未来没有独立的把握,要通过儿子弥补个人的失意(刘岩,2008)。

所以,在达菲的《圣母罚孩子》里,母亲打孩子时,母亲不只是在打孩子,而且是在发泄对男性、对世界的报复。这样的母亲通常怀着悔恨,而孩子则感觉不到愤恨,只能感觉到被打(刘岩,2008)。很多女性能得体地压抑内心的冲动,但有时她们会失去自控,侮辱或惩罚孩子。母亲可能看上去很独裁,把孩子当作玩偶或温顺的奴隶对待;也可能想让孩子像父亲或英雄。这便是一种暴虐,因为这对孩子有害,当然,结果往往是令母亲失望的。所以,波伏娃认为,母亲身上存在一种混合着"教育顽固"("educational obstinacy")和"无常施虐"("capricious sadism")的因素;母亲会把自己的行为解释为以教育孩子为目的。在波伏娃的分析中,还有一种母亲,她们放弃个人生活,全身心投入到孩子身上,不给孩子一点独立空间,完全是孩子的统治者。但孩子可能不理解母亲,有自己的梦想、恐惧、愿望和自己的世界,所以,他会反抗(刘岩,2008),或者因为母亲不如他而嘲笑她。结果,母亲可能会因觉得他不仅不知感恩还要反抗而落泪。正如乔多罗(Nancy Chodorow)和考特拉脱(Susan Contratto)指出的,里奇和爱丽丝·罗斯(Alice Rossi)都认为,母亲身份受到男性霸权影响、控制并变得虚弱(刘岩,2008)。

四、小结

在上述分析基础上看恩斯特画作与达菲诗作的标题,前者的"圣子"突出了基督与众不同的身份,加强了对圣母的嘲笑,体现了男性霸权;后者则简单称之为"孩子",弱化了其圣子的身份,是母亲对圣子童年生活的平民化叙述。而达菲将"打"改为"罚"则表现了女性对于颠覆男性霸权并成为规训者惩罚男性的焦虑。总之,达菲的《圣母罚孩子》一诗不是简单地描述超现实主义艺术家恩斯特的作品对上帝的怀疑,而是借男性叙事者之口揭露男性霸权,揭示女性颠覆男权的困难及其带给女性的焦虑。诗人通过对恩斯特画作的艺格符换和戏仿,通过虚构的约瑟夫刻匹诺曹的人物和情节,通过不可靠叙述者的运用,丰富了叙事层次,引发了读者的反思,形成了独特的叙事艺术。

第四节 《丽达》：创意、颠覆与启发

丽达与天鹅（宙斯）的神话故事作为经久不衰的艺术主题，被频繁再创作。几个世纪以来围绕该主题的艺术作品包括雕塑、绘画、诗歌、戏剧和舞蹈等。丽达（Leda）是希腊神话中埃托利亚（Aetolia）国王的女儿，被斯巴达（Sparta）国王廷达瑞斯（Tyndareus）娶为妻子，却被宙斯以天鹅的形态诱惑，之后她生了两个蛋，孵出了四个孩子。

2007年，达菲受巴比肯教育机构（Barbican Education）委托，为伦敦巴比肯艺术画廊（Barbican Art Gallery）举办的"诱惑：从古代到现在的艺术与性"展览创作了诗歌《丽达》，作为文字展示的一部分。该展览涵盖范围广泛的艺术家和艺术形式，包括古典欧洲雕塑、罗马壁画、印度手稿和布歇的华丽画作及照片等，艺术作品旁边附以文字。达菲的《丽达》无疑是一首艺格符换诗。仅从标题来看，可看出达菲对古老神话进行了富有创意与颠覆性的改写。现结合该诗与奥尔德斯·赫胥黎（Aldous Huxley，1894—1963）的诗歌《丽达》（1920）和叶芝（William Butler Yeats，1865—1939）的《丽达与天鹅》（1924）的互文分析解读达菲的艺格符换。

一、"丽达"相关艺术作品

在西方美术史中，"丽达与天鹅"是表现形式丰富的题材之一。最早见于古希腊的陶器上，古罗马时期以镶嵌画形式出现，文艺复兴时期在绘画领域开始出现相关题材的作品，达·芬奇是文艺复兴时期最早开始研究丽达的艺术家。达·芬奇最初的草图是个跪着的身影，没有天鹅，但有婴儿。不久后，天鹅出现在有跪着的丽达的新稿图中（图6-4）。

达·芬奇围绕该主题创作了一系列素描、速写和手稿，至今相当闻名。画中一裸女半跪，似要起身或已起身；发髻与身边象征繁殖的植物，如同水波般缠绕。虽古文献提到过一幅画与一幅素描，但李奥纳多署名的油画不止一幅。总之，达·芬奇的作品深深影响了16世纪前几十年达·芬奇的追随者（沈其斌，2018）。

2007年伦敦巴比肯艺术画廊举办的"诱惑：从古代到现在的艺术与性"展览的网站上的图片显示，该展览陈列了一组丽达相关的艺术品（图6-5）。

图 6-4　达·芬奇的《天鹅与丽达》新稿图，1504—1506
（雷亚辉，赵晟，2019：134）

图 6-5　巴比肯艺术画廊举办的"诱惑：从古代到现在的艺术与性"展
（详见：https://ualresearchonline.arts.ac.uk/id/eprint/2462/）

其中最大的两幅是丽达站立的画像,最大的一幅被认为是

> 李奥纳多的一大创举,即形式探索与象征观念的综合:自然的研究与哲学要素相连接;人间与天堂令人狂喜的、水火之间的融汇;以及丽达(养育者本身,象征繁殖的女性,大地母亲的原型)与宙斯(众神之父,化为天鹅—爱神与死亡的太阳之鸟)相结合等。从两个蛋中出生的是丽达的孩子,波鲁克斯与海伦从第一个蛋中生出,紧接着是卡斯涛尔与克吕泰涅斯特拉。每个蛋可以被视为雌雄同体的象征,或是两极共存的巧合,而双胞胎海伦与克吕泰涅斯特拉象征着美貌、纷争与浮华,同时指向爱与死。同样值得注意的是米开朗琪罗关于丽达的一部变体作品,上面的丽达是反向的:这件绘画的原作已被奥地利的安娜——法国路易十四的母亲认为内容淫秽,在枫丹白露宫被烧毁。
>
> (沈其斌,2018:10)

中间一幅是赛斯托(Cesare Da Sesto)所作,"在达·芬奇原作丢失后仿作于1515—1520年"。画中,丽达头部左倾,"目光低垂,神态宁静而安详",是"文艺复兴时期的绘画中"的圣母玛利亚似的"完美女性形象"。脸上有着"蒙娜丽莎般神秘的微笑"的丽达与"优雅的天鹅,在大自然的映衬"下如同"情侣"般和谐平静,没有"丝毫的骚动或者激烈的举动",更无"透露交欢"[①]的痕迹。

有关文献表明(Barbican Art Gallery,2007),"诱惑:从古代到现在的艺术与性"展览上有弗朗索瓦·布歇(François Boucher,1703—1770)的作品(图6-6)。这幅《丽达与天鹅》是布歇于1742年提交沙龙展出的布面油画。该画非常精致,以一种适中的尺寸完成。布歇复制了一幅,并于1742年6月运到瑞典,至今仍保存在那里。自由的风格与柔和的轮廓使之成为布歇最可爱的作品之一。画作(58.745 cm × 74.30 cm)现收藏于纽约 Stair Sainty Matthiesen 博物馆。从权力关系角度分析该作品,有人认为它描绘了赤裸的女人即将被天鹅刺穿的场景。作品特色是天鹅把脖子转向明显自愿接受刺穿的裸女,突出了古代神话的性开放;同时表现了好色之神宙斯的滑稽动作和他为达邪恶目的而进行的巧妙伪装,因而突出了宙斯的邪恶和可恶(Thatcher,2007)。有人从性别关系角度看待该展览,认为:与今天的色情作家相比,过去的艺术大师总有更多借口和许多相同的宗法假设。几十年来的女权主义批评

---

① 本段所有引文均见欧荣,2018:182-183.

表明,每张人体图片都表达了关于权力和性别的思想①。

图 6-6　弗朗索瓦·布歇作品《丽达与天鹅》
详见:https://en.wahooart.com/Art.nsf/O/8BWLHE,2021 年 3 月 29 日读取。

上述作品为达菲的诗歌《丽达》提供了创作蓝本。

二、赫胥黎的《丽达》与叶芝的《丽达与天鹅》

赫胥黎的《丽达》是首长篇叙事诗,其中第一首即《丽达》,以深刻而痛苦的反讽为主线,对情色主题的史诗加以戏仿,是对当代存在之无意义的一种宣言。该诗由三部分组成:第一部分描述感觉婚姻不幸的丽达进入水池洗浴;第二部分描述宙斯的痛苦和发现丽达后的计谋及其痛苦的消退;第三部分模仿黑格尔的结构,使宙斯的淫欲和丽达的美丽形成对偶,但两者的结合并非持久的信义或积极的行为。该诗的讽刺点在于"对立面的调和"(Meckier,1991:

---

① 详见"An abuse of power"[OL].＜https.//www.newstatesman.com/art/2007/10/sex-pornography-exhibition＞.文章于 2007 年 10 月 15 日发表于《新政治家》(*New Statesman*)。

440),而诗中"传统神话浪漫主义与异国情调的原始结合",或者说"浪漫理想主义"和"现代感官"(Meckier,1991:441)的冲突体现了赫胥黎诗歌的反美学目标,使该诗对丽达的处理脱离了平庸,也使该诗成为被改写神话。关于该诗的道德性,存在有分歧的观点:麦斯(Stuart Mais)称赞它是"感官之美",但伍德考克(George Woodcock)认为它"非常颓废"(同上)。丽达和天鹅应该被理解成对立的:她是凡人,他是神;她是真实的,但似乎满足了他对美的理想;无论如何,他都符合她心目中理想的、神一般的情人形象;她是他心灵所渴望的身体,而他是她肉体所渴望的高级灵魂。最具讽刺意味的是天鹅和女主人公的结合是哲学上的失败。两性交合的瞬间所实现的美丽统一最终是欺骗性的。于是该诗被看成对男女主角感官结合的颂扬,同时重申了长期存在的二元论的不可战胜性。

叶芝的《丽达与天鹅》被解读为具有政治隐喻的艺格符换诗。埃尔曼(Erlmann,1964)最早提出神话的视觉再现对叶芝的诗歌创作的直接影响。杰弗勒斯认为:"(《丽达与天鹅》的)源头可能是米开朗琪罗在威尼斯的著名画作,叶芝有一幅彩色影印复制品"(Jeffares,1966:20)。而霍兰德尔在对文本进行有效的区分后,把与实际存在的艺术作品相关的文本叫作"真实的艺格符换",而那些描述想象中的绘画或雕塑的文本则被称为"假想的艺格符换"(Hollander,1995:4)。他这样解释道:

> 由诗歌语言本身带来的假想的艺格符换或是对纯粹虚构的绘画或雕塑进行的详细描述从古至今都很常见。人们首先能想到的就是荷马的《阿喀琉斯之盾》和赫西奥德的《赫拉克勒斯之盾》……真实的艺格符换诗需要取材于特定的艺术作品,若被借鉴的艺术作品仍存于世,显然会受到极大关注。
>
> (Hollander,1995:4)

中国学者认为"叶芝将艺术作品与诗歌和人类历史结合起来,将艺术作品中呈现出的暴力的场景与他身处的 20 世纪西方社会紧密联系起来"(张跃军、周丹,2011:222);认为该诗的艺格符换超越了造型艺术,并发现了该诗对艺术创作的反哺意义(欧荣,柳小芳,2017)。

乔安娜·加文斯(Gavins,2012)回顾了对叶芝的《丽达与天鹅》的不同解读,探讨了韩礼德(Halliday,1966)、维多森(Widdowson,1975)和波克(Burke,2000)对于叶芝诗作的不同看法,论证了认知诗学对于《丽达与天鹅》

复杂语篇结构的全面解读作出的积极贡献,并对其文本和概念结构及其重要政治历史背景进行解析,认为叶芝通过希腊神话中影响深远的毁灭事件,用特洛伊陷落这一鲜明丰满的隐喻映射丽达遭遇强奸,并用丽达和天鹅的故事映射了同时代的爱尔兰。

有学者从诗歌象征的角度分析叶芝的《丽达与天鹅》,认为天鹅在诗中所要表达的是"认同",把"性政治与民族身份的构筑联系起来了。……指明了个人私有的情感如何参与民族国家的构建"(Neigh,2006:154;宋建福,2020:355)。

总之,赫胥黎的《丽达》和叶芝的《丽达与天鹅》及相关研究为解读达菲的艺格符换诗《丽达》提供了参照。

三、达菲《丽达》之创意:在互文叙述中颠覆与启发

根据卢韦尔对艺格符换的分类,达菲的戏剧独白诗《丽达》是创意型的艺格符换,还具有叙述型、颠覆型和启发型等类型的艺格符换特点。

诗的标题是《丽达》,似乎对应达·芬奇的第一幅只有丽达的草图,因为诗中描写了丽达"跪"的动作。但该诗不仅描绘了草图里的丽达形象,还以第一人称讲述了丽达"去河边","看到"孤独的天鹅,"跪",而"他"从水中"站起","覆盖"她,她的"手"在试图抓住"他",以及丽达被刺穿(pierced)的整个过程。也就是说,该诗未拘泥于一部作品,而是基于多个艺术品中的情节进行演绎。可见,该诗是对不同版本艺术品的改写,是"假想的艺格符换",富有创意。

该诗的叙述型特点显而易见。而且,通过丽达的第一人称叙述,诗歌有效地呈现了人物的内心世界。第二节里,丽达把河边成对的天鹅互相亲近形成的图案说成是心形,又说他们就此"永远相伴",是她心中有爱或向往爱情的表现。一对天鹅呈"心形"是日常生活中常见的,但"诱惑"艺术展品中并没有,作为诗人想象的创新,由丽达以第一人称叙述讲出,表现了她内心世界的丰富。第三节开始描述她"像新娘一样跪着,蜜蜂在三叶草里祈祷",且把天鹅称作"天使"和"爱人",加上最后"被爱刺穿"的描写,都表明她把这次偶遇看成美好的爱情。

Leda

Obsessed by faithfulness,
I went to the river
where the swans swam in their pairs and saw how a heart

formed in the air as they touched, partnered forever.
Under the weeping trees a lone swan swam apart.

I knelt like a bride as bees prayed in the clover
and he rose, huge, an angel, out of the water,
to cover me, my beaked, feathered, webbed, winged lover;
a chaos of passion beating the fair day whiter.
My hands, frantic to hold him, felt flight, force, friction,
his weird beautiful form rising and falling above —
the waxy intimate creak —
as though he might fly,
turn all my unborn children into fiction.
I knew their names that instant, pierced by love
and by the song the swans sing when they die.[①]

该诗的颠覆性特点首先体现在丽达的第一人称叙述上,其次体现在她对天鹅的主动观看和积极行动上。从第二节丽达看到"一只孤独的天鹅",到第三节中她看着"他"从水中站起后的"巨大,天使"和"混乱的激情"的状态描写,到第四节丽达"感觉到飞翔,力量,摩擦/他奇异美丽的身姿在上面起起落落——"的动作描写,以及"那温存,亲昵的咯咯声"的听觉意象描写都体现了丽达在整个过程中的投入和感受到的愉悦。丽达的主动也颠覆了叶芝《丽达与天鹅》一诗里对天鹅的主动描写:

Leda and the Swan

A sudden blow: the great wings beating still
Above the staggering girl, her thighs caressed
By the dark webs, her nape caught in his bill,
He holds her helpless breast upon his breast.

---

① 该诗最初见于网上,网址<http://www.ourdailyread.com/2007/10/leda-by-carol-ann-duffy/>。网站上显示:达菲受巴比肯教育机构委托,为2007年的"诱惑:从古代到现在的艺术与性"展览而作,该诗后被收录在诗集 *The Bees*(Duffy,2011:74),李晖译为《勒达》(2018:89)。

How can those terrified fingers push
The feathered glory from her loosening thighs?
And how can body, laid in that white rush,
But feel the strange heart beating where it lies?

A shudder in the loins engenders there
The broken wall, the burning roof and tower
And Agamemnon dead.

                Being so caught up,
So mastered by the brute blood of the air,
Did she put on his knowledge with his power
Before the indifferent beak could let her drop?

叶芝的诗采用第三人称叙述,丽达是被动的:被天鹅"摩挲她双股,含她的后颈",手也"惊骇而含糊"乃至无法"推拒"。可见,这一部分描写与罗马大理石浮雕《丽达与天鹅》(图6-7)所呈现的画面"极为相近"(欧荣,柳小芳,2017:111)。

图 6-7　罗马大理石浮雕《丽达与天鹅》(公元 50—100 年),现藏于伦敦大英博物馆

达菲的《丽达》也描述了该画面,诗中的丽达不仅自己叙述整个过程,表达个人的思想和感情,还积极地行动:"我的手,疯狂地要抱住他"(4:1)。这种改写是对宙斯作为神的权力的颠覆,也是女性对男权的颠覆。

该诗的启发型特点在于诗歌对人物思想的诠释,并启发读者反思丽达的"不忠"。诗歌第一行便表明她对忠诚的困扰,暗指神话故事里丽达已为人妻的身份,也暗指赫胥黎的《丽达》第一部分丽达与侍女们谈及的其王后身份及因此而感到的痛苦和第二部分宙斯因见到丽达后无法抑制自己想要占有她的欲望而去找爱神维纳斯时听到的哀歌:

> Venus bent
> Her ear to listen to this short lament.
> Cypris, Cypris, I am betrayed!
> Under the same wide mantle laid
> I found them, faithless, shameless pair!
> Making love with tangled hair.

上述诗行暗示丽达明白将要发生的事情会导致她对丈夫不忠,也表明达菲的诗歌与赫胥黎的《丽达》之间的互文性。这种互文性令人联想到达菲诗中未曾提及的、赫胥黎在《丽达》里描写的下列片段:

> And he straightway
> Told her of all his restlessness that day
> And of his sight of Leda, and how great
> Was his desire. And so in close debate
> Sat the two gods, planning their rape; while she,
> Who was to be their victim, joyously
> ...
> To be alive where suns so goldenly shine,
> And bees go drunk with fragrant honey-wine,
> And the cicadas sing from morn till night,
> And rivers run so cool and pure and bright ...
> Stretched all her length, arms under head, she lay
> In the deep grass, while the sun kissed away

>The drops that sleeked her skin. Slender and fine
>As those old images of the gods that shine
>With smooth-worn silver, polished through the years
>By the touching lips of countless worshippers,
>Her body was; and the sun's golden heat

这一片段明确指出丽达作为受害者的命运(Who was to be their victim),而且其中关于阳光、蜜蜂和河水的描写在达菲的诗中也存在。这种互文也引发人们对爱情的忠诚、宙斯的权力以及人们对美好爱情的向往的思考,直接呼应艺术展的"诱惑"主题。

达菲的诗最后的描写又与赫胥黎的《丽达》的如下片段互文:

>Like a winged spear,
>Outstretching his long neck, rigid and straight,
>Aimed at where Leda on the bank did wait
>With open arms and kind, uplifted eyes
>And voice of tender pity, down he flies.
>Nearer, nearer, terribly swift, he sped
>Directly at the queen; then widely spread
>Resisting wings, …
>…
>The great swan fluttered slowly down to rest
>And sweet security on Leda's breast.
>…
>And the sky was void-save for a single white

从赫胥黎的《丽达》里的这个片段可以看出达菲笔下天鹅的特点:"huge" "cover me" "feathered" "winged",也可以解释"beating the fair day whiter",从而将达菲诗歌的主题与赫胥黎的《丽达》联系起来,令人反思因无法抵制诱惑而不忠于婚姻并遭受权力侵害的后果。

丽达作为叙事主体,充分表达了内心的思想和感受,似乎可以令人淡忘天鹅由宙斯伪装这一事实。直到最后一节,倒数第四行"好像他要飞,/将我所有未出生的孩子变成虚构"(4:4-5)把读者带回到展品中的静态,同时也回到了宙斯假扮天鹅的神话传说里,让读者明白这一切的虚构性,一切都是现实生活中不存在的。最后一行提到天鹅的歌唱和死亡,启发读者思索:天鹅们为什么歌唱?是歌唱他们自己的爱情,还是因为目睹了宙斯伪装成天鹅诱惑丽达导致她对丈夫不忠?既然有人认为宙斯是邪恶的,这些见证了宙斯的伪装与邪恶的天鹅会不会被处死?这种启发令人认识到忠于爱情、抵制诱惑的重要性,再次呼应展览的主题。

四、小结

把《丽达》一诗与委托达菲创作的"诱惑"展结合起来,可以发现,该诗对展览中"丽达与天鹅"相关主题的艺术展品进行了创意型的艺格符换。该诗结合了戏剧独白诗形式的创意与其叙述型、颠覆型和启发型的特点,展示了达菲的艺格符换能力。诗歌以第一人称赋予丽达以主体性,由她叙述与天鹅的交合过程,颠覆了神权和男性霸权,呈现了她面对忠诚和诱惑时的内心矛盾与接受诱惑时的愉悦和激动,令观展者在观看丽达画像时,认识到丽达作为人妻被诱惑时的感受,又在天鹅歌唱并死亡时深思诱惑给人带来的后果。总之,达菲的《丽达》呼应了"诱惑"展览的目的,在阐释艺术美的同时,有助于观展者正确理解和认识"性"并有意识地抵制不良的"诱惑"。

第五节 《倒下的士兵》多模态解读
——图三咏的反战反挽歌

《倒下的士兵》是基于罗伯特·卡帕拍摄的一张照片而作的艺格符换诗。该诗是达菲 2008 年应巴比肯中心邀请为其举办的卡帕摄影作品展而作的。由于"艺术家'创作'图画和绘画,而摄影师'拍摄'照片"(Sontag,2003:37),照片被认为是现实的表现而不是艺术作品,该照片又因其知名度而吸引了很多评论家的关注,并引起了关于其真实性的质疑,因此,达菲通过诗歌反映了照片真实反映的内容,也表达了对照片真实性的讨论(Scheffe,2016)。通过多模态文体分析可以发现,该诗是一首反战反挽歌。

The Falling Soldier
after the photograph by Robert Capa

A flop back for a kip in the sun,
dropping the gun,
or a trip on a stone to send you
arse over tip
with a yelp and a curse?
No; worse. The shadow you cast
as you fall
is the start of a shallow grave.
They give medals, though,
to the grieving partners, mothers, daughters,
sons of the brave.

A breakdance to amuse your mates,
give them a laugh,
a rock'n roll mime, Elvis time,
pretending the rifle's
just a guitar?
Worse by far. The shadow you shed
as you fall
is, brother, your soul.
They wrap you up in the flag, though,
Blow a tune on a bugle before they lower you
into the hole.

A slide down a hill, your head thrown back,
daft as a boy,
and the rifle chucked away to the side
in a moment of joy,
an outburst?
Much worse. The shadow you throw

> as you fall
> is the shadow of death.
> The camera, though,
> has caught you forever and captured forever
> your final breath. (Duffy, 2011:13)

一、艺格符换诗的多模态文体分析

从文字文化向影像文化的转向在文体学研究领域引起了学者们对诗歌的多模态研究兴趣。他们把图像、声音、触觉、文字等都看成建构意义的社会符号,认为,"物质媒体应用到社会交际中,形成一套具有特定语法系统的表意手段,就成为模态"(Scollon & Levine,2004)。多模态包括文字在内的图像、声音、触觉等多种社会符号(王改娣,杨立学,2013)。

国外学者先后探讨英语诗歌阅读中听觉、视觉、嗅觉、味觉、触觉等多种模态器官的协同作用及其对意义的多方位建构(Leeuven & Jewitt,2001;Kress & Leeuven,2001;Royce,2002)。沃顿克(Verdonk,2013:123-134)关注了诗歌与视觉艺术的关系。基于克莱斯的多模态理论,罗伯特森(Robertson,2015)对诗歌漫画进行了分析。安德鲁斯(Andrews,2018)则将多模态方法应用于诗歌和诗学的研究,考察诗歌的视觉和形式维度,将框架理论应用于亚里士多德的《诗学》和罗伯特·洛威尔的《天雨》等,以证明隐含的形式与结构、意象和节奏的独特关系及多模态的显现形式,还探讨了诗歌和诗学的多模态方法对其他艺术形式和研究领域的理论意义。

国内学者积极响应。王改娣和杨立学借鉴多模态功能文体学理论框架(张德禄、穆志刚,2012),建构了英语诗歌的多模态话语分析框架,从文化、意义和模态三个层面对英诗进行多模态话语研究。根据英诗特点,他们对以上三个层面进行范畴细化:文化层面的出发点是前知识结构和语类结构,意义层面的出发点是经验意义、人际意义和语篇意义,模态层面的出发点是模态语法、模态展现和模态间性。在特定文化语境中,诗人的前知识经验以某种语类形式显现,诗人的生存经验、人际关系和语篇凸显在英诗的意义层面体现,多种模态之间表现出互补协调关系。他们认为,涉及模态语法、模态展现及模态间性的模态层面属于表达层面。图像、声音、文字均可表达意义,图像和声音是诗歌语言模态的重要补充。不同模态的有机结合会有助于展现效果,因为不同模态的有机组合会生成更全面的表述(王改娣、杨立学,2013)。基于此,本书将从文化、意义和模态三个层面对达菲的艺格符换诗《倒下的士兵》进行多模态文体分析。

二、《倒下的士兵》的文化语境

诗歌在特定的文化语境中创作,其意义与文化语境相关。诗歌多模态话语分析的文化层面涉及影响诗歌解读的宏观因素,即诗歌创作的文化环境,主要分为前知识结构和语类结构两个方面。

前知识结构包括诗歌创作涉及的社会主流思想、状况、规则和约束关系等。《倒下的士兵》一诗副标题"罗伯特·卡帕拍摄的一张照片背后"为该诗提供了前知识结构:该诗是基于匈牙利裔美籍摄影记者罗伯特·卡帕的摄影照片而作。罗伯特·卡帕是20世纪最著名的战地记者之一,曾用相机记录下战争的残酷,被认为是反映决定性瞬间的战地摄影的集大成者,其作品通过凝结瞬间再现战争的残酷和暴戾。卡帕的《倒下的士兵》记录了一名战士遭到枪击中弹后仰身倒地的瞬间(图6-8)。照片上的战役被认为是作为二战前奏的西班牙内战,爆发原因主要是西班牙当时矛盾重重:左右翼相互攻击,政府改革失败,旧势力军人、宗教人士不满,各种矛盾长期积累下来,双方最后走向武装斗争。

图6-8 罗伯特·卡帕的摄影作品《倒下的士兵》

(独觉色品图像研究中心,2005:54)

根据米勒（Andrew D. Miller）对19世纪以来摄影作品与欧美诗歌创作之间互动关系的探讨（Miller，2015），照片因能捕捉与战争相关的短暂瞬间，在现代挽歌和哀悼作品中起到不可忽略的作用；基于摄影作品的艺格符换诗也便具有挽歌的功能。因此，现回顾一下挽歌的语类结构，即挽歌作为"一个特定文本类别的组成模式"，因为"不同种类的英诗有不同的语类结构"（王改娣、杨立学，2013：28）。

挽歌首先被看作是"一种诗歌样式，天生契合爱沉思的心灵"。诗人通过挽歌"讨论任何人生话题，但又不局限于话题本身；它自始至终、毫无例外地讨论的是与诗人个人相关的话题"。诗人会在挽歌中"追悔往昔或憧憬未来，悲痛和爱恋是挽歌首要的主题。挽歌中表现的一切，或者是逝去不可追，或者是缺失但可期"（Kennedy，2007：4）。

挽歌"elegy"起源于希腊，最初是由竖琴伴奏的挽歌对句（elegiac couplet），扬抑抑格六音步与五音步交替而成。主题涉及面广，有劝谏的军队警句、政治哲学、纪念性的诗行、情人的抱怨（Sacks，1985：2）。难怪18世纪英国诗人申斯通（William Shenstone，1714—1763）曾说："自古以来，从没有诗评家对挽歌体诗歌的结构设过定规"，其特性是"温和"地表达"一种忧郁的思想"，并说："只要它通篇散发的是这种情绪，就能容许不同题材的存在，而这些题材的不同写作方式又会造就风格各异的诗篇"（Kennedy，2007：4）。

挽歌的文学渊源可追溯到田园诗。田园挽歌的发展分三个阶段，包括以希腊诗人及牧歌的创始人忒奥克里托斯（Theocritus，约前310年—前250年）、公元前二世纪的古希腊诗人彼翁（Bion）及公元前一世纪的古罗马诗人维吉尔（Virgil）为代表的古典时期，以英国伊丽莎白时期诗人斯宾塞（Edmund Spenser，1552—1599）为代表的英国田园挽歌初创期和以弥尔顿、雪莱等为代表的成熟期。英国田园挽歌有以下主要特征：以田园生活为背景，通过情感误置（pathetic fallacy）和万物悲悼等技巧的运用，使逝者在挽歌中得到永生。基于弗洛伊德关于悲悼和缺失的论述（弗洛伊德，1986），挽歌通过书写策略和机制使悼亡者得到心灵的安慰，接受与逝去亲人天人两隔的现实并顺利移情别处，然后开始新生活，为此是"健康的""成功的"哀悼模式（张海霞，2015：7）。赛克斯将英国田园挽歌分为"主要传统和次要传统"。其中

> 前者包括：田园语境；重复的表达、叠句、反复的问句；不可遏制地对导致死者死亡的力量表达愤怒甚至诅咒；悲悼者送葬的队伍；从悲伤到抚慰的情绪转变；以死者复生的形象结尾。后者包括：多声部哀悼的声音；

挽歌吟唱者与听者谈论有关歌赛的奖励和荣誉归属的问题;诗人把哀伤诉诸语言,对此他顾虑重重,同时又声称语言回天乏术、无能为力;呼唤自己继续活下去的力量。

(Sacks,1985:2;张海霞,2015:27)

对照传统挽歌的特点,可以发现,《倒下的士兵》刻画了具有田园语境特点的太阳和山坡;三个小节里有关于"阴影"和"糟"的重复和反复的问句,也提到了"奖励和荣誉归属的问题",能够对应传统田园挽歌六个特点中的前两个特点。但是,没有明显表现出传统挽歌的后四个特点,因此,不是完全的传统挽歌。

现代挽歌诗人"把挽歌变成了'反挽歌'"(Ramazani,1994:ix,2,4;张海霞,2013;2015:126)。传统经典挽歌"把悲悼行为描述为失去的补偿,其作品的心理轨迹是把悲痛转化为抚慰"(张海霞,2015:128),而现代挽歌反映一种"抑郁的哀悼"——"充满矛盾""没有结果",所以欧文曾"宣称自己的挽歌'绝无抚慰的意义'"(同上)。"传统挽歌可以被看作是保存的艺术",而现代挽歌则是如同毕肖普所说的"失去的艺术"(同上);如同丁尼生所说的"哀哀劳作使痛苦麻木","不能起到抚慰"(张海霞,2015:129)生者的作用。反挽歌在20世纪挽歌中占比突出,如哈代在诗中表现了对自己对待前妻的冷漠、作为丈夫的失职的责备和负罪感以及"对失却的爱的刻骨铭心"。传统挽歌常"表达对死者的爱和称颂",而现代挽歌则因为"带有抑郁气质的愤怒和矛盾扯断了这份美好感情"(张海霞,2015:130)。

对照现代反挽歌的特征,达菲的《倒下的士兵》一诗没有抚慰的意义,漠视悼亡习俗,还有某些不合时宜的内容,比如对于倒下的士兵的姿势的嘲笑,以漠然旁观般的措辞透露出苦涩的反讽意味。可以说,该诗具有更多现代反挽歌特征。《倒下的士兵》作为艺格符换作品,从图像模态转换至语言模态,从而使后者具备了图像模态的具象感。在后现代语境下,该诗又被赋予了反传统性,即突破了传统挽诗的特征,凸显一种嘲讽,从而使自身成为一首反挽歌。

三、《倒下的士兵》的文本意义

解读诗歌就要挖掘文本的意义。功能文体学的意义分析包括概念意义、人际意义和语篇意义。概念意义具体涉及经验意义和逻辑意义,表达诗歌所体现的经验世界和各诗歌成分之间的逻辑意义。经验意义由及物性体现,主要表现为六个过程。物质过程、心理过程、关系过程、行为过程、言语过程和存在过程。这六个过程意在展现小句体现经验功能的形式,形式本身就能体现意义。其中,物质过程表示对外做工,施事(actor)是对外做工的实施者,实施者不变则表示叙事平稳,实施者变化较多则体现叙述视角的灵活(Halliday,2000;王改娣、杨立学,2013)。

《倒下的士兵》的三个小节都由五行关于士兵倒下的过程描述开始,以推测问句形式展开,由一句答案是"不"或"更糟糕"的判断转折——这个逻辑关系说明前面的推测是表面,后面的描述是事物的本相;然后是一句对"阴影"的描述,最后又对结果进行叙述。全知全觉的叙述者在前五行的叙述都是推测,行为者是士兵,小句的及物性以物质过程为主;提问并回答过"不"或"更糟糕"之后的句子是对"阴影"的描述,是关系过程,体现阴影的属性,不祥之兆笼罩全诗;最后的描述又是物质过程,行为者的变化则表明叙述视角的灵活,物质过程对外做功,产生影响。可以说,三个小节对于士兵"倒下"的结果的描写逐渐深入,最后揭示了倒下的实质——死亡,在本诗中一种无可挽回的损失与一种虚无的荣誉抑或虚荣形成鲜明对照。

"人际意义是文本的表达层面,涉及叙述者的身份、地位、态度、动机、和其对事物的推断、判断和评价等功能"(胡壮麟等,2008:115)。整首诗都由叙述者对"你"说,而且每节开始语气都很柔和:"想在太阳下打个盹?"(1:1),或者近乎戏笑:"傻得像个孩子"(3:2)。通过假想照片上的士兵不是战死沙场而是晒太阳或跳舞逗乐讽刺了对于照片真实性的质疑。在第二节,叙述者直接称"你"为"兄弟",说明了叙述者与"你"——"倒下的士兵"情同手足。称谓的使用体现人际关系,作为第二人称的"你",道出了叙事者对士兵的态度:并不把这一事件作为一种客观现象以第三人称描述,而是以第二人称,将士兵当作人,而不像诗中提及的统治者那样,仅仅把士兵看成战争的工具或武器;"兄弟"一词使这种人际关系进一步提升,展现了叙事者与"倒下的士兵"之间的亲密伦理关系,从而为全诗的最终基调抹上了浓浓的情感色彩。全诗的用词很多来自英语俚语,具有乡土气息,显现了原画中的背景——乡村田园风光。在此风光中,人与人和睦相处,悠然自得,但就是在这样看似美好的景色中,士兵被一枪击倒、毙命,又形成巨大的张力,这一张力由亲密的人际意义与残酷的现实的对立所建构。正是这样一种情感伦理与现实悲剧的张力使叙事者认识到统治者对人生命权的控制,感慨命运的残酷。

"语篇意义指小句中信息编排所产生的意义,在英诗中体现为诗歌中小句的主位系统以及小句间的衔接状况。主位系统分为主位和述位两个方面"(王改娣、杨立学,2013:29),但该诗句法异于常态,具有陌生化的特点。每节开始都不由主语作主位,所以是有标记性的。每节后面的部分由主语作主位,是非标记性的。陌生化的语篇结构由于异于常态,而凸显独特的语义倾向。前面均是名词性短语或动词性短语作小句来描述士兵的倒下,牺牲在传统的叙事中是神圣的,是一项义举,体现了为自由、独立的献身。而诗人以陌生化的话语形式,意在引起读者注意,凸显一种诡异性,这是后现代诗歌作品的重要形式标记。非标记性语篇回归常态,与前文的陌生化语篇形成对比,体现士兵所做的一切都是可笑的,因为战争的根本目的已远离正义,阴谋家通过战争取得私利,光荣和荣誉均由当权者建构出来,士兵的死并没有实现重大的历时性理想,只不过是当政者的工具而已。这是反战诗、反挽诗的重要特征,诗人并未留下确定的答案,以指引人类向着光明的路前进,而是留下无尽的思索。

四、《倒下的士兵》的模态意义

模态层面的意义表达"涉及模态语法、模态展现及模态间性,这属于表达层面"(王改娣、杨立学,2013:29)。诗歌意义的展现,由文字、图像和声音等模态共同完成,是不同模态有机结合的结果。

从图像语法角度看,在《倒下的士兵》第一节前五行里,太阳作为背景图素,士兵、枪、石头、四脚朝天也是图素,先后组成士兵丢下枪、在石头上绊倒、倒下去的图像,形成情节;第二节前五行出现舞蹈、歌手、吉他和枪的图素,把娱乐与战争混在一起,看似图像混乱,实则揭示了战争爆发时的重重矛盾;直到第三节前五行,诗人描绘了小山、向后仰的头和来福枪的图景,更加贴近照片上的图像,似乎告诉世人,前两个小节的描述都是对质疑照片真实性之人的推测。这样再看三节均出现的"阴影",先后被描述为"浅坟的开始"、"灵魂"和"死亡的阴影",便能更加深刻理解诗歌的内涵。而从听觉语法来看,"尖叫"和"诅咒"表明了士兵倒下时的态度——对战争的憎恨。

"诗歌本身就是一种模态的展现",《倒下的士兵》体现了具象诗的特点:三个小节的诗行长短不一,以视觉模态来弥补语言模态的不足,在视觉上与士兵摇摆不稳的倒下呼应,也呼应了关于照片真实性的质疑声的此起彼伏;由于三个小节都以问题开始,却以对问题的否定结束,强化了照片所反映的战争给士兵带来的灾难的真实性;第一节的"扑通声"(flop)和"尖叫"(yelp)、第二节的"大笑"(laugh)和"吹一曲"(blow a tune)构成了声音模态,弥补了照片的视觉模态的不足,使士兵倒下的场景更加立体生动,最后的"呼吸"(breath)则令人屏住呼吸静静地听或要用手触摸才能体会到,因而介于听觉和触觉模态之间。总之,各种模态共同再现出士兵倒下的照片所引发的人们的猜测,因为诗歌后半部分对前面问题的否定,通过语言模态突出体现了士兵牺牲在战场的悲剧意义。每一种模态都具有各自的凸显能力,模态之间互补、互鉴,能更全面地展现诗歌的格式塔意象。

五、小结

应该说,《倒下的士兵》的副标题非常重要,它不仅告诉读者该诗属于艺格符换诗,还告诉读者该诗的文化语境,让读者在读诗的时候联系照片——一种哀伤的艺术(Sontag,1979)。诗人分三节对同一张照片分三次加以描述,其中前两节的文字描述大大超出照片原本反映的内容,反映了关于照片真实性的争论,制造出一种矛盾,夸张的自嘲中突出了士兵不能享受阳光和娱乐,却要牺牲生命的悲哀和愤怒。对于原照片的艺格符换经过了一个"重新社会化的过程"(Loizeaux,2008:19),体现了诗人与摄影家及相关评论家之间关系的对话性,成就了一首反战态度鲜明的反挽歌。在后现代诗学语境下,不同模态作品交互转换,生产出新的艺术作品,开启了人类生存世界新的视域,为人类生命情感的承载打开了新的空间。

结　语

卡罗尔·安·达菲创作的诗歌已集结成三十多本诗集，本书虽然有意全面研究其诗歌文体，却很难面面俱到。本书选用多维文体视域，针对达菲创作的不同诗歌体裁选用不同的文体视域展开研究，选择她创作较多的诗歌体裁，包括戏剧独白诗、十四行诗和艺格符换诗以及最能反映其思维风格的自由体诗，按照创作时间的先后分别展开研究。

作为英国历史上第一位女性桂冠诗人，达菲的诗歌是在继承英国诗歌传统的基础上进行创新的产物。纵观其诗歌创作，如果说她早期通过多元话语声音增加戏剧独白诗的戏剧性是对戏剧独白诗歌体裁的创新，那么她的寓言体书写则不仅仅在戏剧独白诗中出现，她在很多自由体诗歌里也通过拟人等手法围绕现代主题写就现代寓言，实现社会批判的目的。同样，她在戏剧独白诗里的反讽等讽刺手段也在后期的很多诗歌里得以运用，与其语言的幽默相得益彰，成为揭露和批判社会问题的有力工具。

作为一位女性主义诗人，她在《世界之妻》里通过戏仿经典神话、《圣经》故事或世界名人逸事，戴着世界著名男性的妻子或姐妹的面具，揭露、讽刺、颠覆一直以来压抑女性的男性霸权。这种颠覆在《女性福音书》里继续，只是方式有所改变：诗人不再运用戏剧独白诗让女性言说，而是通过运用《圣经》的叙事原型和人物原型描述了一个没有男性而且女性拥有自己的"上帝"的世界；还通过女性身体的空间隐喻来揭示女性与地方的关系，通过隐喻来揭示女性在现代社会与文化语境中的客体身份，通过隐喻叙事呈现女性共同体追求自由与解放的力量，通过母女的连接关系突出女性共同体的命运。这种母女关系在早期的几首戏剧独白诗、《世界之妻》里的最后一首诗歌和《女性福音书》里的《脐带》及2018年的《真诚》里都有体现。而《狂喜》中的"你"被认为是达菲的女同性恋对象，这首诗也是一种女性主义思想的表现。可以说，她以不同的艺术手法和诗歌体裁表达着女性主义思想，她的女性主义思想贯穿她的诗歌创作，包括其戏剧独白诗、十四行诗、艺格符换诗和自由体诗。

如果说《狂喜》是一首十四行诗组诗,其中的准十四行诗则是达菲继承传统十四行诗与进行独特创新的完美体现。对其十四行诗的形式主义分析揭示了她的诗歌语言特点:在音韵方面,她善于使用头韵、半韵、类韵,并适时使用规则的押韵格式;在格律方面,她不拘泥于五步抑扬格,而是通过诗行长短表达主题,并适时使用跨行诗句;在词汇方面,她善于使用简单的词语表达复杂的意义,适时使用日常口语、专业术语乃至俚语等;在诗节的安排上,她也通过拆分、并置等技巧突出所表达的主题;她在创作传统的十二行、十五行、十六行、十八行等准十四行诗的基础上,创作了七节的诗歌,丰富了准十四行诗的形式。

达菲基于视觉艺术创作的艺格符换诗是她跨艺术创作能力的体现。这些诗歌从体裁形式上看,有戏剧独白诗、十四行诗和自由体诗,都表现出她的"出位之思"、高超的叙事和抒情技巧、对视觉艺术的诠释能力和大胆的颠覆性与创新性。实际上,这些技巧、能力与意识同样体现在她的其他诗歌中,与其创作的现代主义、后现代主义和女性主义文化背景以及英国的诗歌传统与现当代诗歌发展趋势密切相关,体现了21世纪英国第一位桂冠诗人的特点,具有一定的时代性和公共性。

作为首次通过多维视域探讨达菲诗歌文体的研究,本书力求从多个视角全面挖掘和展示达菲在各个创作时期运用各种诗歌体裁创作诗歌的文体特征,先后运用语境文体学、体裁理论、女性主义文体学理论、认知文体学理论、形式文体学理论和多模态文体学理论,研究对象包括达菲创作的诗歌体裁中较为突出的戏剧独白诗、十四行诗、艺格符换诗以及最能凸显其思维风格的诗集《女性福音书》里的自由体诗,这是本书的创新之处。鉴于此,本书便不是拘泥于形式的研究,而是探讨了达菲诗歌文体在诗歌中对主题的呈现,恰到好处地体现了达菲关于诗歌是"人性的音乐"的观点。研究表明,达菲早期的戏剧独白诗的多重话语声音、动物独白与寓言的结合以及反讽与讽刺都是通过针砭时弊表现与各种"他者"的共情;《世界之妻》通过戏剧独白诗、十四行诗对经典的戏仿和幽默的语言颠覆男权,展现出女性主体意识;《女性福音书》通过《圣经》原型和隐喻书写,展现了女性由客体身份转而追求独立自由的努力和人类最普通、最深厚的母女情与家乡情;爱情十四行诗集《狂喜》通过互文、隐喻、音韵、格律和叙事等技巧展示了人类共有的对爱情的痴迷与狂喜;其早期和桂冠诗人任期内创作的各种(准)十四行诗通过偏离十四行诗规则表达各种后现代主题;贯穿其诗歌创作的艺格符换诗或叙事,或抒情,或颠覆,或改写,或戏仿,或诠释,或启发,或互文,都通过各种充满创意的文体手段构建了达菲

结　语

体的"人性的音乐"。

当然,在力求全面研究达菲诗歌文体的同时,本书还有很多不足。首先,从文体学理论的运用上来看,本书没有全面运用文体学理论,如认知视域的读者反应研究是近期研究的一个热点,本书尚未关注利用先进的心理实验和认知神经实验进行诗歌阅读反应研究。所以,虽然本书力求视域多维,但仍然不够全面。其次,对于达菲早期戏剧独白诗的研究仍然不够全面深入,对于《世界之妻》的戏仿艺术仅选取了一首《小红帽》作为例子进行详细分析,其他均简略提及。最后,本书仅选取了达菲创作的诗歌体裁中较为突出的三种诗歌体裁和以《女性福音书》为主的部分自由体诗作为其思维风格的研究对象,而实际上,达菲还创作了很多传统体裁的诗歌,如她为儿童创作的诗歌很多使用了清单体(list poem),鉴于篇幅和时间限制,本书暂时忽略。总之,达菲诗歌文体仍有很大的研究空间,希望其他学者继续深耕。

参考文献

达菲诗歌作品

Duffy, Carol Ann. *Fifth Last Song*. Liverpool: Headland, 1982.
Duffy, Carol Ann. *Standing Female Nude*. London: Anvil, 1985.
Duffy, Carol Ann. *Selling Manhattan*. London: Anvil, 1987.
Duffy, Carol Ann. *The Other Country*. London: Anvil, 1990.
Duffy, Carol Ann. *Mean Time*. London: Anvil, 1993.
Duffy, Carol Ann. *Selected Poems*. London: Penguin, 1994.
Duffy, Carol Ann. *Meeting Midnight*. London: Faber and Faber, 1999a.
Duffy, Carol Ann. *The World's Wife*. London: Picador, 1999b.
Duffy, Carol Ann. *Feminine Gospels*. London: Macmillan Publishers Limited, 2002.
Duffy, Carol Ann. (ed.). *Out of Fashion: An Anthology of Poems*. London: Faber and Faber, 2004.
Duffy, Carol Ann. *Rapture*. London: Picador, 2005.
Duffy, Carol Ann. *Carol Ann Duffy Selected Poems*. London: Penguin Books, 2006.
Duffy, Carol Ann. (ed.). *To the Moon: An Anthology of Lunar Poems*. London: Picador, 2009.
Duffy, Carol Ann. *The Bees*. London: Picador, 2011.
Duffy, Carol Ann. (ed.). *Jubilee Lines: 60 Poets for 60 Years*. London: Faber and Faber, 2012.
Duffy, Carol Ann. *Sincerity*. London: Picador, 2018.

达菲诗歌汉译作品

达菲. 痴迷[M]. 陈育虹, 译. 台北: 宝瓶文化事业有限公司, 2010.
达菲. 卡罗尔·安·达菲诗选[J]. 中国诗歌, 2011(5): 113-116.

达菲.卡洛尔·安·达菲诗选[J].张剑,译.江南(诗江南),2013(2):81-83.
达菲.情人节[J].金茨,译.疯狂英语(教学版),2013(2):54-55.
达菲.假如我死去(外三首)[J].远洋,译.译林,2014(4):5-7.
达菲.船[J].杨金才,李菊花析.英语世界,2014a(8):14-16.
达菲.拼读[J].杨金才,李菊花析.英语世界,2014b(9):12-14.
达菲.一个看不见的[J].杨金才,王小华析.英语世界,2015(1):16-19.
达菲.世界之妻(选译)[J].张剑,译.外国文学,2015(3):25-28.
达菲.达菲诗集[J].远洋,译.红岩,2015(3):179-189,178.
达菲.英国现任桂冠诗人卡罗尔·安·达菲诗选[J].远洋,译.诗歌月刊,2016(2):39-48.
达菲.爱是一种眼神——达菲爱情诗选[M].黄福海,译.长沙:湖南文艺出版社,2017.
达菲.野兽派太太:达菲诗集[M].陈黎,张芬龄,译.北京:外语教学与研究出版社,2017.
达菲.狂喜 & 蜜蜂[M].李晖,译.桂林:广西师范大学出版社,2018.
达菲,英国现任桂冠诗人卡罗尔·安·达菲诗选[J].远洋,译.诗探索,2019(2):181-193.

相关研究文献

阿斯曼.回忆空间:文化记忆的形式和变迁[M].潘璐,译.北京:北京大学出版社,2016.
埃斯库罗斯.埃斯库罗斯悲剧[M].张竹明,王焕生,译.南京:译林出版社,2007.
奥兰丝汀.百变小红帽——一则童话三百年的演变[M].杨淑智,译.北京:生活·读书·新知三联书店,2006.
白鲜平.那些敲击心扉的诗句——介绍诗集《女性福音书》[J].我爱我师(阅读经典),2014(9):70-74.
白杨.《在密执安北部》的女性文体学分析[J].洛阳师范学院学报,2008(1):91-94.
布斯.小说修辞学[M].华明,胡晓苏,周宪,译.北京:北京大学出版社,1987.
曹雪芹.英国综合中学职业课程设置探析[D].重庆:西南大学,2011.
常耀信.美国文学简史[M].天津:南开大学出版社,2003.
陈安慧.反讽的轨迹:西方与中国[M].武汉:武汉大学出版社,2017.
陈定家.《拉奥孔》导读[M].成都:四川教育出版社,2002.
陈宏薇.西方文论关键词:改写理论[J].外国文学,2016(5):59-66.
陈剑晖.学者散文与文体自觉[J].中国文学批评,2020(1):69-76.
陈黎.蓝色一百击[M].北京:新星出版社,2017.
陈历明.庞德的诗歌翻译及其文体创新[J].文艺理论研究,2020(1):69-80.
陈特安.欧洲文化思旅[M].北京:北京语言学院出版社,1997.

陈永涛.神学与圣经[J].天风,2016(3):20.

戴凡.对一首诗的功能文体学分析[J].外语教学与研究,2002(1):12-14.

戴杰,陆林.世界灾难纪实[M].长春:吉林人民出版社,1990.

丁礼明.盖斯凯尔小说《克兰福镇》:饥饿美学与雅致经济[J].山东外语教学,2021(4):107-114.

独觉色品图像研究中心.世界摄影大师经典作品集 罗伯特·卡帕[M].汕头:汕头大学出版社,2005.

方汉泉.英诗论集[M].广州:花城出版社,2002.

房志荣.生命的来源与归宿:圣经的根本启示[J].辅仁宗教研究,2009(18):1-18.

傅浩.20世纪英语诗选(上、中、下)[M].石家庄:河北教育出版社,2003.

付晶晶.从无意义的O说起:论卡罗尔·安·达菲诗歌的语言哲学基质[J].外国文学动态研究,2015(6):19-27.

付晶晶.认知隐喻视阈下"达菲体"诗歌语言之辩[J].广东外语外贸大学学报,2019(4):59-68.

弗莱.批评的解剖[M].陈慧,袁宪军,吴伟仁,译.天津:百花文艺出版社,2006.

弗洛伊德.弗洛伊德著作选[M].里克曼,选编.贺明明,译.成都:四川人民出版社,1986.

弗洛伊德.弗洛伊德自传——思想巨人的生涯心路[M].廖运范,译.北京:东方出版社,2005.

傅琼,王丹,姚香泓.《逃离》与《列车》中的女性书写[J].外语教学,2014(3):84-87.

高景柱.论民族主义与全球正义之争[J].民族研究,2016(3):1-14.

高文武,关胜侠.消费主义与消费生态化[M].武汉:武汉大学出版社,2011.

格林兄弟.格林童话全集[M].裘大鹰,译.北京:中国人民大学出版社,2004.

葛卿言.《另一个国度》里的苏格兰——达菲诗歌中的本土意识[J].鸡西大学学报,2013(6):82-83.

郭英杰.《诗章》对惠特曼自由体诗歌模仿的两面性[J].广东外语外贸大学学报,2021(6):127-139,156.

郭勇.英诗体例释论[M].北京:九州出版社,2014.

哈贝马斯.公共领域的结构转型[M].曹卫东,王晓珏,刘北城,等译.上海:学林出版社,1999.

哈琴.后现代主义诗学:历史·理论·小说[M].李扬,李锋,译.南京:南京大学出版社,2009.

何功杰.对《西风颂》翻译之管见——与杨熙龄同志商榷[J].安徽大学学报(哲学社会科学版),1985(3):93-96.

何华征.现代化语境下的两性和谐问题——马克思主义妇女观和西方女性主义比较研究[M].北京:九州出版社,2015.

何辉斌.为形式主义与印象式批评搭建桥梁的认知诗学:论楚尔的《走向认知诗学理

论》[J].文艺理论研究,2015,35(4):146-154.

何靓.书写和隐喻的力量——从女性主义文体学的角度解读《黄色壁纸》[J].浙江理工大学学报(社会科学版),2018(1):39-45.

何宁.论当代苏格兰诗歌中的民族性[J].当代外国文学,2012(1):57-64.

何婷婷.论《俄瑞斯忒亚》三联剧中的复仇与正义[J].今古文创,2021(21):16-17.

黑格尔.美学[M].寇鹏程,译.重庆:重庆出版社,2016.

侯林梅.福音书的底层叙述[J].圣经文学研究,2017(1):65-84.

胡鹏.莎士比亚《捕风捉影》中的饮食叙事[J].外国语文,2021(3):43-50.

胡壮麟.理论文体学[M].北京:外语教学与研究出版社,2000.

胡壮麟,朱永生,张德禄,等.系统功能语言学概论[M].北京:北京大学出版社,2008.

华文斌.英语文体学中的诗歌研究[M].哈尔滨:哈尔滨出版社,2020.

黄华.权力,身体与自我:福柯与女性主义文学批评[M].北京:北京大学出版社,2005.

黄杰."甲壳虫"乐队与欧美青年[J].青年研究,1990(7):45-47.

蒋洪新.英诗新方向:庞德、艾略特诗学理论与文化批评研究[M].长沙:湖南教育出版社,2001.

江守义.叙事的修辞指向[J].江淮论坛,2013(5):148-155.

蒋智敏.对男性世界的挑战及解构:评析达菲之《情人节礼物》[J].名作欣赏,2012(21):20-21.

焦鹏帅.弗罗斯特诗歌在中国的译介研究[M].北京:民族出版社,2020.

金振帮.文章体裁辞典[M].长春:东北师范大学出版社,1986.

蓝蓝.花神的梯子[M].桂林:广西师范大学出版社,2019.

雷亚辉,赵晟.达·芬奇的《丽达与天鹅》研究[J].艺术与设计(理论),2019(7):133-135.

李保杰,苏永刚.后现代主义视角下的当代奇卡诺文学[J].东北师大学报(哲学社会科学版),2012(1):122 125.

李昌标.王维与希尼诗歌认知比较研究[M].南京:南京大学出版社,2017.

李华东,俞东明.文体学研究:回顾、现状与展望——2008年文体学国际研讨会暨第六届全国文体学研讨会综述[J].外国语,2010,33(1):63-69.

李宏.瓦萨里《名人传》中的艺格敷词及其传统渊源[J].新美术,2003(3):34-45.

李弘.语音隐喻初探[J].四川外语学院学报,2005(3):70-74.

李利敏.原型范畴、原型和世界文学[J]// 文学理论前沿,2014(2):52-72.

李利敏.《小世界》中浪漫传奇的原型研究[M].北京:科学出版社,2021.

李黎阳.历史真实与艺术本质[M].北京:金城出版社,2013.

李琳瑛.多元文化背景之下的英国当代女性诗歌[J].长春教育学院学报,2009(6):16-18.

李林之,胡洪庆.世界幽默艺术博览[M].上海:上海文化出版社,1990.

李玲,张跃军.艾米莉·狄金森的家园书写与文化身份[J].中南大学学报(社会科学版),2020(6):199-206.

李巍.弗莱神话原型批评的意识形态转向[J].中国石油大学学报(社会科学版),2017(4):75-80.

李维屏,戴鸿斌.什么是现代主义文学[M].上海:上海外语教育出版社,2011.

李文萍.摩尔、毕肖普和普拉斯的认知诗学研究[M].长春:东北师范大学出版社,2014.

利希特.达达:艺术和反艺术[M].吴玛悧,译.台北:艺术家出版社,1988.

李小洁.威廉斯艺格敷词诗作《盲人寓言》中的"设计"表达[J].外国语文研究,2018(6):34-43.

李小洁.舞之韵:威廉斯的艺格敷词诗作《舞》和《户外婚礼舞会》[J].外国语文研究,2021a(2):19-29.

李小洁.从画作《婚宴》到艺格敷词诗作《农民婚宴》的叙事转换[J].西安外国语大学学报,2021b(2):124-128.

李鑫华.提喻的认知价值在英美诗歌评析中的意义[J].外国文学研究,1999(4):48-52.

李艳.英国桂冠诗人浅析——文学与政治背后的联姻[J].安徽文学,2009(11):324.

李玉平.多元文化时代的文学经典理论[M].天津:南开大学出版社,2010.

李昀,张成娣.尝试居间:卡罗尔·安·达菲《原籍何处》的后殖民解读[J].广东外语外贸大学学报,2019,30(6):57-65,154.

黎志敏.诗学构建:形式与意象[M].北京:人民出版社,2008a.

黎志敏.英语诗歌形式研究的认知转向[J].外国文学研究,2008b(1):163-170.

梁晓冬.一个犹太亡灵的诉求——评英国桂冠诗人卡罗尔·安·达菲的反战诗"流星"[J].外国文学研究,2010(6):69-76.

梁晓冬.空间与身份建构:卡罗尔·安·达菲诗评[J].当代作家评论,2012(3):111-117.

梁晓冬.话语权力与主体重构:达菲诗歌的女性身体叙事探究[J].英美文学研究丛,2018a(1):34-50.

梁晓冬.达菲的《世界之妻》:颠覆男性话语塑形的女性想象共同体[J].天津外国语大学学报,2018b(5):34-44,159.

梁晓冬.身份焦虑与暴力叙述:达菲诗歌的移民共同体书写[J].英美文学研究论丛,2022(2):255-270.

梁晓冬.当代英国诗人达菲疫情诗歌的伦理书写[J].英美文学研究论丛,2023(2):26-40.

梁晓晖.认知隐喻观的理论内涵与实践外延[J].认知诗学,2014(1):27-33.

林骧华.西方文学批评术语词典[M].上海:上海社会科学院出版社,1989.

廖楚燕.英诗《爱的哲学》功能文体分析[J].中山大学学报论丛,2005,25(4):130-133.

刘风光.取效行为与诗歌语篇:认知语用文体学研究[M].长春:吉林大学出版社,2012.

刘光耀,孙善玲.四福音书解读[M].北京:宗教文化出版社,2004.

刘纪蕙.台北故宫博物院vs超现实拼贴:台湾现代读画诗中两种文化认同之建构模式[J].中外文学,1996,25(7):66-96.

刘敏霞."诗歌改变世界"——英国第一位女桂冠诗人和她的诗歌[J].外国文学动态,2011(3):24-26.

刘世生.文体功能与形式分析——《功能文体学》评介[J].山东外语教学,1996(3):51-52.

刘世生.文学文体学:理论与方法[J].外语教学与研究(外国语文双月刊),2002(3):194-197.

刘世生.什么是文体学[M].上海:上海外语教育出版社,2016.

刘世生,吕中舌,封宗信.文体学:中国与世界同步——首届国际文体学学术研讨会暨第五届全国文体学研讨会文选[C].北京:外语教学与研究出版社,2008.

刘文,赵增虎.认知诗学研究[M].北京:中国文史出版社,2014.

刘须明.论当代英国女诗人卡罗尔·安·达菲与她的戏剧独白[J].当代外国文学,2003(4):64-68.

刘岩,邱小经,詹俊峰.女性身份研究读本[M].武汉:武汉大学出版社,2007.

刘岩.母亲身份研究读本[M].武汉:武汉大学出版社,2008.

刘岩.差异之美:伊里加蕾的女性主义理论研究[M].北京:北京大学出版社,2010.

刘岩,马建军,张欣,等.女性书写与书写女性:20世纪英美女性文学研究[M].上海:上海外语教育出版社,2012.

刘意青.《圣经》文学阐释教程[M].北京:北京大学出版社,2004.

龙迪勇.空间叙事本质上是一种跨媒介叙事[J].河北学刊,2016(6):86-92.

龙迪勇.视觉形象与小说的跨媒介叙事[J].南京师范大学文学院学报,2020(4):43-55.

娄林.伊索寓言中的伦理[M].北京:华夏出版社,2017.

娄林."李尔的影子"——略论李尔王的身份与自我探知[J].戏剧(中央戏剧学院学报),2021(2):123-135.

罗钢,刘象愚主编.文化研究读本[M].北京:中国社会科学出版社,2000.

罗钢.后现代主义文学作品选[M].北京:高等教育出版社,2001.

洛奇.20世纪文学评论[M].葛林,等译.上海:上海译文出版社,1993.

罗益民.诗歌语用与英语诗歌文体的本质特征[J].外语教学与研究,2003,35(5):345-351,401.

罗益民.英语诗歌文体的语用策略[J].外国文学研究,2004(8):12-18.

罗益民.莎士比亚十四行诗版本批判史[M].北京:科学出版社,2016.

马元龙.身体空间与生活空间——梅洛-庞蒂论身体与空间[J].中国人民大学学报,2019(1):141-152.

梅洛-庞蒂.知觉现象学[M].北京:商务印书馆,2001.

米歇尔.图像理论[M].陈永国,胡文征,译.北京:北京大学出版社,2006.

穆杨.当代童话改写与后现代女性主义[J].外语与外语教学,2010(2):16-18,93-96.

聂珍钊.英语诗歌形式导论[M].北京:中国社会科学出版社,2007.

聂珍钊,杜娟,唐红梅,等.英国文学的伦理学批评[M].武汉:华中师范大学出版社,2007.

欧荣.说不尽的《七湖诗章》和"艺格符换"[J].英美文学研究论丛,2013(1):229-249.

欧荣,柳小芳."丽达与天鹅":姊妹艺术之间的"艺格符换"[J].外国文学研究,2017(1):108-118.

欧荣."恶之花"——英美现代派诗歌中的城市书写.北京:北京大学出版社,2018.

欧荣.主持人语[J].天津外国语大学学报,2019(1):13.

欧荣.语词博物馆:当代欧美跨艺术诗学概述[J].上海交通大学学报(哲学社会科学版),2020(4):126-137.

欧荣.语词博物馆:欧美跨艺术诗学研究[M].北京:北京大学出版社,2022.

潘建伟.论艺术的"出位之思"——从钱锺书《中国诗与中国画》的结论谈起[J].文学评论,2020(5):216-224.

彭继平.古典油画作品中对人体表现运用的分析与研究[J].艺海,2013(3):64-65.

彭增安.隐喻研究的新视角[M].济南:山东文艺出版社,2006.

普林斯.叙述学——叙事的形式与功能.北京:中国人民大学出版社,2013.

钱兆明.艺术转换再创作批评:解析史蒂文斯的跨艺术诗《六帧有趣的风景》其一[J].外国文学研究,2012(3):104-110.

裘禾敏.《图像理论》核心术语ekphrasis汉译探究[J].中国翻译,2017(2):87-92.

荣榕.记忆闪回的认知文体学解读模型[J].西安外国语大学学报,2016(3):32-37.

桑内特.肉体与石头——西方文明中的身体与城市[M].黄煜文,译.上海:上海世纪出版集团,2006.

莎士比亚.莎士比亚十四行诗:英汉对照[M].屠岸,译.北京:外语教学与研究出版社,2012.

申丹.两个最年轻的当代文体学派别评介[J].外语与外语教学,1998(2):32-37.

申丹.功能文体学再思考[J].外语教学与研究,2002(5):188-193.

申丹.西方文体学的新发展[M].上海:上海外语教育出版社,2008.

申丹,王丽亚.西方叙事学:经典与后经典[M].北京:北京大学出版社,2010.

申丹.《语言与文体》评介[J].外语研究,2013(6):104-108.

申丹.双重叙事进程研究[M].北京:北京大学出版社,2021.

沈其斌.文艺复兴三杰:李奥纳多·达·芬奇与米开朗琪罗和拉斐尔[M].上海:上海科学技术文献出版社,2018.

沈月.从单一走向多元——论英语诗歌中戏剧独白的历史发展[D].南京:东南大学,2009.

石平萍.母女关系与性别、种族的政治[M].开封:河南大学出版社,2004.

施瓦布.希腊神话故事[M].丁伟,译.西安:陕西师范大学出版社,2010.

宋建福.英美经典诗歌的结构艺术[M].北京:光明日报出版社,2020.

宋欣.《莳萝泡菜》的女性主义文体学[J].语文学刊(外语教育教学),2014(6):20-21,45.

苏福忠.瞄准莎士比亚[M].北京:人民文学出版社,2017.

苏叔阳.古希腊神话[M].青岛:青岛出版社,2012.

苏晓军.文体学研究论丛 3[M].上海:上海外语教育出版社,2014.

塔米尔.自由主义的民族主义[M].陶东风,译.上海:上海社会科学院出版社,2017.

谭琼琳.西方绘画诗学:一门新兴的人文学科[J].英美文学研究论丛,2010(1):301-319.

谭小勇.第五届文体学国际研讨会大会主题综述[J].外国语文,2015,31(1):158-160.

陶洁.希腊罗马神话[M].北京:中国对外翻译出版公司,2007.

滕翠钦.消费时代的饥饿美学[J].粤海风,2009(5):11-15.

童庆炳.文学理论教程[M].北京:高等教育出版社,2008.

屠岸.十四行诗形式札记[J].暨南学报(人文科学与社会科学版),1988(1):90-94.

瓦克斯.读懂法理学[M].桂林:广西师范大学出版社,2016.

王冬菊.戏剧独白与改写女性命运:论卡罗尔·安·达菲《站立的裸女》[J].英语文学研究,2021(1):54-64.

王冬梅.女性主义文论与文本批评研究[M].武汉:武汉大学出版社,2018.

王改娣,杨立学.英语诗歌之多模态话语分析研究[J].山东外语教学,2013(2):26-31.

汪虹.罗伯特·弗罗斯特诗歌的认知诗学研究[M].长沙:湖南人民出版社,2016.

王珂.诗歌文体学导论:诗的原理和诗的创造[M].哈尔滨:北方文艺出版社,2001.

汪榕培.英语词汇学教程[M].上海:上海外语教育出版社,1997.

王蕊,张正东,张梦丹."画"说三联剧——记中央歌剧院音乐会版普契尼三联剧[J].歌剧,2020(11):36-39.

王威智.在想象与现实间走索——陈黎作品评论集[M].台北:书林出版有限公司,1999.

王湘云.英语诗歌文体学研究[M].济南:山东大学出版社,2010.

王艳丽,韩镇宇.论叶维廉对传统"诗画相通"美学的阐释[J].中国现代文学研究丛刊,2020(11):217-227.

王余,李小洁.视觉图与话语图在诗歌中的并置联姻——以威廉斯的艺格敷词诗作"盆花"为例[J].外国文学研究,2016(5):112-120.

王卓.多元文化视野中的美国族裔诗歌研究[M].北京:中国社会科学出版社,2015.

王卓.论路易丝·厄德里克诗歌的边界书写[J].英语研究,2018(2):63-75.

王佐良.王佐良全集(第 11 卷)[M].北京:外语教学与研究出版社,2015.

文德勒著;李博婷译.打破风格[M].南宁:广西人民出版社,2019.

温格瑞尔,弗里德里希,施密特,汉斯-尤格.认知语言学导论(第二版)[M].彭利贞,许国萍,赵薇译.上海:复旦大学出版社,2009.

沃伦.意象,隐喻,象征,神话[M]//意象批评,汪耀进编,成都:四川文艺出版社,1989.

沃伦.理解诗歌(第4版)[M].北京:外语教学与研究出版社,汤姆森学习出版集团,2004.

吴笛.西方十四行诗体生成源头探究[J].温州大学学报(社会科学版),2020,33(4):1-10.

吴显友.从文体抵达意义——解读乔伊斯的一首爱情诗里的"失衡突出"[J].外语教学,2005(1):79-82.

吴显友.文体学研究论丛(4)[M].上海:上海外语教育出版社,2016.

吴翔林.英诗格律及自由诗[M].北京:商务印书馆,1993.

吴晓梅."原籍何处?"——解读卡洛尔·安·达菲诗歌中的"家乡"[J].当代外国文学,2016(1):68-74.

西蒙诺维兹,彼得·皮尔斯.人格的发展[M].唐蕴玉译.上海:上海社会科学院出版社,2006.

肖明翰.英美文学中的戏剧性独白传统[J].外国文学评论,2004(2):28-39.

谢艳明.英语诗歌阅读与欣赏教程[M].北京:北京理工大学出版社,2013.

谢纳.空间生产与文化表征——空间转向视域中的文学研究[M].北京:中国人民大学出版社,2010.

谢祖钧.英语修辞[M].北京:机械工业出版社,1988.

熊沐清."从解释到发现"的认知诗学分析方法——以 The Eagle 为例[J].外语教学与研究,2012(5):448-459.

徐志戎.西方名画视点[M].北京:中国青年出版社,2011.

许志伟.基督教思想评论(第11辑)[M].上海:上海人民出版社,2010.

阎晶明.鲁迅演讲集[M].上海:生活书店出版有限公司,2017.

阳雯.叙述者背后的"他"与"她"——《帕梅拉》与《亚当·贝德》性别意识比较[J].重庆三峡学院学报,2007(5):76-79.

叶舒宪.文学与人类学:知识全球化时代的文学研究[M].北京:社会科学文献出版社,2003.

叶维廉.中国诗学(增订版)[M].黄山:黄山书社,2016.

伊格尔顿.《耶稣基督:福音书》导论[J].基督教文化学刊(第23辑),2010:49-78.

伊格尔顿.如何读诗[M].陈太胜译.北京:北京大学出版社,2017.

伊格尔顿.幽默[M].吴文权译.北京:中央编译出版社,2022.

易萍.肯尼迪的西欧之行[J].前线,1963(14)20-21.

殷贝.多丽丝·莱辛"太空小说"《什卡斯塔》中的自我身份意识隐喻[J].福州大学学报(哲学社会科学版),2019,33(1):89-93.

尹典训,等.写作知识辞典[M].济南:明天出版社,1988.

于学勇.英语诗歌的文体学研究[M].北京:科学出版社,2007.

远洋.《世界之妻》:光怪陆离的众生相——英国现任桂冠诗人卡罗尔·安·达菲《世界之妻》译后记[J].诗探索,2019(2):194-199.

曾巍."祛魅"与"驱魔":英语诗歌中的"美杜莎"形象与女性写作观的现代转换[J].外语与外语教学,2018(4):132-139,151.

曾巍.英美当代女性诗歌对童话《小红帽》的改写及其主题异变[J].外国文学研究,2019(6):102-111.

曾艳兵.西方后现代主义文学研究[M].北京:中国社会科学出版社,2006.

张百青.名曲背后的故事[M].北京:朝华出版社,1993.

张德禄.语相突出特征的文体效应[J].山东外语教学,1995(2):1-5.

张德禄.功能文体学[M].济南:山东教育出版社,1998.

张德禄.语篇分析理论的发展及应用[M].北京:外语教学与研究出版社,2012.

张德禄,穆志刚.多模态功能文体学理论框架探索[J].外语教学,2012(3):1-6.

张海霞.悲伤的缪斯:英国挽歌研究[M].北京:九州出版社,2015.

张海霞.《旋转炮塔炮手之死》之"反挽歌"书写[M].// 中美诗歌诗学协会第一届年会论文集.聂珍钊,罗良功,苏晖主编.武汉:华中师范大学出版社,2013:224-232.

张剑.现代苏格兰诗歌[M].北京:外语教学与研究出版社,2002.

张剑.改写历史和神话:评当代英国诗人卡罗尔·安·达菲的《世界之妻》[J].外国文学,2015(3):18-24.

张剑."英语诗歌与中国读者":评王佐良先生的英美诗歌研究[J].外国文学,2016(6):21-25.

张平.文体学中的性别政治:《女性主义文体学》简介[J].妇女研究论丛,2008(6):85-87.

张平.女性话语的力量.《同命人审案》的女性主义文体学分析[J].北京第二外国语学院学报,2010(4):54-57.

张平,刘银燕.《献给爱米丽的一朵玫瑰》中女性在场的缺席:从女性主义文体学视角[J].浙江工业大学学报(社会科学版),2009(2):136-141.

张秀琴,阿尔都塞的意识形态理论[J],教学与研究,2007(12):66-71.

章燕.多元融合跨越:英国现当代诗歌及其研究[M].北京:人民文学出版社,2008.

张一兵.问题式、症候阅读与意识形态[M].北京:中央编译出版社,2003.

张羽佳.阿尔都塞[M].西安:陕西师范大学出版社,2017.

张跃军,周丹.叶芝诗歌中的视觉艺术[J].求索,2011(9):221-222.

张跃军.文学研究的整体性:读《走向〈四个四重奏〉:T.S.艾略特的诗歌艺术研究》[J].外国文学,2000(1):92-94.

张之材.鲁文·楚尔"感知导向的韵律理论"述要[J].认知诗学,2019(2):19-26.

张之沧,张卨.身体认知论[M].北京:人民出版社,2014.

赵玲.消费的人本意蕴及其价值回归[J].哲学研究,2006(9):111-114.

赵宁.先知书、启示文学解读[M].北京:宗教文化出版社,2004.

赵宪章.文体与形式[M].北京:人民文学出版社,2004.

赵元.西方文论关键词十四行诗[J].外国文学,2010(5):116-123.

周洁.达菲诗歌女性主义研究[M].厦门:厦门大学出版社,2013a.

周洁.达菲诗歌中的族群意识[J].浙江外国语学院学报,2013b(2):69-72,85.

周洁.从生态美学原则看达菲的自然诗[J].世界文学评论,2013c(2):83-86.

周洁.达菲诗歌中的暴力记忆与女性身份[J].比较文学与跨文化研究,2017(1):62-67,145.

周洁.女性主义文体学的理论基础及文评实践[J].中国人民大学学报,2020a,34(1):146-153.

周洁.在诗歌创作与诗歌批评之间:德里安·丽斯-琼斯教授访谈录[J].英美文学研究论丛,2020b(2):17-26.

周洁,李曦.月亮·女人·生态——桂冠诗人卡罗尔·安·达菲的女性意识与生态责任意识[J].名作欣赏,2014(3):90-91.

周洁,李毅.达菲诗歌中的世界主义倾向[J].天津外国语大学学报,2018(5):65-74,160.

周庭华.论当代英国桂冠诗人达菲的创作观[J].云南民族大学学报(哲学社会科学版),2012(3):131-135.

周翔,吴庆宏.《查特莱夫人的情人》的女性主义文体学[J].河北理工大学学报(社会科学版),2011(4):208-209,215.

周玉芳.巴赫金理论"对话"韩礼德模式:女性文体学视角[J].俄罗斯文艺,2014(1):92-98.

朱立元.当代西方文艺理论[M].上海:华东师范大学出版社,1997.

祝平燕,夏玉珍.性别社会学[M].武汉:华中师范大学出版社,2007.

朱永生.多模态话语分析的理论基础与研究方法[J].外语学刊,2007(5):82-86.

邹惠玲.19世纪美国白人文学经典中的印第安形象[J].外国文学研究,2006(5):45-51.

Abrams, M. H, Geoffrey G. Harpham. *A Glossary of Literary Terms* (9th edition) [M].Beijing:Foreign Language Teaching and Reasearch Press.

Allen, Brenda. *Emperors of the Text: Change and Cultural Survival in the Poetry of Philip Larkin and Carol Ann Duffy* [D].Christchurch:University of Canterbury,1999.

Althusser, Louis. *Essays on Ideology* [M].London:Verso,1984.

Althusser, Louis. *Philosophy for Non-philosophers* [M]. London & New York: Bloomsbury Academic,2017.

Andrews, Richard. *Multimodality, Poetry and Poetics* [M].New York:Routledge,2018.

Angelova, Diliana N. The Virgin Mary, Christ, and the Discourse of Imperial Founding [J]. *Sacred Founders*, 2015(10):234-260.

Barbican Art Gallery, Seduced: Art and Sex from Antiquity to Now[J] *Art Monthly*, 2007, Dec-Jan.:25-26.

Becker, Andrew Sprague. *The Shield of Achilles and the Poetics of Ekphrasis*[M]. Lanham: Rowman & Littlefield Pub Inc., 1995.

Benson, James D., Williams S. Greaves, and Glenn Stillar. Transitivity and Ergativity in Tennyson's "The Lotos-Eaters"[J]. *Language and Literature*, 1995(1):31-48.

Blair, Kirstie. Reforming the Religious Sonnet: Poetry, Doubt and the Church in the Nineteenth and Twentieth Centuries[J]. *Studies in Church History*, 2016(52):413-436.

Booth, Wayne C. *A Rhetoric of Irony*[M]. Chicago and London: The University of Chicago Press, 1974.

Bourdieu, Pierre. *Distinction: A Social Critique of the Judgment of Taste*[M]. Richard Rice(Trans.) London: Routledge & Kegan Paul, 1984:53-54.

Bradbury, Nancy Mason. Speaker and Structure in Donne's *Satyre IV*[J]. *Studies in English Literature*, 1500-1900, 1985, 25(1):87-107.

Bradford, R. *Stylistics*[M]. London: Routledge, 1997.

Braunmuller, Albert R.(ed.) *Macbeth. The New Cambridge Shakespeare*[M]. Cambridge: Cambridge University Press, 1997.

Brooks, Robert D. "An Alternative for Retention: Genre Studies and Speech Communication," unpublished paper read at Central States Speech Association Convention, Milwaukee, Wisconsin, April, 1974.

Brown, Paul Tolliver. The Artist and Her Work in Carol Ann Duffy's Poetry[J]. *English*, 2020(266):270-293.

Bryant, Marsha. *Women's Poetry and Popular Culture*[M]. New York: Palgrave Macmillan, 2011.

Bucknell, Clare. Byron's Early Satires and the Influence of Churchill[J]. *Essays in Criticism*, 2016, 66(3):360-382.

Burke, M. Distant voices: The vitality of Yeats' Dialogic Verse[M]//*Contextualised Stylistics*, Bex T, Burke M and Stockwell eds. Amsterdam: Rodopi, 2000:85-102.

Burton, Deidre. Through Dark Glasses, through Glass Darkly[M].// Ronald Carter (Ed.) *Language and Literature: An Introductory Reader in Stylistics*. London: Allen and Unwin, 1982:195-214.

Carter, R. Poetry and Conversation: An Essay in Discourse Analysis[M]// 申丹编. 西方文体学的新发展. 上海: 上海外语教育出版社, 2008:297-314.

Chatman, S. *A Theory of Meter*[M]. The Hague: Mouton, 1965.

Cheeke, Stephen. *Writing for Art, The Aesthetic of Ekphrasis*[M]. Manchester: Manchester University Press, 2008.

Chung, Hyun Kyung. *Struggle to Be the Sun Again: Introducing Asian Women's Theology*[M]. New York: Oribis, 1994.

Cox, Marian, and Robert Swan. The Public and the Private: Secret Lives in Carol Ann Duffy's Poems[J]. *English Review*, 2004, 15(2): 14-17.

Crisp, Peter. The Limits of Blending: Extended Metaphor, Simile and Allegory[M]// 刘世生, 吕中舌, 封宗信主编. 文体学: 中国与世界同步——首届国际文体学学术研讨会暨第五届全国文体学研讨会文选. 北京: 外语教学与研究出版社, 2008: 48-70.

Croft, Liz. *Poems Past and Present: A Guide for AQA GCSE English Literature*[M]. North Charleston: Create Space Independent Publishing Platform, 2017.

Cunningham, Carolyn. *Scottish Set Text Guide: Poetry of Carol Ann Duffy for National 5 and Higher English*[M]. London: Hodder Education, 2020.

Curry, S. S. *Browning and the Dramatic Monologue*[M]. Boston: Expression Company, 1908, 3rd edition, 1927.

3. S.; T. V. F. B. Terza Rima Sonnet[J]. *New Princeton Encyclopedia of Poetry & Poetics*. 1993: 1271.

Didi-Huberman, Georges. *Quand les Images Prennent Position* Paris: Minuit, 2009.

DiMarco, Danette. Exposing Nude Art: Carol Ann Duffy's Response to Robert Browning[J]. *Mosaic(Winnipeg)*, 1998, 31(3): 25-39.

Dinnerstein, Dorothy. *The Mermaid and the Minotaur*[M]. New York: Harper & Row, 1976.

Doyle, Nannie. Desiring Dispersal: Politics and the Postmodern[J], *Subjects/Objects*, 1985(3): 166-179.

Dowson, Jane. *Carol Ann Duffy: Poet for Our Times*[M]. UK: Palgrave Macmillan, 2016.

Dowson, Jane, Alice Entwistle. *A History of Twentieth Century British Women's Poetry*[M]. Cambridge: Cambridge University Press, 2005.

Eagleton, Terry. *The Illusions of Postmodernism*[M]. Blackwell Publishers, 1996.

Ellestrom, Lars. *Media Borders, Multimodality and Intermediality*[M]. London: Palgrave Macmillan, 2010.

Elmann, R. *The Identity of Yeats*[M]. London: Faber & Faber, 1964.

Everett, Barbara(ed.). *All's Well That Ends Well. The New Penguin Shakespeare*[M]. Harmondswort: Penguin Books, 1970.

Fairclough, Norman. *Language and Power*[M]. Harlow: Longman, 1989.

Findley, Timothy. *The Wars*[M]. London: Faber and Faber, 2001.

Firestone, Shulamith. *The Dialectic of Sex: the Case for Feminist Revolution*[M]. New

York:Morrow,1970.

Flood, Alison. Carol Ann Duffy is "wrong" about poetry says Sir Geoffrey Hill. *Guardian*[N],31 January,2012.

Fonagy,I.Why iconicity? [M]// Nänny, M. & O.Fischer(eds).*Form Miming Meaning:Iconicity in Language and Literature*.Amsterdam:John Benjamins,1999.

Forbes,Peter.Carol Ann Duffy:Winning Lines[N].*The Guardian*,31 August,2002.

Foster, Hal.*Recording:Art, Spectacle, Cultural Politics*[M].Port Townsend:Wash Bay Press,1985.

Fowler,Alastair.Genre and the Literary Canon[J].*New Literary History*,1979,11(1):97-119.

Fowler,Roger.ALinguistic Guide to English Poetry:Geoffrey N.Leech,London,Longman,1969 [J].*Poetics*,1973,3(1):116-117.

Frye,Northrop.*Anatomy of Criticism:Four Essays*[M].Princeton:Princeton University Press,1959:247-248.

Frye,Northrop.*Anatomy of Criticism*[M].Shanghai:Shanghai Foreign Language Education Press,2009.

Garba,Ismail B. The Critic, The Text and Context: Three Approaches to Carol Ann Duffy's"Psychopath"[J].*Neolicon*,2006(1):239-252.

Gavins, J. Leda and theStylisticians [J]. *Language and Literature*, 2012, 21 (4): 345-362.

Glew, Adrian(ed.).*The Writings of Stanley Spencer*[M].London:Tate Gallery,2001.

Goody, Alex.Contemporary British poetry[M]// Michael Higgins and Clarissa Smith (eds.).*The Cambridge Companion to Modern British Culture*.Cambridge:Cambridge University Press,2010:137-153.

Gregson,Ian *Contemporary Poetry and Postmodernism:Dialogue and Estrangement* [M].London:Palgrave Macmillan,1996.

Griffin,Gabriele.*Who's Who in Lesbian and Gay Writing*[M].London:Routledge,2002.

Grosz,Elizabeth.*Space, Time, Pervasion*[M].London:Routledge,1995.

Halliday,M.A.K.Descriptive Linguistics in Literary Studies[M]// *Patterns of Language:Papers in General, Descriptive and Applied Linguistics* Halliday MAK and Mcintosh A eds.London:Longman,1966:56-69.

Halliday,M. A. K. *An Introduction to Functional Grammar* [M]. London: Edward Arnold(Publishers) Limited,1994.

Halliday,M.A.K.An Introduction to Functional Grammar(2nd edition)[M].Beijing:Foreign Language Teaching and Research Press,2000.

Halliday,M.A.K.Linguistic Function and Literary Style:An Inquiry into the Language of William Golding's *The Inheritors*[M]// 申丹编.西方文体学的新发展.上海:上海外语教育出版社,2008:215-255.

Halliday,M.A.K.功能语法导论[M].彭宣维等译.北京:外语教学与研究出版社,2010.

Hart,J D.*The Oxford Companion to American Literature*(5th ed.)[M].London:Oxford University Press,1983.

Hassan,Ihab. *The Postmodern Turn: Essays in Postmodern Theory and Culture*[M].Columbus:Ohio State University,1987.

Heffernan,James.Ekphrasis and Representation[J].*New Literary History*,1991(22):297-316.

Hemon,Aleksandar.*The Lazarus Project*[M].New York:Riverhead Books,2008.

Herder.J.G.论语言的起源[M].姚小平译.北京:商务印书馆,1999.

Heywood,Leslie.*Dedication to Hunger: The Anorexic Aesthetic in Modern Culture*[M].Berkeley:University of California,1996.

Hibbard,G.R.(ed.) *The Taming of the Shrew. The New Penguin Shakespeare*[M].London:Penguin,1968.

Hill,Donald.Critical and Explanatory Notes[M]// *The Renaissance: Studies in Art and Poetry: The 1893 Text*,ed.Donald L.Hill,Berkeley • Los Angeles • London:University of California Press,1980.

Hollander,J.*The Gazer's Spirit: Poems Speaking to Silent Works of Art*.Chicago:University of Chicago Press,1995.

Horner,Avril."Small Female Skull":patriarchy and philosophy in the poetry of Carol Ann Duffy [M]// Angelic Michelis and Antony Rowland(eds.).*The Poetry of Carol Ann Duffy:Choosing Tough Words*.Manchester:Manchester University Press,2003:99-120.

Howarth,Peter. *The Cambridge Introduction to Modernist Poetry*[M].Cambridge:Cambridge University Press,2012.

Howe,Elisabeth A.*The Dramatic Monologue: Studies in Literary Themes and Genres*[M].New York:Twayne,1996.

Irving,Washington.*The Legend of Sleepy Hollow and Rip Van Winkle*[M].New York:Dover Publications Inc.,1995.

Jakobson,R.ClosingStatement: Linguistics and Poetics[M] // J.J.Weber(ed.).*The Stylistics Reader*.London:Arnold,1960.

Jameson,Fredric.后现代主义与文化理论[M].唐小兵译.北京:北京大学出版社,2005.

Jameson,Fredric. Postmodernism and Consumer Society[M]// David H.Richter ed. *The Critical Tradition: Classic Texts and Contemporary Trends* (Third Edition). New York:Bedford/St.Martin's,2007.

Jeffares,N(ed.) *Poems of W.B Yeats: A New Selection*[M].London:Macmillan,1966.

Jeffries, Lesley. Readers and Point-of-View in Contemporary Poems: A Question of Pronouns[J].*Etudes de stylistique anglaise*,2013(4):175-190.

Johnson, Mark.*The Body in the Mind: The Bodily Basis of Meaning, Imagination, and Reason*[M].Chicago:University of Chicago Press,1987.

Jonathan, Powell. Anger andGrief Remain as UK Marks Grenfell Fire[N].*China Daily*,15 June,2018.

Kennedy, David.*Elegy*[M].New York:Routledge,2007.

Kinnahan, Linda A.*Lyric Interventions: Feminism, Experimental Poetry, and Contemporary Discourse*[M].Iowa City:University of Iowa Press,2004.

Kinnahan, Linda A.*A Concise Companion to Postwar British and Irish Poetry*[M].Malden, MA:Wiley Blacwell,2009.

Kress, G., & T.V.Leeuven.*Multimodal Discourse: The Modes and Media of Contemporary Communication*[M].London:Arnold,2001.

Lakoff, George & Mark Johnson.*Metaphors We Live by*[M].CHICAGO:UNIVERSITY OF CHICAGO PRESS,1980.

Lakoff, George.Image Metaphors.[J].*Metaphor and Symbolic Activity*.1987,2(.3):219-222.

Lakoff, George & Mark Johnson.*Philosophy in the Flesh: The Embodied Mind & Its Challenge to Western Thought*[M].Basic Books.1999.

Langbaum, Robert.*The Poetry of Experience: the Dramatic Monologue in Modern Literary Tradition*[M].New York:Penguin University Books,1971.

Leech, Geoffry.*A Linguistic Guide to English Poetry*[M].London:Longman,1969.

Leeuven, T. V., and C. Jewitt (eds.). *Handbook of Visual Analysis*[M]. London:Sage,2001.

Lewis, C.S . *The Allegory of Love: A Study in Medieval Tradition*. Oxford:Clarendon,1936.

Levin, S.R.Internal and External Deviation in Poetry[J].*Word*,1965(2):225-239.

Levorato, Alexandra.*Language and Gender in the Fairy Tale Tradition:A Linguistic Analysis of Old and New Story Telling*[M].Hampshire and New York:Palgrave Macmillan,2003.

Linda, Hutcheon.Beginning to Theorize Postmodernism[J].*Textual Practice*,1987,1(1):10-31.

Loizeaux, Elizabeth Bergmann. *Twentieth-Century Poetry and the Visual Arts*[M].Cambridge:Cambridge University Press,2008.

Louvel, Liliane. Types ofEkphrasis:An Attempt at Classification[J].*Poetics Today*,2018,39(2):245-263.

McAllister, Andrew. Carol Ann Duffy Interview[J]. *Bete Notre*, 1988(6):69-77.

McNay, Lois. *Foucault and Feminism: Power, Gender and the Self*[M]. Cambridge: Polity Press, 1992.

Measell, James S. RhetoricalCriticism: Genre Criticism-Counter Statements: Whither Genre? (Or, Genre Withered?)[J]. *Rhetoric Society Quarterly*, 1976, 6(1):1-4.

Meckier, Jerome. Aldous Huxley's Modern Myth: "Leda" and the Poetry of Ideas[J]. *ELH*, 1991, 58, (2):439-469.

Mermin, Dororhy. The Damsel, the Knight, and the Victorian Woman Poet[J]. *Critical Inquiry*, 1986(12):64-80, 75-76.

Mhana, Z. A., R. Talif, Z. I. Zainal, and I. A. Hadi. Reading Carol Ann Duffy's "Politics" Through Unnatural ecopoetics[J]. *3L: Language, Linguistics, Literature*, 2019, 25(1):100-109.

Michelis, Angelica, and Antony Rowland. "Introduction[M]// Angelica Michelis and Antony Rowland(eds.). *The Poetry of Carol Ann Duffy Choosing Tough Words*. Manchester: Manchester University Press, 2003:1-30.

Michelis, Angelica, and Antony Rowland. "Me Not Know What These People Mean": Gender and National Identity in Carol Ann Duffy's Poetry[M]// Angelica Michelis and Antony Rowland(eds.). *The Poetry of Carol Ann Duffy Choosing Tough Words*. Manchester: Manchester University Press, 2003:77-98.

Michie, Helena. *The Flesh Made Word*[M]. New York: Oxford University Press, 1990.

Miller, Andrew D. *Poetry, Photography, Ekphrasis: Lyrical Representations of Photographs from the 19th Century to the Present*[M]. Liverpool: Liverpool University Press, 2015.

Mills, Sara. *Feminist Stylistics*[M]. London: Routledge, 1995.

Montgomery, M. "Direct address, mediated text and establishing co-presence", discussion paper, Programme in Literary Linguistics, University of Strathclyde, 1988.

Mousley, Andy. *Literature and the Human*[M]. Abingdon: Routledge, 2013.

Muecke, D. D. *Irony and the Ironic*[M]. New York: Muthuen, 1982.

Neigh, Janet. Reading from the Drop: Poetics of Identification and Yeats's "Leda and the Swan"[J]. *Journal of Modern Literature (JML)*, 2006, 29(4):144-160.

Neisser, Ulric. *Cognition and Reality*[M]. San Francisco: Freeman, 1976.

Nori, Beatrice. Dreadful Dolls: Female Power in Carol Ann Duffy[J]. *Linguæ & Rivista di lingue e culture moderne*, 2020(2):71-86.

Nunning, Ansgar. The Creative Role of Parody in Transforming Literature and Culture: An Outline of a Functionalist Approach to Postmodern Parody[J]. *European Journal of English Studies*, 1999, 3(2):123-137.

O'Brien, Sean. Illuminating Manuscripts[N]. *Sunday Times*, 18 July 1993.

Ozturk, Ozlem Aydin. Speaking from the Margins: The Voice of the "Other" in the Poetry of Carol Ann Duffy and Jackie Kay[M]. Cambridge: Maunsel & Co., 2010.

Page, Ruth. A Voice of Her Own: A Feminist Stylistic Analysis of *Jane Eyre*, *To the Lighthouse* and *Bridget Jones's Diary*[C]// 刘世生, 吕中舌, 封宗信主编. 文体学: 中国与世界同步——首届国际文体学学术研讨会暨第五届全国文体学研讨会文选. 北京: 外语教学与研究出版社, 2009: 23-47.

Paterson, Christina. Carol Ann Duffy: "I Was Told to Get a Proper Job": The Big Interview[N]. *Independent*, 10 July, 2009.

Pearsall, Cornelia D. J. The Dramatic Monologue[M]// Joseph Bristow (ed.). *The Cambridge Companion to Victorian Poetry*. Cambridge: Cambridge University Press, 2000: 67-88.

Peck, J., and M. Coyle. *Literary Terms and Criticism*[Z]. UK: Macmillan Education, 1993.

Pettingell, Phoebe. The Power of Laughter[J]. *New Leader*, 2000, 83(2): 39-41.

Pinnington, David. *Duffy and Armitage & Pre-1914 Poetry*[M]. London: York Press, 2003.

Pollard, Natalie. "Is a Chat with Me Your Fancy?": Address in Contemporary British Poetry[M]// Peter Robinson ed. *The Oxford Handbook of Contemporary British and Irish Poetry*. Oxford: Oxford University Press, 2013.

Pound, Ezra. A Retrospect[M]// David Lodge ed. *Twentieth Century Literary Criticism: A Reader*. Longman, 1972.

Prakasm, V. *Stylistics of Poetry: A Functional Perspective*[M]. Tamaka: Omkar Publications, 1982.

Prince, Gerald. *Narratology: The Form and Functioning of Narrative*[M]. Berlin: Mouton De Gruyter, 1982.

Ramazani, Jahan. *Poetry of Mourning: The Modern Elegy from Hardy to Heaney*. Chicago: University of Chicago Press, 1994.

Raphel, Adrienne. Erotic Zygote: "Leda and the Swan"[J]. *American Book Review*, 2017, 38(6), :9-10.

Redmond, John, and Neil Corcoran. Lyric Adaptations: James Fenton, Craig Raine, Christopher Reid, Simon Armitage, Carol Ann Duffy[M]// *The Cambridge Companion to Twentieth-Century English Poetry*. Cambridge: Cambridge University Press, 2007: 245-258.

Rees-Jones, Deryn. *Carol Ann Duffy*[M]. Plymouth: Northcote House, 1999.

Rees-Jones, Deryn. Review of *The World's Wife*[N]. *Publishers Weekly*, 17 April, 2000.

Reynolds, Margaret. The End of the Affair[N]. *Guardian*, 7 January 2006.

Rich, Adrienne. *Of Woman Born: Motherhood as Experience and Institution* [M]. New York: W.W.Norton, 1976.

Rich, Adrienne. Compulsory Heterosexuality and Lesbian Existence [M]// Ann Snitow, Christine Stansell, and Sharon Thompson (eds.). *Powers of Desire*. New York: Monthly Review Press, 1983: 177-205.

Robertson, Derik. Justification of Poetry Comics: A Multimodal Theory of an Improbable Genre [J]. *The Comics Grid: Journal of Comics Scholarship*, 2015, 5(1): 1-6.

Roche-Jacques, Shelley. "Out of the forest I come": Lyric and dramatic tension in *The World's Wife* [J]. *Language and Literature*, 2016, 25(4): 363-375.

Rogers, Pat. Alexander Pope and "Duke upon Duke": Satiric Context, Aims, and Means [J]. *The Modern Language Review*, 2004, 99(4): 875-888.

Rosch, Eleanor. On the Internal Structure of Perceptual and Semantic Categories [A]. Timothy E. Moore (ed.). *Cognitive Development and the Acquisition of Language* [C]. New York: Academic Press, 1973: 111-140.

Rowland, Antony. Love and Masculinity in the Poetry of Carol Ann Duffy [M]// Angelic Michelis and Antony Rowland (eds.). *The Poetry of Carol Ann Duffy: Choosing Tough Words*. Manchester: Manchester University Press, 2003: 56-76.

Royce, T. Multimodality in the TESOL Classroom: Exploring Visual-Verbal Synergy [J]. *TESOL Quarterly*, 2002, 36(2): 191-205.

Sacks, Peter. *The English Elegy: Studies in the Genre from Spenser to Yeats* [M]. Baltimore: Johns Hopkins University Press, 1985.

Satterfield, Jane. *The World's Wife* by Carol Ann Duffy [J]. *Antioch Review*, 2001, 59(1): 123-124.

Scheffe, Tim. The Camera Captures You as You Fall: An Analysis of Carol Ann Duffy's Poem on "The Falling Soldier" [J]. *Digressions*. 2016(1): 30-43.

Scollon, R., and P. Levine. *Multimodal Discourse Analysis as the Confluence of Discourse and Technology* [C]. Washington, D.C.: Georgetown University Press, 2004.

Scott, Grant F. *The sculpted word: Keats, ekphrasis, and the visual arts* [M]. Dartmouth, NH: University Press of New England, 1994.

Seiler-Garman, Robin. *Lesbian Love Sonnets: Adrienne Rich and Carol Ann Duffy* [D]. Linfield College, 2017.

Semino, Elena. Stylistics and Linguistic Variation in Poetry [J]. *Journal of English Linguistics*, 2002(30): 28-50.

Semino, Elena. Text Worlds [M]// Geert Brône and Jeroen Vandaele (eds.). *Cognitive Poetics: Goals, Gains and Gaps*. Berlin: Mouton de Gruyter, 2009: 33-71.

Semino, Elena, and Jonathan Culpeper (eds.). *Cognitive Stylistics: Language and Cognition in Text Analysis[C]. Amsterdam and Philadelphia: John Benjamins Publishing Company, 2002.

Sessions, Ina Beth. The Dramatic Monologue[J]. *PMLA*, 1947, 62(2): 503-516.

Shen, Dan. Non-ironic Turning Ironic Contextually[J]. *Journal of Literary Semantics*, 2009(38): 115-130.

Short, M. H. *Exploring the Language of Poems, Plays and Prose*[M]. London: Longman, 1996.

Showalter, Elaine. Feminist Criticism in the Wilderness[M]// David Lodge (ed.). *Modern Criticism and Theory: A Reader*. Essex: Pearson Education Limited, 2000.

Simpson, P., and G. Hall. DiscourseAnalysis and Stylistics[J]. *Annual Review of Applied Linguistics*. New York: Cambridge University Press, 2002(22): 136-49.

Smith, Laurie. WithOne Bound She Was Free. Review of *The World's Wife*[J]. *Magma*, 2000(16): 16-21.

Smith, Stan. "What Like Is It?": Duffy's Différance[M]// Angelic Michelis and Antony Rowland(eds.). *The Poetry of Carol Ann Duffy: Choosing Tough Words*. Manchester: Manchester University Press, 2003: 143-168.

Smith, Stan. *Poetry and Displacement*[M]. Liverpool: Liverpool University Press, 2008.

Sontag, Susan. *On Photography*[M]. Farrar, Straus and Giroux, 1977.

Sontag, Susan. *Regarding the Pain of Others*[M]. New York: Farrar, Straus and Giroux, 2003.

Spiegelman, Willard. Grant F. Scott's "The Sculpted Word: Keats, Ekphrasis, and the Visual Arts" (Book Review)[J]. *Studies in Romanticism*, 1997, 36(1): 133-136.

Stibbe, Arran. *Ecolinguistic Language, Ecology and the Stories We Live By*[M]. London: Routledge, 2015.

Stockwell, Peter. *Cognitive Poetics: An Introduction*[M]. London: Routledge, 2002.

Taylor, J. R. *Linguistic Categorization*[M]. Oxford: Oxford University Press, 1989.

Thatcher, Jennifer. Seduced: Art and Sex from Antiquity to Now: Barbican Art Gallery, London[J]. *Art Monthly*, 2007(312): 25-26.

Thomas, Jane. "The Chant of Magic Words Repeatedly": Gender as Linguistic Act in the Poetry of Carol Ann Duffy[M]// Angelic Michelis and Antony Rowland(eds.). *The Poetry of Carol Ann Duffy: Choosing Tough Words*. Manchester: Manchester University Press, 2003: 121-142.

Todd-Stanton, Joe & Susan Gates. 伊卡洛斯[M]. 北京: 外语教学与研究出版社, 2020

Todorov, Tzvetan. The Origin of Genres[J]. *New Literary History*, 1976, 8(1): 159-170.

Tong, Rosemarie Putnam. 女性主义思潮导论[M]. 艾晓明等译. 武汉: 华中师范大学出版社,2002.

Tsur, Reuven. *Toward a Theory of Cognitive Poetics*[M]. Amsterdam: Elsevier Science Publishers,1992.

Tucker, Virginia Lauryl. *Humoring the Feminine: Comic Subversions of 20th Century Women's Poetry*[D]. University of Virginia,2008.

Varty, Anne. Poetry ad Brexit[M]// Robert Eaglestone (ed.). *Brexit and Literature*. London: Routledge,2018:59-65.

Verdonk, Peter(ed.). *Twentieth-Century Poetry: From Text to Context*[M]. London and New York: Routeledge,1993.

Verdonk, Peter. A cognitive Stylistic Reading of Rhetorical Patterns in Ted Hughes' "Hawk Roosting": A Possible Role for Stylistics in a Literary Critical Controversy[M]// 申丹编.西方文体学的新发展.上海:上海外语教育出版社,2008:84-94.

Verdonk, Peter. *The Stylistics of Poetry: Context, Cognition, Discourse, History*[C]. London: Bloomsbury,2013.

Viner, Katharine. Metre Maid. Interview with Carol Ann Duffy[N]. *Guardian*, 25 September,1999.

Wainwright, Jeffrey. Female Metamorphoses: Carol Ann Duffy's "Ovid"[M]// Angelic Michelis and Antony Rowland(eds.). *The Poetry of Carol Ann Duffy: Choosing Tough Words*. Manchester: Manchester University Press,2003:47-55.

Wales, Katie. The Stylistics of Poetry: Walter de la Mare's "The Listeners"[M]// 申丹编.西方文体学的新发展.上海:上海外语教育出版社,2008:71-83.

Webb, Ruth. *Ekphrasis, Imagination and Persuasion in Ancient Rhetorical Theory and Practice*[M]. Surrey: Ashgate Pub.Co.,2009.

Weber, Jean Jacques(ed.). *The Stylistic Reader: From Roman Jakobson to the Present*[M]. London: Arnold,1996.

Wenger, C. N. The Masquerade in Browning's Dramatic Monologues[J]. *College English*,1941,3(3):225-239.

Werth, P. *Text Worlds: Representing Conceptual Space in Discourse*[M]. Essex: Pearson Education Limited,1999.

Whitley, David. Childhood and Modernity: Dark Themes in Carol Ann Duffy's Poetry for Children[J]. *Children's Literature in Education*,2007(38):103-114.

Widdowson, HG. *Stylistics and the Teaching of Literature*. Londen: Longman,1975.

Wilkinson, Kate. Carol Ann Duffy: A Great Public Poet Who Deserves Her Public Honour[N]. *Guardian*,31,December,2014.

Williams, Anne. Hughes' Hawk Roosting[J]. *The Explicator*,1979,38(1):39-41.

Wolosky, Shira. *The Art of Poetry: How to Read a Poem*[M]. Oxford: Oxford University Press,2001.

Wood,Michael J. *York Notes Advanced: Carol Ann Duffy Poetry Selected* [M]. London:York Press,2001.

Wood,Michael J."What It Is Like in Words":Translation,Reflection and Refraction in the Poetry of Carol Ann Duffy[M]// Angelic Michelis & Antony Rowland(eds.). *The Poetry of Carol Ann Duffy: Choosing Tough Words*. Manchester: Manchester University Press,2003:169-185.

Yacobi,Tamar.Pictorial Models and Narrative Ekphrasis[J]. *Poetics Today*,1995,16(4):599-649.

Yacobi,Tamar.Ekphrastic Double Exposure:Blake Morrison,Francis Bacon,Robert Browning,and Fra Pandolfo as Four-in-One.[M]// *On Verbal/Visual Representation*,Martin Heusser,Michele Hannoosh,Eric Haskell,Leo Hoek,David Scott,and Peter de Voogd,eds.Amsterdam:Rodopi,2005:219-230.

Yun,Ji Hyun.The Power of Women's Laughter in Carol Ann Duffy's"The Laughter of Stafford Girls' High"[J]. *Texas Studies in Literature & Language*.2019,61(,3):201-310.

Zhou,Jie.Vegetarian Eco-feminist Consciousness in Carol Ann Duffy's Poetry[J]. *International Journal of Comparative Literature and Translation Studies*.2015,3(3):38-41.

Zipes,Jack. *The Trials and Tribulations of Little Red Riding Hood* [M].New York:Routledge,1993.

网络资源

An abuse of power[OL]<https://www.newstatesman.com/art/2007/10/sex-pornography-exhibition>,15 October,2007,read on 17 December,2018.

Archives Centre,Maritime Museum.The Liver bird Information sheet 21[OL].<https://www.liverpoolmuseums.org.uk/archivesheet21>,read on 12 December,2018.

Bible Study Tools [OL]. < https://www.biblestudytools.com >, read on 12 October,2018.

Duffy,Carol Ann.Write Where We Are Now[OL].<https://www.mmu.ac.uk/write>,read at 11:36,on 5 December,2020.

Eisner,Jas.Introduction: The Genres of Ekphrasis[OL].< https:/www.cambridge.org/core>,read at 01:14:09,on 09 May,2017 .

Forbes, Peter. WinningLines [OL]. *The Guardian*. < http://www.guardian.co.uk/books/2002/aug/31/featuresreviews.guardianreview8>,read at 19:34,on 9 October,2022.

Goodwin,Daisy.Carol Ann Duffy:The Original Good Line Girl[OL]. *The Sunday Times*. < http://entertainment.timesonline.co.uk/tol/arts_and_entertainment/books/

article6210786.ece>,3 May,2009,read at 11:25,on 22 September,2011.

Hunter,J.Paul."Couplets",in Jack Lynch ed.,*The Oxford Handbook of British Poetry*,1660-1800,online Publication Date:Dec 2016,DOI:10.1093/oxfordhb/9780199600809.013.24.read on 9 December,2021.

Huxley,Aldous Leonard.*Leda*[OL].Marcia Brooks,Cindy Beyer & the Online Distributed Proofreaders Canada Team at <http://www.pgdpcanada.net>,last updated:8 July 2015,read on 10 April,2021.

Lanone,Catherine.Baring Skills,Not Soul:Carol Ann Duffy's Intertextual Games[J].*Erea*.2008(6):1-11[OL].<https://journals.openedition.org/erea/94>,read on 31 December,2023.

Liverpool Echo.Poet Laureate Carol Ann Duffy writes exclusive poem for the Liverpool ECHO inspired by the Hillsborough report.[OL].<https://www.liverpoolecho.co.uk/news/liverpool-news/poet-laureate-carol-ann-duffy-3334921>.read on 1 December,2021.

Mclaughlin,Gemma E.Children'sBook Review:*The World's Wife*—Carol Ann Duffy[OL].<https://go.gale.com/ps/i.do?p=STND&u=mmucal5&id=GALE|A561752405&v=2.1&it=r&sid=STND&asid=442b8a7e>,published on 11 November 2018,read on 2 December,2018.

Metro Web Reporter,Carol Ann Duffy Poem "Translating the British,2012" Fires Broadside at PM[OL].*Metro*,Saturday 11 August 2012,read at 15:24,on 29 May,2017.

Sassoon,Siegfried.Counter-Attack and Other Poems[OL].<http://www.bartleby.com/136/index1.htm>,read on 15 September,2021.

TATE[OL].<http://www.tate.org.uk/download/file/fid/4648>.read on 16 September,2020.

Winterson,Jeanette.An Interview with Carol Ann Duffy,2009[OL].<https://www.thetimes.co.uk/article/jeanette-winterson-interviews-carol-ann-duffy-the-poet-laureate-x2w0gp350x6>,read on 6 October,2010;<http://www.jeanettewinterson.com/journalism/can-you-move-diagonally-jeanette-winterson-interviews-poet-laureate-carol-ann-duffy/>,read on 16 October,2019.

Wood,Barry.Carol Ann Duffy:*The World's Wife*,Conversation Recorded in Manchester 2005[OL].<http://www.sheerpoetry.co.uk/advanced/interviews/carol-ann-duffy-the-world-s-wife>,read on 3 December,2010.

唐宁街上的猫.《百万英国人为医护英雄鼓掌,首相隔离中不忘支持,活动将每周进行》[OL].<https://www.sohu.com/a/385232914_120092943>,read on 22 December,2020.

后 记

《达菲诗歌文体研究》是我 2017 年申请到的国家社科基金项目的最终成果,2022 年项目结题,现由厦门大学出版社出版,为项目画上句号。回顾整个过程,我对很多人深怀感激。

首先,该项目得益于自己之前的长期积累。从在曲阜师范大学读本科时曹春春老师推荐的《英语文体学入门》(秦秀白,1986),到 2002—2003 学年由国家留学基金委选派在英国诺丁汉大学访学期间师从卡特(Ronald Carter)教授的教学团队研习文学文体学,再到 2004 年加入中国文体学研究会并一直参加相关研讨会,乃至于 2010 年准备博士论文初稿《达菲诗歌女性主义文体学视域的研究》,直至 2015 年教育部项目"达菲诗歌女性主义研究"顺利结题,都为本项目的申报奠定了基础。

其次,该项目得益于众多专家的指导。2011 年初,我的博士论文导师李维屏教授指出了用女性主义文体学理论研究一个诗人的诗歌的局限,建议我把博士论文题目改为《达菲诗歌女性主义研究》,从女性意识、女性身份、颠覆男权与女性书写艺术等角度去分析达菲的诗歌,我按此思路修改了论文。2011 年冬,博士毕业论文答辩时,上海交通大学何伟文教授在给予肯定的同时指出,论文对达菲诗歌艺术的研究略显不足。这给我指明了一个努力的方向。可以说,《达菲诗歌文体研究》是我博士论文中达菲诗歌女性书写艺术研究的深入,也是我突破女性主义文体学的局限,综合运用文体学理论分析诗歌的一次尝试。

2014 年完成教育部项目初稿之际,我便开始申请国家社科基金项目,连续三年屡战屡败。2016—2017 年跨年的那个寒假,我根据国家社科基金项目申报成功者的经验,先后将申请书发给多位专家审阅指导,他们分别给出了宝贵中肯的建议。根据中国文体学研究会前会长、清华大学刘世生教授的建议,我补充了认知视域,并根据李维屏教授提出的探讨诗人"思维风格"和"情感体验"等相关提示,将诗歌认知视域的达菲诗歌研究扩展到一章——第四章。

在完成项目的过程中,河南师范大学梁晓冬教授、上海对外经贸大学王卫新教授、杭州师范大学欧荣教授和山东师范大学王卓教授都对本研究的目录框架提出过指导意见。

再次,项目研究得益于与达菲本人及国外学者的交流。在家人的鼓励和支持下,我于2018年再次申请到国家留学基金资助,专程赴英到达菲任教的曼彻斯特城市大学访学,与达菲本人及其教学团队直接交流,包括合作导师安杰利卡·密歇丽斯(Angelica Michelis)、安东尼·罗兰德(Antony Rowland)、安德鲁·比斯韦尔(Andrew Biswell)等教授,通过文字艺术呈现达菲诗歌的文字艺术家斯蒂芬·劳(Stephen Raw)和第一部达菲诗歌研究专著的作者、利物浦大学德里安·丽斯-琼斯(Deryn Rees-Jones)教授等。其间,通过曼彻斯特城市大学国际交流负责人海伦·尼克森(Helen Nicholson)和英语学院领导的帮助,赴利兹大学参加了西蒙·阿米塔奇(Simon Armitage,2019—2029年英国桂冠诗人)于2018年12月组织的绘画诗(Poems about Paintings)夜校(school of night)。回国后我应邀于2019年9月赴英国伦敦参加达菲诗歌专题研讨会(Carol Ann Duffy: The Legacy of the Laureateship),与来自世界各地的达菲诗歌研究专家交流,对边山大学(Edge Hill University)玛丽·休斯-爱德华博士(Dr. Mari Hughes-Edwards)、英国诗歌学会会长朱迪斯·帕尔玛(Judith Palmer)、土耳其布莱恩特·埃塞维特大学(Bulent Ecevit University Turkey)奥兹勒姆·艾丁·奥兹突克(Özlem Aydın Öztürk)博士(达菲诗歌研究专著作者)等做学术访谈。在英期间我查阅了大量文献,收听广播,收看电视,观看诗歌表演及视频等,这些活动都加深了我对达菲诗歌的理解,也拓宽了我对英语诗歌(特别是女性诗歌)和文体学(特别是女性主义文体学)的认知。得益于两次英国之行,我对当初立项时的研究框架做了适当调整。

另外,项目研究得益于国内举办的各种文学及文体学研讨会。每逢相关会议召开,我便选取书中某个章节作为发言题目,通过与参会专家学者交流,发现不足,修正错误,提高研究质量。

当然,项目研究也得益于团队的力量。在项目申请过程中,我通过同济大学张德禄教授联系邀请他的博士、西安外国语大学雷茜教授加入了我的团队。已在达菲诗歌研究方面成果颇丰的河南师范大学梁晓冬教授也提供指导并加入了项目申请团队。项目结题前雷茜教授、天津职业技术师范大学杨立学博士(我在同济大学访学时导师王改娣教授的博士)和我在山东财经大学的同事高婷教授分别审阅了部分章节并提出宝贵意见。我的学硕研究生刘柳帮助修订了参考文献格式。我指导的翻译硕士也间接参与了我的研究——选择部分诗歌评论开展英汉翻译实践,使我阅读的文献与他们的翻译实践内容一致,能将翻硕指导工作与达菲诗歌研究相结合。

提交项目成果后,五位匿名的国家社科基金项目评审专家对本研究给予充分肯定,并提出了建设性的修改意见。

由于本人才疏学浅,书稿仍不尽如人意,希望大家多多批评指正!本人同意某位专家的意见,即"达菲在不同时期创作的诗歌是否存在一个截然分野的时间界限,这值得商榷,可能引起争鸣。同时,成果中涉及的作品是否就被公认为达菲的代表诗集或代表诗作,也是见仁见智的问题"。

总之,本书是我长期进行跨学科诗歌研究的成果,得益于众人的指导和帮助,在此,向所有对本书给予指导、帮助和支持的领导、同事、师友和家人表示诚挚的感谢!